风景旧曾谙

——在文艺世界里寻求理想

周仲强 著

浙江工商大学 出版社
ZHEJIANG GONGSHANG UNIVERSITY PRESS

·杭州·

图书在版编目（CIP）数据

风景旧曾谙：在文艺世界里寻求理想 / 周仲强著
. — 杭州：浙江工商大学出版社，2024.1
ISBN 978-7-5178-5624-5

Ⅰ．①风… Ⅱ．①周… Ⅲ．①文艺评论－中国－文集
Ⅳ．①I206－53

中国国家版本馆 CIP 数据核字（2023）第 147264 号

风景旧曾谙——在文艺世界里寻求理想
FENGJING JIU CENG AN——ZAI WENYI SHIJIE LI XUNQIU LIXIANG
周仲强　著

策划编辑	任晓燕
责任编辑	刘志远　熊静文
责任校对	林莉燕
封面设计	朱嘉怡
责任印制	包建辉
出版发行	浙江工商大学出版社
	（杭州市教工路 198 号　邮政编码 310012）
	（e-mail：zjgsupress@163.com）
	（网址：http://www.zjgsupress.com）
	电话：0571－88904980，88831806（传真）
排　　版	杭州朝曦图文设计有限公司
印　　刷	杭州高腾印务有限公司
开　　本	710mm×1000mm　1/16
印　　张	16.25
字　　数	266 千
版 印 次	2024 年 1 月第 1 版　2024 年 1 月第 1 次印刷
书　　号	ISBN 978-7-5178-5624-5
定　　价	76.00 元

序

　　我把自 2010 年至今所写的文章筛选一遍，根据题文所需择定 28 篇，构成一个整体。为什么要从 2010 年开始呢？主要原因是，2010 年前，我在中学工作，除了上课和处理日常事务外，很少思考学术问题。2006 年，我所在的中学意外合并到高校，才开始接触到学术研究。2009 年，我去华东师范大学访学，师从殷国明先生，选定现当代文学方向开始学习，开阔了眼界，积累了一些感悟。由于本人之前忙于杂务，缺少深厚的理论积淀，在专业上几无大的成就。在《小说评论》等刊物上发表了 20 多篇文章，出版了《文化的传承与变革——跨文化语境中金庸小说的艺术转型》，以后再也没有新的进展，实在惶恐得紧。幸亏在华东师范大学时结识了著名的民俗学教授田兆元先生，让我有机会转型，于是在学术上开了小差，去追求我自认的"异学"，渐渐地和民俗非遗研究牵了手。2015 年我完成了第一部民俗研究专著《诗性婚俗——台州"洞房经"的审美研究》，形成文学评论和地方文化研究两头兼顾格局，并把写作重心偏移至地方文化研究。经过多年的努力，逐渐在地方文史研究中获得一些心得，《台州文学史》《台州戏曲史》《台州饮食文化史》等写作逐渐展开，并将于 2023—2024 年相继出版。

　　这本书不是就某个文学和文化问题的研究成果，而是我过去 10 年写的一些文章的结集，包括 3 个方面的内容：一是以 2011 年文学评论写作为核心的文章，选取 14 篇；二是为出版的 7 部专著所写的 7 篇序言（前言）；三是有关地方文化的思考，选取 7 篇。文学评论文章大都发表过，序言基本上是为自己所写的专著而作，有关地方文化的文章倒是应景而作。至于 3 个部分的内在联系，我想，这是我写作的方向，无其他。

　　文学评论立足对作家文学作品的阐释、评价，有效激活了一种动力性、引导性和激励性因素，对作家艺术潜力的确认、创作道路的总结、发展方向的调整等起到规范与指导作用。我尝试求真,但始终原地踏步。

　　文化研究必须有跨学科的开阔视野,而地方文化研究还要有现实关怀,它既关心日常生活审美化的研究,也关注意识形态和现实社会的审美和价值需求;既坚持其二元对立的研究方法,又不持僵硬的态度。人们常说,文化诗学研究,应该是圆融的,能够自圆其说。其中的考据、阐释、比较等不能自相矛盾或前后矛盾,应该在方法上一以贯之,逻辑上能自洽而圆通,需要的是多学科之间的融合。由于文化研究的跨文化、跨学科的开阔视野和关怀现实的品格,使文学理论、文史理论焕发出新的青春,因此文艺理论原有格局发生变化,给文化研究本身提供一个绝好的发展机遇。

　　文学研究和文化研究不仅可以和传统文艺理论对接,也完全可以和现当代中国对接,当代中国的文化气候已经在深深呼唤这一种对接。批评理论的当代化,西方批评的中国化、地方化,正在同时进行。这与当下地方文化研究地方性、民族性、全球视野相对应,我们可以用前一个命题替代后一个命题。

　　我努力尝试把地方文化研究提升至审美和诗性的高度,有过几次实践,但还是做不了大的专题研究。现在,我只是简单地把一些文章集合在一起,稍加归类,算是对过去所做的努力和坚持的一个交代。

目　录

中编　拓荒、延展——序言世界的跋涉

下编　探索、求真——人文空间的徜徉

上 编

结庐、相忘——文学世界的小憩

江湖：中国小说美学中的独特场域

武侠小说构建了中国小说美学中一个非常独特的场域——江湖，而江湖是武侠作家极力营造的提供给侠客纵情潇洒的并适合侠客生存发展的场域。在武侠小说中，江湖既是一个理想化、想象化的社会形态，同时又是一个乌托邦的社会形态，犹如陶渊明笔下的"桃花源"，这种社会形态作为对现实世界的补充得到大众的普遍认同，但这并不能等同于现实社会。小说所虚构的"江湖"，不是通常意义上的"人"所生活的世界，虽然现实社会的种种复杂态势是江湖的"底本"，在作家的笔下或多或少保留其现实元素，但用正常人的理性眼光去看，其体现的本质却是集人、魔、仙于一体的文学世界。在武侠小说的江湖里，少有起码的物质生活条件的需求，也少有欲望表达（江湖的欲望主要集中在权力抢夺和快意恩仇），江湖人物都是在刀光剑影中讨生活。武侠小说一方面极力渲染杀人快感，另一方面是为了叙事需要，为了让侠客形象更为丰满，从单一武艺描写中跳脱出来，因而极力渲染"情与义"的缠绵。在江湖中讨生活的江湖人一般也不具有世俗意义上的七情六欲，那是一种超越世俗爱情观念的天上人间。特别是一生从不为衣食住行发愁的侠客，如《笑傲江湖》中华山派掌门人岳不群从不为门下弟子一日三餐担忧；《倚天屠龙记》中武当掌门张三丰和他的弟子们虽然日子过得清苦，但日常费用竟也取之不尽，他们过的是"只需行侠，不需生产"的日子。这让我们感到与侠士的远距离。从唐代开始沿袭 1000 多年约定俗成的江湖到了新派武侠小说家特别是金庸手上逐渐改变了江湖的本质，金庸用他的思想和理念改造了原本完全属于侠客的江湖，反而使它从属于归隐，政治、人性自由和平民的江湖由此慢慢退出侠客的生活圈而成为现实的一部分。让侠客从江湖走向现世，从而使侠客侠气不再是对传统武侠小说的全面颠覆，是金庸对武侠小说的独特理解和创造，与此同时，也让侠客走上了一条不归路,因为江湖是侠客的江湖,侠客是江湖的侠客,没有了江湖,哪来的侠客?所以,新派武侠小说虽然走向了巅峰,但同时也在走向没落。其中的原因之一恐怕与金庸改造了江湖的本质而让侠客失去生存的空间有关。

一、江湖雨纷纷——江湖的多重意蕴

放在现代汉语中,"江""湖"两字分开使用时单独成词,作为专有名词时特指长江和洞庭湖,作为共名泛指"三江"和"五湖"。在中国侠文化中,"江湖"已演变成一个意义特殊的专名。"江湖"一词既不是"江""湖"两个专名分开解释后的简单相加,也与"三江""五湖"的共名无关,其意义已与现代汉语的江湖含义大相径庭。"江湖"这一专名指的是民间社会的江湖文化与专制朝廷的庙堂政治相对应而构成的特殊意义,而这种意义在先秦时代就有了。因此,并非先有侠客,后有江湖,而是先有特殊意义的江湖,后有笑傲江湖的侠客,这是因为,在还没有侠客的文献记载前,就有了对"江湖"的阐述。

"江湖"一词最早出自《庄子》。庄子是站在"道"的角度最早阐述对"江湖"的理解的中国第一人,实际上也是论述"江湖"最多的大家之一。

《庄子》全书使用"江湖"一词有六处:

> 今子有五石之瓠,何不虑以为大樽而浮乎江湖,而忧其瓠落无所容?(《内篇·逍遥游第一》)
>
> 泉涸,鱼相与处于陆,相呴以湿,相濡以沫,不如相忘于江湖。(《内篇·大宗师第六》
>
> 鱼相忘乎江湖,人相忘乎道术。(《内篇·大宗师第六》)
>
> 夫以鸟养养鸟者,宜栖之深林,游之坛陆,浮之江湖。(《外篇·至乐第十八》)
>
> 夫丰狐文豹,栖于山林,伏于岩穴,静也;夜行昼居,戒也;虽饥渴隐约,犹且胥疏于江湖之上而求食焉,定也;然且不免于罔罗机辟之患。(《外篇·山木第二十》)
>
> 泉涸,鱼相与处于陆,相呴以湿,相濡以沫,不若相忘于江湖。(《外篇·天运第十四》)

"江湖"一词的原始意义,应该是《逍遥游》《大宗师》中所指的"江河湖海",属于地理概念。延及后世,这种单纯的地理概念逐渐被人们淡忘,其中,强调人性与精神自由等方面的意思被后人引用、发扬。后世批评者论及江湖及其源头,引述最多的是《庄子·大宗师》,其言曰:"泉涸,鱼相与处于陆,相呴以湿,相濡以沫,不如相忘于江湖。"这句话意为:泉水干涸后,两条鱼未及时离开,受困于陆地的小洼,两条鱼动弹不得,互相以口沫滋润对方,使对方保持湿润。此时,两条鱼便缅怀起往日在江河湖水里自由自在,彼此不相识的生活。庄子所指的江湖即是广阔逍遥的适性之处,也因为高人隐士不甘于受朝廷指挥控制,鄙弃仕途,以睥睨傲然之情,逍遥于适性之所,故含有相当浓厚的超越意识——超越人世规范,寻求真正的逍遥。有如"采菊东篱下,悠然见南山"的自适与悠闲,"竹杖芒鞋轻胜马。谁怕?一蓑烟雨任平生"的淡定和潇洒,与武侠小说中的江湖含义基本无关联。

　　地理范畴的江湖意蕴和人性逍遥自由范畴的江湖意蕴在汉代以后开始向政治意义逐渐转移,曹操的《让县自明本志令》中有一句话很能说明这一现象:"江湖未静,不可让位,至于邑土,可得而辞。"[①]这里的"江湖",是三国纷争的缩影,所指的是与曹操控制的中原地区相抗衡的几股地方割据政治势力,如蜀国刘备、东吴孙权等,这是一个重要的变化。从这时起,庙堂与江湖,入仕与出仕,这些政治意义开始融入"江湖",并且逐渐成为它的重要特征。

　　把江湖作为侠客生活的场域和背景是唐传奇的创造。《谢小娥传》有一句话:"小娥父蓄巨产,隐名商贾间,常与段婿同舟货,往来江湖。"《红线》中侠女红线自称:"某前世本男子,游学江湖间,读神农药书,而救世人灾难。"唐传奇创造出江湖布衣、闾巷之侠去向的最终指归,与司马迁推崇的游侠本意相似,司马迁对"不爱其躯,赴士之厄困"的游侠给予极高的评价和极大的同情,尤其对其中社会地位低下的布衣之侠、闾巷之侠更是赞不绝口。虽然那时的江湖还不单为侠客而设,只是民间寻常闾巷,但已有与朝廷相对意味,初具侠客江湖的意蕴。与此相对应的是唐代文人作品中出现了大量直接写江湖的诗句,进一步推动了武侠小说的江湖言说。如高适诗"天地庄生马,江湖范蠡舟",杜甫诗"欲寄江湖客,提携日月长",杜牧诗"落魄江湖载酒行,楚腰纤细掌中轻",等等,其中的"江湖"都隐然有与朝廷相对之意,即游侠、隐士与平民所处之"人间世"。至宋朝,开始出现与后世江湖意义相近的杀伐江湖,如话本《汪信之一死救全家》中"汪世雄躲在江湖上,使枪棒卖药

---

　　①　曹操:《曹操集》,中华书局 1974 年版,第 79 页。

为生",其江湖已有血腥味道;还有表达归隐意味的,如"永忆江湖归白发,欲回天地入扁舟"(李商隐《安定城楼》),"夜阑风静縠纹平。小舟从此逝,江海寄余生"(苏轼《临江仙·夜饮东坡醒复醉》)等,于是,武侠小说的叙事就有了先"行侠"后"归隐"的主线呈现。明清至民国作为旧派武侠小说的鼎盛期,现代江湖的含义已正式形成。一直到新派武侠小说的出现,"江湖"才最终成为豪杰侠客所闯荡的社会。武侠小说中这种意义指向非常明确,江湖是侠客的江湖,侠客是江湖中的侠客,逍遥自在,快意恩仇。魔教教主任我行有一句名言:

老夫一生杀人如麻,快意恩仇。

——《笑傲江湖》

丐帮帮主洪七公自谓:

老叫化一生杀过二百三十一人,这二百三十一人个个都是恶徒……

——《射雕英雄传》

这种以博得人生"快意"为本质的"江湖"在武侠小说的文本中大行其道且基本呈现虚化的空间状态,与现实社会背道而驰,走的是一条奔向想象化的道路,因其构建了中国小说美学中一个非常独特的场域,所以江湖成为一个极具审美价值的文学世界,但武侠小说里的那种刀光剑影的江湖生活毕竟已非正常的生活秩序。

金庸从创作《倚天屠龙记》开始,作品中蕴含的政治元素陡增,江湖和现实开始"联姻",武侠故事里蕴含了政治隐喻,如《笑傲江湖》《天龙八部》《鹿鼎记》等,对传统武侠小说思想进行解构并全面颠覆,金庸对武侠小说有着独特的理解和创造,这在古龙和梁羽生的小说里是绝无仅有的。古龙、梁羽生笔下的武侠世界比较纯净,武侠就是武侠,不与政治沾边,而在金庸的作品中,显然已密切关注政治并与之相融,于是,就有了另一种江湖,如止战争、好和平,追求民族和睦的乔峰式的江湖;追求人性逍遥自由的令狐冲式的江湖;甚至产生了不是英雄的韦小宝式的江湖。这种对传统江湖叙事的颠覆一方面开创了新派武侠小说的辉煌,另一方面也让侠客走上了一条不归路,英雄最后归结到不识武功的韦小宝身上,让人产生"平生不识陈近南,就称英雄也枉然"之慨。特别是韦小宝,身为穷人却少年得志、日渐发达,这种成功与得志在极端专权社会里是人人渴慕的理想境界。韦小宝成为金庸笔下第一个也是最后一个"英雄的平民化、平民化的英雄"的典型。前者作为金庸对历史的概括,后者是金庸对现实的期望,这样的江湖设置和烘托的文学氛围已不适合侠客纵横驰骋,而只能让韦小宝式的"跳梁小丑"笑傲江湖了。因此,《鹿鼎记》中的江湖,淘尽了千古英雄侠客。

江湖的变异与武侠的不复组合,使得武侠小说在金庸封笔之后逐渐走向式微,于是在求变的思维下,新的小说形式出现,号称"超新派武侠",或称"现代派武侠"的作家温瑞安于1973年发表《四大名捕会京师》崭露头角,后又于1981年发表《神州奇侠》《血河车》等重要作品,在金庸与梁羽生封笔、古龙去世后,成为港台武侠小说一片凋零之下出现的新景观。但一味追求"新、变、突破",让他似有走火入魔之嫌,中国文字之美,就在温瑞安的"突破"下,被割裂得支离破碎;而梁、金、古创下的"新派武侠小说",也在他的"好玩"下,被慢慢"异化"了。

随着黄易的崛起,武侠小说改变了积弱不振的局面,通俗小说的新类型"武幻小说"横空出世,标志着武侠小说的小繁荣。黄易是这种新类型小说的代表者,《覆雨翻云》《寻秦记》《大唐双龙传》等小说在传统的武侠小说发展的理路上融入了玄经易理、科学幻想和现代科技,神话和科幻的色彩非常浓厚。在金庸之后,武侠小说发展遭遇读者和作者双重艰难的困境,黄易将视角转向了科幻及魔幻题材,并开创了通俗小说的新类型——"武侠魔幻小说"。他的代表作《寻秦记》将武侠与科幻结合,由武道可以体会到生命及宇宙的奥秘,融入了更多西方文学的元素,描绘了一幅传统武侠作家向世俗投降的图景,代表了传统武侠与情感、历史、科幻、推理等题材多维合体后形成的辉煌。这样的江湖不单是想象的产物,更是科学幻想的结晶,此江湖已非彼江湖。

韩云波将"魔幻武侠"命名为"大陆新武侠",代表人物为沧月。沧月已发表武侠小说50余万字,代表作有《剑歌》《夜船吹笛雨潇潇》《碧城》《东风破》《血薇》等。《今古传奇·武侠版》2004年第7期的编者曾将沧月定位为"动漫时代的少女武侠宗师",虽有商业炒作之嫌,但对沧月吸纳当代语境里的多种元素,以女性的视角创作武侠的评价,还是具有代表性的。2008年,沧月以355万元的版税收入,荣登第三届中国作家富豪榜第10位,引起广泛关注。2011年,沧月以130万元的版税收入,荣登第六届中国作家富豪榜第29位,在新武侠小说领域取得了令人瞩目的成绩。

除沧月外,小椴的《杯雪》、时未寒的《碎空刀》、江南的《春风柳上原》、步非烟的《剑侠情缘》、孙晓的《英雄志》、金寻者的《大唐行镖》、凤歌的《昆仑》和《沧海》、盛颜的《三京画本》、赵晨光的《浩然剑》(获得温世仁武侠小说头奖)、平平凡凡的《武侠演义》等也具有一定的代表性。这些作家改变了以往武侠小说打打杀杀的外表,武与侠不再是在人力的范围内进行的斗争,很有"拼将十万头颅血,须把乾坤力挽回"(秋瑾《黄海舟中日人索句并见日俄战争地图》)的豪情壮志,将武侠作品引上了玄幻之路,并赋予武侠小说全新的文化内涵,借助全球化的视野和新媒体传播路径,陈述叙事与数码同构的节点,用媒介思维去思考新型武侠小说(武幻小说)。套用西方叙事理论的一句话语:承认文本能够创造其他媒介都无法复制的原始经验,正是这种经验使媒介成为必需。① 至此,武侠小说投入网络化和商业化的怀抱,也就正告传统武侠小说叙事模式倾覆,新的类型小说叙事模式诞生。但武魔、玄幻小说与武侠小说展现人类自身勇和力的原旨偏离方向了。

二、江湖儒道辨——不同文化的阐述

我们注意到,被大家津津乐道的北宋范仲淹的《岳阳楼记》有一句涉及"江湖"的名言:"居庙堂之高,则忧其民;处江湖之远,则忧其君。"此句名言被广泛引用为对武侠小说中江湖的理解,用来指称与朝廷相对的民间社会。陈平原非常推崇范仲淹儒家的政治人格和对于江湖与政治对峙的包容,他在《千古文人侠客梦》中讲道:"'江湖'的这一文化意义,在范仲淹的这一名句中表现得最为清楚。"② 在陈平原看来,"江湖"虽远"庙堂",但并非反"庙堂"。由"江湖"而"得意庙堂",或由"庙堂"而"落魄江湖",都不是什么不可思议的事。前者乃"发迹变泰"的故事,后者则可能是"英雄落难"的故事。③ 从现代政治角度而言,"庙堂"如果代表主流政治的话,那"江湖"自然象征着"在野",是主流政治的一个对抗存在和有机补充。从庄子的立场看,"庙堂"和"在野"是个人心灵、生命能否获得超越的两种对峙状态,是"宁可当摇尾

---

① [美]詹姆斯·费伦、彼得·J.拉比诺维茨主编:《当代叙事理论指南》,申丹、马海良、宁一中等译,北京大学出版社2007年版,第602页。
② 陈平原:《千古文人侠客梦》,新世界出版社2002年版,第137页。
③ 陈平原:《千古文人侠客梦》,新世界出版社2002年版,第137页。

于泥涂中自适的乌龟,而不愿做供奉于庙堂占卜灵验的神龟的",因为庄子认为居庙堂是对生命的一种摧残。这种思想为后世很多文人所理解,杜牧《遣怀》描述个人仕宦的不得意,称"落魄江湖载酒行",事业不能成功,江湖就成为失意者或失志者无奈的归宿,或者暂时避祸栖身的居所;范蠡功成身退,"乃乘扁舟,浮于江湖"。以江湖为归隐之地,明显带有远离政治的意思。无论如何,"庙堂"和"江湖"间,实际上表明了权力中心的介入与远离,一进一退。就这一层面意思看,"江湖"是有"全身远害"(林保淳语)的意思。武侠小说中,作家的思维相对单一,情节设置重复和人物形象雷同化的倾向相当严重,在文本构思中往往让侠客们在权力斗争中最终输给对手,倒不是侠客武功不敌,而是情感、意志不敌,最后心灰意懒,退出江湖,主要是心理上失败了,大部分的武林大侠结局都重复着这一故事。当独裁者终于一统江湖,江湖人物历经惨烈杀伐后纷纷凋零不复为权力和虚名所累,或叱咤江湖的大侠终不敌阴谋诡计而心灰意懒时,那些持仁义之心者只好黯然引退,遁迹山林,甚至命绝江湖;或纵横天下的绿林好汉步入庙堂系上冠带,飒爽英姿不再。所以,武侠小说总是有一种归隐情结,体现"全身远害"的意图。主人公轰轰烈烈做一场之后,常常是"空负安邦志,遂吟去国行"。自古以来侠客首先应当是遁身"江湖"的山林隐逸之士,虽然庙堂时不时向他们伸出橄榄枝唱道"王孙兮归来,山中兮不可久留",但他们仍不肯入其彀中,这样的表现仍是一种倔强的不妥协、不合作态度。从另一角度看,儒家"庙堂"所推崇的政治人格是积极入世、忠君牧民的"君子",道家"江湖"所弘扬的文化人格是挥洒人生、笑傲庙堂的"真人"。庄子"江湖"的文化意义与范仲淹的儒家思想很少有交叉点,也无法兼容,所以,以武侠小说里展现的江湖本质来反观范仲淹对"江湖"的解释,可以认为范仲淹笔下的"江湖"并非文化中国的本真江湖,而是政治中国的江湖。一般武侠作家偏重叙写江湖,而远离庙堂斗争,即使文本中出现朝廷争斗,大多是作为江湖纷争的一种背景。所以,范仲淹的"处江湖之远,则忧其君",则是因失宠于"庙堂",怀才不遇,空负满腔壮志、才情而暂处江湖随时等候庙堂召唤的儒家政治意义的卑琐人格,就像陆游这样,徒有满腹诗书、定国韬略,直到60岁才被授予一个小太守之位,报国无门。这远未揭示那些远离庙堂,逍遥适性,不以进取得仕而喜的隐居江湖、逍遥江湖的道家独立自由的文化人格。道家一般不会"处江湖之远,则忧其君",而是"天子不得臣,诸侯不得友","独与天地精神往来,而不敖倪于万物"。

从儒、道文化对江湖的不同表述,我们可以得出如下结论:武侠作家一般不会亲儒反道或亲道反儒,至多近儒或近道,更多时候是"由儒到道"(曹正文语),其表述的理论大同小异。因为作品的思想有所附着,所以武侠小说作家文本主旨设定就显得相对简单,远不如正统小说复杂,武侠小说作家的时间大都花在情节的构思上,让更新奇玄妙的情节刺激读者的感官,从而谋得大众认可。所以,绝壁(谷)、深山、大漠、荒岛等人迹罕至之所纷纷进入武侠小说家的视野进而成为小说独特意象,构成叙事的峰回路转、九曲通幽。杨义在《中国叙事学》中认为,研究中国小说必须把意象以及意象叙事方式作为基本命题之一,他说:"中国叙事文学是一种高文化浓度的文学,这种文化浓度不仅存在于它的结构、时间意识和视觉形态之中,而且具体而真切地容纳在它的意象之中……叙事作品之有意象,犹如地脉之有矿藏,一种丰富的文化密码之矿藏。"①

金庸小说勾画的独特意象是小说审美意境的最重要组成部分,也是金庸在继承前人基础上的创新。

唐传奇《聂隐娘》中记述聂隐娘学武所在:

> 及明,至大石穴之嵌空,数十步寂无居人。猿狖极多,松萝益邃。

令狐冲面壁思过的华山思过崖:

> (令狐冲)自行到玉女峰绝顶的一个危崖之上。危崖上有个山洞,是华山派历代弟子犯规后囚禁受罚之所。崖上光秃秃的寸草不生,更没一株树木,除一个山洞之外,一无所有……当年华山派的祖师以此危崖为惩罚弟子之所,主要便因此处无草无木,无虫无鸟,受罚的弟子在面壁思过之时,不致为外物所扰,心有旁骛。

武侠小说展现了人类原始的勇与力,其情节设计在于最大限度发挥人的潜能和意志,将侠客推至生命临界点,置之死地而后生,于不可能之处焕发人类璀璨的生命美和力量美,最能迎合华人读者对于自身梦想升华的追

---

① 杨义:《中国叙事学》,人民出版社 2009 年版,第 277 页。

求,绝境或与世隔绝之处就成为作者的意象选择,这其实是武侠小说最为吸引人的重要原因之一。同时,这种在文本构思中体现由"突兀"向"自然"的过渡,造就"山重水复疑无路,柳暗花明又一村"的意境,使得情节浪漫曲折而富有诗意,大大增强小说的可读性。这样的江湖能让读者安然沉浸其中而心怀大畅。

三、江湖、现实——两种江湖世界的逐渐融合

江湖中人何为?上者为国为民,仗义行侠、除暴安良,平天下之不平;中者为报家仇仗剑浪迹天涯,追凶杀人;下者追逐名利,争个天下武功第一,甚至不惜身入魔道,视生命如草芥。一句话,都是在刀光剑影中讨生活,说得通俗一点,便是杀人。《侠客行》一书中侠客岛的赏善罚恶二使张三、李四都是谈笑间杀人伤命的残暴之辈,每踏入中原一次,都会杀死上百人;即便是正派代表人物丐帮帮主洪七公也是杀人无数,他自谓:一生杀了二百三十一人,其中没有一个是好人。一正一邪的代表性言论很能说明问题。在江湖中,杀人随性而动是家常便饭。这里,作家思想理路表述是清晰的,但读者却迷茫困惑了。本来"杀害人命是一个人所能使另一个人遭受的最大不幸,它会在同死者有直接关系的人中间激起极为强烈的愤怒。因此,在人们和犯罪的心目中,谋杀都是一种侵犯个人的最残忍的罪行"[①],但杀人这样的残忍行为在金庸的武侠小说中却因为行侠或风浪滔滔的江湖表达需要而被轻轻带过,我们不禁要问,江湖世界除了杀人及其前因后果外还有没有其他的内容?武侠小说中的"江湖"到底是一个什么样的世界?

武侠小说中的"江湖",除了"全身远害"外,还可以理解为,真正的达人,能够超越世俗,视江湖为优游之地,远离权力中心的纠葛,隐藏于江海之间,称为归隐式的江湖,如令狐冲携任盈盈退隐梅庄,杨过牵手小龙女悄然远逝等。但充盈着杀伐,晃动着刀光剑影的江湖远非这种随时可以归隐的乌托邦可比,实际上江湖风高浪急,只是人处在其中不自知而已,所谓"人在江湖,身不由己"(古龙语)。你想要归隐,过逍遥适性的自在生活,还存在极大的不确定性,有时得看别人的眼色。如果碰上政治斗争,想要归隐之人陷入其中极有可能成为政治斗争的牺牲品。如刘正风和魔教长老曲洋琴箫相交,引为知己,相约远离江湖,但与左冷禅五岳剑派合并阴谋有冲突,虽然刘

---

① 　[英]亚当·斯密:《道德情操论》,中央编译出版社 2009 年版,第 103 页。

正风清楚表明：

> 今日金盆洗手，想要遍告天下同道，刘某从此退出武林，再也
> 不与闻江湖上的恩怨仇杀，只盼置身事外，免受牵连。去捐了这个
> 芝麻绿豆大的武官来做做，原是自污，以求掩人耳目。
>
> ——《笑傲江湖》

其目的就是要远离江湖是非（从政治斗争中抽身而退），却被左冷禅横加阻拦，最终不可得，命丧荒山。因为权力斗争（政治）不容许圈内之人置身事外，人人都必须参与这场游戏博弈，自我选择的余地很少，规则是不能随意改变的，一旦进入某种角色，就不可能跳脱既定的规则，除非有强权之人或绝顶大侠要改变规则而得到别人认同。但刘正风无法也无力改变这一切，因为他不是在江湖上一言九鼎的人物。同样，"梅庄四友"盼望在孤山隐姓埋名，享受琴棋书画的乐趣，却被卷入教主之位的抢夺阴谋中，卒以身殉，结局与刘正风毫无二致。所以，江湖不是提供给一般人以安身享乐的所在。武侠小说中的江湖是真正能够让侠客纵横驰骋、快意恩仇而又远离庙堂权力争斗中心的一块乐土，它属于侠客，是侠客的江湖，也是永远动荡不安的江湖，这也是自唐以来无数武侠小说作家苦心经营出来的。而这种"江湖"的普适性远较其他形态的"江湖"来得实在和深入人心。

更为困难的是，所有武侠小说所构建的专为侠客生存的江湖，其理想与现实的交叉与重合有时却让我们惶惑，如《天龙八部》中乔峰所追求的民族和解的江湖到底是属于侠客还是属于人类的世界，就令人费解。在明了自己身份后的乔峰做回了辽国的南院大王，其人生追求的目标就是让汉、契丹、女真等民族间实现和平，各族人民和睦相处。他最后为了消弭辽、宋之间的战乱，为两族人民争取安居乐业的可能而胁迫辽主，事后引咎自杀。乔峰行为的动因是对汉人和契丹"杀来杀去，不知何日方了"的恐惧，是为"宋辽两国千万生灵着想"，是朴素、坚定的反战主义者，已经脱离了汉族（或辽族）中心主义和英雄道义的伦理轨道，是破除各种话语蒙蔽后对事实的本原性做出的判断，所以他所追求的这一种江湖已不仅仅是武侠的江湖，更应是大同世界的人类梦想，那是当代社会共同追求的理想境界，完全与现实相吻合，就是放在当下也是最为理想的一种存在。如果拔得更高一点，乔峰的视野极其开阔，他不是局限于人类偏狭的生存空间来思考问题，而是立足大千

世界和宇宙而产生的终极关怀。当然,赋予一介江湖武夫以如此崇高的思想境界和道德意识,未免过于抬举他了,但这也是武侠小说作为一种童话存在的必然选择。然而,乔峰追求的江湖属于谁呢?侠客还是读者?我们可以不做论证地说明那是属于读者的。当乔峰大声说完,以两截断箭直刺胸膛自杀,就已经预示着江湖世界的大转向:

> 陛下,乔峰是契丹人,今日威迫陛下,成为契丹的大罪人,此后有何面目立于天地之间?

乔峰作为契丹人,为了辽汉两族的和睦相处竟背叛祖宗,他的悲壮自戕所具备的意义也不仅仅是一个豪士侠客所体现的人格亮点,更是个体所能亮显的最高等级的时代意义。乔峰作为一种文化符号所追求的或短暂达成的民族和解的江湖已经不能和武侠小说的江湖相提并论,那是与现实合二为一的人类江湖,其传达出来的意旨远非武侠小说营造的江湖可比。当小说中的江湖和现实重叠在一起时,江湖不能成为相对于"庙堂"的"第二社会"。此时,我们显得愈加迷茫,怎样理解和把握江湖呢?是忘掉江湖呢,还是继续对江湖津津乐道?因为我们在阅读时很难辨别哪种世界真正属于我们,哪种世界属于侠客。

至于在《笑傲江湖》的结尾,在一曲《笑傲江湖》的协奏中,令狐冲和任盈盈达到一种更完满的幸福境界,从此二人退隐江湖,比翼双飞,过着随性和自由的生活。这是另一种以作者反思杀伐和归隐江湖的不安逸因而重新创造的理想江湖。以"笑傲江湖"为题,他们真能笑傲江湖吗?这是一个困难的推理。按照小说情节发展,他们远离了政治斗争的诡秘和残酷,远离了人世间嘈杂的声音,远离了滚滚红尘中燃烧的罪恶火焰,远离了虚妄和作茧自缚的社会规范,他们就这样快乐地在理想的高度上逍遥着,接近一种神圣的宁静。他们不再与世俗有关,他们只实现着完美。但这样的"江湖"已不再是武林中的"江湖"了,而是人性中自由、逍遥、快意的所在。这虽然是对杀伐江湖、全身远害之类的江湖的大嘲笑,但同时也证明了此江湖与彼江湖的本质不同。如果认可令狐冲归隐的"江湖"合理性,那么,侠客仗剑行走的"江湖"就会失去合规性。金庸写完《笑傲江湖》后,不得已写下与武侠小说相比显得有点不伦不类的《鹿鼎记》,借此作为对《笑傲江湖》思考的继续,并以此封笔谢绝"江湖",因而无法再现昔日让我们魂牵梦萦的"江湖"。

作者表述清晰与读者阅读困惑的江湖世界构成评论界众声喧哗的开放格局,很多名家参与了"江湖"的讨论,如陈平原《千古文人侠客梦》[①]第七章"笑傲江湖",韩云波《人在江湖》把"江湖"区分为"地理名词""社会名词""文化名词"[②],王学泰《发现另一个中国》第二章"江湖——隐性社会的生存、奋斗与理想"[③],林保淳《解构金庸》[④]第九章"金庸小说中的'江湖世界'"等,都对"江湖"做了自己的理解。对金庸一直持不同意见的南京大学教授王彬彬认为:"金庸所虚构的武林世界,是一个非逻辑的世界,现代生活的逻辑在那里往往不管用。"[⑤]王彬彬对金庸持完全否定的态度,他将金庸笔下虚构的"江湖"认定为非逻辑、非理性的"形而上"产物,是不会和现当代社会产生一丝一缕的关联的。但关联还是有的,我们不但生活在无所不在的枷锁之中,而且从不敢相信自己生而自由。因此,侠文化反映着我们内心深处的隐痛,武侠情结,江湖迷梦,永远是中国人望梅止渴、画饼充饥、聊以自慰而已,正是"千古文人侠客梦,徒有临渊羡鱼情"。江湖在哪里? 江湖在心中。国人只能在虚构的江湖的白日梦里,做一些关于侠客救世的朦胧想象,却始终不能上升到系统实践的社会思潮,武侠小说使我们着迷的原因也许正在于这种精神安慰作用。江湖信奉的道义行在地上如行在天上,或者称为"海市蜃楼"也不为过。江湖远不远? 不远。人就在江湖,江湖就在心中,江湖怎么会远? 江湖雨纷纷,颇有一些说不清道不明的成分,让人困惑不已。我想,不但金庸小说中的江湖属于这种状况,所有的武侠小说中的江湖都可一概而论。

不仅如此,江湖随着社会、政治的变迁,衍生出多重意义。在当下,我们仅从字面上理解"江湖"还应有多种解释,大概是:江西湖南;江河湖海;泛指四方各地;指民间;旧时指隐士的居处;引申为退隐;黑社会秩序;有人的地方。

现今社会也唯有以暴力冲突为常态的黑道生态贴近所谓的江湖,也正因如此,"江湖"一词已演变成较为负面或特定的用语,如:"混江湖",意指混

① 陈平原:《千古文人侠客梦》,新世界出版社2002年版。
② 韩云波:《人在江湖》,四川人民出版社1995年版。
③ 王学泰:《发现另一个中国》,中国档案出版社2006年版。
④ 林保淳:《解构金庸》,中国致公出版社2008年版。
⑤ 王彬彬:《文坛三户——金庸·王朔·余秋雨:当代三大文学论争辨析》,大象出版社2001年版,第101页。

黑道;"老江湖",喻见多识广之负面人物;"江湖险恶",指是非纷扰之地等。而那句大家耳熟能详的"人在江湖,身不由己"意指人身处在特定环境中,因顾及周遭人事的压力,常做出非出于己愿的事。

但,这些已远离武侠小说中真正的"江湖"了。

四、分久必合,合久必分——江湖的必然趋势

《三国演义》开篇就说:"话说天下大势,分久必合,合久必分。周末七国分争,并入于秦。及秦灭之后,楚、汉分争,又并入于汉。汉朝自高祖斩白蛇而起义,一统天下,后来光武中兴,传至献帝,遂分为三国。"这段开篇说辞用来表述武侠小说中的"江湖"形态,也是恰到好处的。江湖发展的必然趋势是"分久必合,合久必分"。

遍览武侠小说,只有正派或只有邪派的"江湖"是不存在的,因为江湖不会为一方存在而单设,武林中的江湖只适合于正邪两派的共存,邪中有正,正中有邪,江湖才显得热闹。风云激荡的江湖,它随时派生出"正派""邪派"的殊死搏斗,其结果是此消彼长。而在对决之前,正邪两派的力量对比,往往是邪派略占上风,但随着代表着正义一方的侠客武学功力日益深厚,正方逐渐压制邪方。随着不可一世的大魔头或纵横江湖的枭雄的覆灭,顶天立地的豪侠归隐,江湖暂时得以安宁。人心思动,久静的江湖又出现了妄图一统江湖的雄心勃勃的枭客,对权势(天下第一、武林盟主、一统天下)的永恒追求,使得那些人称"邪恶"的魔头及教派层出不穷,如"西毒""四大恶人""日月神教""明教""星宿派"等,还有许多挂着"正派"牌号参与其中的,如"五岳剑派"等,一时江湖浪高风疾,大有"黑云压城城欲摧"之势。此时,几乎所有的武侠小说中总会设计出一个家毁、无父、历尽艰辛与磨难的少年,福泽深厚,机缘巧合之下,练就一身超凡入圣的武功,带领正派人士与之抗衡。最后邪派烟消云散,正派元气大伤,邪派再也无力挑动江湖纷争,正派失却作战对手而"拔剑四顾心茫然"。然后,进入分久必合、合久必分的江湖轨道。这种久淀的思维模式预告江湖的一个铁律:一动一静,相辅相成,相生相克,静久思动,动久思静。也就正告武侠小说结构模式的不可超越性。从唐传奇以来一直到"新派武侠小说",这种结构模式基本属于稳定的架构,即使才如大海的金庸在塑造英雄侠客时到底也没能摆脱这种思维定式。即使是到了最后一部小说《鹿鼎记》,从金庸设定的人物韦小宝不太懂武功这一思路分析,金庸是想迈开脚步,放开手脚,准备扬弃旧有的模式,向新的结

构模式进行大胆的探索的，但结果依然没有跳脱这种顽固的思维定式。随着天地会英雄陈近南的失败，韦小宝的归隐同样非常明显地昭示江湖已从纷乱走向平静，江湖仍然是分久必合，合久必分。但金庸大胆探索的意义在于，武侠小说可以不为武功而武功，可以以力量和智慧同构其本质。这一成果被后继者所采用，新一代的武侠小说由此诞生。加上后人是不甘于拾前人牙慧的，总想超越，总想出类拔萃，所以，才有了抛弃传统模式而流行于当下的易理类和玄幻类的新一代武侠小说。

对于这种固有的结构模式，我们可以从以下材料去考察：在《倚天屠龙记》中，从小身受寒毒之害，几近无救的张无忌无意中学成"九阳神功"，祛除了纠缠十几年的寒毒，张无忌得以重新行走江湖。他天性随和，没有成名欲望，也没打算替父母报仇，只是从小在冰火岛受到谢逊的呵护因而心存感恩，一旦病魔祛除，他最想去海外冰火岛与义父团聚，接他回中原。这个愿望一直萦绕在他的脑海中。现实生活往往阴差阳错，荒岛没去成，却激于义愤，在西域大漠中为了救明教一群教徒身受峨嵋掌门灭绝师太三掌，以重伤之躯树立恩德，接着又误闯明教圣地得悉圆真的阴谋并学会"乾坤大挪移"。六大门派围剿光明顶明教总舵，在明教生死存亡之际，他与各派高手相抗，九死一生，终于力挽狂澜。张无忌因缘际会之下练就一身盖世武功，以天下人叹服的武力和无可替代的人格力量，统领群雄，坐上教主的高位。但张无忌又有一个致命的缺陷，他既无政治头脑，也无政治热情，更无政治手段，在明教和中原武林之争及起义军和朝廷的对抗中，他处处被动，同时陷入了无尽的武林纠葛，不由自主地周旋于各色人等之中，保护师门，起兵反元，搭救义父，清解恩仇，大事小事公事私事，弄得他筋疲力尽。虽然自己身负绝世武功，又有明教的庞大势力作后盾，更兼武当一派的力挺，张无忌仍是步步荆棘，吃尽了苦头。

明教有了张无忌这样不以权力作为追求的教主后，原本四分五裂、争权夺利的一众首脑又团结在一起，明教势力已达独立抗天下的境界。义父谢逊终于大彻大悟，了却恩仇后出家少林寺，张无忌安享天伦之乐的一息念想最终断绝。张无忌本可以安心做教主，就在他带着众豪客和义军在反元的道路上一路高歌前进，元朝行将覆灭，明教将要打下江山时，张无忌却中计了，落入明教大将朱元璋设下的阴毒陷阱，误以为徐达、常遇春等故友背叛他，意图篡权，张无忌心灰意懒，主动辞去了明教教主的职位，悄然携赵敏归隐了。自此，张无忌对江湖再无半分留恋。江湖历经明教和六大门派的殊死搏斗，六大门派死伤惨重，而明教经朱元璋的操弄，已是江河日下，后继教主杨逍德鲜而无作为，也已走向式微，江湖正邪各派均在"苟延残喘"，整个江湖又进入休养生息的路径。于是，充满血雨腥风的江湖最后又复归平静。

在《笑傲江湖》中，有三条主要线索交错前行，一是少林、武当、五岳剑派等"名门正派"与"魔教"日月神教之间的斗争；二是五岳剑派内部盟主之位的设立与争夺；三是日月神教内部教主之位的抢夺与杀伐。其时武林之中，既有正邪之判，又存门户之别，少林、武当、青城、五岳自诩正教，与魔教（日月神教）冤冤相报，势不两立。在正邪两派争斗中，令狐冲亦正亦邪，既是名门正派华山派的大弟子，后又是恒山派掌门人，更是少林、武当最为倚重的解决正派双方即五岳剑派中嵩山派与其他四派盟主纷争的一枚关键棋子。令狐冲浪迹江湖之际，先结识采花大盗田伯光并结为朋友，后又结识反派人物桃谷六仙、不戒和尚等，更与日月神教主要角色向问天结为朋友，又得该教"圣姑"任盈盈青睐。令狐冲助盈盈之父任我行杀死东方不败，夺回日月神教教主之位。所幸任我行在行将吞并五岳剑派时突然暴毙，江湖上侥幸免去一场腥风血雨。

然而这武林"正""邪"之间的斗争，实际并不如表面上那般黑白分明。五岳剑派所谓"正派"中人左冷禅、余沧海等各怀异志，"君子剑"岳不群更是典型的伪君子。五岳剑派名虽一体，实心存芥蒂。嵩山掌门左冷禅野心勃勃，企图夺取五岳剑派盟主之位，吞并五岳，称霸江湖，自恃盟主身份，凌驾四岳掌门，挑拨泰山派内斗，鼓动华山剑宗传人与气宗争夺掌门之位。一时江湖血雨腥风，纷争迭起，充满杀伐之声。令狐冲又与盈盈及诸多"正""邪"两派朋友合力，揭露并破坏了左冷禅、岳不群等妄图兼并五岳剑派的阴谋。岳不群以华山思过崖洞内石刻武功秘诀诱引诸派高手入观，旋用巨石封洞，欲尽诛异己，五岳剑派洞内自相残杀，各派高手精英几乎一役尽殒，五派纷纷凋零。仅恒山派令狐冲等赖女尼仪琳刺死岳不群，始得脱困。任我行倾巢来攻，欲称霸五岳，胁迫令狐冲入教，令狐冲凛然不屈。任我行终因心力交瘁而亡。最后令狐冲退出江湖与任盈盈共结连理，从此不问世事，正邪双方亦因此化干戈为玉帛。黑白两道、正邪双方都化为古人，江湖亦不复得见曾经辉煌的历史故事，终使武林暂时恢复安宁。

如果武侠小说叙述的故事按历史年代排列，每一个朝代的武林世界都非常清晰地展示平静的江湖——纷扰的江湖——复归平静的江湖，循环往复，缕缕不绝，这么一种历史的轮回，显示出江湖历史和现实变化的趋同性，走的是同一条路线。这一路线图重复出现在各个时期的武侠小说故事里，只不过在不同的作家笔下，呈现的面貌略有不同罢了。

五、"邪不胜正"——永恒的江湖存在

正，通常是指好的、光明磊落的一面；邪，通常是指不好的、阴暗堕落的一面。亦正亦邪就是既有正的一面也有邪的一面。

学者陈平原认为："武侠小说的根本观念在于'拯救'，'写梦'与'圆梦'只是武侠小说的表面形式，内在精神是祈求他人拯救以获得新生和在拯救他人中超越生命的有限性。"盼望得到拯救的人多，拯救之人于是出现，拯救之人即武侠小说所谓的"正"，阻碍拯救之人即为"邪"。武侠的写梦和圆梦虽是表现形式，但实质是为根本观念服务。

武侠小说引导我们通过一个复杂的"冒险"迷宫，这个迷宫九曲通幽，有"山重水复疑无路，柳暗花明又一村"的复杂与刺激，当然不会激起令人不快的困惑不解和焦躁不安，反而勾起读者的好奇心和阅读欲望，最后它们差不多总是有一个完美的大团圆结局，正义是"幸存"的，所以武侠小说往往也拥有"正义神话"的雅号，正好印证江湖结局的永恒形态——"邪不胜正"。这种结局在武侠小说中既是经典的，也是最受读者欢迎的，虽然也是俗套，然而却是主流，也许在很长的一段时间内都不会受到挑战。这不仅因为在它的超现实叙事中，蕴含着一种对社会公正的诉求，也是基于这些故事里的大侠已不再只是笑傲江湖的性情中人，俨然成了"替天行道"的正义卫士。刘绍铭等认为："这些小说都是正邪立辨的，即使如金庸般才华横溢，笔下角色心理复杂，也难免落入同样的套式中。"[1]这是读武侠小说比其他小说轻松愉快的地方，它总是提供喜剧——一种久淀于民族深层心理的文化理想，供人咀嚼，以作饭后谈资。虽然有时也写一些受苦和悲怆的结局，但这种成分绝不浓厚，其结局带来的正面意义远胜于个体命运的悲剧感，正如乔峰的悲剧性自戕，留给北宋和辽国以安宁。

武侠小说总的来说是积极的、向上的，是用来赞美生命活力、自由和幸存的。孟子说："得道者多助，失道者寡助。寡助之至，亲戚畔之；多助之至，天下顺之。以天下之所顺，攻亲戚之所畔；故君子有不战，战必胜矣。"[2]"正"

---

① 刘绍铭、陈永明编：《武侠小说论卷》上册，明河社出版有限公司 1998 年版，第 216 页。
② 焦循：《孟子正义》，中华书局 1987 年版，第 254 页。

得到多助，"邪"只能是寡助。儒家文化观点的影响波及武侠作家，以此观点付诸创作实践，"邪不胜正"就成了理所当然的表述理路，并获得广大读者的理解。问题的复杂性在于，武侠小说里人物很多没有明确界限，"君子剑"岳不群本质是邪派人物，真真实实的一个伪君子，但在江湖上是一个大名鼎鼎的正派人士；明教是江湖上臭名昭著的邪教代表，但其体现的品格却远胜峨嵋派；桃花岛岛主黄老邪亦正亦邪……很多时候江湖不分正邪，什么是邪什么是正，没有截然界限。更为复杂的是，江湖上很多时候以力量决胜负，邪胜了正就拥有了发言权，称自己为正。只有胜败，无正邪，胜利的一方就是正。更有一种武林传统，那就是众口铄金，一个错误的结论被一千人各说上一遍，便会成为真理。很多江湖上的正邪判别，历来源于历史的流传。

《射雕英雄传》中洪七公对裘千仞有一段精彩的表述：

> 老叫化一生杀过二百三十一人，这二百三十一人个个都是恶徒，若非贪官污吏、土豪恶霸，就是大奸巨恶、负义薄幸之辈……老叫化贪饮贪食，可是生平从来没错杀过一个好人。裘千仞，你是第二百三十二人！

这番话说得大义凛然，气势非凡，仿佛达摩克利斯正义之剑高悬头顶，等待死亡宣判，裘千仞听后默然无语。老叫化是胜利者，拥有话语权，是正方的代表人，只是江湖中人该杀或不该杀，被杀之人是否就罪大恶极，理所当诛，则只能"运用之妙，存乎一心"了。那些江湖魔头更是视杀人为家常便饭，看哪个不顺眼就可以一剑刺之，一刀砍之，甚至可以提着刚被砍杀的脑袋，招摇过市，却从未引起旁人的怀疑与质询：梅超风以活人头颅修炼"九阴白骨爪"；"无恶不作"叶二娘专偷人家婴儿玩弄后杀掉；余沧海为抢夺"辟邪剑谱"灭掉福威镖局；衡山派刘正风因无法金盆洗手而全家倾覆。而那些身负"血海深仇"之人，立志学艺，风餐露宿于深山绝壁，几多风雨几多愁，终于艺成下山，所求的便是手刃仇敌那一刻的快感。如果是邪派人士，那将为江湖所不齿；如果是正派人士，那便是正大光明地替天行道了。因为正派是为驱除邪恶、执掌正义，平天下之不平，结果自然可以战胜"邪"。这不仅可"快"一己之心，还可大"快"人心，这是江湖人心所向。

问题在于，侠客自我掌控是非正义的，无视官府也无视法律，是不是正合"侠以武犯禁"呢？何云波在《武侠小说的江湖世界》中认为，自己认为该杀,便干净利落一刀了断,这里面难免带有很大的主观性、随意性。《射雕英雄传》中的洪七公,自谓:一生杀了二百三十一人,其中没有一个是好人。洪七公杀人凭借的是个人道德。况且,好与坏本身便是相对的,评判一个人不能以一己之好恶加以主观认定,否则就会失之偏颇。辩证地看,没有坏哪来好,很多时候是好中有坏,坏中有好,在特定语境中很难区分好坏,个人所站立场不同,代表的利益集团不同,判断事物的标准也不同。

在武侠小说中,奸夫淫妇是侠客最为痛恨不齿的,往往被侠客杀掉或裸体示众,或遭遇强逼断绝情愫,就连大情圣杨过到底也没有逃脱这个命运。侠客也是人,会受心理、情境、突发事件、思维定式、外界传言等的影响,产生误判,做出错误的行动。更为麻烦的是,人都有作为动物的共通劣根性,即使是侠客,也难免有杀得性起的时候,乔峰大战聚贤庄就是一个明证。将一个人的生命维系在另一个人的主观判断之上,侠客的好恶和即时情绪左右其杀人的举止,这正是侠客最为可怕之处。头顶着"正派"的帽子,就可以遮盖一切,甚至是邪恶的行为,如灭绝师太就可以"大义凛然"地灭绝她认为的"恶"与"邪"。著名学者夏志清教授也认为:"这些故事至今流传不衰,实在与中国人对痛苦与杀戮不甚敏感有关。"[①]因为惩罚自有法律,每个人都无权擅自处置他人的生命。中国的武侠小说,则具有一种非人道倾向。当欧阳锋把一个人头交给黄药师的时候说:"兄弟今晨西来,在一所书院歇足,听得这腐儒在对学生讲书,说什么要做忠臣孝子,兄弟听得厌烦,将这腐儒杀了。"(《射雕英雄传》第三十四回)但却得不到黄药师的认同,黄药师恰恰佩服忠臣孝子。不过,武侠小说还是张扬在惩恶的幌子下,该杀的千刀万剐,要杀个痛快,不该杀的不能乱杀。这已较《水浒传》往往"不问军官百姓,杀得尸横遍野,血流成渠"(《水浒传》第四十回)的好汉们不可同日而语,两者的精神境界具有天壤之别。

六、结庐、相忘——江湖世界的终结

"浩荡出江湖,翻覆如波澜",在武侠小说作家笔下,安详平静的江湖总是出现在一段可歌可泣的英雄故事暂告一段落时,在故事还在文字中飞扬时总是出现正邪对决,掀起血雨腥风、惊涛骇浪,但武侠小说最后的结局无外乎"邪不胜正",这一民族传统欣赏习惯在武侠小说中显示出强大的统治力。武当五

---

① [美]夏志清:《中国古典小说导论》,胡益民译,安徽文艺出版社1988年版,第102页。

侠张翠山正是有感于此，才说出"但求心之所安，义所当为"的话来。

　　单就侠客的生命气质而言，如此"江湖"，才是他们安身立命、显姓扬名的场域，毕竟，积极超越的生命情调，需要有纷扰多变、充满机遇和挑战场域的相衬，如此才能相得益彰。"山不在高，有仙则名；水不在深，有龙则灵"，江湖为侠客而设，侠客为江湖而活。离了江湖的侠客，注定要消失在这个世界里，将一如失了水的鱼，只能望河而泣，无水枯死。这正如《西游记》里的孙悟空，可以大闹天宫，自封齐天大圣，西天取经回来唯唯诺诺，顽劣、自信、藐视一切的傲然之气荡然无存；水浒群雄，梁山泊中可以一起飞扬，一旦接受朝廷招安，飒爽英气不再，气息奄奄难振；而草莽英雄一旦入于冠带，其粗犷豪迈的肚肠，也终将不敌细密婉转的文人心思；张无忌终究不敌朱元璋；陈近南相较康熙终是英雄气短，其故可深思。但从另一面观之，韦小宝这一无长技在手的混混却能纵情宫廷、风光八面，倒给我们以另一种江湖的见解，朝廷在一些人眼里，依然还是别样的"江湖"。

　　诡异而充满杀伐的多难江湖不仅仅是现实之外的梦境，还借小说塑造了一个新现实，说武侠小说是"成年人的童话"（华罗庚语），也不无道理。这说明江湖不仅仅存在于书本中，很多时候依然还是现实生活的主观体验和反映，充满浓厚的象征性色彩。正如任盈盈所说的那样："江湖风波险恶。"纵然是"在别处的生活"，依然伴随着现实的血腥与残酷。于是，《天龙八部》里的乔峰承受不了平息民族争斗的重任和江湖的暴力洗劫，段誉惊恐于杀人武学功力的日益增长，《笑傲江湖》的令狐冲厌弃了对权力的膜拜与痴迷，《连城诀》里的狄云荡涤了对金银财宝的贪婪与占有欲。他们挣扎于宏大叙事的裹挟，成为试图超越历史、民族、国家的旁观者和局外人，他们最终选择的是个人的自由——乔峰自杀，段誉乖乖做了皇帝，令狐冲归隐。

　　武侠小说在想象的空间中，以现实为蓝本，创造一个虚拟的江湖世界，供侠客快意驰骋，尽管作家笔下的"江湖"大异其趣，而刀光剑影、拳雨掌风之中，依稀皆可窥见其泼墨挥毫、纵恣潇洒的身影。

　　人生不自由，动辄受羁于社会各种既定的规范，所以不如意事十之八九，侠客之叱咤风云的潇洒和俊爽，有时也象征着读者与现实发生冲突后的扬眉吐气、尽扫抑郁，这也是武侠小说之所以能够吸引不同阶层读者的原因之一。侠客游侠江湖或笑傲江湖，读者眼底、心中，也自有这一江湖。

　　读者结庐于武侠小说，实际上是与小说主人公的认同状态相一致，从而达到一种自我幻化、自我遗忘的境界。真正意味深长的武侠乌托邦不仅是构造一个"懒汉的乐园"、精神的栖息地，而是在编织如诗如梦空间的同时，也不放弃对现实、人生的关注，并做一些有限度的抗争。

然而，金庸小说中的江湖，读者又应作何观？当江湖逐渐演变成为一种隐喻世界，成为社会、政治或庙堂（权力争夺核心）的象征，行游其间，理当英姿飒爽的侠客，不是伤痕累累就是一如突梯滑稽的丑角，说是"平生不识陈近南，就称英雄也枉然"，其实只是徒增感慨而已。然而，在《鹿鼎记》中，陈近南下场又是如何？他不是被称为英雄吗？这样的结局处理岂不是对武侠英雄最大的嘲弄？仔细想想，现实社会其实并不需要真正的英雄侠客，因为现实不会提供给侠客以生存空间，只有油嘴滑舌、不学无术的韦小宝之流才是最懂得"适者生存"之道的，但韦小宝是英雄吗？是又不是，英雄若以成败论，那韦小宝无疑是最大的英雄，因为他黑白两道通吃完成了人生的辉煌，一个从妓院出来的小混混最后身登一等鹿鼎公；但若以传统英雄标准论，韦小宝无法与英雄同列，因为他根本不具备英雄品质。有研究者认为："无论是对金庸小说进行文化研究，还是雅俗定位、寓言解读，都反映了知识分子在日益平面化、商业化、物质化的后现代社会中，通过返回民间、取得话语权以求得自身的生存和发展，并有限发挥知识分子精英作用的努力。"[①]他把金庸小说的研究看成是知识分子自上而下的民间渗透，以使知识分子话语有更大的生存空间，以此推断金庸把武侠英雄的塑造最后归结为：平民韦小宝有其宏伟目标，他想夺取武侠小说的话语权。金庸在封笔之后，对其作品进行了三次大的修改，这在武侠小说史上是罕见的，显示出金庸颇有以其作品鸣于世的雄心，从而也就有了全面解构英雄含义的韦小宝的出现。

失却江湖，侠客无立锥之地；反过来，失却侠客，江湖也就不复存在。然而，现实社会或统治者对稳定秩序的渴望与追求，却向来吝于提供一个如此场域，让侠客纵横驰骋。山海悠悠，河川杳渺，何处有"江湖"？除了留存在读者记忆中的世界外，缥缈峰外是缥缈，这是现实中侠客的悲剧宿命。

然而，鱼与鱼相忘，往往也就在这样的江湖之中。

如此"江湖"，与现实、人走近了，但越来越不适合侠客生存了，《鹿鼎记》整个颠覆了武侠小说的江湖世界，所以金庸也不得不绝笔。有人指出："《鹿鼎记》对儒教正统、英雄道义的沉痛检讨是凝聚着时代精神的反省，或者可

---

① 邓全明：《通向民间的路——论金庸小说创作和金庸研究》，《华文文学》，2003 年第 6 期。

以说是一种外缘性的批判。"①韦小宝的出现,预示侠义英雄尽成前朝故事。当江湖成为记忆中的往事,当江湖不再让侠客纵情驰骋、快意恩仇时,当江湖完全与我们的现实生活融合在一起时,侠客已经消失不见了,而我们只能挥一挥衣袖,不带走一片云彩。

现实的结论是:我们只能相忘于江湖。

(2011 年 11 月)

---

① 何平:《侠义英雄的荣与衰　金庸武侠小说的文化解述》,《读书》,1991 年第 4 期。

孤独的生命体验与诗意书写

——武侠小说男性叙事的审美考察①

孤独是人类共通的情感,因此,揭示人类、民族、个人的孤独,探寻孤独的意义以及如何直面孤独,也就成了历来所有人文学者共同关注的话题。我国古代对孤独的理解,宽泛地讲,主要表现在以下三个方面:一是幼而失父,老而无子,如《荀子·王霸》中的"有非理者如豪末,则虽孤独鳏寡必不加焉";二是孤立无援,孤单无助,如《晏子春秋·谏下二》中的"勇士不以众强凌孤独";三是形影相吊,孤单寂寞,如李贽《又与周友山书》中的"但念我既无眷属之乐,又无朋友之乐,茕然孤独"。显然,这些是形而下、古典式的表述。

孤独一直是西方宗教、哲学、文学的主题,基督教宣扬博爱,旨在消除人的孤独、无助。鸿篇巨制《资本论》展示出伟人孤独时的思辨;尼采《查拉图斯特拉如是说》宣扬强者的孤独;雨果的《悲惨世界》《巴黎圣母院》则以文学的形式再现、再经历人类的孤独。从总体上说,西方对孤独的理解和把握较中国深刻,也更具有哲学性、系统性。存在主义把孤独当成人类最基本的生存状态,叔本华在《了解自我》里就详细阐述了孤独的源流、意义和价值。但人们真正把握孤独现代性内涵和精髓是在19世纪后半期至20世纪初期,伴随着两次世界大战,西方人备受战争摧残而产生苦闷、绝望、孤独、焦虑等情绪,人的自主意识开始全面觉醒,人对人自身的生存反思真正走进文学的视野。作为时代特征之一的孤独感,迅速被作家感知并进入主题表达,涌现出一批著名的作家作品,如卡夫卡的《变形记》,海明威的系列作品,加西

---

① 此文发《福建论坛》(人文社会科学版),2013年第12期。

亚·马尔克斯的《百年孤独》,卡森·麦卡勒斯的《心是孤独的猎手》,大卫·理斯曼的《孤独的人群——美国人性格变动之研究》,博胡米尔·赫拉巴尔的《过于喧嚣的孤独》等。而从时代特征的意义上讲,孤独又是一个现代文化概念。20世纪以来,相对以往,技术更为先进,但实在的安全感和群体归属感却逐渐远离我们,跨界传播的迅猛发展,不是给予人们更为自由无碍的交往空间,而是让人们逐渐逃离现实世界融身虚拟世界。精细化的社会分工反而让更多的人,尤其是脑力劳动者面对办公软件独立作业成为一种流行常态,加上城市化时代钢筋水泥造就的隔绝与冷漠,人们的孤独感比以往任何时期来得更加深切、更加强烈而无法排解。西方早早地对这种趋势予以理解与把握,文学、哲学对孤独的表达也几乎成了西方人的"世袭领地"。中国现当代文学中的孤独主题,则更多是从西方文学那里"拿来"的。

但孤独对于武侠小说来说,却又别具一格。尽管历史记载、民间流传的武侠人物与武侠故事,为武侠小说创作提供了丰富的资源,但小说创造的"江湖世界"是虚拟的世界。作家在武侠叙事时,传统文化尤其传统文化根基之一的家文化,往往被古代武侠小说作家当作表达孤独的重要精神平台,其中主人公性别角色的定位(男性)和家庭的价值意义就成了展现孤独的主要手段,这是传统文化民族性、本土性的具体体现。发展至现代,武侠小说人物和情节设置的理念虽依然关乎传统文化性别角色和家庭的价值,但更多地吸收和接受西方文学理念与思想,以现代性和人的文学为主题,以人性的剖析和深层展示为突破口,把当下对自我对他人的理解有意无意地融入虚幻的武侠人物,古今双重元素折射在文本中,以现代情感的铺展丰满武侠人物性格,达到古今融通;用两性之间的爱恋和交往替代家的永恒,更强调个体精神上的遗世独立,突出英雄侠客在性格上的特立独行。不仅如此,作为主题的深化和升华,武侠小说作家常常将英雄人物置于民族矛盾空前激烈或极端困窘寂寞的历史语境中,以此来展示其崇高品格,以人性作为生命的审美归宿,凸显男性生命中极致和辉煌的孤独。

一、江湖、家、庙堂:男性生命的孤独寻根

古今武侠小说,呈现在读者眼中的是不同的景象。在以群体生命为特征的传统文化体系里,统一、民本、和谐、仁义、中庸、道德的自我完善等构成主要内容,更强调集体主义精神,个体生命的主体意识还处于沉睡状态。职是之故,所以中国古代武侠小说没有和人的主体意识觉醒与张扬勾上关联,

其对孤独的思考和表述停留在对人的基本生存状况的简单解释上,靠向读者提供传统文化中不能提供的、带有拯救力的东西,即传统文化深层纹理中匮乏的"昂扬的中国人,原始的、奔涌的生命力",以此博得读者的喜爱。但这一切都是借助男性的行动予以落实,基本上与女性无缘,由此造成文本中男女两性角色的严重对立。一方面,江湖让女性走开,男性孤独地行走其中;另一方面,孤独男性寻找他的根——家,需要女性的参与,但女性却是隐身的。他们都不是孤立的人群,两者的纽带即是庙堂,庙堂可以给流浪江湖的英雄以家,而家却是以两性存在为标志的,小说中,江湖、家、庙堂构成互为表里的关系。但无论如何,登上舞台表演的都是男性,女性默默居于后台。在传统文化对女性的歧视和偏见中,女性沦为被冷落忽视的群体。在小说史上占据重要地位为读者所津津乐道的武侠小说,主人公几乎清一色都是男性。男性虽一如既往地承担拯救弱者的重任,在江湖上仗剑行侠肆意潇洒,高扬人类原始的野性、勇与力,但其茕茕孑立形影相吊的形象依然投射出浮萍一样的孤独生命本质,一副无家无根的江湖浪子相。这种远离家和庙堂的江湖虽为侠客提供了生存的一切,却无法保证江湖豪士灵魂的祥和与安栖。《水浒传》就清晰地传递了这一现象,它把家国与江湖的内在关系表现得非常明显,并以家为轴心支撑着男性生命的本质——孤独寻根。《水浒传》有一条主线:茫茫江湖,家在何方? 无家或家毁,啸聚孤洲,抗拒失家的孤独;"替天行道"等待招安,以期博得封妻荫子,重塑家这一社会核心;而后重回庙堂,东征西讨,最后功业未就万骨枯。漫长的孤独寻根之路终不敌毁灭这一生命本质。重读《水浒传》,我们可以深刻地体味这一种悲凉,恰如茫茫水泊中孤零零矗立着的"梁山"一样随水漂浮,单调、孤寂、无根。在这部经典作品中,108 将中男性竟有 105 位,而仅有的 3 位女性:孙二娘和顾大嫂活脱脱的就是男性,是男性化的女人,她们不仅形象粗陋,而且杀戮成性;稍有女性特征的扈三娘又被宋江拉郎配,嫁给畸形的"矮脚虎"王英。从这个角度讲,梁山其实是一群男性精英的集合地。除却程朱理学对女性的歧视外,这里需要讨论的问题是,为什么一大群男人会不约而同地聚集梁山?

　　这个问题涉及江湖、家、庙堂三者之间的关系。无论是开始起事的晁盖,还是后来的宋江等人,36 位天罡星几无家室,《水浒传》中的家和现实一样,需有女性存在作为标志,无女性即无家。晁盖、吴用、公孙胜、杨志、刘唐、武松、鲁智深等一大群人本身就没娶妻,无所谓家不家的问题,因为无家,所以天马行空;林冲妻子被迫害致死,家被毁,这个有显赫身份的人穷途末路之际,被逼上梁山;卢俊义却是另一种典型,有妻有家浑不知落草为何,但在梁山众人的设计下,妻子背叛,家庭被毁,被迫上梁山;宋江却是生命遭到阎婆惜的威胁,在奋起反抗时杀妻毁家,直奔梁山。无论何种境遇,家是他们人生道路选择极为重要的考量因素。江湖、家、庙堂在小说中构成一种线性关系,前后相承,无家—落草—招安—庙堂—战死或依然飘零。宋江多次阐明,梁山英雄是忠义聚会,替天行道,等待朝廷招安,博个封妻荫子。中国的传统文化,是以家为单位出发的文化,儒家经典《礼记·大学》说:"古之欲明明德于天下者,先治其国;欲治其国者,先齐其家;欲齐其家者,先修其身……身修而后家齐,家齐而后国治,国治而后天下平。"这就表明,如果要立志去管理国家,实现大一统,首先要整齐家眷(成家)。国家和家国,前者就可以理解为先有国后有家,后者可以理解为先有家后有国。国可以保障家,然而无家国将随之灭亡。家文化是中国文化的根底之一。从传统文化出发,小说的逻辑是:如果女性角色空缺,家庭已是虚妄,男人便是无根,因为孤独,男性可以心无旁骛一如既往地大口吃肉、大碗喝酒,啸聚梁山,做英雄,享受孤独。做"反贼"的目的是等待招安,博得封妻荫子,寻找家的安逸,释放灵魂深处的孤独。而解决这一切,唯一的出路是前往庙堂(君赐臣以家),庙堂可以提供男性所需的家(女性)。江湖、家、庙堂三者中,江湖是易碎的玻璃,家是男性追求的永恒目标,而庙堂却是一切的指归。《水浒传》中还有一种相对应的情节颇人寻味,那就是为了让江湖豪客能够落草或过得安心,梁山头领先派人取其妻子,妻子一到水泊,原本倔强的灵魂立马乖乖就范,而不再考虑世俗的一切和背叛庙堂的后果。当作者把这种主体意识通过不同情节多种途径予以强化后,《水浒传》"官逼民反"的主题似乎弱化了,男性生命的孤独寻根主题的表述也就水到渠成。这种理念在其后的很多武侠小说中继续得到贯彻,如脱胎于《三侠五义》的清代著名小说《七侠五义》,七侠中"南侠"展昭,仗剑行走江湖一举成名,投身开封府,为御前四品带刀护卫,娶"双侠"之妹丁月华,而其余六侠("北侠"欧阳春,"双侠"丁兆兰、丁兆蕙,"黑妖狐"智化,"小诸葛"沈仲元,"小侠"艾虎)虽在江湖侠名卓著,却都无家。陷空岛"五鼠",先后投身开封府,"钻天鼠"卢方有子卢珍,"穿山鼠"徐庆有子白眉大侠徐良,"锦毛鼠"白玉堂,年纪小,入庙堂后,有人替其张罗,《三侠五义》第五十四回陈述,"胡烈道:'并无别事。小人正要回禀员外,只因昨日有父女二人乘舟过渡,小人见他女儿颇有姿色,却与员外年纪相仿。小人见员外无家室,意欲将此女留下与员外成其美事,不知员外意下如何?'说罢,满脸欣然,似乎得意"。即使当时没有,马上就有了。"彻地鼠"韩彰,"翻江鼠"蒋平,小说里没有说明他们是否有妻子,但从文化角度来讲,这二人也该有妻子。而凡在江湖流浪的,都无以为家,七侠中没有进入庙堂的六侠都孤零零飘荡在江湖。这十二个人物都清晰地展示了江湖、家、庙堂的关系。武侠小说发展到现代,其理念有了一些变化,江湖和庙堂开始分家,江湖英雄不再以跻身庙堂作为终极目标,在完成江湖壮举后,抱得美人归,不是双双合璧,继续仗剑走天下,而是选择归隐,以退出江湖作为最终归宿。如陈家洛带着霍青桐等隐居回疆(《飞狐外传》里提到),令狐冲和任盈盈隐居西湖,张无忌有了赵敏,把教主位置让给杨道后飘然隐去,杨过和小龙女顶着神雕侠侣的荣光逍遥于自然山川中,等等。

江湖群豪一旦被成功招安,或投身庙堂或有家有室,他们栖身的江湖空间也就随之消失。退隐之后,这些昔日英豪不是毁灭就是被世俗淹没,其结局让人扼腕叹息。王国维认为表现生活的感性意味背后的痛苦本质叫壮美,并说:"夫壮美与优美,皆使吾人离生活之欲,而入于纯粹之知识者,若美术中而有眩惑之原质乎,则又使吾人自纯粹之知识出,而复归于生活之欲。"[①]武侠小说中的江湖群豪如王国维所说的那样,其人生是痛苦的,没有真正超脱物欲,他们仍然眩惑于物欲,为追求物欲(家)不可得感到痛苦。而这种人生痛苦的体验,也就成为男性寻根之旅的一种孤独的生命体验。杨义指出,审美视觉"是作者和文本的心灵结合点,是作者把他体验到的世界转化为语言叙事世界的基本角度。同时它也是读者进入这个语言叙事世界,打开作者心灵窗扉的钥匙"[②]。男性的孤独或生命不完整,源于缺少女性,男性的灵魂是孤独和躁动不安的,情感无所依。只有男性拥有了家,他的生命本质才会发生根本的变化。古龙小说中的江湖杀手有一个共同规律:杀手必须无情,一旦杀手情迷女性,或有了爱情,他就不再是纯粹的杀手,也就意味着杀手生涯的结束,还极有可能招来杀身之祸。这种理念延续到现代香港的很多警匪片中,其中有关杀手的情节和理念与古龙小说如出一辙。

男性寻根(家),实际是向孤独寻求一种向往、一种慰藉、一种仁义、一种

① 周锡山编校:《王国维文学美学论著集》,北岳文艺出版社 1987 年版,第 4 页。

② 杨义:《中国叙事学》,人民出版社 2009 年版,第 197 页。

道德,它构成武侠小说侠之大者的精神原点。武侠小说作家有一个颇为顽固的观念,总认为人在江湖身不由己,侠客的灵魂和生命总是处于不安定状态。一个生命完整之人大都安于当前惬意生活,当生命的重量超越了精神和道义的价值,即便行走江湖也不能完全做到牺牲小我而成就大我,也就无法成为世人景仰的大侠。

二、女性:男性生命孤独的诗意补偿

以家为男性生命的核心是中国武侠小说数百年以来强调的本土理论,但晚近的创作实践告诉我们,在进入 20 世纪以后,文化交流成为一种自觉的历史意识,这无疑为本土理论的现代转换提供了一次新的契机。新派武侠小说的产生和发展,就明显地反映了这种情形。它具备了广义的大文化现代性特征,但与其他文学样式相比,其现代性又有其先天不足。在精英文学那里,从主题到结构等方面,也许不妨都可以全盘西化,而武侠小说以传统文化为根,就很难做到这一点。李怡认为,现代武侠小说作家的"现代"意识,比精英文学来得弱,也远不如西方的那么"单纯","它既包含了我们对于新的时间观念的接受,同时又包含着大量的对于现实空间的生存体验……后者更是中国社会和中国人自我生长的结果"①,他所说在理。所以我们应该将武侠小说中的孤独与现代对孤独的理解融为一体,在寻求理解中理解自我。以金庸为例,他在内地对传统文化进行全盘否定而又寓居于香港的特殊情境下,努力追求与实践的就是中西合璧的一种叙事策略,对传统文化进行现代阐释,是他获得成功,引起全世界华人热烈回应的重要原因。

所以,现代武侠小说叙事虽一如既往地阐扬传统文化,表达对家的认同和理解,但同时也吸纳西方的女性价值观,逐渐转向男女以组合成家的结构之外的另一个空间,即男女的情爱空间,把传统江湖世界中家的观念转换成以男性为中心两性之间的交往和爱恋,以爱情的纷繁复杂替代未竟的家庭追求。在这个空间里,男性(英雄)虽然还是中心,身边也常常围绕着几个女性,但女性以其主体意识的确立告别历史的附庸地位,与男性同顶一片天。我们不否认,确实有几个女性同时爱上一个男性,但却不是三妻四妾的旧时尚,而是被作家转而设定为另一种角色——男性孤独生命的补偿。她们与

---

① 李怡:《现代性:批判的批判——中国现代文学研究的核心问题》,人民文学出版社 2006 年版,第 57 页。

传统武侠的最大不同在于具有现代独立自主的意识。同样,在这个空间里,男性也不再把追求家作为人生的终极目标,而是以追求爱情的永恒作为人生的句号。女性作为男性生命孤独的诗意补偿的命题得以确立,爱情成为武侠小说情感的最大支撑,女性从更大范围内走进武侠小说的视野。在一定意义上,武侠小说其实是"现实社会、当代境遇、现代心态和人类情感的重新书写。借助于复杂错乱的时序、大开大合的思维实践、汪洋恣肆的想象、现代性主题的表达、心理需求的情节确立、古代人物的装束与品格,掺和着当代人的孤独、迷茫、焦灼与渴望,构建出一个乌托邦式的畅想型、怀旧式的侠义世界,满足现代人的社会文化心理需求,从而达到古今渗合"①。文学是复杂的,它是多重因素叠加的结果。韦勒克认为:"一部文学作品,不是一件简单的东西,而是交织着多层意义和关系的一个极其复杂的组合体。"②现代武侠小说亦然,它写的是"过去"的侠人侠事,但却融入了"现代"文化的元素,成为古今兼具而又迷离虚幻的极其复杂的组合体。清代以前的武侠小说,虽也有《红线》《聂隐娘》这样的作品,但它走的却是女性复仇的武侠叙事套路,较少有复杂情感的表述。清代以后在传统"武与侠"之上添加了现代的"情",《绿牡丹全传》《儿女英雄传》《白发魔女传》《散花女侠》等小说为女性的生命增添了绚烂的色彩,得到了一定程度的回应,但依然没有摆脱作为从属地位的弱势命运。有限的几部小说远不能充当主流现象,女性在武侠小说这个世界里也只是男性孤独生命幕布上的星星点点。

其实,《水浒传》之后,武侠小说的作者已经发现,光是以男性构筑的武与侠世界,即使生命极其绚烂,也不足以表达人类生存的本质本真,即一种花团锦簇的两性世界的悠游自在,一种自然、和谐的存在。于是在传统"武+侠"的小说结构中融入现代"情"的元素继而占据主流,女性作为小说的配角成为普遍的现象,间或充当主角在这个世界中大放光彩。梁羽生、古龙都倾力而为,在女性身上倾注了大量心血,几乎每部作品中都有女性身影的闪烁,梁羽生还以女性为主人公创作了三部长篇小说。作为武侠小说的巅峰,金庸在思考总结了一千多年武侠小说创作经验后,虽然肯定了女性形象的积极意义,但骨子里还是认定武侠小说是男人的自留地,"男性中心说"依然成为他创作的主流,12 部长篇小说清一色以男性为主人公,表明侠文

---

① 周仲强:《文化的传承与变革——跨文化语境中金庸小说的艺术转型》,浙江大学出版社 2013 年版,第 5 页。

② [美]雷·韦勒克、奥·沃伦:《文学理论》,生活·读书·新知三联书店 1984 年版,第 16 页。

化中性别角色依然存在巨大差异。严家炎就此指出："金庸小说积淀着千百年来以男子为中心,女性处于依附地位的文化心理意识。"①

但金庸在写作中还是较多接受了西方的观念,把西方对女性的理解及对爱情的看法融入作品之中。他一方面以女性为主角创作了三部中篇小说,涂抹完成了《水浒传》无法做到的两性世界的多彩色调;另一方面,富有意味地赋予了女性对爱情的自主意识,女性可以大胆追求自己所喜欢的人,男性主人公身旁常常围绕着多个女性,两个、三个、四个,甚至是七个,女性对爱情自主意识的觉醒和付诸实践,实际上就是现代意识的显现和张扬。这让见惯了刀光剑影、血肉飞溅场景的武侠迷们感受到了春天和煦阳光般的温暖。不仅如此,金庸还设计了一些让人欢喜让人忧的爱情故事,作为对江湖故事的补充,使得小说中"武＋侠"的百花园中长出摇曳多姿的"情"花,让人们可以思考更多性别角色的分工和地位的变化。这表明"金庸小说中的女性并不是受中国传统文化观念牢牢控制的那一群人。她们的爱情行为、爱情心理和爱情形态,在文化的意义上是融会中西、贯通古今的,更多地呈现出现代性的意味"②。

金庸笔下的郭靖被理想铸就了一生,当异族入侵、社稷难保之际,郭靖作为一个抗击外族入侵的理想主义英雄义无反顾地肩负起民族重任,明知不可为而为之,鞠躬尽瘁,死而后已,实现了英雄人格的集体主义精神升华,也因此被推上了神坛,成了正统道德的化身。他的一生背负沉重的道义仁义大旗,鲜有仗剑潇洒走天下的风采。如果金庸没有安排黄蓉做他的妻子,享受人生的乐趣,而仅凭一个将国家责任扛于肩上、将江山社稷置于胸膛的七尺男儿,一个心系天下百姓苍生的大侠,他的心该有多孤独沉重,他的步履该有多艰难,由此而产生深深的感叹——郭靖的人生选择是残酷的。也许,金庸觉得让身为一介武夫的他承担如此重大的国家和社会责任,确实有点勉为其难。因为太过理想,这个世上再也无法寻找另一个"郭靖";因后继无人,郭大侠变成"孤独大侠","前不见古人,后不见来者",除了道义和责任外,他还有什么? 同样,郭靖的英雄壮举也让江湖人物望而却步,又有谁能像郭靖这样一生为国为民,鞠躬尽瘁死而后已呢? 所以他不惜使用曲笔,向读者推出既有现代意识又集合女性优点的黄蓉,弥补郭靖身上亦即男性身

① 严家炎:《金庸小说论稿》,北京大学出版社1999年版,第100页。
② 曹布拉:《金庸小说的文化意蕴》,浙江人民出版社2004年版,第225页。

上的一切缺点或疏阙,陪伴"孤独大侠"共铸人生辉煌,走完孤独的人生之旅。然而,恰恰是这个郭靖,在他身上我们看到不少金庸自身的影子。金庸一生并不美满的婚姻(结过三次婚)和对爱情的追求——追求梦中女神夏梦而不可得,他是否想借助于事业上的成功来弥补婚姻爱情的遗憾?所以把郭靖塑造成世间第一大侠,把黄蓉幻化为夏梦,借郭靖和黄蓉的互补完成一生未了的理想和愿望。从根本上说,是金庸自己的孤独,才导致了郭靖的孤独。

乔峰,另一个比郭靖更符合英雄主义价值取向的真正的英雄,他内心的孤独与凄苦,也比郭靖以及常人更深一层。乔峰自杀从另一个角度解读,是乔峰忍受不了人生孤独。杏子林事件发生后他从丐帮一呼百应的帮主一下子变成孤家寡人,聚贤庄大战更是他对中原武林直接宣战的方式。在中原,他的内心是非常孤独的,阿朱的出现,使他孤独的心灵从此不再孤独,所以才有不顾一切请薛神医救治阿朱的疯狂举动。从人性角度分析,落寞的乔峰其实非常渴求精神的慰藉,乔峰对阿朱的感情从无到有直到情有独钟,是他那孤单的灵魂对情感的强烈需求,相较于对段誉和虚竹的情感还是有本质的差异,他们的聚合更多是基于江湖道义和义气,更在于三个人相似的孤独感,所以一点就着。身世大白于天下之后,乔峰的情感是孤独的,在极度孤独之下,乔峰已是"生而何欢,死而何惧",死,可能是乔峰的唯一路径。这既是对宋、辽两国、两种文化情义的一个绝好交代,也是对自己孤独心灵的一次绝好安抚。在乔峰的一生中,阿朱成了乔峰伟岸性格最灿烂的绿叶,如果缺了阿朱,乔峰的形象显得单薄。

孤独既需要独自品味也需要排解,也非常需要异性填补阙如,所以,杨过就有了小龙女,张无忌有了赵敏,令狐冲有了任盈盈,连乔峰也曾经拥有过阿朱;英雄的孤单生命因此变得丰满起来,不再是《水浒传》中描绘的押着一生的赌注去寻求另一半。同时代代表台湾武侠小说最高成就的古龙,不仅擅长写男性,写尽了男人与男人的友谊,更写尽了男人的孤独,而且爱情描写也五彩缤纷,呈现了世人熟知的十大爱情故事:如小鱼儿与苏樱,陆小凤与薛冰,李寻欢与林诗音等。女性作为男性孤独生命诗意补偿的功能与价值定格在历史的记事本上,在大陆新武侠小说兴盛之前,女性的描写在作家的笔下完成了历史赋予她的任务。

新世纪大陆新武侠的兴起,让我们看到了女性武侠叙事的新景观,如沧月的《血薇》《护花铃》等女性系列作品,沈璎璎的《金缕曲》等女性系列作品,优客李玲的《红颜四大名捕》，媚媚猫的《杜黄皮》，明晓溪的《烈火如歌》，伊吕的《流光夜雪》，独角仙子的《雁过无痕》，叶迷的《寒露洗清秋》，娇无那的《步非烟传奇之温柔坊》等。女性主义思想在武侠小说中的实践，使女性从欲望客体变成叙事主体，从被动走向主动，女性第一次真正成为武侠小说的第一主人公，凡此种种，标志着武侠小说思维空间顺势应势，在不断地嬗变与发展。

三、人性：男性孤独生命的审美归宿

从跨文化的原创—交流—再生的动态过程来看，现代武侠小说创作其实已置身多维立体的审美对话领域。人类对美的追求和美本身的原始魅力，存在于武侠小说这种永无止境的通变之中。从这个意义上说，读者对武侠小说的认同、发挥、重构，抑或误读、转义、剥离、解构，都离不开小说呈现的审美本身，离不开读者自身对美所具备的认知结构。孤独，尤其是现代孤独，就其本质而言，是属于现代的，它既是现代性的主要特点，也是生命美学的深沉体验。所以现代作家立足于现代人性，纵笔描写漂泊江湖男性生命的孤独寻根，除了将孤独转换成一种形而上存在，使其文化和生命的意义得以深化与升华之外，同时还必然有效强化了小说人物（主要是英雄形象）的"内在张力"，推动武侠叙事由平面走向纵深，达到传统武侠写作无法达到的审美境界。

刘再复认为："作家之别，作品之别，归根结底是境界的差别。"①武侠小说比起其他小说，文化意义更加突出，在创造的"成人童话世界"中，男性形象身上被赋予的当代文化价值将直接决定着小说境界的高低。越是孤独的内心世界，才越有可能成为世界上最强有力的人。而那种无人可与之分享的苦楚，才是心灵的荒漠，爱之愈深，对孤独的体会就愈加强烈。现代的小说作家都喜欢描写孤独，但笔下的孤独呈现各自不同的面貌。金庸对英雄人物的塑造，更喜欢从传统文化中寻找资源，从那里落笔，即把生命铸就的孤独置于民族矛盾的风口浪尖上，让英雄生命绽放出烈焰火球，作为其审美归宿，其方法从本质上说没有脱离传统文化的窠臼。他的卓尔不群之处在于，在完成人物形象塑造中把人性付诸人物的行为和性格上，使人性的张扬达至饱满，读者沉浸其中产生亢奋情绪，这就形成其武侠叙事特有的恢宏博

---

① 刘再复：《鲁迅论——兼与李泽厚、林岗共悟鲁迅》，中信出版社 2011 年版，第 1 页。

大和震撼人心。如《天龙八部》中的乔峰，他生在宋代，一个民族极端对立的时代，一个两种文化高度对峙的时代。乔峰身上背负大宋与少数民族对峙的巨大的文化符号，他想逃避江湖纷争，却卷入了更大的国家之争。他能从血缘上厘清"我是谁"，却无法从精神上弄清"我是谁"，他也没有办法像郭靖那样得到镇守襄阳城的好运气，而完成单一文化意义的选择。作为符号，乔峰独自扛着这面巨大的文化大纛，孤独地行走在精神沙漠中。他树立了形而上的标杆式英雄模样。他所追求的各民族和睦相处的江湖已不仅仅是武侠的江湖，更应是大同世界的人类梦想，那是当代社会共同追求的理想境界，就是放在当下世界也是最为理想的一种存在。这种融古今文化为一体的思想碰撞、交流、接轨所产生的文化价值观有其重大的文学意义，它体现了金庸所站的历史高度和思想的深度。在历史发展进程中，英雄的行为所产生的深远意义已经为世人所知，胡为雄认为要重视英雄对历史作用："在历史发展处于重大选择关头，英雄人物的活动会发生决定作用。"①所以，他的悲壮自戕所具备的意义也不仅仅是一个豪士侠客所体现的人格亮点，更是个体所能亮显的最高等级的时代意义的极限。

金庸对乔峰这样的英雄，用文化与文化想象完成其形象的塑造，很少着力写他的内心之苦，力求正面突出其英雄的豪侠之处。文化熏陶和接受的教育既可以造就一个人，也可以毁灭一个人。此时乔峰已不是现实中存在的个体本身，而是一个价值符号，他不仅属于传统的更属于现代的，以人性作为乔峰孤独生命的归宿，孤独的乔峰展示的人生价值是属于全人类的。覃贤茂在《金庸人物排行榜》中认为："不在其极端的语境、极端的情感冲突，不在其芸芸众生俗不可耐的琐屑的喧哗中，这些都难以将英雄的生命本色浮雕般塑为永恒。愈是那种孤立无援，那种辽阔的苦寂，那种让人恐惧的既没有回声又没有适当布景的空洞舞台上的绝对孤独，愈是悲剧性地表达出生命最为深刻和本质的绝望。"②这其实是金庸对英雄宿命理解的历史沉淀，也是文化意义上英雄悲剧的历史总结，更开启了现代"大英雄"塑造的大门。

但于古龙身上，我们看到了最具现代性的武侠作家，古龙对人性更深层的挖掘体现在英雄身上浓郁的孤独感。古龙笔下的英雄往往都以浪子身份出现，他小说中孤独的具象，与金庸笔下的郭靖、乔峰和杨过都很不相同，古

---

① 胡为雄：《英雄观的变迁——从卡莱尔到普列汉诺夫再到胡克》，《中国社会科学》，1994年第1期。

② 覃贤茂：《金庸人物排行榜》，农村读物出版社2005年版，第179页。

龙小说中孤独生命的最基本状态是在受挑拨和误解下处于和社会的基本对立，浪子式的英雄没有由来，没有去处，无限漂泊，不知归属，仿佛天生即是如此，处在漂泊无定的浪子生存状态和极度寂寞痛苦中，把西方宣扬的自我的完善和人格的独立完整地保存在人物身上。即使有关感情、色情甚至是暴力的场面，"也将之引向个体生命意识和社会责任感的高度，属于'社会人性'"①，相较于金庸等以前的武侠作家更具有现代性体验的鲜活性和丰富性。古龙小说"还用虚拟的传统文明空间，默默抵抗着现代文明对人的心灵的桎梏"②，作者进入主人公的内心世界，探索生命的悲情与无奈。这在《萧十一郎》中表现得最为典型。萧十一郎平常以锄强扶弱、救济贫苦为志，行侠仗义，过着潇洒浪荡的日子，因卷入神秘宝物割鹿刀之争，被污蔑、被误解，被错认为江洋大盗，"恶"名播于天下，他创下一个奇迹，几乎是孤身一人对抗整个武林，那首以孤独狼自居的苍凉的歌曲时常停留在嘴边，眉头深锁，忧郁、冷峭、挺拔的外表下隐藏着绵绵的无以诉说的悲伤和忧郁，为了武林的正义和心中的挚爱，屡蹈险境，无怨无悔，在萧十一郎终要与连城璧一战时，为了沈璧君，萧十一郎去了，他去了，连城璧却因为沈璧君活了下来，他一生中所希冀的一切——希望、骄傲、光荣随着他的江湖谢幕全部烟消云散。他的一生义无反顾地选择了痛苦和孤独，坚守自己的原则，宁可孤独一世，绝不屈服于世俗，以生命为代价坚守自己的理想和独立人格。西方的爱情至上主义精神和自我意识的坚弥在古龙小说里得到全面贯彻。叶洪生先生认为，《萧十一郎》是糅合新旧思想，反讽社会现实，讴歌至情至性，鼓舞生命意志的一部超卓杰作，具有永恒的文学价值。

　　英雄的孤独既是文化意义上的，同时也是富有诗意的。只有真正体会文化选项的孤独与美的共存，才会拥有那种辽远、空旷、静默、伟岸的文化回响，男性的孤独生命才会达到极致与辉煌，人生之花，越长越香浓。当一个人真正懂得了什么是孤独，孤独已深嵌在生命之中，构成生命的内容底色，人生由此开始成熟。华山剑派的一代宗师，独秉"无招胜有招"的高手风清扬，在洞察世情冷暖、人心不古后，离群索居，孤独地隐居华山后不复出入江湖。他晚年时在思过崖传授令狐冲人生独到见解：世上最厉害的武功不是

---

① 陈中亮：《现代性视野下的 20 世纪武侠小说——以梁羽生、金庸、古龙为中心》，浙江大学 2012 年博士学位论文。

② 陈中亮：《现代性视野下的 20 世纪武侠小说——以梁羽生、金庸、古龙为中心》，浙江大学 2012 年博士学位论文。

独孤九剑的"无招胜有招",而是阴谋诡计。这是他一生经验的凝结,孤独静思后的思想独到而高远,事实上风清扬代表的就是孤独的文化符号。从风清扬身上,我们不禁对独孤求败一生求一败而不可得,站在巅峰之上,拔剑四顾心茫然的那种孤独感有了更深一层的理解。金庸把这种理解诉之于小说叙事,就有了无数侠客在事业巅峰之时,却选择归隐之路的情节呈现,展现了英雄侠士在看破红尘后的心路历程。当孤独构成一种文化意象,在意识形态领域就是最为雅致而又高亢的一面;当小说叙述为"爱"和"义"而追求侠义的永恒自心灵深处溢于坚忍奋斗之中时,精神的绝世风范便如花开幽香,诠释着人性之雄和壮、雅和美。与生俱来的所有功利心、贪欲和浮躁被模糊淡忘或被弃置后,心灵之心重新散发浓郁的芬芳,便可细细地品味孤独之风流!

(2013 年 1 月)

"文学性"魂归"人学"①

"文学性"一直是个畅谈不衰的话题。从一开始的拒绝沦为政治性的附庸和工具,到之后的对抗现代性的入侵和挤压,再到今天对大众传媒和视觉文化的抵抗和拒斥,可以说,我们的"文学性"一直步履维艰,而呼唤"文学性"回归的声音也不绝如缕。文学似乎一直在受委屈,今天受这个控制,明天受那个挤压,好像从来没有潇潇洒洒无拘无束地走上一遭。

其实文学的空间一直都很大,并没有缩小,缩小的只是研究者心灵包容的空间。当我们人为设置一个框架并强行把文学塞进去,然后指着框架里的东西说,"这才是文学,里面的东西才是文学性"的时候,文学正在一天天走向边缘化,"文学性"也一天天走向枯萎。

一、"政治性"与"文学性"

在新时期,"政治"这个词在文学界确实名声不佳②,对"文学是社会意识形态之一"这句话,很多人深恶痛绝。仿佛只有彻底撇开了政治,文学才能被称为文学,文学性才能真正凸显出来,才能和艺术、美学这些东西联系起来,才能返回文学的本质,才能回到文学的常态。对这个理解我是持质疑态度的。中国先秦时期曾将哲学、历史、政治、文学等一切书面著作统称为文学,也就是说,凡是行诸书面的反映社会生活的语言皆可称为文学,其中的美感和诗意均可称为文学性,而并非一定要和政治绝缘,实际上也绝不了缘,因为作品是在社会生活中诞生的,社会生活和政治息息相关。向来被认为是我国古代文学源头之一的《诗经》中有许多篇目说到诗歌的社会功用。

---

① 此文发表于《华北水利水电学院学报》(社科版),2010 年第 5 期。
② 陶东风:《重建文学理论的政治维度》,《文艺争鸣》,2008 年第 1 期。

如《魏风·葛屦》写女奴不甘受奴隶主虐待,就说:"维是褊心,是以为刺。"《魏风·园有桃》写平民阶层对贵族统治的不满,就说:"心之忧矣,我歌且谣。"被统治阶级把诗歌作为抒发愤懑并向统治者斗争的武器。而封建统治者却把诗作为歌功颂德、维护统治的工具,《颂》诗和一部分《雅》诗就说明了这一点。可见,诗歌的政治倾向一开始就表现得十分鲜明。到了孔子生活的时代,他也说"不学诗,无以言"。他强调文学的功利目的,为封建统治者服务,并主张以诗乐作为政治的辅助。他认为美和善应该统一,诗乐要给人以美感,同时又要起到维护奴隶制道德伦理规范的作用,"兴、观、群、怨",就是他提出的文艺在四个方面的重大社会作用。而在素以政治高压闻名的秦朝,也出现了脍炙人口、传诵千年的李斯的《谏逐客书》,没有人能否认其中的文学性;"唐宋八大家"之一的韩愈提出了"文以载道"的主张,得到了众多文豪的响应和支持。到了风起云涌的 20 世纪上半叶,文学和政治联系得更紧密了,新文学的诞生正是伴随着"启蒙""救亡"的政治运动而产生的。

可见,关注政治,或者说有着政治动机和理想本身并不会伤害文学性,也不会违背文学自身的规律和本质。应该说,文学不能脱离政治,但是政治也不等同于文学,二者之间是相互影响但又是各自独立的。文学的主体永远是人,人的痛苦,人的快乐,人的感情,人的价值,这些永远是体现文学作品中文学性最重要的一方面。在惯性思维里,一提到"主旋律作品",人们似乎就会条件反射般地想到政治,想到文学工具论,想到干巴的人物和故事,其事实原本不是这样的,也不应该是这样的。西方的一些反映战争题材的影视作品如《拯救大兵瑞恩》《兄弟连》《风语者》《黑鹰坠落》等,无一不是表现主旋律的作品,观看这些片子人们往往被感动得涕泪涟涟,它们在艺术上达到很高的境界,为什么呢?因为它们突出了"人"的因素,即便是在战争文学里,关注的也是一些身处底层的普通人的命运和生存状态,因真实,因人道,因设身处地,所以容易让人感动,也就容易获得成功。但同样的事情到了我们这里似乎就变味了,因为我们是"为政治而政治""为主旋律而主旋律",我们仿佛完全忘记了文学的起点是人,文学的归宿也是人,从作品中能感知到的就是人只是一枚棋子,微不足道。同样是战争题材的影视作品,西方导演将镜头对准的是硝烟和炮火中底层士兵的挣扎、痛苦和个人情感中一些弥足珍贵的东西,我们的一些导演则把镜头一遍遍地对准几个已经让观众十分熟悉了的将军,他们的决策场面反复再现,那句"我不要伤亡数字,我只要塔山"被我们的编剧和导演一遍遍自豪地搬上银幕和舞台。这样让人心寒的台词,这种凸显出来的价值观念,与以人为本的价值理念风马牛不相及。在这里,人已沦为微不足道的数字,和主体只能是隔岸相望。我想这也正是这类作品难以博得人们好感的原因之一吧!所以,损害文学性本身的并不是政治性,而是忽略了人的因素被扭曲了的政治性。当"人"缺席的时候,当主体的价值和意义已被无情抹去的时候,文学即使存在也已成了空壳子,变得毫无意义。

二、"现代性"与"文学性"

当政治的云雾逐渐淡去,改革开放的观念已经逐渐深入人心,经济发展毋庸置疑成为主流,我们的文学又遇到了新问题,那就是现代性和文学性之间的矛盾纷争。市场经济带来的所谓通俗文学和严肃文学之争,影视传媒异军突起并迅猛发展造成的文学边缘化等,都让从事文学创作和评论的人焦头烂额、困惑不已。

其实,现代性也好,文学性也罢,我们错误的根源仍然是忘记了它们的端点都是人。现代性是人造成的现代性,而现代性的最终目的,不管是物质的现代性还是精神的现代性,都是要服务于人的,文学性也一样。所以,二者从根本上讲并不是矛盾的。诚然,现代经济的飞速发展在造就高楼大厦和宽阔马路的同时也毁弃了大片的农田和家园,人们生活节奏的加快和竞争的加剧使得功利主义和实用主义心理过度膨胀,诗意的空气和氛围逐渐变得稀薄,就连人们身处其中的自然环境也遭到史无前例的破坏。造成这一切恶果的是"现代性"自身还是"现代性"背后的人?正像我们扭曲了政治性的原貌一样,我们也扭曲了现代性的常态。当我们在口口声声喊着人在现代社会里被异化的时候,其实是我们先异化了现代社会。现代性的过程并不是征服自然的过程,现代都市里也并非无法构建人们的精神家园,一味地归罪于现代社会既于事无补,也毫无意义。

著名学者钱谷融先生曾说:"为什么在我们这个时代所产生的作品中,诗意会愈来愈稀薄呢?一种解释是归罪于我们这个时代的生活,说因为生活里充满了竞争残杀,尔虞我诈,使得诗意无处栖身,作品里自然就难得见到它了……其实,我想事实不会是这样的……问题是在于我们必须建立起对人的信心。这一点,对我们的作家们来说尤其重要。有了这样的信心,我们的前景就会显得光明起来,什么样的困难,什么样的挫折,也阻挡不了我们为人类的进步和幸福而奋斗的勇气和决心。这样,在我们的文学艺术作品中,就绝不会缺少诗意和美了。这种对人的信心,就是我多少年来一直呼吁的人道主义精神。文学作品是绝不能缺少这种精神的。"①

　　而要树立起对人的信心,树立起对这个时代,这个社会的信心,我想首要的一个前提是要真正融入这个时代、这个社会。融入当然不等同于一味地妥协和迎合,融入的同时必不能忘记的就是一种独立思考的精神和持论公允的态度和立场。也就是说要"真诚地融入"。可是我们反观今天的学界,要么是一味地批判和驳斥现代性带来的种种弊端和恶果,仿佛大家只有遁入古代社会才能重新找回人类的诗意、自信和自我;要么就是不加分辨地迎合现代性的到来和扩张,甚至不惜充当西方文化的"二传手",把西方的理论、思想囫囵吞枣般一股脑儿搬过来并洋洋自得,于是大量的关于"现代性"的讲座、学术研讨会、论坛应运而生,在西方早已偃旗息鼓的"现代性"开始在中国大行其道,并引发出一阵又一阵的诸如"后现代""后殖民主义"等理论、名词、概念的学术时髦。一场演讲下来,名词概念堆砌了一大堆,讲的人自己似懂非懂但仍然口若悬河滔滔不绝,听的人更是如堕五里雾中,但仍然兴味十足,丝毫不敢做出不感兴趣或不懂的表情来。这一道表里不一的奇特"风景",未作宣告地昭示学术时髦、流行话语的支配力量:你可以不懂,那是因为你学识浅薄,但你不能质疑它的价值,如要质疑,只能说明你不知天高地厚,鄙视和不屑就会随时降临,甚至不需要"大师"来轻薄你一下,周围和你同样身份的听众那义愤填膺的眼神都能让你恨不得钻进地缝。就这样,糊弄人的和被糊弄的达成了一种无形的默契,而沟通这种默契的桥梁就是那些看似深奥实则玄虚的理论和名词。这种早已被架空和悬浮于现实之上的东西却在我们的高等学府精英人群中一场场地上演着,不惜斥巨资,不惜花时间,而且结果总是皆大欢喜、众人满意。比之那些躲入传统文化的怀抱中不愿与现代社会的大众流俗"同流合污"的学者来说,前者似乎更加可恶,因为他们在"拉大旗作虎皮",虚耗资源、占用时间,是着实可恶的"假洋鬼子"。

　　而问题的一切根源,其实正像钱先生所说的"缺乏对人,对这个时代的信心和真诚"。真正对这个时代怀有信心和真诚的学者既不会逃避这个时代(有信心你逃避什么啊),也不会故弄玄虚地做"假洋鬼子"(那不叫真诚)。我读钱先生的文字,总感觉有一种真正的人文关怀,似潺潺流水滋润心田,

---

　　① 钱谷融:《文学是人学》,上海人民出版社 2013 年版,第 454—455 页。

温润豁达，襟怀坦荡，一种"大爱"的情怀荡涤其间，让自己的那一点龌龊念头和想法无处藏身，仿佛一面"照妖镜"。钱先生的文章通俗晓畅，绝无名词堆砌，又往往切中肯綮，不摆学者架子，仿佛与人娓娓而谈，亦不逃避现实，对当下文学当下现实平和地发表自己的观点和看法。其实这就是钱先生一贯主张的"艺术，人，真诚"。所谓真诚，很简单，就是你能在阳光下亮出你的真实想法。难吗？不难，但似乎又太难了，尤其是对有些打着学术招牌却另有他求的人来说。

所以，不要仅把罪责单纯地归结到"现代性"上，现代性是能结出毒瘤，但也能开出奇葩，而且开出奇葩才应该是它的初衷和天性。城市的高楼大厦也不是罪恶的源泉，关键要看我们怎么对待、怎么利用这些楼群。正如原子，它能给我们带来能量带来便利，它也能被人们制成原子弹大肆屠杀人群，但我们不能因此就彻底回避它，不让它问世。现代性也一样，它的主体是人，人才是一切问题的源头。人如果真的想让自己的生活充满诗意，作为客体的现代性是无法阻挡的。正如前面所说的，如果硬要说是人被现代社会异化了的话，毋宁说是人先异化了现代社会，是人先扭曲了现代社会应有的常态，然后才开始抱怨这种已非"现代性"的现代性带来的困惑和痛苦。

所以说，现代性和文学性也并非水火不相容。人类的情感世界和精神家园并不在于建在哪里，关键在于怎么建立，用什么来建立。时代就像一条奔涌向前的河流，它总是要发展，要前行，不可能停滞，一味地批判和徒劳地抱怨现代性造成的恶果，或者盲目地吹捧现代性而不做理性的思考和反思是不能解决问题的。关键的问题是，我们怎么正确地对待现代性，怎么建设科学的合理的现代性，从而让我们能在现代化的进程中葆有甚至更进一步发展人类的爱心、诗意和美。我想，这才是我们呼唤文学性回归真正需要思考和面对的。

三、"娱乐性"与"文学性"

市场经济下凸显的严肃文学和通俗文学的关系问题，钱谷融先生也做过专门的论述，他说："近年来，人们不断在为严肃文学的市场日渐为通俗作品所占领而忧心忡忡。其实，且不说严肃文学与通俗文学的名称与界限，还大可讨论，而且通俗文学也绝不是可以轻视的……消遣的观点，一向为我们所不取，但人们有时还是需要消遣、需要娱乐的。试问，究竟有多少人是为了受教育、学知识而去看戏、看电影、看小说的呢？应该承认，他们首先大都还是为了消遣，为了娱乐。那么，我们的文学艺术作品怎么可以不重视趣味性，不讲究吸引人的艺术魅力，不在使人爱看爱读上多下功夫呢？在这一点上，严肃文学的作者们倒是应该多多向成功的通俗作家学习的。"①

作为文学研究大家的钱先生，并没有像很多学院派研究者那样摆出一副大师的严肃架子，痛批通俗文学的流俗和大众化，读者欣赏水平的下降等。相反，他仍是从人的精神需要出发去看待这个问题。因为文学终归是为人服务的，如果人在阅读文学作品时，不但得不到身心的放松和精神的愉悦，反而感到疲劳和痛苦，那么不管作品中含有多深奥复杂的哲理和奇思妙想，有着多高深的创作技巧，都是没有意义的。因为它违背了文学的本质和初衷，自然也就和文学性背道而驰了。

这就又涉及了另一个问题，那就是影视传媒和文学的关系，其实影视本来就是文学的一种，它和小说、散文、诗歌等都是文学的样式之一，所以才叫影视文学。可是由于加入了大量的商业运作和获得了传媒的支持，使得它来势凶猛，于是研究文学的人们和一些从事雅文学创作的人们就有种如临大敌的感觉。很多学者开始呼唤"经典"，号召重读"经典"，从而抵制大众文化的流俗和浅薄，主要矛头直指传媒。对于文学界而言，那些愿意或者身体力行地将自己的文学作品改编成影视作品的作者则成为众矢之的，这些作者本人也总是"犹抱琵琶半遮面"，一面期待自己的作品成功登陆荧屏从而让更多的观众欣赏到，另一面又总是做出一副很不热心的样子，仿佛也很不愿意和"影视圈"扯上关系。

其实，这是一种文化精英主义在作怪，说得直白一点，是对"话语权"的争夺。那些对大众文艺恨之入骨的作家学者，真正恨的其实不是传媒本身，也不是电影、电视剧本身，而是由于这些东西所导致的自己身份地位的被"边缘化"和"话语权"的逐步沦丧，唯恐自己在这个众声喧哗的世界里最终被淹没，这才是他们产生此种心态的根源。也正因如此，很多学者和作家对网络文学的兴起持拒斥和鄙视的态度，甚至撰文痛批。陶东风先生就曾经义正词严地写过一篇《新时期文学30年：作家"倒下去"，"写手"站起来》的文章，文中狠批了当下文学中的"去精英化""犬儒化""无聊化"，针对的主要是"网络文学"和"网络写手"，陶先生认为"网络文学"的兴起和泛滥使得"文学应有的自主性、稀有性、神秘性和神圣性"荡然无存。诚然，网络文学确实

---

① 钱谷融：《文学是人学》，上海人民出版社2013年版，第455—456页。

产生了很多垃圾文学和没有价值的文字,因为门槛消失了,但是我们也必须承认,在这个过程中,同样产生了一些优秀的作品和写手,对于那些坏的和无聊的,不予理睬也就罢了,只需注意和吸取好的就行了,又何必对网络文学本身大加责难呢,说到底只是因为那些已成学者的人已经获得了"话语权",占有学术刊物这个话语空间,表达自己的观点和看法,于是就可以永远居高临下地点评当下文学。如今,网络使得那些"草根"们也能说话了,这让一些"学者"很不爽,于是大加鞭挞。想不出是谁告诉陶先生文学有这么多的特性:稀有性、神圣性、神秘性?为什么陶先生硬要认为文学是少数天资较高的人的事业,而普通大众是根本无权染指的?谁规定了文学只能被少数人垄断?众所周知,"文学是人学",既然是人学,那么只要是对人生有感触,对生命有体会又热爱生活热爱文学的人,都有权利享受文学创作的快乐,至于作品本身的质量高低则另当别论。现实社会的残酷已经让很多东西变成少数人垄断的特权了,而如今,连能给普通人带来点精神安慰的文学也被陶先生规定为"稀有""神圣""神秘"的东西了,何其可悲。更可笑的是,陶先生把这种文学景观的出现归罪到"文学性的扩散"上,言外之意就是说,是"文学性"的扩散和泛滥才导致了网络文学和垃圾作品的产生,这就更属无稽之谈了!一部分网络文学作品质量低下正是因为缺乏"文学性"才使得其质量不高不像文学的,怎么能说是"文学性的扩散和泛滥"造成的呢?网络文学在很大程度上是"80 后"文学青年的表达形式,由于受经历和成长环境等因素影响,这些作品确实存在着以下通病:自我迷恋,唯美,小忧伤,颓废,带着点肤浅的做作和表演的意思,但这无论如何也不能说是"文学性扩散"的缘故,相反倒是"文学性"不足的表现。究其根源,还是没有认真对待生活,真诚对待人生的缘故,相信若干年后,已为人父为人母的这些网络写手再回头看自己当年的文字时,会无地自容。他们需要思考,他们需要积淀,他们更需要探索,但是,他们不需要沉默和退出文学舞台,更不需要一味屈从于固有的经典和话语权。

其实,传统文学也罢,网络文学也罢,图像也罢,文字也罢,过多地纠缠这些,并一定要下个结论说哪个深刻哪个庸俗,都是没有必要也没有什么意义的。我想最终还是要回归到钱先生反复说的"人""真诚"两个词上去,因为说白了这一切最终要满足的都是人的真诚的精神需要。问题的关键不是文学样式本身的差别,而是作品能否在最大程度上满足人的真诚的精神需要。经济的发展和教育的进步,使得人们的整体素质都有了很大程度的改观,如果一部作品真正好,真正能给人带来身心的快乐和生活的启示,我想它肯定会受到大家欢迎的,这就已经足够了,又何必在乎作品自身的样式和来源呢?

　　所以,当我们重新回过头来审视文学,反思文学性的时候,焦点不在政治性,也不在现代性,更不在文学样式自身,而在于作为文学主体和起点同时也是归宿的人上面。是否触及了"人"和"人性"的层面,是否真诚地为人服务,是否真正地反映了人的内心深处的震颤和触动,是否感人和能让人从中获得幸福、愉悦甚至生活的启示,一句话:是不是为了让人活得更好。这是衡量其是否回归到"文学性"本身的根本标准和参照系。舍此,再无其他。

(2010 年 9 月)

异曲而同工

——宋话本小说与网络小说比较谈[①]

　　尽管中国古代小说在其产生和发展的很长一段时期内处于不受重视的边缘地位,但是由于小说本身所具有的大众性、娱乐性、通俗化和平民化等特点,以及其所体现出来的新的文体、创作手法和题材特征,因而仍如一股来势汹涌的暗流,为唐宋以后我国古典文学的发展注入了鲜活的血液,并且随着时代的发展,小说的地位也逐渐得到提升,自明清以来,特别是进入现代之后,小说便成了最具有代表性的文体。古代小说粗略来说由章回小说和话本小说组成,"就二者之间的关系而言,章回小说是在话本小说的基础上演变而成的,而话本小说则又孕育于说话艺术的土壤之中。因此可以认为,说话,是中国古代白话小说的主要源头"[②]。说话人所依赖的底本,即为话本。

　　进入现代社会以来,尤其是进入互联网时代以来,网络文学一跃成为新兴的文学样式,其主要依托于网络进行传播,由于网络所具有的几乎是无界限的广延性和宽泛性,因而,当文学遇上网络时,其本身所具有的大众性质便找到了宽阔的发展余地,于是文学(尤其是小说)也得以在网络这块宽广而肥沃的土地上遍地开花。

　　无论是在存在背景上还是在具体创作上,或者是涉及彼此的文本类型和生成状态,还是在极为重要的接受与传播过程中,在宋朝得到蓬勃发展的话本小说与当今时代中流行的网络小说都存在许多相似点和可比性,而且通过这样的比较可以得见我国文学发展的某些规律性的纹理,并且能够为

---

①　此文发表于《名作欣赏》,2011年第30期。

②　石麟:《话本小说通论》,华中理工大学出版社1998年版,第2页。

我国当代文学的发展提供新的经验和理路。

一、背景与创作

宋话本与网络文学两者都源于城市商品经济的繁荣,商业活动的频繁,消费水平的提高,使得人们有了更多的闲时和余钱,也因此可以如此大规模全身心地投入这种带着浓重的娱乐性质的阅读和欣赏活动中。鲁迅在《中国小说史略》中说道:"宋都汴,民物康阜,游乐之事甚多,市井间有杂伎艺,其中有'说话',执此业者曰'说话人'。"宋代话本小说的出现以及说话活动的频繁并非出于偶然,"宋一代文人之为志怪,既平实而乏文采,其传奇,又多托往事而避近闻,拟古且远不逮,更无独创之可言矣。然在市井间,则别有艺文兴起。即以俚语著书,叙述故事,谓之'平话',即今所谓'白话小说'者是也"①。可见,话本小说是在宋代文学越走越窄的背景下产生的,并且以其浓郁的民间气息和商业气息,以及所彰显出来的崭新的题材和生产样式,为宋代及后世文学的发展注入了新鲜的血液。而网络文学同样是在当代文学处于瓶颈期时出现的,进入 20 世纪 90 年代以来,"昔日神圣的文学,特别是所谓纯文学、精英文学,不仅成为文化消费市场上的'落价凤凰',更出现文学信仰失依、审美品格失范和人文精神的解构"②。由此可见,网络文学所带来的冲击力同样是不可小觑的,而作为网络文学中成绩最突出,流传最广泛,也最受读者欢迎的网络小说,不仅在创作手法上以其丰富独特的想象力和创造力取胜,能够根据当代人的精神理想和现实追求调整自身的创作实践和发展方向,而且在传播途径和吸引大众方面同样显示出其巨大的生命力。时代的变动和旧有文学状态的位移,给予了宋代话本与当下的网络文学(尤其是网络小说)丰厚的生长土壤,不仅冲击了旧有的样式和体制,而且在文学发展的具体进程中提供了某种发展的可能性。

而在具体的创作和展示上,两者都有着系统的培训机制和创作演出的专业规则,且创作者都必须具有一定的文化水平。网络文学有其特定的写作套路,网络编辑一般都会直接出面协助作者创作和修改作品,而且在具体的创作和展示过程中也存在种种可供选择的模式和方法。例如,在目前国内最著名的网络文学网站"起点中文网"中的"作者专区"栏中,就有所谓的

---

① 鲁迅:《中国小说史略》,《鲁迅全集》第九卷,人民文学出版社 2005 年版,第 115 页。
② 欧阳友权等:《网络文学论纲》,人民文学出版社 2003 年版,第 7 页。

"作者指南",当中涉及了有关网络商业写作的方法、套路、注意事项等,包括"网络商业写作新手指南之选题""新手指南之大纲设定""新手指南之角色塑造",等等。① 而宋代的话本同样有着特殊的"说话"培训机构"雄辩社",专攻口才和表演技术,话本创作还有特殊的班子,称为"书会",是应说话与表演的需要而产生的。这些带有某种专业性质的机构,不仅能够帮助作者创作出优秀的符合广大受众口味的作品,而且通过这种专门化的训练,使得话本朝着一个更为专业化的方向发展,也为话本在宋代的文学乃至整个古典文学中起到独当一面的作用提供了极为有力的支持。可见,无论是宋代的话本小说还是现今的网络小说,两者的发展都不是无序和杂乱的,都有着规范的创作套路和创作理念,并且向着健康有序的方向发展,因而这种存在和发展的方式便能体现出其突出的优越性,也为文学的自我更新和发展提供了新的可能性。

二、类型与状态

网络小说与宋代的话本小说都属于俗文学的范畴,其在具体的创作过程中都具有极大的自由度,其读者至上的创作理念使其能够得到广大民众的追捧而体现出蓬勃发展的趋势。尽管有时会被主流文学界认为是不入流的文学,但其因突出的大众化取向和创作套路,往往能够获得广泛的群众基础,深受民众喜爱,并且凭借着丰富的创造性、崭新的组织形式以及突破常规的文体和题材样态而显现出蓬勃的生命力,甚至由于两者所共有的商业性和娱乐性的因素,更是能够吸引社会上各个阶层的关注,成为生活的享受和谈资。网络小说和宋话本的主要参与者都来自民间,水平也参差不齐,加上话语权的失落,因而难免受到主流文学话语的排斥和挤对,尽管有时候并没有形成正面的交锋,但是两者在其艰难却充满生气的发展进程中,由于存在深厚的民间基础,因而能够如野火般蔓延于人们的生活,客观地形成与主流文学样态相抗衡的姿态,并且能常常给予主流文学以新的冲击和新的启示,这在世界文学的发展史上已然成为一个不变的定律。

对于具体的作品而言,网络小说与宋代的话本小说在类型和样式上也存在许多相同之处,这些共同点虽然由于不同的划分类别而呈现出种种差异,但大体而言,两者都以读者为中心,都具有商业性和娱乐性,能真正吸引

---

① 转引自:http://www.qidian.com/contribute/authorloginbk.aspx。

读者,并且通过独特的运作机制,真正地做到易于传播和接受……这些特点则造就了二者之间的共通之处。宋元之际罗烨所作的《醉翁谈录》率先对小说话本进行分类,该书的《舌耕叙引》中将小说话本分成八大类:灵怪、烟粉、传奇、公案、朴刀、杆棒、神仙、妖术。① 这几大类型的小说话本基本涵盖了古代宋话本的各种题材,这样的内容表达不仅体现出有悖常规的创作题材,而且呈现出来的还有当时人们的观赏趣味;而网络小说虽然有着随时代变化而产生的新特点,如职场、穿越和网游等类型的作品,但是总的说来仍不脱以奇神怪诞为主的调子,如曾经红极一时的《仙剑奇侠传》,则是以灵怪、传奇、神仙和妖术等古代话本中经常出现的题材为主,展现出与人间世界异样的一种新的生存样态,而另一部流行甚广的《鬼吹灯》则在盗墓题材的基础上创造出更多惊奇神怪的色彩。宋话本与网络小说体现出来的这种一致性无疑有着许多共同的考虑因素,例如对利润的追求,但值得注意的是,两者所共同展现的那种对新的题材内容的考量,以及想象力和创造力的发挥,创造出人们喜闻乐见的文学样式,毫无疑问为原有的文学开辟出了许多崭新的路子,为文学的发展提供了新的有益的参考因素。

　　此外,宋代的话本与如今流行的网络小说无论是在创作生产,还是具体的展示传播上,都体现出许多组织形式上的相似点。如宋话本得以创作并广泛流传的空间名为“瓦肆”,这是当时极为热闹且具有广泛影响的娱乐场所,当中体现出来的是一种之前所未曾出现过的生活和思想的多样化状态,而话本也获得了像绯绿社(杂剧)、绘革社(影戏)、同文社(耍词)、清音社(清乐)等机构的支持②,这样的组织形式无疑对话本的规模、规范以及质量都有着深刻的影响。而影响较大的网络小说主要以各种小说网站为平台,如“起点中文网”“小说阅读网”“潇湘书院”“红袖添香”“幻剑书盟”等,不计其数的网络小说如果放任自流在网络上疯传,必定会影响到具体作品的质量和读者实际的浏览和阅读体验,而为了建立和维持种种具有良好状态的经营策略和组织形式,网站经营者甚至通过签约的方式来激励网络写手的写作,对作者的写作状态施以某种制度化的影响,从而使网络小说的生产和传播形态更为完善,也为作者能够更好地写作,提供更好的文学作品以及为使读者能够更好地进行阅读创造出更为便捷和舒适的环境。

① 张兵:《话本小说简史》,山西人民出版社 2005 年版,第 31 页。
② 欧阳代发:《话本小说史》,武汉出版社 1997 年版,第 57 页。

三、接受与传播

宋代话本小说与网络小说都必须依赖于一定的空间进行传播,这样的空间不仅仅是一个普通的载体,而更体现出历史的存在空间和文化氛围。话本演出往往出现于瓦肆,这在当时是一种公共娱乐场所,是流落在市井之间的,并且往往成为人们最重要的娱乐去处,有着广泛的群众基础,而主要的观赏者也大体局限于人民大众,话本有着浓重的民间文学的意味,可以说是充满了以俗胜雅、雅俗共赏的艺术气息。而网络文学则得益于在互联网上传播,互联网为文学提供了一个高速、广阔和便捷的平台,也为文学的生存和发展提供了一个无限宽广的地带,使得文学(特别是小说)得以进一步扩大自身的影响力,甚至能够在世界范围内广为传播,因而其体现的更是一种世界性文学的发展态势。

无论是对在"瓦肆"中大获赞誉的话本小说,还是在互联网上大受追捧的网络小说而言,受众无疑都处于最重要的地位,赢利也成为主要的目的。如何成功地吸引观众和读者,是两者所要考虑的核心问题。对于宋代的话本而言,如何通过组建精良的创作和表演班子,创作和表演出符合大众趣味,满足人们观赏需求的作品是其生存与发展的关键所在;对于网络小说同样如此,在大众化时代到来的时候,在网络盛行的今天,网络文学传播所致力于的降低运行成本,体现时尚需求,讲求便捷式的阅读等往往成为其运作的基本原则。例如,一般的网络小说句段都不会很长,以便读者清晰快捷地获取文中的信息。而要达到赢利的目的以维持组织机构的生存,网络小说和话本在具体的操作过程中都必须十分注意避免受众的阅读和观赏"疲劳",因而两者都极力追求情节的曲折,在情节的发展中都讲究快速多变,空间场景变化要多样,人物语言不宜过多,景物描写也要求十分精练,句子不能够太长,而且必须非常注重口语化的表达;行文中一般不出现复句,而主要以主谓句居多,为的是追求一种叙述和阅读的便捷和快速;当中的具体形象要求诡秘怪诞,或者至少能体现出不同寻常,而最为忌讳千篇一律的表达与描述,还应当注重虚实结合,不能一味沉溺于虚无缥缈的世界,当然也不可平淡无奇⋯⋯

宋话本与网络小说所体现出来的是一种文化消费形式,同时也是一种欲望化的创作和接受过程,代表着一种新的社会状态的出现,同时新的文学样式随之崛起,并以新的题材内容和问题形式开辟出新的发展道路。宋代市民社会兴起，商品经济繁荣，随着商品区和住宅区的交混以及"宵禁"的取消，"夜生活"成为人们必不可少的活动。人们到瓦肆去听故事，实际上便是寻求一种欲望的满足。而对于网络文学来说，这种存在的状态则更为突出，网络时代的到来对人们的认知模式产生了难以估量的影响，获取信息的渠道也产生了巨大变革，网络小说的大量创作和广泛流传，同时体现着如今人们在变化中的时代精神追求和思想运转。

当下的网络文学与数百年前的宋话本两者体现出来许多相似相通点，两者由于历史情境和具体状态的差异，毋庸置疑也存在不少差别，但这并不是本文所着力讨论的范围。通过以上的讨论，本文要继续探讨的问题还有：如今的主流文学界如此这般地排斥消费时代和网络时代的文学产物是否合理？这无疑是以既定的精英文学的标准来衡量网络文学，其实，消费时代的文学不一定粗糙，文字也不一定低劣。要进一步阐述这样的辩驳式的理由还需要反观话本，宋代的话本小说只是在民间大众中流传并受到肯定，属于俗文学的范畴，无法与当时的主流和经典进行对话，但如今时过境迁，话本俨然已成为古典文学研究中极为重要的文学样式，成为古典小说研究中无法逾越的关口，包括其具体的创作手法、思想内容、艺术水准及其对古典文学尤其是小说的重要影响都受到极大推崇，而重新审视传媒时代的网络文学，尽管历史会显示出其丰富性和多样化，但其似乎也在经受着与话本小说相类似的命运，也许将要重蹈话本小说艰难而又不乏光彩的发展道路，但是我相信，历史会给予这些极富想象力和创造性的文学样式一个公正的地位。

而我们中国的文学站在新时代的起点上，如何面对新的样式、新的题材、新的创作手法等许许多多新的挑战，更应该成为我们深思的问题。因而正如柄谷行人所说："文学的存在根据将受到质疑，同时文学也会展示出其固有的力量。"①寻找文学的这种固有力量，还文学一个名副其实的存在空间，使文学不再成为披在别人身上的衣裳，而在面对历史和当下的现实时应该成为一个自足性的实体，这是一种现实焦虑，也是一个伟大的追求。我们的文学应该以自身为立足点去考量外在的事物，学会穿着不同的衣衫装扮自己，而不应当再成为他者的附属品和垫脚石，这是一个亟待转变的发展理

---

① ［日］柄谷行人：《日本现代文学的起源》，赵京华译，生活·读书·新知三联书店2003年版，第1页。

念,也是一个需要长期努力的艰巨任务,要实现这一目标,必须立足文学的内部和外部状态,重新加以组织和建构,在面对裂变和罅隙时,能够勇于实现一种历史的跨越性建构。

（2011 年 10 月）

鲁迅:一个没有画完的句号①

　　进入 21 世纪,当"中国 20 世纪文学"论题被自然画上一个句号之时,对于鲁迅的评价却开始产生了新的争议,先是鲁迅文章在语文教科书中的选录问题一度成为热点,接着是在文学史上的排名问题,而由于武侠小说家金庸排名一度紧逼其后,引起现代文学研究界的一次大的论争,再次引发了学界对于鲁迅评价的争议。在这次论争中,严家炎先生盛赞金庸小说是"文化精品",而与严家炎曾同是北大同事和现代文学研究界同人的袁良骏先生则针锋相对地指出,金庸武侠小说有"六大毛病"。显然,就在这金庸评价争论的背后,则潜藏着如何评价鲁迅的问题,不得不说有"项庄舞剑,意在沛公"之嫌②。因此,虽然 20 世纪的历史风云已经过去,但是鲁迅的身影依然长留,其相关的文化及文学问题依然引人注目。

　　这或许与鲁迅的意愿相悖。因为鲁迅早就说过,他愿意与旧世界一起灭亡,像地狱边的野草与地狱一起毁灭,甚至像《铸剑》中黑衣人,与暴君的头颅一起翻滚于金汤,不分彼此,为此他不仅为自己第一本杂文集起名为《坟》,而且让自己笔下的主人公阿 Q 在临刑前不忘画一个圆——一个历史的、文化的、人格的句号。

　　但是,这是一个没有画完的句号。

一、从《阿 Q 正传》谈起:为一个时代送终

　　鲁迅的很多作品都有送终或者上坟的场面,其中以《阿 Q 正传》中阿 Q

---

①　殷国明、周仲强:《鲁迅:一个没有画完的句号》,《学术交流》,2011 年第 1 期。

②　这显然是从一种宽泛的文化背景意义上来说的,并不意味着对金庸的高度评价就是对鲁迅的贬低,这两者之间并不存在直接相关的联系。其实,严家炎先生也是知名的鲁迅研究专家。但是,只要我们对这一现象进行一番考察就会发现,鲁迅的影子始终在其中徘徊。

临刑前的"画圆"最为滑稽也最富有悲剧性：

> 大堂的情形都照旧。上面仍然坐着光头的老头子，阿 Q 也仍然下了跪。
>
> 老头子和气的问道，"你还有什么话说么？"
>
> 阿 Q 一想，没有话，便回答说，"没有。"
>
> 于是一个长衫人物拿了一张纸，并一支笔送到阿 Q 的面前，要将笔塞在他手里。阿 Q 这时很吃惊，几乎"魂飞魄散"了：因为他的手和笔相关，这回是初次。他正不知怎样拿；那人却又指着一处地方教他画花押。
>
> "我……我……不认得字。"阿 Q 一把抓住了笔，惶恐而且惭愧的说。
>
> "那么，便宜你，画一个圆圈！"
>
> 阿 Q 要画圆圈了，那手捏着笔却只是抖。于是那人替他将纸铺在地上，阿 Q 伏下去，使尽了平生的力气画圆圈。他生怕被人笑话，立志要画得圆，但这可恶的笔不但很沉重，并且不听话，刚刚一抖一抖的几乎要合缝，却又向外一耸，画成瓜子模样了。
>
> 阿 Q 正羞愧自己画得不圆，那人却不计较，早已掣了纸笔去，许多人又将他第二次抓进栅栏门。[①]

　　一个愚昧的农民死到临头，还要在乎那个圈画得圆不圆，而且绝对是正经八百而不是装腔作势，本身就是一种绝大的讽刺与悲哀。王元化先生曾撰文指出，"阿 Q 试图将圆画得更圆"，此举恰恰体现了阿 Q 做事认真的一面，即小人物身上也有优点。但是，使人感到悲哀的是，身为主人公的阿 Q 也许永远不会也不可能知道，创造他生命并赋予他名字的鲁迅为什么要如此安排，为什么在生命的最后时刻还让他去画一个圆。

　　应该说，圆也是一个句号，隐含着终结的含义。圆，原本也是中国文化中一个具有象征性的符号，隐含着中国人对于终极理想的向往——这就是圆满和团圆。按照胡君的理解，中国古人更是把对世界的认识集中在一个圆形的易经八卦中，使之成为中国人的文化原型和精神图腾，所以，"求圆、

---

① 鲁迅：《阿 Q 正传》,《鲁迅全集》第一卷，人民文学出版社 2005 年版，第 549 页。

画圆、破圆和恋圆的过程,凸显出中国古典文学所追求的不息的生命意识,表现出古代诗人、作家个人内心世界渴望自由和情感释放的心路历程"①。

鲁迅对此也是很敏感的,为此他不仅特意把阿 Q 的结局题名为"大团圆",而且生发了他对于中国传统小说中"大团圆"结局的思考和批判,他在《论睁了眼看》中就指出:"中国人的不敢正视各方面,用瞒和骗,造出奇妙的逃路来,而自以为正路。在这路上,就证明着国民性的怯弱,懒惰,而又巧滑。一天一天的满足着,即一天一天的堕落着,但却又觉得日见其光荣。"②如果说,鲁迅在《阿 Q 正传》显示了自己"破圆"的精神取向,那么,又安排阿 Q 在临刑之际精心去"画圆",更凸显了鲁迅"哀其不幸,怒其不争"的复杂心境。

显然,鲁迅写《阿 Q 正传》是有明确指向的,用他的话说就是"想暴露国民的弱点",想"写出一个现代的我们国人的灵魂",由此表达对整个旧社会、旧封建思想意识形态的整体性批判,希望中国人的"阿 Q 时代"能够早日过去。这也是鲁迅投身新文学革命的初衷,因为他深切感受到中国旧文人的积习,即不愿或不敢正视现实,如其在同一篇文章中所说:"我并未实验过,有时候想:倘将一位久蛰洞房的老太爷抛在夏天正午的烈日底下,或将不出闺门的千金小姐拖到旷野的黑夜里,大概只好闭了眼睛,暂续他们残存的旧梦,总算并没有遇到暗或光,虽然已经是绝不相同的现实。中国的文人也一样,万事闭眼睛,聊以自欺,而且欺人,那方法是:瞒和骗。"③

就这个意义来说,《阿 Q 正传》不仅具有明显的启蒙含义,亦有宿命的意味,即鲁迅所说的"哀其不幸,怒其不争"的情感内涵,因为鲁迅清楚地知道,"阿 Q 时代"的终结,最终不能由别人代劳,还得依靠阿 Q 们自身的觉醒,由他们自己来画这个句号。可惜的是,这并不是一件一劳永逸的事情,也不是用一篇小说就能完成的,当时的阿 Q 连字都不识一个,不仅谈不上个性觉醒和文化解放,就连鲁迅的启蒙都难以理解,最后只能错解和辜负鲁迅的意愿了。

阿 Q 最后那个圆终究没能画圆。

但是,鲁迅一直没有放弃为"阿 Q 时代"所做的努力。为此,他经常在

---

① 胡君:《求圆　画圆　破圆　恋圆——小议中国古典之新路程》,华东师范大学中文系 2009 年度"文艺心理学"课程作业。

② 鲁迅:《论睁了眼看》,《鲁迅全集》第一卷,人民文学出版社 2005 年版,第 254 页。

③ 鲁迅:《论睁了眼看》,《鲁迅全集》第一卷,人民文学出版社 2005 年版,第 252 页。

死亡意识的笼罩下写作,不仅在他的小说中,还在其杂文中,同样充满着"终结"的意愿。例如,他把自己第一本杂文集命名为《坟》。在中国传统文化中,"坟"本身就是一个圆的意象,也是一种终结的象征。对此鲁迅在《写在〈坟〉后面》中就说过:"我只很确切地知道一个终点,就是:坟。然而这是大家都知道的,无须谁指引。问题是在从此到那的道路。那当然不只一条,我可正不知那一条好,虽然至今有时也还在寻求。"①而在同一篇文章中,鲁迅还表达了一种更深广的自我悲剧感:"不幸我的古文和白话合成的杂集,又恰在此时出版了,也许又要给读者若干毒害。只是在自己,却还不能毅然决然将他毁灭,还想借此暂时看看逝去的生活的余痕。惟愿偏爱我的作品的读者也不过将这当作一种纪念,知道这小小的丘陇中,无非埋着曾经活过的躯壳。待再经若干岁月,又当化为烟埃,并纪念也从人间消去,而我的事也就完毕了。"②

阿Q时代的终结也就意味着自我时代甚至存在意义的终结——这就是鲁迅认定的历史宿命。也许这同时意味着大众的觉醒和国民劣根性的终结,由此鲁迅情愿做旧时代的殉葬品。但是,不管怎么说,个人的消亡不可避免,必死无疑——这种终结的指向,就是鲁迅绝望的来源,也是他能够在大时代尽情享受大欢喜的精神底线,既然一切都将终结,一切都会终结,而自己最终所渴望的也是终结,那么为什么不能面对飞沙走石,"乐则大笑,悲则大叫"③呢?为什么不能敞开性情活、抛开一切活呢?所以,鲁迅有一种"背水一战""身陷死地而后生"的绝望战斗精神,不仅敢于直面人生,而且敢于在地狱边上栽花养草,尽情享受生命的快乐和快意,也就是所谓"痛"但是"快意"着。这或许是一种特殊时代的精神病现象,但承担着新旧时代转换的悲壮情怀,散发着启蒙时代的英雄光灿。

二、"阿Q时代":难以终结的文化意象

无疑,鲁迅最恐惧的不是死亡的终结,而是"暗暗的死",他在《写于深夜里》一文中就专门谈到这一点:"我每当朋友或学生的死,倘不知时日,不知地点,不知死法,总比知道的更悲哀和不安;由此推想那一边,在暗室中毕命

---

① 鲁迅:《写在〈坟〉后面》,《鲁迅全集》第一卷,人民文学出版社 2005 年版,第 300 页。
② 鲁迅:《写在〈坟〉后面》,《鲁迅全集》第一卷,人民文学出版社 2005 年版,第 303 页。
③ 鲁迅:《华盖集·题记》,《鲁迅全集》第三卷,人民文学出版社 2005 年版,第 4 页。

于几个屠夫的手里,也一定比当众而死的更寂寞。"①

鲁迅许多文字都"写于深夜里"②,而这些文字多半与死亡意象相关。我以为这也是最能反映鲁迅心声的文字,这些文字不单是对现实的反馈,而且是对自我意识的反省和认定,两者往往交织在一起,形成幽深动魄的抒情效果。这一点,我们在《野草》中不难得到印证。

不过,尽管圆与句号都指向了"终结",但是在不同作品中所表达的含义不尽相同。例如,在小说《药》的结尾处,也出现了坟的意象:

那人点一点头,眼睛仍然向上瞪着;也低声吃吃的说道,"你看,——看这是什么呢?"

华大妈跟了他指头看去,眼光便到了前面的坟,这坟上草根还没有全合,露出一块一块的黄土,煞是难看。再往上仔细看时,却不觉也吃一惊;——分明有一圈红白的花,围着那尖圆的坟顶。

他们的眼睛都已老花多年了,但望这红白的花,却还能明白看见。花也不很多,圆圆的排成一个圈,不很精神,倒也整齐。华大妈忙看他儿子和别人的坟,却只有不怕冷的几点青白小花,零星开着;便觉得心里忽然感到一种不足和空虚,不愿意根究。那老女人又走近几步,细看了一遍,自言自语的说,"这没有根,不像自己开的。——这地方有谁来呢?孩子不会来玩;——亲戚本家早不来了。——这是怎么一回事呢?"他想了又想,忽又流下泪来,大声说道:

"瑜儿,他们都冤枉了你,你还是忘不了,伤心不过,今天特意显点灵,要我知道么?"他四面一看,只见一只乌鸦,站在一株没有叶的树上,便接着说,"我知道了。——瑜儿,可怜他们坑了你,他们将来总有报应,天都知道;你闭了眼睛就是了。——你如果真在这里,听到我的话,——便教这乌鸦飞上你的坟顶,给我看罢。"

微风早经停息了;枯草支支直立,有如铜丝。一丝发抖的声音,在空气中愈颤愈细,细到没有,周围便都是死一般静。两人站在枯草丛里,仰面看那乌鸦;那乌鸦也在笔直的树枝间,缩着头,铁

---

① 鲁迅:《写于深夜里》,《鲁迅全集》第六卷,人民文学出版社 2005 年版,第 520 页。
② 这个问题当然还需要讨论,因为不能完全以鲁迅的自语为准,但可以肯定的是,鲁迅在写作中对于"暗夜"有着特殊的钟爱,亦有许多描写暗夜的优美文字。

铸一般站着。①

　　两座都是坟，都是终结，却有不同的装饰，表达着不同的心境，演绎着不同的命运。夏瑜坟顶上无缘无故出现了一个花环，这也许是夏瑜妈妈所不能理解的，却表达了鲁迅的心志与愿景，同样表达了对于"阿Q时代"终结的一种期盼。

　　难道鲁迅的杂文集《坟》不也是如此一座摆放了祭奠花圈的坟吗？

　　因为鲁迅在《坟》的"题记"中确实分明提到了这一点："所以虽然明知道过去已经过去，神魂是无法追蹑的，但总不能那么决绝，还想将糟粕收敛起来，造成一座小小的新坟，一面是埋藏，一面也是留恋。至于不远的踏成平地，那是不想管，也无从管了。"②

　　可惜，在《阿Q正传》中，阿Q费了好大的劲，还是没有画好那个圆——这似乎成为一个隐喻，昭示"阿Q时代"并不见得随主人公的死去而终结，鲁迅也并不能那么容易地随己所愿而"速朽"，像地狱边的野草一般被烧毁。相反，鲁迅不得不身陷和面对一个难以穷尽的"阿Q时代"，继续背负和忍受这个时代的所有重压和磨难。而令鲁迅自己也难以预料的是，自己也竟然为自己的期待和愿景背黑锅，成为"阿Q时代"中的一员。所以，阿Q是死了，但这个时代是否已经过去，却一直存在争议，不仅涉及对鲁迅历史意义和存在价值的判断，而且关乎对整个现当代文学历史转换的认识。

　　阿Q关乎着一个时代及时代的转换。可以说，在20世纪的中国，"推翻旧社会"就是终结一个时代的同义语，其最终也成了这个时代的核心价值话语；而实现这种价值的途径凝聚到了"革命"这一具有魅力的文化空间与想象之中，其意义就在于实现旧时代的终结和新时代的来临。

　　这一意义不仅表现在鲁迅一系列作品中，也投射在了许多现代作家的创作之中，例如老舍20世纪50年代就写了《茶馆》，生动表达了为旧时代送终的意向③；而胡风早在20世纪40年代末就写下了《时间开始了》组诗，其中写道：

---

　　①　鲁迅：《药》，《鲁迅全集》第一卷，人民文学出版社2005年版，第470—471页。

　　②　鲁迅：《坟·题记》，《鲁迅全集》第一卷，人民文学出版社2005年版，第4页。

　　③　老舍先生无疑是鲁迅先生的敬慕者，深受《阿Q正传》影响，据谷林先生在《鲁迅纪念会》一文记载，在1945年重庆知识界纪念鲁迅会上，老舍还朗诵了《阿Q正传》的片段，绘声绘色。老舍也谈到他与鲁迅有精神上相通的地方，他只有在阅读但丁《神曲》的时候，才有过那样的快感。

时间开始了——

毛泽东

他站到了主席台底正中间

他站在飘着四面红旗的地球面底

中国地形正前面

他屹立着象一尊塑像……

…………

你镇定地迈开了第一步

你沉着的声音象一响惊雷——

"全人类四分之一的中国人从此站立

起来了！"①

如果说老舍的《茶馆》为"阿Q时代"画的句号画得好，那么，胡风为新时代做的开场白更是气势宏伟。这首诗包括《欢乐颂》《光荣赞》《青春曲》《安魂曲》《又一个欢乐颂》5个乐篇，长达4600行，被视为胡风一生诗歌创作的高峰，更是"向新时代的献礼"。而值得分析的是，诗人在热情歌颂新的领袖之时，竟然没有忘记另一个著名的外国诗人的名字：

诗人但丁

当年在地狱门上写下了一句金言：

"到这里来的，

一切希望都要放弃！"

今天

中国人民底诗人毛泽东

在中国新生的时间大门上面

写下了

但丁没有幸运写下的

使人感到幸福

而不是感到痛苦的句子：

---

① 胡风：《时间开始了》，《人民日报》，1949年11月20日，第7版。

"一切愿意新生的

到这里来罢

最美好最纯洁的希望

在等待着你！"

　　但丁（Dante）曾被恩格斯誉为"中世纪的最后一位诗人，同时又是新时代的最初一位诗人"。在中国学术界，也早有人把鲁迅称为"中国的但丁"①。据说，鲁迅最喜欢的一本书就是《神曲图集》，时常拿来翻阅，他还在晚年提到自己在青年时期喜欢读但丁和陀思妥耶夫斯基的作品，但是总不能爱；特别是在阅读《神曲·炼狱篇》的时候，有一种感同身受的痛："有些鬼魂还在把很重的石头，推上峻峭的岩壁去。这是极吃力的工作，但一松手，可就立刻压烂了自己。不知怎地，自己也好像很是疲乏了。于是我就在这地方停住，没有能够走到天国去。"②

　　也可以这么理解，鲁迅的"喜欢读"和"不能爱"正好表现了时代的矛盾和困惑，因为他一生都在地狱中穿行，也一直渴望走到天国去，但是他清楚地知道，那个时代还远远没有到来。

　　作为鲁迅的追随者，胡风和同时代的很多作家一样，尽管还继续把鲁迅视为导师和偶像，但是就在那一时刻，精神上已经告别了鲁迅，至少认为"阿Q时代"已经过去。

　　这也许正是鲁迅在20世纪中国文学史乃至思想史上不可替代之处。其实，过早宣布"阿Q时代"已经过去的大有人在，他们或者出于一种对理想的想象和激情，或者出于对鲁迅的嫉妒和误解，曾不断对鲁迅提出挑战和质疑。例如，早在20世纪20年代末，"五四"文学革命的浪潮过去不久，一些热血的"革命文学家"就宣布"阿Q时代已经永远死去了"，其中最著名的就是钱杏邨《死去了的阿Q时代》，其中谈道：

　　　　《阿Q正传》虽有这么多的好处，在表现与意义两方面虽值得

　　我们称赞，然而究竟不能说是代表十年来的中国现代文坛的时代

　　的力作；十年来的中国农民是早已不像那时的农村民众的幼稚了。

---

①　胡风：《时间开始了》，《人民日报》，1949年11月20日，第7版。

②　鲁迅：《陀思妥耶夫斯基的事》，《鲁迅全集》第六卷，人民文学出版社2005年版，第425页。

所以根据文艺思潮的变迁的形式去看,阿Q是不能放在五四时代的,也不能放在五卅时代的,更不能放到现在的大革命的时代的。现在的中国农民第一是不像阿Q时代的幼稚,他们大都有了很严密的组织,而且对于政治也有了相当的认识;第二是中国农民的革命性已经充分的表现了出来,他们反抗地主,参加革命,近且表现了原始的 Baudon 的形式,自己实行革起命来,绝没有像阿Q那样屈服于豪绅的精神;第三是中国的农民知识已不像阿Q时代农民的单弱,他们不是莫名其妙的阿Q式的蠢动,他们是有意义的,有目的的,不是泄愤的,而是一种政治的斗争了。……说到这里,我们是很明白的可以看到现在的农民不是辛亥革命时代的农民。现在的农民的趣味已经从个人的走上政治革命的一条路了!①

无疑,钱杏邨论阿Q的出发点就是"时代",由于鲁迅的创作不能"超越时代",不能"抓住时代",不能"追随时代",不能"跟上时代",就必然被时代淘汰。

这就是"时代逻辑"的力量。于是,有了"死去了的阿Q时代",必然就有了"死去了的鲁迅":

现在进一步说。阿Q时代固然死亡了,其实,就是鲁迅他自己也已走到了尽头,再不彻底觉悟去找一条生路,也是无可救济了。当然的,他所以然不能表现时代的原因,是他根本上没有认识时代,和世界政治思想简直没有接近;这样,他当然是不会有时代表现的题材,只好从自己身上,回忆起过去的事实了。

我们真想不到被读者称为大作家的鲁迅的政治思想是这样的骇人!他完全变成个落伍者,没有阶级的认识,也没有革命的情绪。他对于革命和革命文艺,态度是异常的不庄严,这很可证明并没有怎样的了解②。

正是这种"时代逻辑",一些"革命文学家"把鲁迅看作"中国的堂吉诃

①　钱杏邨:《死去了的阿Q时代》,载自 1928 年 3 月 1 日《太阳月刊》三月号。
②　钱杏邨:《死去了的鲁迅》,《现代中国文学作家》第一卷,上海泰东图书局 1928 年 7 月初版。

德""害了神经错乱与夸大妄想"的病态者,不仅思想是陈腐的,是中国文坛的落伍者,而且人格也是卑污的;甚至还有人直截了当攻击和污蔑鲁迅,称为"资本主义以前的一个封建余孽",是"一位不得志的 Fascist(法西斯蒂)",是"二重性的反革命的人物"①,等等,无非是想为"阿 Q 时代"画上一个句号,同时也给鲁迅的价值和意义画上一个完满的句号。

三、鲁迅:难以画完的句号

所谓"时代逻辑"是指中国近代以来生成的一种时间观念和历史意识,以历史进化与更新为基本维度来指认社会发展的不同阶段,以评估、认识和衡量历史事件、人物和活动的价值与意义,强调历史、思想、文化的转换性、革命性及其突变特征,以时代精神来引领人文精神和意识形态的变迁。

从此,中国文学也被卷入一种"时代逻辑"的旋涡之中,试图不断走出旧时代,进入新时代。实际上,鲁迅的一生就辗转于时代的"终结"(死亡)与"革命"(新生)之间,为此他不得不感受到跟但丁一样穿越地狱的心路历程,在大悲哀中体验大欢喜。早年的鲁迅,也曾经无限憧憬一个辉煌的新时代,其文章的字里行间同样贯穿着一种"时代逻辑",例如《人之历史》《科学史教篇》《摩罗诗力说》等都是如此,充满着对社会变革和文化更新的期待。这种"时代逻辑"理念不仅塑造了一代"旧时代终结者"的斗士想象,更激励着后人为创造新时代而不断转换、突击和前进。

不过,"终结者"必然会被终结本身终结。正是由于这种"时代逻辑"的影响,鲁迅也必然会不断受到更年轻、更激进思想文化的挑战与质疑。后来者在寻求和制造新的"时代逻辑",他们对于理想的追求,也许比鲁迅更浪漫、更纯真,也更心急,自然不会满意阿 Q 的存在状态,更不想一生背负鲁迅心理上难以摆脱的历史重负,也就不能不对鲁迅以及其笔下的阿 Q 发出质疑和微词。在这个过程中,如果说"终结"还连带着一种历史性的悲剧色彩,那么,"革命"则为这种悲剧披上了一件喜剧甚至滑稽的外衣,充满浪漫、惊奇、突变和冒险色彩,给一个变革时代提供了无数可歌可泣的传奇故事。

很多年以后,在重庆的梅子、郑学稼等人再次对鲁迅发起挑战,其口实与"革命文学家"惊人一致,也是从"时代逻辑"出发的,认为"阿 Q 时代"已

---

① 郭沫若:《文艺战线上的封建余孽》,《创造月刊》第二卷第一期。

经不再，鲁迅自然也已经过时①。其中郑学稼的《鲁迅和阿Q》一文，就把阿Q和鲁迅看作心理上的同构关系，认为鲁迅属于过去时代的文学家，不属于现在与未来，他甚至还这样发问：

> 一大批鲁迅的崇拜者说，阿Q并未"断子绝孙"，他还存在于每个中国人的灵魂里。我对于这一武断提出抗议。因为这是对20世纪30年代和40年代初中国青年——不，全体国民的侮辱。谁敢说，正用血和肉记录近一个世纪以来所未有的伟大行动的我们，灵魂里尚有阿Q主义的成分？②

与钱杏邨相比，这里的问话人话语不同，时代气势丝毫不减。可惜，问话人和鲁迅笔下的阿Q一样，无论如何努力，都没有画好这个句号。而且，时代似乎开了一个大玩笑，几乎所有企图宣告"阿Q时代已经过去"的人，事后证明自己就是阿Q，他们的"革命"及其"伟大行动"与豪言壮语，并不比阿Q更悲哀或者悲壮。当然，鲁迅也不例外，他不得不身陷和面对一个难以穷尽的"阿Q时代"，继续背负和忍受这个时代的所有重压和磨难。而令鲁迅自己也难以预料的是，自己也竟然为自己的期待和愿景背黑锅，成为"阿Q时代"中的一员。

因此，鲁迅并不能那么容易地随己所愿而"速朽"，像地狱边的野草一般被烧毁；而且也暗示了几代文人的命运，他们以壮怀激烈开始，最后以悲情凄惨结局，有的还误了性命。

所以，不能完全否定这些质疑和微词，它们不仅是20世纪中国文学历史与美学意义的一部分，也是鲁迅意义和价值不可或缺的一部分。就这个意义来说，鲁迅的价值不仅是由其崇拜者、追随者和捍卫者显现的，也是由其质疑者、反对者和挑战者造就的，因为后者的存在，鲁迅才是一个完整的鲁迅，不仅有自己的光明面，还有自己的阴暗面；不仅与未来相联系，而且与过去密不可分，是一个行走和徘徊在新与旧、明与暗、生与死之间的活生生的人。

所以，在20世纪30年代，鲁迅就写了下面的话：

---

① 梅子编：《关于鲁迅》，重庆胜利出版社1942年版。收入梁实秋、鲁觉悟、郑学稼、秋水、梅子的七篇文章，对鲁迅重新进行了评价，颇有微词。

② 郑学稼：《鲁迅正传》，台湾时报文化出版事业有限公司1978年版，第91—92页。

见过辛亥革命,见过二次革命,见过袁世凯称帝,张勋复辟,看来看去,就看得怀疑起来,于是失望,颓唐得很了。[1]

可以说,这是鲁迅对于自己心路历程的一次反思,也是对于"时代逻辑"的一次怀疑和质疑。在这种"空空如也"的心境中,说出"绝望之为虚妄,正与希望相同"的话来,如若没有一点"阿Q主义"垫底是不行的。

换句话说,鲁迅是用不着捍卫和辩护的,说他是"阴暗的老人"也好,"心理变态者"也好,"落伍者"也好,都恰好在为其存在及其意义提供证据,其试图逃避"阿Q时代"对于自己的影响和束缚,又无时无刻不纠缠在"时代逻辑"的话语与观念之中,无法了断历史的恩恩怨怨。就此而言,如果紧紧拉住鲁迅的手却又企图与之告别,最终还是无法走出时代逻辑怪圈的。

所以,鲁迅与所有否定和质疑自己的人更接近,更像是同道人,因为他们都在与时间搏斗,都在奋力挣脱"时代逻辑"对自己的牵引、遮蔽和束缚。

谁的内心深处不存阿Q主义成分呢?

倒是另外一种情景更为引人注意:愉快地接受阿Q并重新评价鲁迅的意义。21世纪以来,随着鲁迅神化的光环逐渐暗淡,人们对于阿Q及其精神胜利法有了新的评价,不再简单地认定为"国民性"的劣根性,其有自欺欺人的一面,也有内心调节平衡的一面,更有在逆境中内心不屈不挠的一面,是在中国文化语境中滋生出来的一种心理素质和生存之道,不仅具有中国汉民族的特殊性,也拥有人类精神的共通性。[2]

最近在中国现代文学研究界正热议一个话题"未完成的现代性",其实也许还有一个"未完成的鲁迅时代"值得关注。因为不论"阿Q时代"也好,"鲁迅时代"也好,"现代性"也好,都与一个启蒙时代相连,都与一个"精神界战士"辈出的文化英雄时代相关。但是,在进入新世纪之时,这个时代及其对于这个时代的诠释与想象却发生了很大的逆转。青年学者张念已经告诫人们,一个文化犬儒主义时代已经来临:

不知从何时起,"年代"成为了一种抒情/叙事指标,当《80年

---

[1]　鲁迅:《南腔北调集·〈自选集〉自序》,《鲁迅全集》第四卷,人民文学出版社2005年版,第468页。

[2]　近年来,我曾指导过多篇研究鲁迅及其《阿Q正传》的论文,发现很多论者都有相类似的想法,特别是一些具有生活和工作阅历的论者对此更有感触。

代访谈录》还余温尚存的时候，一本题为《70年代》的书也上市了。如果年代能启动思考的话，年代也许是代替历史和人民的又一造物主，在年代的掩护之下，我们—时代—历史的互文性得以成立，成为英雄的意愿并没有磨灭，这是福柯为现代性所作的最为经典的辩护。当然，如今，谁也不敢承认这个使"年代/现在"英雄化的意愿，这意愿被囚禁在日常理性、常识底线以及生活秩序的围栏中，英雄的反题就是犬儒，正如自然的反题是文化一样，活着就是一切，活着本身就是一种深刻的文化。①

按照我的理解，所谓"犬儒主义时代"，就是一个新的阿Q主义时代，只不过阿Q的身份地位改变了，过去是以中国底层的农民为主体，如今已经由当代文化人所取代了；而且，新的阿Q主义不再仅仅是一种感性的呈现，而且成为一种理性的表达，是一代所谓知识精英和"精神界战士"全身而退的谢幕词。

无疑，在新的世纪，新的阿Q正在以新的姿态、新的话语、新的品性出现，这表明阿Q主义并未绝迹，鲁迅的价值和意义也不那么容易被消解。

鲁迅，依然是一个没有画完的句号。

（2011年）

---

① 张念:《犬儒主义和中国式的启蒙逆子》,《上海文化》,2009年第6期。

长歌当哭：亲情指向的永恒记忆与作家温暖

——评金岳清的长篇散文《呼愁》①

　　当"时尚文学""美女作家""身体写作""都市文学""底层文学"等竞相成为中国当代文学的关键词时，当追求深刻、意义的时代逐渐成为一个远去的苍凉的手势，对文学的传统价值观不再成为坚守的原则和追求的取向时，文学也和其他生活一样成为平面化、感官化、碎片化的东西，被大众即时消费了。中国的文学似乎也感染了这种急切和速度，在写作中鲜有人坚持诗意、淡泊和本真。当我看到金岳清刚出版的长篇散文《呼愁》时，就惊异于他的那一份对亲情的坚持、韧性和沉重，一种来源于底层知识分子的本真。

　　一篇散文，花费了作者近8年的时间，沉淀的情感已经和时间同样深厚了，这是一部解读人的心灵与情感秘史的作品，当然也是一部欲望与爱意相互纠缠彼此融合的作品。在父亲因病生命垂危而辗转于台州—上海求医时遭遇的困窘和对此所进行的对生命及存在的探索及哲学思考中，表露出对世道人心、人情冷暖的细微体察，也表现了对当下热门话题"看病难"的直接告白。他在书写看病这种最为熟知的日常琐事时，对其中包含的微妙的人际关系、跌宕起伏的情绪以及对情感的宽容，表达了他对于人的精神与情感等"形而上"领域的某种深刻思考和诗意眷恋。北师大教授、博导张清华认为："对人性、生命乃至存在进行深刻的探究与叩问。金岳清的《呼愁》可谓是长歌当哭的作品，他深厚的思想表达既源自暂时的灵魂煎熬，又归结于是永远的精神忧伤。同时沉郁的文风和诗意的文字，也是他值得肯定的重要特征。"

---

　　①　此文发表于《名作欣赏》，2016年第11期。

这样一种表露无遗的情感本真叙述，完全不是《人在囧途》《泰囧》《港囧》等作品中人之遭遇窘况后的释然，而是为情所困的沉滞。这种高度浓缩的情感似乎只有用"沉郁"二字才能与之匹配，但似乎也不够，沉郁之外，还有伤感、焦灼、无奈、绝望和处于底层小人物在大都市里迷失方向及对父亲治病无方产生的无可奈何的内心愁绪的郁结与呼告。取名《呼愁》，语义与土耳其语中的"忧伤"之意近似，也与辛晓琪演唱的《呼愁》同名，传递出一种沉重的忧伤感和无可名状的落寞与悲怆。《呼愁》歌词中的"从高塔眺望那远方醉人的汪洋，传说陷落在孤岛外时间的流沙，似曾相识的一抹晚霞"非常切合远离家乡求医问道这一类群体的共同境遇和相同心理，体现出作家内心的融融暖意。其实本文也可望文生义，父子之情既可用"背影"来表达，也可用直抒胸臆来架构，但亲情即使是无比美丽的，有时也如此忧伤，高声吟唱后却无法遗忘，全文淋漓尽致地诠释世间的亲情，把"情歌"唱得直抵人心，让听歌的男人、女人一次又一次得以灵魂共鸣，从中找到自己的故事，印证自己的情感。曹伶文认为："全书的真情朴素让人无法释卷，尤其是像我这样全过程经受两次同类事情的人，更是唏嘘不已，求医过程中对即将失去亲人的恐惧、麻木、悲哀，对医学跟不上生命疾病的愤恨，尤其是一个无权无势的小文人在庞大社会洋流中求事时的无奈痛苦焦躁，在本书中再次如同身受……"

40多篇日记，以情叙文，文以情传。

没有任何的晦涩难懂，也没有任何的矫情，从为父亲求医时开始，敞开心扉，直抒胸臆。金岳清在这一点上不忌讳，文字使用大胆而直率。

长辈生病了求医，既是晚辈的责任，同时也不全是，家庭、亲友、习俗和道德评判等有时也对人的意识、行为产生重大影响，一个病人即使被医生判定"死刑"，但在整个社会关系中形成的思维定式和舆论往往会让亲属在是否继续求医上无奈挣扎，台州不行到杭州，杭州不行到上海甚至北京，一家人由此陷入困顿，但无人明告其中的辛苦或徒劳，是奇迹出现的希冀和亲情化解了这一切，是对现代医术的信赖让他们重新燃起对生命的渴望。即使仅存一丝希望，哪怕明知这种希望非常脆弱，碰不得、玩不起，但还是义无反顾倾其所有。父亲病重后，在不断的咨询中已经确知希望渺茫，但依然选择最为艰辛的上海之行，作者也说："其实，最难的是抉择，尽管我们酝酿已久，并已做好准备，但事到临头，还是手足无措，六神无主。"①从上海胸科医院、肺科医院到肿瘤医院、龙华中医院，一方面要与死神赛跑，另一方面要与时间赛跑，想尽快住院而不可能，想确诊病情不可得，遍寻关系而无所获，日日在几近绝望中惶惶而过，父亲的病情危机已经装满心间，人情冷暖、世态炎凉、社会乱象像吹响的号角萦绕在耳畔，遭遇了外乡人前往都市求医所能遭遇的一切，况且中西医对很多病症依然束手无策，由是产生人生惨痛的生命体验，这期间的情感体察和隐忍的"台州式硬气"让人感慨不已。近两个月时间里，作者陷入无解的亲情困惑，做出许多徒劳无功的挣扎。

常言道，关心则乱。浓浓的亲情似乎使作者和他的一家只剩下治病拯救的唯一念头，让人暂时失去理性思考的机会，激情的叙事也造成文章的硬伤，即思辨力不够。当父亲确诊为腺癌晚期后，"活命的可能性很少，这一点我已不奢望，我希望的是父亲的生命是否可以延长五年，如果五年不行，哪怕两年也可以，让他在病痛中度过两年安静的晚年生活，也是对他一生的不幸、操劳与艰难的补偿。这样，也可以用时间的延长来稀释我们的痛苦浓度"②。此时每个人内心自然而生一厢情愿的想法，是对亲人马上要天人永隔的最后呼告。这不是作者的错，而是所有人都要面临的难解的困局，记得我的楼上一户人家妻子生病，丈夫被告知已医治无望，即使手术成功，也是植物人，当他准备放弃治疗时，家族讨论的意见却是不放弃，坚持，守护最后渺茫的希望。与作者一样，辗转台州—上海，医生的断言最终被证实，手术成功后，永远瘫痪在床上，从此，丈夫陷入无休止的照料与医治中。病人无意识，如同行尸走肉，但留给她丈夫的却是无尽的痛苦。假如当时听从医生劝告而放弃，于病人和家人而言都是一种解脱。对此，作者理应深入思考，以哲学的思辨告知读者价值的取舍，但作者似乎无心于此，他所沉淀的只有拯救父亲的信念，他所做的是在尽一个人子的责任，责任如山，压得人喘不过气。换一个角度看，如果作者不是一个文人，如果他弟弟不是一个小医生，如果留在台州医院，结果会怎样？但现实却不会让如果有任何生存的土壤，假设的前提不能成立，如果也就变成永远的如果，不会还原于现实。当病人还有理论上的一丝机会，救治就成为现实唯一正确的选择；就生者而言，救治理念就会占据他们生活的全部，何况是亲爱的父亲，子女在此只能

---

① 金岳清：《呼愁》，东方出版中心 2015 年版，第 114 页。

② 金岳清：《呼愁》，东方出版中心 2015 年版，第 202 页。

勇往直前，虽然父亲依然免不了承受化疗的痛苦，依然不能较为正常地走完人生最后的旅程，家人依然坠入无助、无奈的境地……这一切都无关紧要，是希望支撑起所有一切。

当然，从客观意义上讲，这一次苦难的经历，却成就了作者的大作。如果不去上海，留在台州求医，作者可能无从体验"世事洞明皆学问，人情练达即文章"的真谛，或许因为体察不够深入，或许是材料浅疏，玩不动《呼愁》这样有深度的文章，只能完成絮絮叨叨的短篇。

原生、沉重、悲怆略带隐忍的诗性叙事，已不是当下文学的主流，当然也难以形成大市场。在"商品经济"横扫一切，网络写手一个个顶天立地时，精英文学从张扬到归隐，文学逐渐走向没落已是不争的事实。此时，金岳清以他的《呼愁》，不经意地向世人宣告，文学的多样性依然没有远离我们，我们的文学依然五彩缤纷。其中蕴含的勇气和成功足可说明一切，淡定、本真的坚持可以彰显文学的影响力和魅力，这就是我们想见也乐见的坚持的美好。正如茅盾所说的："我们的生活既有挥斥风雷的一面，也有云蒸霞蔚的一面；既有排山倒海的一面，也有错彩镂金的一面。这就要求我们的文学不能只有一种风格，既要有风云变色的壮丽，也要有花前月下的清雅……"虽然这种宣告的力量时下还不够强大，有待被证明，但这却是留存的一种希望，一种文学之光。有人认为《呼愁》是新版的《浮生六记》，与时下号召的"国学""经典"复归呼声遥相呼应，呈"星星之火，可以燎原"之势。金岳清和他的散文肯定能混迹其中，博得一点掌声或呼声，这是作者得到的最高褒奖。

金岳清在台州也算是名人了，在书法和小说创作上小有名气，深耕小说多年，出过多本小说集。于红尘滚滚的今日时尚来说，金岳清的小说和散文似乎没有完全进入第一方阵，但读过金岳清小说和散文的人，总会被他充满哲理的叙事、本真的习气、健康的情感所打动，这篇名为《呼愁》的散文，没有宏大的叙事，没有恢宏的结构，话题小而又小，总是与自己的经历有关，与自己的亲情有关。艰辛的求医路上一些不经意的日常生活片段，一个平淡如水的场景或细节，在金岳清的笔下顿时生动起来，变得充满诗意而美丽。他可以为父亲和祖父编织一箩筐的写意叙事；为家庭的挚情而铭记；为朋友的关心支持而记下生动的一页；更可以记录求医的苦难历程，为父亲叙说亲情、倾其所有……情感的原生、炽热，表意的自由自在，台州白话加书卷气的混合语言，辅以叙述的舒缓、闲致，文章错落有致，优雅沉郁。

金岳清散文《呼愁》长于抒情，长于哲理表达，长于社会人事透视，疏于自然景物的妙观。他的散文是心中感想的随意喷涌,知识分子的细腻心理可以在谈笑间让叙事对象一刹那纤毫毕露,也可以走马观花似的"大意失荆州"。但金岳清似乎不是那种无病呻吟的失意文人把充满高亮色调的自然人生随意涂抹上自己绝望而灰暗的心绪,而是被生活所驯化,亮化生活、人生,拒绝为小花小草作传的本真叙事,还原于生活的多彩色调,吟唱一首首悠扬而又沉重的心灵小曲,似台州的灵江,奔腾翻滚,直奔心田。

(2016 年)

男人的一半是女人

——论兰晓龙的"大兵帝国"和徐讦的"女性世界"

网络时代,传媒时代,一切奇迹似乎都是事在人为。如今点开"百度""Google"等搜索引擎,输入兰晓龙的名字,扑面而来的信息条似有把人淹没之感。这个几年前还默默无闻,从湖南邵阳走出来的文学青年,凭借自己生花的妙笔和传播的力量,如今已是如日中天。从他的笔下,走出了许三多、伍六一、史今、高城、袁朗、龙文章、迷龙、孟烦了、阿译、张立宪、不辣、四道风、何莫修、欧阳、湖蓝等不计其数的男人形象,他们或阳光或阴郁,或智或愚,或天真或嬉痞,或顶天立地或微不足道,可以说,男人的世界里,各色人等,各种姿态,像被他做展览似的,一一写尽。

然而在清灯孤影、笔墨伺候的 20 世纪中叶,一个同样天才的文学青年在山河破碎的寒舍里孤军奋战,一篇《鬼恋》,一炮走红,一时市面上洛阳纸贵,他就是徐讦,从浙江慈溪的小山村里走出来的"鬼才"。凭着丰厚的知识储备和大胆天才的想象,在中国文学史上留下了自己深刻的烙印。在那样一个寒冷阴沉动荡不安的时代背景下,他讲述着一个个温馨动人的爱情故事,描摹出一个个温婉柔美的女性形象,让听惯了暗枪冷炮,看惯了饥荒死尸的人们,在他的书里,得到短暂的抚慰。从他的笔下,走出了白苹、梅瀛子、海伦、葛衣情、紫裳、容裳、小凤凰、地美、微翠、露莲、陆眉娜、尤美达、林明默、罗素蕾等各样姿态的女人,仿佛《红楼梦》里的大观园,又如《西游记》里的女儿国,一个花团锦簇的女性世界悄然诞生。

一个来自湖南,一个生于浙江,但同为文人,共事文学。一个写战场,一个写情场,但同是写人生。一个大兵帝国,一个女性世界,但同在讲人性。同样才华横溢,同被文坛称"鬼才",却在各自的时空条件下创造了自己的奇迹,实现了自己的文学理想。著名作家张贤亮曾有一部作品名曰《男人的一半是女人》,男人也好,女人也罢,在讲故事的人眼里,也许只是切入点不同而已。

一、地域文化差异构筑不同内涵的视野

兰晓龙生于湖南邵阳,据其自称,少时好勇斗狠,无心向学。一个偶然的机会,受美国剧作家尤金·奥尼尔感召,于是发愤考入中央戏剧学院戏剧文学系,从此开始了他漫漫的文学之路。① 凭借独特的创作风格和敢于突破成规的勇气,兰晓龙刷新了中国军旅文学长期以来形成的一味宣扬英雄主义的模式,真正将艺术的触角深入军旅文学作品中,从而创作出了一个个栩栩如生有血有肉的男人形象。之所以形成这样刚健的创作风格,一方面固然与其军人的职业身份有关,另一方面恐怕也与他所出生并成长的地域文化背景有着千丝万缕的联系。

性格是文化的重要内容之一,要谈到一个地方的文化,便无法绕开一个地方人的性格。湖南,三湘四水,奇山秀气,孕育出了湖南特有的人文环境和湖南人特有的性格。《史记·货殖列传》说:西楚"俗剽轻,易发怒","衡山、九江、江南、豫章、长沙,是南楚也,其俗大类西楚"。剽轻,剽悍轻捷也。剽悍,意谓迅速,强劲,勇猛。《隋书·地理志》亦云:"其人率多劲悍决烈。"唐杜佑《通典》则云:湖湘之地"杂以蛮獠,多劲悍,称兵跋扈,无代不有"。在湖南地方志中,有关湖南人性格的记载就更多了,如乾隆《长沙府志》卷十四云:"劲直任气,好文尚义。"嘉庆《岳州府志》卷七云:"人性悍直,士尚义好文,有屈原遗风……民多劲悍。"万历《慈利县志》卷六曰:"赋性悍直。"同治《茶陵州志》卷六曰:"其性侠烈而劲直。"道光《永州府志》卷五曰:"俗刚武而好竞。"民国《醴陵县志》卷四曰:"颇尚气,轻生,喜斗,好讼。"这些关于湖南人性格"强悍"的评语,在湖南其他各府、州、县志的《风俗志》中,亦有类似的记载。由此可见,"强悍"是古代湖南人经常表现出来的主要性格特征。

历史发展到近代,湖南人的性格发生了变化,但"强悍"这一特征却没有改易,仍然保存下来了。"一部中国近代史,半部由湘人写就",湖南是中国近代史上政治家、革命家、军事家、战略家、哲学家、文学家的摇篮,也是盛产土匪、强盗的地方。中国第一个留美学者容闳(1828—1912)认为,"湘人素

---

① 引自《南方周末》,2007 年 12 月 13 日 D22 版,为兰晓龙接受记者专访时自述。

勇敢,能耐劳苦,实为良好军人资格"①。梁启超也认为"湖南之长在强而悍"②。19世纪90年代湖南巡抚陈宝箴说:"自咸丰以来,削平寇乱,名臣儒将,多出于湘。其民气之勇,士节之盛,实甲于天下。"林语堂认为"湖南人则以勇武和坚韧闻名,是古代楚国武士后裔中较为使人喜欢的一些人"③。沈从文也说过:"湖南人坦白,豪放,雄强,泼辣。"④章世钊对湖南人的特性有一段颇为精辟的论述,可以说是抓住了其本质特征。他说:"湖南人有特性,特性者何?曰:好持理之所信,而行心之所安,势之顺逆,人之毁誉,不遑顾也。"⑤用今天的话说,就是"犟""老子不信邪",也就是说,从来只认理不认人,不轻易放弃自己的主张。凡是认定一个目标,总是勇往直前,哪怕是碰着天王老子,皇亲国戚,或者是刀砍斧劈,五马分尸,义无反顾。这是一种不随和、不妥协的坚韧性格。

清末民初,在湖南青年学生中有一首非常流行的《学生运动曲》,歌词说:"大哉湖南,衡岳齐天,洞庭云梦广。沅有芷兮澧有兰,无限发群芬。风强俗劲,人才斗量,百战声威壮。湘军英武安天下,我辈是豪强。"从黄兴从事革命一再失败而不气馁,到蔡锷的"为四万万人争人格"而战;从谭嗣同"我自横刀向天笑",陈天华"与为奴死,宁为鬼雄",到夏明翰的"砍头不要紧,只要主义真",应该说都突出地表现了湖南人的性格特征。

俗话说:一方水土养一方人。在这样一个地域文化环境中出生并长大的兰晓龙,耳濡目染自然而然也就在一定程度上形成了那种刚健硬朗顽强的性格和审美观念,继而反映在文学作品里也就是水到渠成的事了。而我们回头来看徐讦,就会发现徐讦的出生地浙江则完全是另外一种文化气质。

从文化地理学的意义上来说,江南温润秀美的自然环境也诱发、培育了文人精致、高雅的文化品格,江浙逐渐成为中国文人气息最浓厚的地方。20世纪中国文学版图上的"浙江省"无疑是一个神圣而又光芒四射的"文学圣地"的形象。这是一片充满了美丽的故事与美丽人生的土地,它所蕴含的巨大人文意义与精神价值是20世纪中国任何一个地名都难以望其项背的。正如有论者指出的,现代汉语文学近百年历程,浙籍作家可谓居功甚伟。单

---

① 容闳:《西学东渐记》,商务印书馆1915年版,第71页。
② 引自《湖南巡抚陈宝箴奏设时务学堂折》,《湘报类纂》,第621页。
③ 林语堂:《中国人》,学林出版社2007年版,第4页。
④ 引自《沈从文选集》,四川人民出版社1983年版,第206页。
⑤ 章世钊:《刘霖先生80寿辰序》,《湖南历史资料》,1981年第1期。

以"现代文学30年"计,浙籍作家的卓越成就便有"三分天下有其一"甚至"半壁江山"之誉。鲁迅、茅盾、郁达夫、徐志摩、郑振铎、冯雪峰、夏衍、艾青、丰子恺、夏丏尊、梁实秋、戴望舒、施蛰存、王鲁彦、许杰、柔石、殷夫、巴人、邵荃麟、应修人、潘漠华、王西彦、唐弢等一大批光耀20世纪中国乃至世界的伟大名字,都是带着他们的故事,他们的文学在这片风光秀美,人杰地灵的土地上起步进而影响中国,影响世界并最终被定格在中国乃至世界文学史上的。

一个地方的根本的文化气质将直接决定着人们的生活态度和相处的方式。《宋史·地理志》说:浙江"人性柔慧,尚浮屠之教,俗奢靡而无积聚,厚于滋味"。纵观历史,可以发现这个描述对于浙江文化而言是极为贴切的,它的确是浙江文化精神气质的一个主要特征。人文的昌盛、山川的秀美使得浙江人民自然地濡染了一种细腻、柔慧的气质。所谓"柔",并非弱,常与"和"联系;所谓"慧",即随机应变、趋利避害。由于崇尚"柔慧"的精神气质,浙江人在日常生活中总是表现得委婉含蓄不失分寸,即使在处理一些棘手的问题时,也总是以"不伤和气""不撕破脸皮"为基本要则,因此邻里和睦、社会安定。浙江文化的这种"柔慧"气质和浙江社会中崇文好学、秉守礼仪的传统不无关联。孔子说"礼之用,和为贵",意思是说礼的作用是用来调节人与人之间的关系的,而其要点则在使人们之间的关系得到和谐。而浙江在礼教一脉上主要继承的就是儒家的传统。据明人记载:"秉礼之家,斤斤自好,不越规矩。"葛澧在《钱塘赋》中则说:"歌唐颂虞,咏仁蹈德,长者皆不怨不倦,幼者皆克歧克嶷。升降以齿,人遵长幼之序;渐摩有素,俗安礼仪之守。"[①]长期以来,浙江人以孝父母、友兄弟、序长幼、祀祖先,维系家庭和宗族秩序为重,由此派生的繁文缛节,历代相沿。在社会活动中,人们也能敬贤尊士、扶危济困、施善行义、睦邻交友。这些不仅使得浙江历史上人才辈出,文物焕然,而且整个社会的文明程度较高,"教育涵养者深",民众"秉礼仪",从而使社会安定团结。

出生在浙江这样一个神秘、深厚,充满文学性的故乡,可以说,徐讦是幸运的,而他的文学"性格"也似乎确实是被浙江慈溪这片美丽的土地所塑造的,尽管他后来浪迹四海,但心中的故乡却一直没有褪色。在徐讦晚年于香港所写的《鸟语》等小说中,"故乡"始终是一个中心的意象,是他魂牵梦萦的

---

① 胡朴安:《中华全国风俗志》,河北人民出版社1986年版,第76页。

心灵家园,正如他在诗作《幻寄》里所写的那样:"小城外有青山如画,青山前有绿水如镜,还有夏晚明亮的天空,都是我熟识的星星。大路的右面是小亭,小亭西有木桥槐荫,木桥边是我垂钓的所在,槐荫上有我童年的脚印。"

二、精神实质的差异构筑"男人""女人"不同的世界

举凡好的文学作品,故事的展开和哲理的讲述往往是同构在一起的,二者的结合也是一个温婉自然的过程。随着故事情节的发展和人物境遇的变迁,我们一步步探触到作者心灵的触角,从而明白作者对生命,对世界的发问和思考。然而,人生观、世界观、价值观以及成长历程、艺术风格的不同,又往往决定了不同作家在发问和思考时角度和视野的不同。这就导致了兰晓龙和徐訏两人艺术风格的不同。

(一)相同的悲剧情结,不同的悲剧情怀

不管是男人还是女人,他们都是人,他们身上必然存在着共通的东西,表现在"大兵帝国""女性世界"里就是他们都属于悲剧中的一员,在对悲剧的理解上,有着一致性。但在表现方法上这两种风格不同的作家对此有不同的诠释。

兰晓龙是个有着彻底英雄主义情结的作家,"铁血"这个词对他而言有着相当特殊的意义,我们看得出,他打心眼里崇仰着拥有钢铁一样意志与灵魂的人。或许这个人在骨子里就是伍六一喊的"纯爷们",可也难逃读书人的精神藩篱,是个彻头彻尾的悲情主义者。在他的几部作品里,英雄的结局都不完满,壮怀激烈的血性豪情固然贯穿始终,可为此激昂的男儿都没有在人间留到白头催生。兰晓龙深谙悲剧是"将美好毁灭给人看"的道理,总忍心将笔下苦心孤诣造出来的高档瓷器随便地砸成一地玻璃碴儿,我们会在那冷色的反光里见到熟悉的不屑流俗,他的心里明明白白,读者会对高档瓷器变成玻璃碴儿唏嘘不已,却绝不能容忍它变成泥坯。就这样,他将所有"美人迟暮,英雄白头"的伤感彻底击碎。兰晓龙是真诚的,甚至是热切的,他的作品里会出现许多无奈、顽强以及饱经风雨后才有的淡定,那是我们怕见也想见的黄昏,每个梦想长大的人都在卑微中骄傲,在抗争中固守,我们在他的作品里看得到蓝本,也寻得见共鸣。正因如此,他往往不去刻意煽情,却总能让人泪流满面。

而徐訏,更是将悲剧演绎得淋漓尽致。《鬼恋》中那个飘逸善良的女

"鬼"在留下一纸饱蘸着泪水的文字后再次没入茫茫人海,让一段凄美动人的爱情成为一个永远的遗憾;《风萧萧》中的白苹最后饮弹毙命,梅瀛子则悄然远离,"我"与海伦亦凄凉话别,留下了一个曲终人散的萧条结局;《盲恋》中的微翠在无法解脱的人性矛盾里苦苦挣扎而不得后,服安眠药自尽。《彼岸》中的露莲像女神一样在"我"濒临绝望的时候挽救了"我",而又最终因"我"的移情别恋自绝于大海之上,留下"我"独自在海岸的灯塔上苦苦寻求良心的救赎;《幻觉》中的地美在被墨龙抛弃后为情自杀,而墨龙亦幡然悔悟,为罪孽忏悔,遁入空门;《江湖行》的最后,阿清自杀,葛衣情发疯,而容裳在看遍了这一切后亦心灰意懒,与"我"的爱情无果而终……一个个美丽的灵魂,善良的生命,却又似暴风雨后凋零的花朵,空留下一片缤纷的落英,让观者心酸,读者涕泣。

应该说,他们都是热爱生活和生命的,没有这种深刻的爱,笔下也便流淌不出这样感人的男人和女人的故事。他们的内心深处,都向往着一个只有爱和美的理想世界,然而现实是无情的、琐碎的,有时甚至充斥着各种各样的卑污和龌龊。因此,他们无法容忍凝聚着自己心血塑造出来的英雄和红颜在历尽了沧桑之后堕入平庸。于是,男人也好,女人也罢,在故事即将收场的时候除了毁灭,再无其他。

(二)家国、信仰、生命的荒诞和爱情、人生、命运的无常的发问

读兰晓龙的书是艰难的,因为在整个阅读过程中,很少能体会到真正的轻松愉悦,更多时候,字里行间飘浮着让人窒息的悲伤与无奈,压得人喘不上气来。他为我们呈上丰富的食物,却掺进痛苦作为调料,我们如同步履维艰的旅人,战战兢兢地前进,害怕在下一页步入泥沼或迷途。他经常让我们陷入难割舍的情感怪圈,在相当绝望的时候制造出更加绝望的境况,而后习惯在迫于无奈的时候找最好的解决办法,当然,很多人要做出很多牺牲,最后的结果难免差强人意。就好像一个人歪歪斜斜地走在正确的道路上,苦难是沙粒,密密麻麻地散布在他必经的路上,跋涉或流血会让人习以为常,但到达终点前,他却要失去更多,包括他所珍视的、热爱的、认定绝不能失去的人与事,于是这个人生命虽然顽强,却永不再朝气蓬勃。苦难与悲伤挫伤了他的锐气,他不再意气风发,眼神麻木又淡漠,可依旧怀揣梦想,保持希望,将有所为与有所不为辨得分明,一路抓紧所有伸过来的手,相互扶携,踉跄前行,为了信仰和还能守护的一切。我们不会被悲剧感动,却会被感染,

所以我们向往美好也热爱悲剧，那些只能留存在记忆里的温暖往往让人悲伤。翻开兰晓龙的书，你就要有这样的准备，心甘情愿地接受这种悲伤，在看似明朗的道路上，崎岖险峻，荆棘丛生，甚至饿殍遍野。

他如此崇尚完美，又情愿在现实的苦痛中挣扎，于是充满矛盾地将完璧一剖两半，变成许三多和成才，变成欧阳和四道风，变成龙文章和孟烦了，变成零和湖蓝。这些人物性格迥异，可又天造地设般契合，如两条同源的河流总会奔流入海般殊途同归。我们爱看他笔下的英雄，率性的、坚强的、刚毅的、狡黠的、桀骜孤高的、信仰坚定的……他写活了男人，男人的原则、男人的情谊，男人们不用说出口的默契，那些疯在一起、闹在一起、胡搅蛮缠在一起的家伙总能令我们会心大笑。在这些穷乐呵的家伙身边偶尔也会出现女人，曹小团、简琳灵、老唐、高昕和迷龙惊世骇俗的老婆上官戒慈，稍加比较你就会发现，兰晓龙真是不会写女人，也不会写爱情，他笔下的这些女人简直是对着形容词一个个造出来的，单薄得惨淡，甚至有几个女性角色，我疑心他是当作男人来写的。自然，他描写爱情也远不如友情来得生动有趣。好在他并不想把爱情作为主体，他描写战争、杀伐、阴谋、抗争，他笔下的热血男儿个个悲壮，但是绝不慷慨，他们擅长在忏悔中自省，孤独、勇敢、卑微、赤诚，那是属于他们的骄傲，用嘲讽的口气赞美，以下跪的方式抬头，剖肝沥胆，烈性激昂。

这就是兰氏哲学的表达方式，它隐伏在字里行间，潜藏在人物之间的每一句普通对白里，表面上风平浪静，实则暗流涌动、波涛汹涌，需要你用心去体会、去揣摩。当高城说："过日子就是问题叠了问题，你能做的就是迎接这些问题。像打仗一样，未必给你准备。"当老马说："不要再混日子，小心被日子把你们给混了。"当袁朗说："要做一个恶的善良人。"当王庆瑞说："人不用做，自己活出来的"当龙文章说："死都不怕，就要个安逸""我只想还事情以它本来的面目。"当小书虫子说："对就是对，错就是错，不在乎用哪张嘴说出来。"当三十四说："少年的中国里没有学校，只有大地和山川。"我们开始一点点理解故事背后的主旨，作者深沉的用意。他用戏剧这种最通俗的表现方式隐晦而又浅显地表现着自己对生命的理解和看法。

而徐訏，在作品中对人生哲学的探讨和思考就更是贯穿始终了。只要是稍细心的读者就会发现，在徐訏的文字里，流露着一股浓重的哲学意蕴和氛围，以文学的形式从哲学意义上展示和探讨了抽象与具体，彼岸与此岸，偶然与必然，无限与有限等辩证问题，试图让人们在小说的情节中去领悟形而上之"道",在对精神本体的追求中,流溢着达观、清远的人生哲学。

他的成名作《鬼恋》本来是写人的,却围绕"鬼"而展开了一个灵魂与"我"的交往。"鬼"是超越的,"我"是现实的。在对生命及其终极意义的追问中,作品以形而上的思辨描绘了生命的尘埃和彼岸的崇高,实现着从世俗的关怀向形而上关怀的升华,潜藏着作家对于人生意义、存在本质的哲学探索。

而代表作之一《风萧萧》中,主人公"我"是一个哲学家,一个独身主义者,"我"关注的是人类生存意义以及"爱"与"人性"等哲学意义问题。但"我"由于巧遇而陷身其中的生活却是一种最为世俗的生活,这种香鬓钗影中的荒唐生活,实际上是对"我"哲学化的、清净玄思的生活方式的背叛,"我"面临着两种生存方式冲突所带来的巨大的心灵痛苦。"我"的哲学生活,在上半部分因为"爱情"而受到冲击,尝试重新回到书斋的努力在下半部又因为抗战的现实而失败。最终"我"奔赴内地,其实正是对现实生活方式的双重背弃,它既超越了书斋的幽静,又超越了都市的喧哗。它本质上是对一种浪漫的生存态度和生存理想的否定,主人公重上征途体现了一种由浪漫重回现实的生命旅程。

另一代表作《江湖行》里更是充满了对于人生的探讨和生命的体悟,对在某种可变的历史环境中人的存在可能性以及人的具体存在和"生命世界"进行了探索。对生命的超越与生命自由的向往,构成了主人公周也壮流浪的形而上意义。它是一种存在的维度,也是一个存在的通道。正如小说中舵伯所说的:"人活这世上,应当在人世中独来独往,整个的人世才是我们的圈子""当个人在一个小圈子里偶尔失意,正是他从小圈子跳到大圈子的时机。革命的失败,政治的打击,家庭的纠纷,情场的失意,商场的倾覆都是一种小圈子的纠纷,如果你执迷不悟,往牛角尖钻,自杀将是你唯一的出路,倘若你有勇气跳出你所执迷的庸俗的圈子,你就会有一种超脱,回首看看这个在小小的栅栏里拥挤的人们,你就会觉得很可笑了。"[①]这作为新的生命方式,本身就已具有了一种超越和自由的意味。

在徐訏晚年创作的《彼岸》与《时与光》等作品中,对爱情、命运、人生等的探讨呈现出越来越突出的形而上特征,并最终落实和上溯到宗教上。《时与光》在风格上仍保存有初期小说的情调和他一贯的哲理小说的特色,但其

---

① 徐訏:《徐訏文集》第2卷,上海三联书店2012年版,第54页。

主题命意及哲学主题的阐发则达到了前所未有的深度。它在艺术上较好地实现了故事性与哲学思辨的结合,提供了用文学的形式传达人生哲学的成功艺术经验。

三、语言符号的异质特性构筑不同的作品灵魂

文学是语言的艺术。从某种意义上来说,语言的成败和一部作品的成败是血肉相连的。而一个好的作家,往往能在创作的过程中形成自己独特的语言风格,让我们有一种"不见其人,即闻其声"的感觉,如同老舍京片子背后的油滑和狡黠,如同张爱玲文字背后的华美和娇弱,如同莫言句子背后的浑厚和气势。对语言同样高度重视的兰晓龙和徐讦在这方面可以说也分别显示了各自深厚的造诣和功力。透过他们的文字符号,我们能分别感觉和体会到两位作家背后截然不同的艺术嗅觉、口味和精神境界,但能同构各自作品灵魂。

(一)刚性——兰氏语体的"大兵"风格

兰晓龙在他的《士兵突击》小说后记里有一句话:士兵的心灵世界是冷峻而丰富的。我的理解则是:冷,是一种感觉和体会,恰似钢枪和刺刀的冰凉,恰似边陲地区的寒冷和粗暴风沙中的冰凉,它是一种理性过滤后的神圣、严肃和残酷。峻者,高而陡,是一种阳刚的线条美,正如士兵脸部分明有力的肌肉,说话铿锵有力的音调,静如处子、动如脱兔的行动风格,它是在长期的锤炼和磨砺后锻造出来的一种美,如岩石,棱角分明,触摸上去会感觉到冰凉和粗糙。而丰富,则恰又和冷峻形成一种对照和互补的关系。冷峻不是单调,单调意味着枯涩、干巴,而士兵的冷峻外表下却藏着一个火热丰富的心灵世界。它包容了一种爱,爱国、爱军、爱家、爱亲人、爱兄弟。战场上,军营里,那种不是血缘胜似血缘的兄弟手足情,那种在一个异化和另类的环境里形成的同生共死相濡以沫的战友情早已成为人的共识,那是一种人性在绝望和困境中自发萌生出来的求助本能和保护本能。它至纯、至善、至美。所以这种爱才撼人心魄。而这种爱用冷峻的方式表达出来,就形成了一种特殊的兵味语言。兰晓龙作为一名知识军人,又将这种原始的士兵语言加以提纯、冶炼、升华,并保持其风格,于是就形成了自己创作时独特的语言风格。其突出特点是:①多用四字成语,句子短促有力,用最简洁的语言表达最庞杂繁复的意思,干净利索,不拖泥带水忸怩作态,符合军人的作

风和气派。②一针见血,直击心灵软肋,不故弄玄虚,用最准确的语言描摹出内心深处细微深刻的感受,分毫不差,纤毫毕现。③偶用典故,兼引诗词(《我的团长我的团》中较明显)。这是兰晓龙本身作为一名知识分子或军中读书人无法克服的一种创作痼疾,但却在无形中给这种刚性的语言风格增添了一道亮丽的风景线。在粗犷和冷峻中插入一点鸟语花香,恰如硝烟中的一朵小花,更显其沁人芳香,让人联想到那弥足珍贵的幸福和美好。

语言是有力量的,句子结构也一样,冷的字眼让人感到寒气逼人,短促的句子结构仿佛刺刀见红。兰晓龙则充分结合了这两个创作要素,他用变幻莫测的语言和句子结构来展示他创作上的十八般兵器,但永远的核心、精髓和依归就是那四个字:冷峻丰富。这四个字已化为他作品的生命,融化在每一个词语和句子中,熠熠闪光,永葆青春,也让读者读后感到酣畅淋漓,观者观后唏嘘感慨回味无穷。

(二)柔性——徐訏语体的"女性"细腻

忧郁敏感的徐訏一生著述甚丰,小说、散文、诗歌、戏剧总括起来有十几卷之多,然而庞大的文字生产量却丝毫没有影响到他对自己作品文字的锤炼。在阅读的过程中,徐訏的文字总能给我们带来一种清新洒脱飘逸的感觉,这是徐訏特有的语体风格。徐訏有着良好的古文功底,5岁时即开始在浙东家乡接受启蒙教育,熟读四书五经,这样的学习经历虽说枯燥无趣,却为他打下了扎实的语言基础,培养了最初的书卷气息。之后系统的中学教育和高等教育,使他的语言表达能力更为娴熟。再后来长期的海外留学生活,又让他的文风自然而然地熏染上了浓郁的海外气息。况且徐訏博览群书,还有着心理学、哲学等专业的系统学习,就更加充实了他的词汇库和语言存储。

在中国现代文学史上,很少有人像徐訏这样,哲学和心理学科班出身,同时又擅长写爱情题材。得益于这样的背景,他在《风萧萧》《鬼恋》和《阿拉伯海女神》等小说中为读者呈现了具有哲思性的语言;而在《盲恋》《吉卜赛的诱惑》《鸟语》《痴心井》等小说中的语言则曲折细腻。心理学和哲学造就了他说理缜密的语言,而爱情故事这个题材载体却促成了他抒情曲折细腻的语言形式。可以说他在这两个领域中都取得了不俗的成绩,既用自己的语言满足了当时抒情的需求,又展示了清澈透明的说理思维,形成一种自我的风格和典范。

　　一生都在读书、著书、教书的徐讦,一下笔就流淌出带着浓浓书香的词句,四海为家的漂泊和沧桑,让他的语言既有浙东家乡的特色,又囊括了天南海北的神韵,还有着淡淡的哲理印痕。丰富驳杂而不显冗长累赘,细腻柔美而不显矫揉造作,似温婉的小溪,又像宽广的湖面,体现着一种柔性之美。

　　瞿秋白说:"文学革命的任务,决不止于创造出一些新式的诗歌小说和戏剧,它应当替中国建立现代的普通话的文腔。现代的普通话,是随着社会生活的剧烈变动而正在产生出来;文学的责任,就在于把这种新的言语,加以整理调节,而组织成功适合于一般社会新生活的文腔。这样,方才能够有所谓'文学的国语',亦只有这样办法,才能建立和产生所谓'国语的文学'。"①在文学语言的锤炼和试验方面,不管是现代的徐讦,还是当代的兰晓龙,都可谓煞费苦心身体力行,并取得了自己可喜的成功。

　　艺术的端点是人物,归宿也是人物。兰氏的"大兵帝国"也好,徐氏的"女性世界"也罢,只是一种入题的不同。茅盾曾经说过这样的一段话:"我们的生活既有挥斥风雷的一面,也有云蒸霞蔚的一面;既有排山倒海的一面,也有错彩镂金的一面。这就要求我们的文学不能只有一种风格,既要有风云变色的壮丽,也要有花前月下的清雅……"②不同的美学观念和风格背后,是一颗相同的中国文人的赤诚之心,那就是对人性和爱的憧憬和向往,对自我的还原和回归。

(2011 年)

---

① 瞿秋白:《鬼门关以外的战争》,《瞿秋白文集》第二卷,人民文学出版社 1953 年版,第 620 页。
② 吴功正:《文学风格七讲》,上海文艺出版社 1983 年版,第 95 页。

梦里花落知多少

——论徐讦的文人情怀

在再版的中篇小说《鬼恋》的开篇里，有这样一段"献辞"：

春天里我葬落花，
秋天里我再葬枯叶，
我不留一字的墓碑，
只留一声叹息。

于是我悄悄的走开，
听凭日落月坠，
千万的星星陨灭。

若还有知音人走过，
骤感到我过去的喟叹，
即是墓前的碑碣，
那他会对自己的灵魂诉说：

"那红花绿叶虽早化作了泥尘，
但坟墓里终长留着青春的痕迹，
它会在黄土里永放射生的消息。"

——一九四〇年十二月二十日夜倚枕①

---

① 《鬼恋》原作首次发表于 1937 年，该"献辞"可能是后来再版时的序言，待考究。

作家写下这首哀婉凄楚的小诗的时候,距离《鬼恋》初次发表将近四年了,然而和小说《鬼恋》的意境仍然是那样默契和相配。此时此刻,我们已很难想象作家当时倚枕难眠时的心境和情愫了,但这首小诗又何尝不是作家一生常有心境的绝佳写照呢? 一生的漂泊无依,饱尝人间冷暖,内心的波澜起伏和外在的恬淡隐忍形成的巨大反差,使得颇具文人气和书生气的徐訏只能通过生花的妙笔为自己构筑一个理想中的美丽王国和心灵桃源。而向来作为爱和温情化身的女性自然也就成了这王国和桃源里不可或缺的主角了。可以说,这些美丽的女性身上,承载了作者对美好的所有期待和向往,对污浊现实的所有愤懑和反抗,对人生的所有感悟和诠释,蕴藏了作者整个的文人情怀和人性理想。

一、《鬼恋》:美丽的开始,浪漫的起步

1937 年 1 月及 2 月号的《宇宙风》上,一篇名叫《鬼恋》的小说悄然发表了。出人意料的是,这篇名不见经传的小说居然在短时间内红极一时,风靡文坛。该小说亦很快以单行本印发成书,该书成为当年(1937 年)全国三大畅销书之一,作者徐訏也因此被称为"鬼才"。这并非说他有写鬼之才,而是称赞他有奇瑰怪异不同寻常之才。《鬼恋》以低婉缠绵的笔墨展现了一青年男子"我"与女鬼"她"之间神出鬼没般的偶遇与相恋,气氛阴沉紧张,女鬼美得可怕,也美得诱人;后来,"我"发现"鬼"的诸多神秘、可爱、博学与可敬之处,陷入爱情而无法自拔。"我"以直觉的爱恋感受着女子"超人世的,没有烟火气"的美丽,并对她"动的时候有仙一般的活跃与飘逸,静的时候有佛一般的庄严"的气质神魂颠倒;同样,女"鬼"在与"我"的交往中也有了爱的感情或友谊,于是人性开始复苏,"鬼"性开始隐退。但是感情愈浓,她又开始压抑人性,反复声明自己是"鬼",在"我"揭开了她"鬼"的面纱还以一个人的面目时,她更是压抑自我的感情和人性,并开始逃避。她自己还解释了自己的人性被压抑、扭曲,转化成鬼性的过程:她曾经是一个"最入世的人",还"爱过一个入世万倍的人",她"暗杀人有十八次之多……",后来"亡命在国外,一连好几年"。回国后,发觉心爱的人被捕杀,周围充斥着"一次次的失败,卖友的卖友,告密的告密,做官的做官,捕的捕,死的死,同侪中只剩我孤苦的一身! 我历遍了这人世,尝遍了这人生,认识了这人心。我要做鬼,做鬼","但是我不想死——死会什么都没有,而我可还要冷观这人世的变化,所以我在这里扮演鬼活着"。原来,残酷的现实毁灭了她曾经拥有的美好理

想,她以看破红尘的虚无心境冷眼体察人生,最后只能以自己的飘然出走为"我"和小说画上一个满富悬念的结局。作者不但写出了"鬼"的人性如何被社会压抑,更重要的是写出了她自己对人性的压抑以及这种自我压抑的痛苦和复杂,因而更有深度、深受好评:"作者的主旨在讽喻当世,或是他发掘到人性的繁复深细处,已经无以复加。表现手法是崭新的,浪漫气息很浓,描绘刻画虽说写实,却都透着空灵,说句比方,真是一块透明温润的玉。"①小说以简洁明丽的语言,扑朔迷离的情节,吸引着读者的阅读兴趣,并以凄婉缠绵的爱恋感染着人的心弦。超凡脱俗、奇谲灵动的想象与瞬息万变、神秘莫测的现实人生紧密地联系在一起,使人在感受着残酷人生的同时,也体味着十分难得的人性美。这是一段"无须实现"的"梦"般的现实人生,隐藏着难言的精神凄凉和人生如梦的凄惶。

可以毫不夸张地说,《鬼恋》是一个划时代的标志和开始,这既是对徐訏个人而言的,也是对当时的中国文坛而言的。正如一位评论家评《鬼恋》时所说:"在那个时代,他几乎是第一个摆脱了描写中国旧家庭、旧社会的窠臼,走向一个崭新的世界,用生动紧凑的故事,表现幻想,使读者一下子看见了满天彩虹。"②也正是从《鬼恋》开始,徐訏开始被广大读者和文坛认识并记住,从而开始了其营构凄美爱情故事的文学生涯(尽管在这之前他已创作小说《阿拉伯海的女神》,其风格已颇有《鬼恋》之意味)。在《鬼恋》里,徐訏不仅给我们展现了一个神话般的爱情故事,更震撼了我们长期以来形成的传统的颇富中庸之道的美学观、哲学观。而这一切,都是通过一个冷艳凄楚的女鬼,亦可说是一个表寒里热的美丽女性展现给我们的。这个特殊的"女鬼"形象注定在中国文学的长廊上占有不可小觑的一席之地。

《鬼恋》发表并引起轰动的时候,徐訏才29岁,虽然已经有了一定的生活阅历和奇幻的海外求学经历,但毕竟是青春年少志得意满,所以在字里行间,我们不难感受到作者行文的飘洒和落笔的轻盈。也正是这种年轻的创作心态,使得徐訏能够用横溢的才华和天马行空的想象挥洒出这样奇美异幻的爱情故事。它让我们情不自禁地联想到清代作家蒲松龄笔下善良可人的女鬼野狐,虽然在故事背景和实质内容上,二者都相距甚远,但对美好爱情的憧憬和向往,是何其相似。在中国,文人的落魄和清贫由来已久,纤细

---

① 赵聪:《徐訏先生》,台湾《时报文化》,1980年6月30日。
② 陈乃欣等:《徐訏二三事》,台北尔雅出版社1980年版,第39页。

丰富的感情琴弦和粗糙恶劣的现实环境之间形成的巨大反差,使得他们在理想和现实之间苦苦徘徊、痛苦挣扎,弱势的生存地位注定了他们要承受辛酸的人生经历,对理想和温馨的极度渴慕又只能加剧受挫的深度。于是,一颗屡屡受伤的心便求助于爱情的滋补,完美的爱情亦追逐不到,便只好借助文字和想象的力量营造一个足以尽情安放自己心灵的桃花源。这样的文人心态和情怀,几千年如一。应该说,他们是一群善良的弱者。

二、《风萧萧》:"浪漫"和"爱"的高潮

如果说《鬼恋》是徐訏开始其文坛征程的处女之作的话,《风萧萧》则是奠定其文坛地位的泰山之作和代表之作。如果说在《鬼恋》里,徐訏虽已初露锋芒但仍略显单薄稚嫩的话,《风萧萧》的创作则充分显示了徐訏在组织语言、安排结构和驾驭人物上的自信和洒脱。从单个的"女鬼"形象到诡谲神秘的"女性群雕像",从中篇到长篇,从单纯的恋情到民族危亡、爱恨情仇共冶一炉,足见徐訏虽然风格依旧,但功力已经老到,成熟浑厚了许多。

《风萧萧》毫无疑问也是虚构和想象的产物。1942 年在重庆一个叫"湖北旅馆"的小客栈里,徐訏在他红色精装的"新生日记"本上开始了长篇小说《风萧萧》的写作。对此,徐訏的朋友殷孟湖曾有过详细的描述:"……在抗战最苦闷的时期,在重庆时患着极度营养不良症的灯光下,我们同住在那家叫'湖北旅馆'的小客栈里,一张破旧的八仙桌上,我看你在一本朱红色精装的'新生日记'簿上写下《风萧萧》的第一章。"[1]和《鬼恋》一样,《风萧萧》一经面世,"重庆江轮上,几乎人手一纸"[2],并很快风靡"大后方",被列为"全国畅销书之首",1943 年也因而被人称为"徐訏年"。[3] 1944 年 10 月此部小说的单行本由成都东方书店出版,并在两年内连续出了五版。更为火爆的是,这部小说还多次被改编为电影上映,成为抗战时期最为热门的话题,并一再掀起多次阅读的热潮。

在这部扛鼎之作里,作者的文人情怀,也即对"浪漫"和"爱"的追寻和表达则达到了极致。从整体上看,小说沿着两个层面、两条主线铺展开来:第一条主线演示的是浪漫的情感生活,它在小说进程中有一个由显而隐的过程;第二条主线则是现实的间谍生活,它呈现为一个由隐而显的过程。第一

---

① 殷孟湖:《与徐訏谈〈风萧萧〉》,《生活》创刊号,1947 年 6 月。
② 陈乃欣:《徐訏二三事》,台北尔雅出版社 1980 年版,第 7 页。
③ 陈乃欣:《徐訏二三事》,台北尔雅出版社 1980 年版,第 20 页。

条线索统一并服务于第二条线索,二者相交于生活中浪漫抒情的一面,给人以一种感情上的向往;而后半部分则给人关于间谍生活的想象和刺激,显示了作者浪漫心态的另一面。

(一)"浪漫"情愫的登峰造极

徐讦是一个理想主义者,在他本人具有传奇色彩的人生历程中,对存在诗意的浪漫追求一直是他的人生理想,他的许多作品也正是这种理想的外化,《风萧萧》更是如此。从某种意义上说,"我"的心理特征正是徐讦本人的自我写照。"我"的独身主义生活准则以及与众多女性之间有"距离"的精神恋爱和情感交流,本质上正是一种浪漫心态的流露。而在其他主人公的性格中,"浪漫"也都是主导特征。男女主人公的缠绵关系和传奇生活也都是以这种"浪漫"为基础的。尽管"我"时常从"情感生活"里挣扎出来,进入自己理想的"哲学生活",但这种挣扎仍然是源于一种昆德拉所说的"生活在别处"的浪漫。这就决定了"我"永远无法挣脱浪漫"情感生活"的诱惑,而真正安心于"哲学生活"。似乎可以说,小说的上半部所展示的正是人生和爱情的"浪漫",主人公"我"对生活和爱情的哲理性思索其实也正是对"浪漫"的哲学解读,是浪漫的哲学化。而到了小说的下半部,故事中的人生面临一个更为严峻的境地,他们与国家民族一道在生死存亡的边缘上挣扎。这本来是最血淋淋的现实问题,根本与"浪漫"无关,但我们发现贯穿于小说之中的"浪漫"之流到下半部并没有中断、干涸,相反它却汩汩地流得更欢。你死我活、充满危险的间谍生活仍然呈现出一种诗意的浪漫色彩。这表现在,一方面,人物的浪漫生活方式并没有发生多大的变化,只不过增加了新的意义,成为间谍工作的一种手段;而且,他们的浪漫性格并没有发生改变,这也是作者对间谍生活进行浪漫化处理的内在根据。白苹的牺牲以及梅瀛子的报仇与隐匿都呈现出浪漫的意味。另一方面,作者对整个时代环境和敌我斗争的残酷形势作了浪漫化处理。小说固然也渲染生活的危险性和残酷性,但小说并没有揭示人物的具体生活背景,主人公具体间谍工作如偷文件等的现实意义也很模糊,作者着墨的重心仍然在于展示人物尤其是女主人公们的机智、聪敏与热情。他把民族战争简化为几个女主人公与敌方的具有传奇性的争斗与较量,这其实正是作者对整个时代的一种浪漫想象。他小说中的间谍生活仍然是一种理想的形态,是一种浪漫想象的产物。由此可以发现,徐讦由对人生和爱情的浪漫无边进而发展到对一个时代和一场战争的"浪漫",这正构成了《风萧萧》小说世界的一条精神风景线。

(二)为"爱"而生

关于"爱",这里所说的"爱",一方面固然指男女爱情,但实际上在小说中它却具有更为超越的意义。小说的主要描写对象不是爱情生活而是爱情心理的揭示和"爱"的哲学化探索。这当然得力于小说中"我"的特殊身份——哲学家和独身主义者。这赋予小说审视、探究"爱"的本质的超越视角。事实上,小说的深层意义正在于这种"爱"的冥思。这是一部主观性极强的小说,充满了关于"爱"的哲理思辨。这些人物陷入其中的"爱"其实只不过是一种事实意义上的友谊,或是一种存在的理想和心灵的慰藉。这集中体现在对"结婚"的态度上。虽然海伦表白自己"爱"主人公"我",但她又说:"你可误会我是想同你结婚了,这是错了,我现在要生命,要灵魂,要音乐,要世界,所以我需要你这样的爱。如果我要结婚的话,那就是我要埋葬,不要生命,不要灵魂,不要音乐,不要世界,我只要一个丈夫,住较好的房子,吃较好的菜,过较阔绰的生活。那么,这不是你。"①她追求的只是一种抽象的哲学家意义上的"爱",本质上也正是一种人生态度、人生境界,因此她又说:"我的前途是爱,我的生命是爱,我爱音乐,并不以音乐为我的事业,这因为是我在爱;我爱哲学,并不想研究哲学,也因为是我在爱,即使我爱浮华,也只是因我在爱,这'爱'才是我的目的,是我的前途,我的生命。"而"我"也这样自我表白:一个独身主义者的爱情,永远是精神的,也永远是不专一的。因此,"我"能自由地在几个女主人公之间周旋,对白苹、梅瀛子、海伦的"爱"本质上也正是一种友情,正如他自己所感觉的:"我忽然发觉自己没有爱过一个人,爱的只是我自己的想象,而没有一个人爱过我。她们爱的也只是自己的想象。"

小说中"爱"的内涵的另一个方面,就是关于"母爱"的思考。作者认为母爱是一种最圣洁、最崇高的感情,因此小说中海伦母亲的形象也就占有极为重要的地位。当"我"晚上见到这位曼斐尔太太的含泪形象时不禁油然而生感动:"一个温柔的慈母的面孔在门上消失,但是这一印象到现在还留在我的心中,而且将永远留在我的心中。它是代表全世界全人类母亲的圣

---

① 徐订:《风萧萧》,人民文学出版社 2008 年版,第 416 页。

爱。"①在作者眼中,母爱是一种至高无上的境界,是爱的最高层次,其他形式的爱必须服从于这种爱。而"我"之所以不带海伦去内地,在某种程度上也正源于对海伦母亲那种母爱的尊敬。另外,小说中的"母爱",还在象征意义上得到体现。这集中表现在小说的下半部,人物对民族、国家的热爱事实上也正是对母亲的一种爱,一种宗教式的虔诚。徐讦是怀着满腔爱国热情而投身抗战的,在这个意义上,《风萧萧》正包含着作者爱国主义情怀的投射。如果说前半部中的"爱"还是一种人生意义上的爱,那么到了后半部里"爱"的旋律则越来越强,升华为一股浓郁的爱国主义激情,因而使小说中所展示的"爱"也具有一种递增的层次关系,使作品的情绪内涵更具有现实生命力。

　　除此以外,小说中所谓"爱"的意义更体现为一种自由的理想。作者追求的是人性与个性的自由式发展,而"爱"正是人自由生活、自由生存的基本前提。因此,"我"所爱的"哲学生活"以及海伦所爱的"音乐生活"事实上也正是一种自由的寄托,是一种特别的生存方式与生存心境。正如"我"对海伦生命变化的感悟那样:"这是一种美丽的隐士的心境,她阅读,她唱歌,她奏琴,但不是为真理与艺术的追求,也不是为苦闷的寄托,更不是为虚荣的诱惑,而是为生活,为生活得充实。似乎她已经从喧嚣凌乱的生活中彻悟,从奋斗挣扎的生活中清醒,从无数热烈的追求中幻灭,她体验到恬淡的趣味,宁静的安详,她把生活交给了自然,像落花交给了流水,星球交给了太空。"显然,在《风萧萧》中,"爱"正是一种生存方式,一种人生理想,小说表现的"其实只是几个你我一样的灵魂在不同环境里挣扎奋斗,为理想,为梦,为信仰,为爱以及为大我与小我的生存而已"。

　　《风萧萧》的创作时间,正是家国沦陷、民族危亡的关键时期,主动也好,被动也罢,此时的徐讦已经不可能再沉浸于个人的爱的梦幻中了。于是,作为文人和书生的徐讦开始用另外的方式表达自己对"浪漫"和"爱"的新的理解。将一场残酷艰难的民族抗战简化为几个女性斗智斗勇的缩影,把私生活中的爱升格为民族之爱,身处刀剑丛和荆棘林中犹不忘摇曳多姿、翩翩起舞。这是早期徐讦的延续,也是早期徐讦的变异,而所有的延续和变异,都只能归结于时光的流转、岁月的更迭和家国的变迁。

---

① 　徐讦:《风萧萧》,人民文学出版社 2008 年版,第 414 页。

三、《江湖行》:"浪漫"与"爱"的最后追问和形而上探讨

1961 年,香港上海印书馆出版了徐訏的长篇小说《江湖行》。在此之前,这部小说已在香港《祖国周刊》等几家大期刊上连载过,受到了读者和评论界的好评。司马长风认为:"《江湖行》尤为睥睨文坛,是其野心之作。"①赵聪也说:"《江湖行》是他来港后的巨构。据说曾构思三年,又经过五年的写作与修改,然后才定稿的。这部《江湖行》应是他的代表作,远远超过以前的《风萧萧》。"②陈纪滢则推崇它为"近二十年来的杰作"③。而徐訏对它亦有偏爱,自称:"我最喜欢《江湖行》……这部小说虽然缺点很多(原因是搁搁写写,不够统一,连笔触都不一致),但内容结实。"④

显然,《江湖行》不仅是徐訏创作生命的高峰,也是对他人生经验的最全面、最深刻的总结。它不仅对于徐訏个体的生命和文学历程有着特别重要的意义,而且还具有深远的文学史意义。正如萧辉楷所说:"《江湖行》是徐訏倾其毕生学问、经历与见识写成的……足以反映现代中国全貌的史诗型伟大著作,这应该是确有资格称为徐訏代表作的。"⑤

《江湖行》描述了一个由若干故事线索交织而成的故事系统,处在系统中心的则是个体生命的流浪故事。流浪既是主人公追求浪漫不羁于现实琐碎的生命特质,也是小说最重要的故事要素,而且从某种角度来说,也是小说的主题。《江湖行》不仅最终完成了徐訏小说创作的主体形象,使由《鬼恋》开始的抒情主体"我"的形象得到了最为立体、最为全面、最为完整的再现,而且它更是徐訏此前全部小说主体精神的艺术总结和整合。

和以往很多小说一样,《江湖行》同样也是一则凄切、缠绵的爱情故事,它所展示的正是周也壮在爱情世界里的悲欢离合。它表现了"我"同葛衣情、紫裳、阿清、容裳四位女性的多角恋爱故事。而且在某个阶段,他也确实同时爱着四个人。但小说并没有呈现出主人公玩弄爱情的色彩,事实上,他对每一个人的爱都是真诚的。他说:"我也曾细细分析自己,觉得我虽也使我所爱的人痛苦,但是我都出发于爱。我总是想使每一个人都快乐而结果

①　陈乃欣:《徐訏二三事》,台北尔雅出版社 1980 年版,第 19 页。
②　赵聪:《徐訏先生》,香港浸会书院 1981 年版。
③　陈纪滢:《徐訏先生的生平》,台北《中华文艺》,第 20 卷第 4 期。
④　林海音:《徐訏"笔端"下》,台北《联合副刊》,1983 年 6 月 3 日。
⑤　萧辉楷:《天孙云锦不容针》,香港浸会书院 1981 年版。

则是使每个人都痛苦,包括自己在内。如果人没有爱情,只有肉欲,那也许就没有这些痛苦,只是同禽兽没有分别了。我越是有这许多思想,也越是使我未能忘怀于这个纷乱的环境。"这是他的悲剧所在,也是他个体生命的真实性所在。

小说中所描写的爱情不仅与主人公的流浪历程有对应关系,而且彼此之间互为因果。他与葛衣情的爱情影响和终结了他与紫裳的爱情,而与紫裳的恋爱又影响着他与容裳、阿清的爱情。他与容裳的爱情固然导致了阿清的自杀,而后者又是容裳离开他另嫁他人的直接原因。这样,爱情不仅和流浪一样是一种生命方式,它还作用于流浪,也服从于流浪,推动着主人公生命的变化。

对生命存在的诗意追问,对"浪漫"和"爱"的苦苦追寻,对在某种可变的历史环境中人的存在可能性以及人的具体存在和"生命世界"的勘探,才是《江湖行》的真正主题。对生命超越与生命自由式的向往,构成了流浪的形而上意义。它是一种存在的维度,也是一种存在的通道。正如小说所说:"人活这世上,应当在人世中独来独往,整个的人世才是我们的圈子。""当一个人在一个小圈子里偶尔失意,正是他从小圈子跳到大圈子的时机。革命的失败,政治的打击,家庭的纠纷,情场的失意,商场的倾覆都是一种小圈子的纠纷,如果你执迷不悟,往牛角尖钻,自杀将是你唯一的出路,倘若你有勇气跳出你所执迷的庸俗的圈子,你就会有一种超越,回首看看这个在小小的栅栏里拥挤的人们,你就会觉得很可笑了。"①虽然他经历了许多的磨难和痛苦,但他的生命理想却一直没有破灭。尽管他的性格存在弱点,如舵伯所分析的:"你没有毅力,没有魄力;你要钱,但不肯冒险;你要爱情,但是你不肯牺牲自己;你要读书,但你不肯发奋;你有虚荣,但是你没有勇气;你求上进,但是你的方向不坚定。你一直不知道你自己要什么,实际上是你要的东西太多。你骄傲,你也不想依赖人;可是你自己并没有一种独创精神,你不能获得什么。"②他永远也没能达到那种自己的生命境界,但至少他一刻不停地在希望,在追求,"使属于流浪的人归于流浪"。因此,流浪即使没能使他达到那自由的终点,"我觉得我渺小的一生,浪费在追寻已失去的东西,而得到的则是多一个已失的东西",但这作为新的生命方式,本身就已具有了一种

---

① 徐訏:《徐訏文集》第 2 卷,上海三联书店 2012 年版,第 54 页。
② 徐訏:《徐訏文集》第 2 卷,上海三联书店 2012 年版,第 118 页。

超越和自由的意味。

《江湖行》得以出版的时候，已是作者创作生涯的后期，一生漂泊，历经沧桑，尤其饱尝了孤身在港的世态冷暖，作家心头必定是百感交集，对人生的感悟和看法自然也就更上一层楼，但是一颗盈满着文人情怀的心仍熠熠闪光，对"浪漫"和"爱"的憧憬和追问丝毫未减。这正如司马中原评论徐讦时所说："他用悲悯之心看乱世，悲痛之心看历史，更用悲壮之心默许给自由的人群，表现出他对国家民族的关心和爱，尽管他的语调是苍凉平静的，事实上在那些和缓的语言里，我仍感觉到他的激越情怀，在平静之下汹涌奔流。"①这也许正是这部小说的魅力所在。

其实，不只在《江湖行》中，可以说，在徐讦整个晚期的创作中，对人生的哲学探讨和宗教归宿的追索都成为其作品特色不可或缺的一个重要方面。在小说《彼岸》中，对人生和命运的形而上探讨甚至占据了绝大部分篇幅，它集中了徐讦晚年对人生、社会、爱情、宗教、文学、政治等的思索与探问。作为一种思想的载体和产物，它已在某种程度上背离了长篇小说的文体特征，集诗歌、散文、故事、哲理于一身，成为一部具有综合性的叙事作品。正如作者自己所说：朋友，请你不要以为这里有创作的故事，就当它是小说；不要以为这里有哲理，就当它是哲学讲义；也不要以为这里叙述一个生命的历程，就当它是传记。这只是一个迷途的灵魂，抒写它的体会与摸索——它的冒险，它的挣扎，它的感受，它的追求与幻灭。

徐讦本就是哲学出身的，在他早期和中期的作品里，我们就经常看到穿插在故事里的时隐时现的哲学的影子，用故事来讲述哲学，用哲学来阐述故事。而历经了一世的沧桑，到了晚年，看遍了世间的变迁和人生的无奈，对于命运则愈加感到不可捉摸，这一切都增添了他对哲学和宗教的进一步探究和依赖。

《江湖行》里叙述了百态的人生，似一本人间的百科全书，而在整个讲述的过程中，包容、理解、宽恕和接受则构成了整部作品的心态主线。以红尘中的佛心禅性来看待众生的烦恼，将神性摆到一个相当的高度。曾经沧海难为水，讲故事的人也终被故事讲述，这是一种最高层次最高境界的"浪漫"和"爱"，也是以一生的酸甜苦辣和上下求索为背景的大慈悲、大怜悯。

人生如梦，梦如人生，梦里花落知多少，只有梦中人知道。讲了一辈子

---

① 司马中原：《长忆斯人》，台北《中华文艺》，第20卷第4期。

故事,探讨了一生哲学的徐讦在生命的最后时刻选择的居然是临终受洗,归依天主。在看遍了世间的精彩和领略了人生的无奈后,这也许是他对自己的文人情怀画上的最后一个句号吧!

(2011 年)

小资情调的本真叙事

——评邱熠《且行且唱》[①]

　　"城市让生活更美好"是口号,也是行动。去世博会看中国馆、城市足迹馆、石油馆,会真切地感受到中国前进时的躁动、战斗力、精神和热力,似一列高速奔驰的火车,中国正在飞向城市化。我对后世博时代的理解为:世博的主题是多元的,发达的国家如日本、德国等渲染了"科技让生活更美好的理念",而美国以一个15岁的小女孩凭自己的智慧拯救危亡的小镇故事叙述,表达了后工业化时代对城市化的反思这一主题,这是一种颠覆现代性后继之于后现代主义解构的"叙事"本性,一种西方流行的文学观念与主张;而叙利亚馆的醒目处挂着卡扎菲的头像,宣示中心,象征权力,若隐若现的集权与专制理念隐性地得以体现,从馆的整体设计思想看,城市美好生活未进入他们的视野。也就是说,城市化的高速路上有着以中国为代表的发展中国家飞奔的身影。中国的文学似乎也感染了这种急切和速度,"时尚文学""美女作家""身体写作""都市文学"等竞相成为中国当代文学的关键词,而鲜有人坚持悠闲、淡泊和本真。当我看到邱熠刚出版的散文集《且行且唱》,就惊异于她的那一份淡定、从容和飘逸,一种小资情调的本真叙事。

　　潇洒、飘逸、原生略带隐忍的诗性叙事,已不是当下文学的主流,当然也难以形成市场。在"商品经济"横扫一切,网络写手一个个顶天立地时,精英文学从张扬到归隐,文学逐渐走向没落已是不争的事实。此时,有人站出来轻轻地唱起《且行且唱》,娇弱地不经意地向世人宣告:文学的多样性依然没有远离我们,我们的文学依然五彩缤纷。其中蕴含的勇气足可说明一切,淡

---

　　① 发表于《台州日报》,2010年12月11日。

定、本真的坚持可以彰显文学的影响和魅力,这就是我们想见也乐见这种坚持的美好。正如茅盾所说的:"我们的生活既有挥斥风雷的一面,也有云蒸霞蔚的一面;既有拔山倒海的一面,也有错彩镂金的一面。"这就要求我们的文学不能只有一种风格,既要有风云变色的壮丽,也要有花前月下的清雅……虽然这种宣告力量过于弱小,无法抵御狂风暴雨,但这却是留存的一种希望,一种文学之光。

邱熠是一个青年作者,写作散文多年,出过两本散文集和一本散文诗集,似乎没有进入过潮流,于红尘滚滚的今日时尚来说,邱熠散文难以主打文化市场,但读过邱熠散文的人,总会被她明丽的笔调、悠闲的习气、健康的情感、本真的叙事所打动,这本名为《且行且唱》的散文集,没有宏大的叙事,没有恢宏的结构,话题小而又小,总是与自己的经历有关,与自己的亲情、友情等人间情怀有关。一些不经意的日常生活片段,一个平淡如水的场景或细节,在邱熠的笔下顿时生动起来,变得美丽而富有诗意。她可以为友人"台州佬"编制一箩筐的写意叙事;为广阔天地记下生动而灿烂的一页;更可以记录儿子的成长历程,为儿子叙说母爱、倾其所有……情感的原生、炽热,表意的自由自在,台州白话加书卷气的混合语言,辅以叙述的舒缓、闲致,文章错落有致,优雅娴静,如一个饶舌的小女人向你倾诉:她的梦想、她的内心、她的执着。正如邱熠在后记里说的:"《且行且唱》中的人物仍然是我的朋友、同事、邻居、亲人,风格依然是轻松、诙谐的,带着漫画的味道,着重于对他们性格的描述,表现他们的可爱与善良,但写得从容、自然、流畅,往往是一挥而就的。"

邱熠长于叙事,疏于描写(景物描写);重抒情,轻哲理表达;长于社会人事透视,疏于自然景物的妙观。小资情调浓厚,书房写作痕迹明显,她的散文既是清泉流水,也是"卿卿我我"式的喃喃自语,又是心中感想的随意喷涌,知识分子的细腻心理可以在谈笑间让叙事对象一刹那纤毫毕露,也可以走马观花似的"大意失荆州"。但邱熠似乎不是那种无病呻吟的失意文人把充满高亮色调的自然人生随意涂抹上自己绝望而灰暗的心绪,而是被生活驯化,亮化生活、人生,拒绝为小花小草作传的本真叙事,还原于生活的多彩色调,吟唱一首首悠扬的心灵小曲,似一条温婉的小溪、潺潺流动、滋润心田。

一个地方的根本的文化气质将直接决定着人们的生活态度和相处的方式。从文化地理学的意义上来说,东海之滨的台州以其温润秀美的自然环境和特有的江南水乡风物浸润了细腻、精致、高雅的文化品格,这种文化品格内化为文人的创作精神内核,出生在台州的邱熠秉承了台州的这种文化气质,形成了富有地方文化特性而又独特的文学创作。《宋史·地理志》说:浙江"人性柔慧,尚浮屠之教,俗奢靡而无积聚,厚于滋味"。葛澧在《钱塘赋》中则说:"歌唐颂虞,咏仁蹈德,长者皆不怨不倦,幼者皆克歧克嶷。升降以齿,人遵长幼之序;渐摩有素,俗安礼仪之守。"它确实是浙江文化精神气质的一个主要特征。人文的昌盛、山川的秀美使得台州人民自然地濡染了一种细腻、聪慧、柔美的气质。加上"台州式的硬气",台州式的果敢、百折不挠,滋养了台州人的心灵。出生在台州这样一个神秘、深厚,充满文学性的地方,可以说,邱熠是幸运的,而她小资的文学"性格"也似乎确实是被浙江台州这片美丽的土地所塑造的,尽管她现在不以文为生,但心中的文学意念却一直没有褪色。耕耘十载,已经小有成就。可以这样说,在台州籍的所有文人中,被台州文化气质塑造得较为彻底的,邱熠当属其中一个。

作为一个还算年轻的作者,生活里可能没有惊涛骇浪,她把所感知的一切做了种种"想象性"处理之后,邱熠的散文似乎还缺少一种"生活的痛感",小资情调使作者对生活的认识富有情趣,这既有利于散文写作,但同时不利于理性的展开。但从作品看,本真的描写更多是就事论事,人事、哲理的提炼还没有达到足够的深度,还可以更上一层楼。作者惜墨如金不肯花大笔墨去写景,作者眼中的西藏、边陲、沙漠、南国等自然风光的描写也没有提供给读者可资阅读模仿的可能,这削弱了作品的宏观视野,但也留给我们一个新的惊喜——今后的创作空间更宽广。

我们期待着。

想象上海的方式和上海式的"启蒙"

——评王安忆的《启蒙时代》①

北岛在《时间的玫瑰》中说道:"……城市和作家的特殊关系,往往互为因果,即一个城市孕育了一个作家,而一个作家反过来强化了一个城市的性格。比如老舍之于北京,卡夫卡之于布拉格,曼德尔施塔姆之于彼得堡。"②可以说,一个城市不仅是写作者的生活空间,同时也是小说家的思考场域和写作地图,像冰融化于水中,水乳交融不分彼此,让冰在水的怀抱尽情释放,也让水拥有了冰的体感和温度。王安忆与上海同样如此。上海创造了王安忆,王安忆也用她的想象创造出了上海的形象以及阅读这个城市的形式。王安忆在谈论长篇小说《启蒙时代》时曾说道:"我怎么可能不写上海呢?我除了上海还能写什么呢?上海是我唯一的材料舞台,它是提供做我的舞台而已,我不负责提供一个真实的上海。"③《启蒙时代》可以看成是另一种想象上海的方式,代表的是一种上海式的"启蒙"。小说主要通过赋予许多人物及人物的背景以种种生活的阐释并且想象性地介入他们当时的生活中,展现他们对生命的现实和真相的追求以及在无尽的追求中所产生的困惑和痛苦。在文本中,这种赋予方式主要包括相互间的交流、全知式的介绍、冗长的说白以及不甚连贯的情节结构,展露了隐藏在种种表层之后的城市的形态、时代的幻想和人物的迷茫以及作者所参与的现实审视和人性救赎。

在茅盾笔下,曾经充满着"Light,Heat,Power!"的东方大都市上海,④

---

① 此文发表于《长春理工大学学报》(社会科学版),2011年第4期。

② 北岛:《时间的玫瑰》,中国文史出版社2005年版,第180页。

③ 引自《华语传媒文学发声》,载于《北京晚报》,2008年4月21日。

④ 茅盾:《子夜》,开明书店1933年版,第1页。

向来以地域广阔、人口众多而得名，而在王安忆的《启蒙时代》中，曾经气魄非凡的上海却演变成若干褊狭的生活地界和存在场域，在这样一个窄化的空间中，形成了一种坚硬而固定的肉身和精神活动装置，将城市里的人挤压变形。在王安忆笔下，人物的言说、行动往往拘束在狭小的局域内，如在南昌家聚集了南昌、陈卓然、陈卓然的大姐与二姐；在小老大家则是南昌、小老大的外婆、小兔子及其女伴的交互；在舒娅舒拉家同样有着伙伴间的聚集……作者将主要的笔墨放在描绘这些年轻人在"文革"期间的具体生活状态和思想状态时，在艺术上使用的是短笔与长笔的结合，展现的既是一种现实，也是一种历史。小说的情节表面上看并不存在断裂，但却没有很一致的连贯性，而是由一系列的小事件组合而成的。小说采取人物画廊式的展示，让他们逐一出场，赋予各自以较为完整的背景和故事，还经常地生出旁枝，前辈与后代也得以呈现，因而小说表面上写的是一年多的事情，实际上时间跨度是很长的。而在那样一个贫瘠的时代，信息的获取和接受启蒙是空泛的，因而只有通过经验的交流和记忆的讲述实现种种精神的填补，通过人物之间的聚集、汇合，以及不断的分散、重组，来实现有效的勾连。

这里便存在吉登斯所说的"社会性整合"（social integration）和"系统性整合"（system integration），前者"指的是行动者之间的交互实践，它的一个显著特征表现为互动是在行动者共同在场的情形下完成的"，而后者则"指的是行动者或集团之间跨越广袤的时间—空间的交互作用，即身体上不在场的人们之间的种种联系"[①]。在现代城市中，自然也存在前现代的交互和整合方式，但更多的是系统性的整合，体现出来的是跨越时空秩序的种种勾连，从这个意义上说，城市应该成为更通畅明晰的时间和空间的交合点，为其中的个人或集体，无论其处于在场或者不在场的状态，都理应提供交互和联系的媒介和互动。一个城市是一座环环相扣的铁索桥，有着庞大而坚固的外形，桥体各部分紧密扣合，立体、严谨而舒适，能够使在其腹地中徜徉的市民实现好的感悟和穿越；但是在王安忆笔下，革命时期褊狭的人物心灵和时代氛围，让上海这座钢铁巨桥轰然断裂，市民只能流落于一个个贫乏而孤僻的岛屿，在一间间窄小的房子里生存和追寻。然而在这样的时间和空间中，城市的生存者是如何通过社会性和系统性的整合来实现有效的交互，并

---

①　王宏图：《吉登斯现代性思想研究》，包亚明主编《现代性与空间的生产》，上海教育出版社2003年版，第300页。

且在保持纷繁多样的流动和穿插中创造出绚丽的精神火花,这是《启蒙时代》的思考所在,也是其魅力所在。

如前所述,与其说王安忆是为自己设计了一个时代的牢笼,不如说她创造出了一个在更困难、更具有挑战性的空间和时间中审视人生和探索人性的新高地。李欧梵曾引用白先勇的观点描述经历了"文革"后的上海:"解放多年后的上海,已经从一个风华绝代的少妇变成了一个人老珠黄的徐娘。"①虽然"文革"时期的上海已无往日的光鲜,但也正是这位当年风姿绰约如今人老珠黄的徐娘,在王安忆看来并不是一味地乏味干枯,她仍然是有血有肉的,通过《启蒙时代》,作者的目的就在于要在特定的历史时期中展现这位"半老徐娘"的一颦一笑。

如何表现在一个疲乏年代中流动的鲜活的血液,为上海的存在空间以及市民的生活状态招回一个立体的灵动的魂灵,对于王安忆来说是具有挑战性的。在这个过程中,由于小说中人物身份地位以及生存状况的特殊,现实并没有过于逼仄以至于他们会有生命之虞,因而,即便他们生活贫瘠、枯燥、乏味,甚至有着内心深刻的压抑和痛苦,却没有出现某种毁灭性的后果。但是由于作者在小说的开端即表明故事发生在 1967 年和 1968 年的冬春之交,作者在小说中运用了一个巧妙的技法——渐渐赋予人物乖谬的命运,使他们的生活符合时代的现实氛围,在这个过程中,疾病的作用得以发挥,如小老头的病、身患精神疾病的安娜、嘉宝的堕胎、南昌父亲的肺病,以及南昌与父亲关于疾病的对话,甚至还延及南昌的父亲最后嘱咐他一定要以医生为职业等。作者通过这种种遭遇而设定出来的疾病和疼痛感,恰与城市的精神特征和时代的病症构成强大的隐喻。苏珊·桑塔格在《疾病的隐喻》中说道:"依据有关结核病的神话,大概存在着某种热情似火的情感,它引发了结核病的发作,又在结核病的发作中发泄自己。但这些激情必定是受挫的激情,这些希望必定是被毁的希望。此外,这种激情,尽管通常表现为爱情,但也可能是一种政治或道德的激情。"②小说人物的疾病不仅是身体内部机能的病,也是时代的病,是人心人性的病。时代中的"超人"情结,来源于时代"政治或道德的激情",在"发泄"与"受挫"中却使得政治化的身体被轻视甚至被忽略,在这样的情况下,则需要疾病和疼痛的唤醒,而宏观的拯救隐

---

①　李欧梵:《上海摩登——一种新都市文化在中国(1930—1945)》,毛尖译,北京大学出版社 2001 年版,第 4 页。

②　苏珊·桑塔格:《疾病的隐喻》,程巍译,上海译文出版社 2003 年版,第 21 页。

喻——启蒙，也由此得以建构。然而，"启蒙"是王安忆在想象层面上进行的启蒙，是一种虚构的启蒙，与"文革"时期的上海相结合，而在此过程中作者是先立足于上海还是那段历史的呢？其又是如何将上海编进这个大叙事中的？作者首先预设了故事发生的时间和背景——1967—1977年间，让人马上回到那段历史，并以自身对那段历史的阅读期待进入小说，但是随着叙述的深入，读者会发现，小说中并没有历史中革命进程的风云际会和刀光剑影；在读者的阅读期待落空之后，便开始发现，小说描写的不外乎上海弄堂中的小市民生活，主要集中的是一群年轻人的交往，以及他们背后的一连串的身世生活，于此可以说，作者王安忆实际上又回到了她熟悉的写作路径——上海的弄堂和小市民生活；但这一次王安忆是将她惯常的写作置于"文革"这个敏感的场域中，如何在"文革"中重觅上海，如何回归到上海的小市民生活，以及如何实现上海式的启蒙，这是王安忆试图面对和处理的问题。

上海在《启蒙时代》中所代表的城市现实空间是若隐若现的，而随着小说的深入，精神空间的开拓渐渐得以实现，一方面，作者通过一群充满苦闷、忧郁而又不乏热烈和激情的年轻人，将一潭静水、澄澈得近乎抽象的生活打破，进而还原成泥沙俱下的河流，多一些浑浊、多一些杂质，也才显得具体而真实，譬如王安忆提到书中频繁出现的《路易·波拿巴的雾月十八日》时就说道："它于这帮青年的作用是，将他们封闭的经验推向开放的领域。而在虚构者的我，则是为我的人物们开拓一个抽象的精神空间，可容纳他们的活动和成长。"[①]通过像《路易·波拿巴的雾月十八日》这样的精神介质来引渡那群"文革"中的青年，作者希望能够冲破他们内心的壅塞，使其获得一种灵魂的释放；另一方面，精神空间的铺展也通过启蒙事件中疾病的发生及其所获得隐喻的效果得以实现，在病态的意识形态面前，人物的疾病也许恰恰是一针药剂，代表着身体与精神的沟通和对流，让人们得以奔向生活的海洋。

在小说中，作者所设置的受启蒙的对象是那个时代有着一定的权力和话语的人，通过讨论与交流、辩论与教导的方式传播，内容主要包括友谊、爱情和亲情，更代表着对当时理想的生活状态和生命存在的思考与追求。启蒙从其内部复杂性来讲，并不是单向度的，而是以链条式循环性的形式出现，而针对个人而言，启蒙所指向的施体和受体也是驳杂而丰富的，王安忆

① 钟红明、王安忆：《启蒙时代：一代人的精神成长史》，《黄河文学》，2007年第5期。

在《启蒙时代》中所反映出来的其实是一种精神与身体的错位与纠合，互为对象的交流与冲突也是一种存在意义上的错位，而多异的言说方式和错杂的对象交互则形成了种种鲜明的纠合。这也正是王安忆在小说中所要表现的主题——如何在贫乏而空洞的革命时代的老树中，摘取生活的花朵和果实，以慰藉灵魂的饥渴和焦灼。

重构中国文学"现代性"谱系的新声

——读王德威《被压抑的现代性——晚清小说新论》①

　　曾几何时,沉溺于风花雪月的妓伶狎客,何其多情缱绻以至生死相随;游走于市井红楼的洋场才子,也曾佯装潇洒文雅风趣;穿梭于月球海底的冒险旅行,无不让人孜孜不倦心驰神往;而漂泊于江湖刀光剑影的侠客义士,却也到底难掩柔情似水儿女情长……晚清小说,恰似"犹抱琵琶半遮面"的神秘女子,究竟她的魅力何在? 价值何在? 启示何在?

　　王德威在《被压抑的现代性——晚清小说新论》中,通过对以往的文学史的书写进行回应和反思,苦苦追寻"被压抑的现代性",拨开了"五四"革命与启蒙话语对晚清小说的遮蔽,挖掘并抒发新意,揭示出中国现代文学的彼端,众声喧哗的多重线索和可能性。

一、现代与文学:穿越历史障蔽与时间迷雾

　　晚清小说的繁荣前人早已有所论及,阿英在其著名的《晚清小说史》开篇便彰明:"晚清小说,在中国小说史上,是一个最繁荣的时代。"②而同样推崇晚清小说的《被压抑的现代性——晚清小说新论》一书的英文版于 20 世纪 90 年代中后期由斯坦福大学出版社出版,与传统阐述和解析晚清小说的论调不同,作为"重写文学史"思考的一种实践,王德威的著作可以说拨开了革命与启蒙话语的重重缭绕,不仅对"二十世纪中国文学"的提法进行了回应和反思,意欲重新整理和书写晚清小说及其现代性的谱系,而且在具体的考察中,作者也主要有感于"在中国叙事文学研究里,晚清小说一向不受重

---

　　①　此文发表于《文化学刊》,2012 年第 1 期。
　　②　阿英:《晚清小说史》,人民文学出版社 1980 年版,第 1 页。

视"，即便在 20 世纪八九十年代晚清小说得到进一步研究，"仍不脱以往'四大小说'（《官场现形记》《孽海花》《二十年目睹之怪现状》《老残游记》）的窠臼；阿英、鲁迅、胡适等以'五四'为视角的理论，依旧被奉为圭臬"①。因而以"现代性"为中心，重新回到世纪初小说发展的历史语境，为晚清小说重绘一个多声复义的现代性发展镜像，将晚清小说从传统古典文学的尾声提升到现代新文学的新声地位，重估之前一直都被视为只具有过渡意义的晚清小说，并且在此基础上阐明现代性并不是单线一元的发展格局，而应该有着多种展开的可能性，只有打破奉"五四"为中国现代文学圭臬的话语，真正折回近代晚清的历史语境，才能还原世纪之交中国文化和文学现代性无比壮观的涌动和喷发状态。"用晚清以来的文学和文化的现象，重新思考在过去的一百五十年以来，中国现代性流变的种种可能。"②

作者指出，晚清的现代因素与传统相比有其不可替代的独特性，吸收了诸多来自本土之外的发展要素，不再完全局限于古典和历史的窠臼，并且自觉而迫切地借鉴西方的文化因素，在具体的发展过程中则表现出众声喧哗的多元性质，这样的论述明显有着巴赫金"复调"理论的色彩，而将"五四"标准的"厚障壁"推倒，将中国文学现代性的尝试和努力上溯到晚清，则显然受到了福柯"知识考古"的影响。从这个意义上说，王德威是以后现代性的理论思维作为底子来追寻 20 世纪与 21 世纪之交的现代性状况，颠覆了"五四"既定的话语规范，认为鲁迅、胡适等代表"五四"新文化阵营的文学家，主要以儒家经世致用的传统为立场，来接受西方的现代思潮，力倡"为人生"的启蒙和现实关注，从而窒息了晚清小说难能可贵的丰富性，也窄化与压抑了晚清小说中彰显的多元现代性，"'五四'作家急于切断与文学传统间的传承关系，骨子里其实以相当儒家的载道态度，接收了来自西方权威的现代性模式，视之为唯一典范，从而将已经在晚清乱象中萌芽的各种现代形式摒除于'正统'的大门外"③。这样的论断是否存在将"五四"简单化和平面化的危险呢？然而事实并不仅仅停留于这个层面，不可忽视的却在于，正是《被压抑的现代性——晚清小说新论》中对现代性发展和现代文学脉络的新的揭示，为文学史研究提供了一种方法论的典范。袁进对此也说道："中国文学发展到近代，好比到了一个十字路口，具有多种选择的可能，因此这也像先秦时

---

① 王德威：《被压抑的现代性——晚清小说新论》，北京大学出版社 2005 年版，第 4—5 页。
② 王德威：《被压抑的现代性》，《社会科学论坛》，2006 年第 2 期。
③ 王德威：《被压抑的现代性——晚清小说新论》，北京大学出版社 2005 年版，第 23 页。

期一样,成为中国思想史上最活跃的时期。"尽管关于历史事实与历史叙述之间的差异以及"压抑"与"被压抑"二元对立的视角为某些论者所诟病①,但是通过本书的整体视野和细部阐述,可以看到,作者最终着眼的,并不仅仅在于"压抑"与"被压抑"本身,而是通过揭示和穿透以"五四"为圭臬的障蔽,拨开历史叙述与现代时间迷雾,在呈现出晚清小说所体现的多声复义的现代性图景的同时,也为文学史的认识视野与具体书写创造出多样可能性,从这个方面来说,本书是通过"拨正反乱"的手法打破文化和文学发展的单线一元格局,为现代文学的书写提供一种新的范型。

二、故事与叙述:揭示紊乱时代与交错话语

如果说前一部分王德威以现代性为指归来重整现代中国文学谱系,揭示晚清小说的价值和启示的做法是本书一个总体理论纲领,那么接下来以题材为理路对晚清小说的分析则是详尽的细部阐述。书中的第二、三、四章的关于晚清小说的讨论可以说是沿用了鲁迅在《中国小说史略》中对清代小说题材的分类,而第五章对"科幻奇谭"小说的概说和论述,不无对鲁迅在《中国小说史略》中以传统儒家观念出发而没有顾及小说主题题材的一个反拨式的补充,并且在鲁迅对晚清小说的考察的基础上再往前迈进一步,那就是以晚清小说的"现代性"为指归,探讨狎邪、侠义公案、丑怪谴责和科幻奇谭四类小说题材内部所包含的"四种相互交错的话语:欲望、正义、价值、真理(知识)"②,并且指出这几种话语在晚清小说中已经显现出了20世纪中国文学和文化发展路径的关键性标识。

狎邪小说向来为"五四"的文学规范所诟病和排斥,被视为"笔法粗糙"、品位低俗的"陈腔滥调";但不可否认的是,狎邪小说对现代小说情爱一翼的发展有着突出的贡献,不仅继承了古典小说中的艳情和感伤的传统,而且以其深刻反映晚清特有的情、性风尚和积极吸收的外在因素,创造出了一系列全新的情感爱欲范畴。王德威在书中以陈森的《品花宝鉴》、魏子安的《花月痕》、张春帆的《九尾龟》、韩邦庆的《海上花列传》、曾朴的《孽海花》等晚清名噪一时的小说为例,阐述其中所表现的异性恋、同性恋等时代的性风俗,展

---

① 田祝、刘浪:《被压抑与未被压抑的现代性——〈被压抑的现代性——晚清小说重新评价〉质疑》,《中文自学指导》,2005年第1期。

② 王德威:《被压抑的现代性——晚清小说新论·中文版序》,北京大学出版社2005年版,第2页。

现繁华都会的情仇色欲,揭示晚清小说中的"欲望"主题,并在此基础上指出这一类型的小说所代表的"欲望叙事学"对 20 世纪中国现代小说主题的深刻影响,其流波甚至触及了郁达夫、张爱玲等中国现代小说大家。

侠义公案小说所代表的"正义"主题同样在中国传统小说题材中占据着重要的地位,而晚清的同类小说所体现的"正义"却有其特定的社会历史内涵。书中以俞万春的《荡寇志》、石玉昆的《三侠五义》、文康的《儿女英雄传》、李伯元的《活地狱》为蓝本,对晚清的侠义公案小说所透露出来的时代气息和历史现实进行阐述,认为当中既显示了对皇权和法律的暧昧,在追求侠义和定夺公案的过程中所面临的错综复杂的时代处境,以及在实践公、义的具体行动中自身所倡导的精神与现实境况的相互龃龉,这都让晚清侠义公案小说所意欲表达的主题和精神经受难以逾越的危机,王德威在此也提出了一种怀疑,即在晚清那样一个不具备实现小说中所畅想和摹写的正义要素的时代,其所彰显的正义,最终会不会只是"虚张"的幻影?尽管如此,这场追求正义的想象,仍然凭借其藐视权威的勇气、扬善惩恶的正气以及许多深入人心的侠士仁人的叛逆、无私的豪气,成为世人耳熟能详的正义典范,晚清的侠义公案小说也成为"中国现代大众文化的滥觞"。

晚清的丑怪谴责小说以嬉笑怒骂的方式,讽刺时局世事,揭示社会百态,通过丑化怪异的夸张,对政治黑暗和社会恶俗进行了尖酸无情的批判,书中以吴趼人的《二十年目睹之怪现状》和李伯元的《官场现形记》为对象,指出其所摹写的虚拟迷幻的价值世界,以某种紊乱丑怪的笔法来展示和批判社会黑暗,并且在漫天的挖苦嘲笑中赢得市场的青睐;书中还以《官场维新记》《糊涂世界》等小说为例,说明此类小说的喜剧/闹剧色彩,以戏谑的笔调描摹出人物和故事的荒唐;而李伯元的《文明小史》对士人阶层进行了鞭辟入里的批判,《市声》则揭露了一批商人、发明家和企业家的现实处境和道德选择;《市声》等丑怪谴责小说还以其浮露的"刺"锋和狂欢的嘲弄,成为中国式的荒诞现实主义的代表作品。尽管这往往只是无尽无休的插科打诨,但也正是这种虚无和近乎游戏似的文本运作,体现了晚清时期丑怪谴责小说本身就所具备的内在颠覆性,以及在无望社会中的自我调侃和解嘲。这种丑怪写实的风尚还影响到了张天翼、吴组缃、老舍和钱锺书等新文学家的创作。

最能体现晚清人们的想象体验和理想诉求的无疑是当时的科幻奇谭小说。无论是拥有奔雷车、参仙和乾元镜的"战争演义"《荡寇志》,还是捣乱时空,独创理想世界的《新石头记》,抑或是升天入地、畅游宇宙世界的《月球殖民地小说》和追寻未来、探索中华理想明天的《新中国未来记》,都体现了晚清科幻奇谭小说作者打破时空秩序、重理时间脉络的虚构精神和叙述技巧,在高邈的想象世界中,也体现出作者以及读者所面临的历史困境和现实诉求,在晚清特殊的社会和文化环境中,也只有通过这样的突破时空的叙述策略,才能为自身所畅想的理想世界和未来国度设计出新的期待和希望。

通过对晚清狎邪小说、谴责小说、侠义公案小说以及科幻奇谭小说这四种最盛行的文类及其具体作品进行条分缕析的细致考察,作者从中抽象出了欲望、价值、正义、真理(知识)这四种交错互生的话语,指出这几种在晚清小说中占据主导地位的话语在描绘出晚清纷繁复杂的现代性发展状况的同时,也在后来中国现代小说中得到更为深远的发展,并且作为现代性的内涵流变和叙述原型,在现代中国文学的发展谱系中体现出源头性的意义,从文学史意义上来说,可以说王德威通过这样的探索,重绘了一幅新的百年中国文学的图谱。

三、脉络与图景:追寻传统流变与叙事谱系

按照王德威的观点,在现代中国小说的发展历程中,晚清小说是具有源头意义的,这个开端鼎沸喧嚣,充满着“渴望、挑战、恐惧及困境”,后来中国现代小说之水既湍急又缓滞地流淌,有浅注、有激流、有曲折、有回环……在或宽或窄的河流两岸,在或深或浅的河床内部,都将存留着源头的影子。袁进在《中国文学的近代变革》中同样持此观点:“中国近代文学做出的选择,实际上决定了以后的文学发展,一直到现在,现当代文学碰到的问题,如文学的市场化问题,文学的雅俗问题,文学与政治的关系问题,作家面对各种潮流是否坚持自主意识问题,现实主义成为文学主流问题,中国文学吸收外来影响问题,中国文学对传统的继承与发扬问题,等等,一旦追根溯源往往都能追溯到近代。”①可以说袁进是从一个更为宏观的角度对中国近代文学的发展的自身内部的变革及其对后世影响做出论断,而晚清小说的影响不仅仅体现在晚清社会的短短几十年,其能量不单辐射到“五四”以来的中国现代文学,而且为中国当代小说的发展提供了某种原型式的选择。

在《被压抑的现代性——晚清小说新论》的最后一个部分,作者将触角

---

①　袁进:《中国文学的近代变革》,广西师范大学出版社 2006 年版,第 2 页。

伸及 20 世纪八九十年代的港台、内地和海外的代表性小说作品,朱天文《世纪末的华丽》、李昂《迷园》、施叔青《维多利亚俱乐部》《香港三部曲》、李碧华的《青蛇》《霸王别姬》以及王安忆的"三恋"系列、苏童《我的帝王生涯》和贾平凹的《废都》,都明显延续了晚清小说中所创生和繁盛的狎邪主题,其融杂着身体、金钱、政治等因素,体现出来的是一种新的欲望和颓废美学。"正义"的主题亦在当代小说中得以充分展现,从叶兆言、张大春、莫言等作家的作品中透露出了新的"正义"内涵,在这样一个英雄"殇逝"的时代,传统经典意义上的侠义被拆卸和重组,而种种拒绝英雄的姿态也正表现了作者借以对新的历史进行的考量和审视。丑怪谴责的强度通过新的表现手法,如黑色幽默、异形狂想等形式,在当代小说中得到进一步加大,无论是刘震云、张洁的中长篇小说,还是余华、张大春等的先锋探索,抑或王朔的横空出世,都以更为浮夸戏谑和怪诞乖张,以实现对秩序溃坏、价值崩坏的社会精神的思索和考问。而《台海一九九九》《台湾奇迹》《浮城》和张系国《城》三部曲等作品,则延续了晚清科幻奇谭小说中对中国未来的遐想,同样通过想象和虚拟的方式,拓展出了理想国度和未来生活的疆界。

作者通过考察晚清和当代小说在主题题材方面的对话及其从中生长出来的历史现代性对接点,指出在流经近百年的现代中国文学的长河中,处于中下游位置的 20 世纪末小说仍然流淌着源头——晚清小说的影子,在这种体现着深刻的历史相关性的作品题材中,似乎可以理出一个中国文学现代性的谱系。从晚清到 20 世纪末期的现代中国文学,同样是"世纪末",同样是多重现代性的复现和播散,在这里,历史被"重新讲述",两个"世纪末"的文学现代性实现了互接和对话,那是由于晚清所绽放出来的现代性意义及其价值在历经近一个世纪之后,仍然光彩夺目,那属于晚清、属于中华民族的现代性穿越了历史的长空,重现光芒,这无疑便是王德威所期盼的现代中国文学"世纪末"之后熠熠发光的"新纪元"。

可以看出,王德威不仅是要揭示众声喧哗的晚清小说创作状况,更重要的是打破"五四"权威,释放那被一元独尊的典范话语所压抑的文学谱系,打开被斥为"传统""前现代"的"过渡"时期的晚清历史大门,以福柯独具后现代意味的"知识考古"为燃油,来点亮晚清小说中所体现的野火燎原式的现代性发展状况,烧断现代性单线发展的脉络,以照亮中国现代文学探索的多重线索和呈现出来的多种可能性,为 20 世纪中国文学的"现代"历史发展赋予某种具有史学意味的起源性的思考和揭示。但是话说回来,究竟王德威的最终目的何在？在他的想象史学思维中似乎也说得有些含混："我试图描画现代性的播散而非其完成。"也许这将是一条永远"未完成"的道路，然而这种含混、混沌、隐而不彰和悬而未决的状态，不正是晚清小说、现代中国文学及其现代性本身的魅力所在吗？

都市文化建构与文学书写

——以玛格丽特·杜拉斯的写作及她生活的巴黎为中心①

玛格丽特·杜拉斯的作品中,出现过许多我们耳熟能详的地方:法国巴黎、中国北方、英国、德国、广岛、温哥华、印度等。可以说,这些在文本世界中的空间转换,对于杜拉斯而言,不仅是一种物理和地理的简单变更,这其中还存在诸多的政治、文化和意识形态体验。可以说,巴黎既是杜拉斯生命孤独的牢笼,也是她欲望和想象驰骋的原野,这个世界性大都市记载着杜拉斯的文化体悟、抗争历史与情感记忆,而杜拉斯的生活情怀和生命姿态,以及在此过程中孕育的文学热情和写作实践,也同样参与到了巴黎的都市想象和文化建构中。

在这里,我们需要思考的是,杜拉斯在与巴黎结缘及其对这个世界之都的理解和书写的过程中,主体历史与都市历史所共同参与的文化精神建构,呈现出怎样的断裂与延续?而且通过杜拉斯与巴黎的依存、隔膜进而体现出来的反抗意识,探究都市文化建构中,边缘与中心的想象性转换如何在杜拉斯的身上得以体现?不仅如此,通过杜拉斯在巴黎的欲望追逐与抒情呈现,揭示情感建构和精神升华的必要性,以及在这个过程中都市生活实在与历史延续所面临的文化省思。

一、历史断裂与精神延续

杜拉斯在法国巴黎有三处属于自己的住所,分别是巴黎第六区圣伯努瓦街5号、诺夫勒城堡和特鲁维尔黑岩区,从她以"杜拉斯"为笔名进行文学

---

① 发表于《新疆大学学报》(哲学·人文社会科学版),2014年第1期。

创作开始,这些以巴黎都市内外为空间的城市生活,记录了她半个多世纪的人生历程和写作岁月。在杜拉斯的一生中,城市呈现的作用不仅仅为作者提供了赖以生活的空间并以此空间作为生命驻留的痕迹记录,还提供了创作者集中思考人类情感、生命的思维空间和情感流淌的路线空间,更进一层讲,城市是杜拉斯写作的精神之根。巴黎创造了杜拉斯,而杜拉斯也用她的想象创造出了巴黎新的形象以及阅读这个都市的形式。在杜拉斯的小说中,对都市人的生活,不是简单地对他们做现实性的陈述,而是通过与城市精神或文化的对接、契合,来介入他们的生活,以及以逆时空的方法,再现他们对于现实和生命的不懈追求和在这种追求过程中伴生的精神迷茫和困惑。从空间的角度而言,地理意义上的都市是一个固化的整体,记载着其衍化的历史和现在,然而都市文化的存在又体现为一种变动不居的状态,指示了无限的可能性和创造性;不仅如此,都市历史和文化的形成,往往承载着个体生活历史和情感书写的延续,都市文化的浮现与基于主体性而进行的文学书写之间,存在着互为建构的关系。

巴黎,这个梦幻之都,缔造了杜拉斯的反抗精神和生命诗意,她在这里漂泊求索,无所归依,陷入了敌人和死亡同在、情爱与激情并存的困境中。巴黎的圣伯努瓦街,在法国大革命时,作为革命精神的标志和象征,一度成为法国人心中的念想。在这个曾经的革命前沿,法国共产主义以此为战斗基地,历经岁月的洗礼,最终成为行动成功的实践典范,以其盛名和传说流播于近代法国历史,恩格斯曾经这样评价法国巴黎:"在这个城市里,欧洲的文明达到登峰造极的地步,在这里汇集了整个欧洲历史的神经纤维,每隔一定的时间,从这里发出震动世界的电击。"①而且诸多文学写作者也齐聚于此,见证了巴黎历史文化的断裂与延续,这个具有多元历史意义的空间之于杜拉斯而言,同样举足轻重——"那就像是一间启蒙之屋"——圣伯努瓦已然成为杜拉斯内心永恒不灭的精神圣地。圣伯努瓦街 5 号公寓,从空间和地理的角度而言,虽则只是一个小小的房间,但它早已超越自我的界限,化身为革命精神的象征。李平认为:"地域化、个别化的东西演化为国家的艺术形态,接着影响了全球,这是西方现代都市文化的重要特点。"②虽然李平是从更大的空间和更高的海拔来论述空间的延伸和拓展功能,但两者所体

---

① 《马克思恩格斯全集》第 5 卷,人民出版社 1965 年版,第 550 页。
② 孙逊、杨建龙主编:《都市空间与文化想象》,上海三联书店 2008 年版,第 196 页。

现的道理基本相似。尽管这里偶尔被杜拉斯冷处理,《外面的世界》中公寓被描绘成波德莱尔式的"恶之花",正如她在《巴黎》一文中将巴黎形容为一个充满"巨大失误"的大城市一样,让人无法忍受,但巴黎和圣伯努瓦街仍无疑是她毕生感念的生活空间,也是她思想和言说的精神根基。杜拉斯曾经说过:"一个女人完全居住在一个地方,一个女人的存在充满了一个地方。一个男人则是穿过一个地方,并不真正居住在那里。"(《话多的女人》)与男性对空间的疏离不同的是,空间对女性的独特意味,更多地通过女性对空间的依赖得以呈现,而寄寓于其间的情感言说,可以为女性的文学书写提供饱满的精神蕴藉,法国巴黎这一世界性都市之于杜拉斯,即为如此。

列斐伏尔在其著名的《空间的生产》中,提出了空间作为一种生产的对象,其建构依赖于一定的政治、经济和文化材料。都市空间与主体书写之间,存在着一种互为呈现的关系,而且倾向于以意识形态为指归。但问题的复杂性在于,这个互为生产的过程,却并不总是以直接而迅捷的方式而存在,体现出了这样的一种复杂性。带着"殖民地来的孩子"这样尴尬的"身份"和矛盾的心情回到法国的杜拉斯,履历和情感的表现出现了断裂。这种生活经历和由这种经历产生的情感因此让杜拉斯对印度情感讳莫如深,这种隐性的回避可以从她的前两部小说中看出端倪:在小说《无耻之徒》《平静的生活》中,小说叙述的是她刚回法国时,在外省的家庭生活和自然环境中,所体验的家庭关系、社会关系以及人与自身关系之间的剑拔弩张。在这里,"印度"这个名字以及杜拉斯自身在印度的童年和少年经历,在其文学书写中出现了"断裂",这其实是杜拉斯起初对自己生活历史的有意或无意的"排斥",然而,刻意的规避使杜拉斯小说的想象力和生命力无法得到凸显。而当杜拉斯将目光转向她的生命源头——东方,以及她最初的情感根基——童年时,《抵挡太平洋的堤坝》为她指明了写作的方向。事实上,当她的笔触移到那片遥远的东方土地,无论是童年的欢歌笑语,还是湄公河边的无眠之夜;无论是太平洋南岸的南亚丛林,还是海水浸泡的大片沼泽,以及小说世界中亲切自在的人物关系和细腻周全的个性心理,都存在一种尘封的记忆和奔流的情感豁然打开之后的自然天成。在杜拉斯回归自我历史的书写过程中,生命的丰富性和复杂性得到了充分的展开,不仅作者的情感因此变得更为自信与丰腴,而且小说中的空间和人物也同样获得了强大的精神支撑。

在这里,值得注意的地方还在于,杜拉斯来到了巴黎,进入了这个世界之都的历史一角,却无法以一种最为直接的方式,通过正面描述巴黎的社会历史和生活现实,实现都市与个人之间的有效接续;而当她回归自我历史和主体身份,并在这种元认知中,切入自身最熟悉的东方生活,进行延续个体历史的文学书写时,却能够传达出更为深刻的启示。其中似乎与她在巴黎的生活现实和文化想象存在某些深层的龃龉,但这恰恰能体现出都市文化的宽厚与广博,及其在建构过程中所蕴含的包容性和可能性,这正如沃尔思在《都市社会与文明》一文中所说的:"城市并不单单指大量的人集中在一个有限的空间里,它也是一个由彼此不同特征上表现出超常多样性的人所形成的区域。"①从这个角度讲,多样化的生活经验与都市文化发展历史是同构的,前者可以通过想象性的建构来阐述后者,尤其针对都市的存在状况,其自身必然有着光鲜夺目的历史或现实,但不可否认的是,变迁和动荡是无处不在的,即便是历史发展的延续性遭遇断裂,其本身的精神文化属性却仍会一以贯之。而对于城市中的精神主体——尤其写作者而言,只有直面生活历史的断裂,才能在与都市历史的对接中,实现更为深刻的精神重组和接合,虽说只是一种想象性和形式化的铺延,但这不仅为都市的文化历史实现整一性,而且恢复生活于其中的民众自我的主体感觉传统,有利于形成统合性的知识主体和精神构架,从而使都市文化在其历史沿革中不至于缺失市民化和传统化的根基。

二、边缘态度与文化省思

刘易斯·芒福德在谈到城市对人类的贡献时提出,城市以其高度集中的物质和文化要素,作用于人类的生活和精神场域,进而协调和加速人与人之间的交互。城市(尤其是现代都市)的存在,必然坐拥着丰富的社会资源,处于政治、经济和文化的中心,并且在文化的传播中,体现出并依赖于人的能动性,因而在这个过程中,固然需要通过正面的建构,达到直接的物质生成和精神延伸;但另一方面,往往需要一种文化意义上的冷却,通过重置或虚设的方式,重新以边缘化的视角观察自身,以实现冷静思考和潜心创造的可能。不仅如此,拥有一种边缘的态度有助于现代都市进行自我的反思与文化的创生。由于变动和改革,城市的肌体总是不可避免地伤筋动骨,因此也需要持续性的自我疗救,在这种情况下,"边缘"则体现为一种不可或缺的客观而清醒的注视、倾听和诊疗方式。事实上,地理空间本身的重要性实际

①　孙逊、杨剑龙主编:《都市空间与文化想象》,上海三联书店 2008 年版,第 230 页。

上蕴含着文化权力的隐喻,而文学的存在,则是以一种"主观性"的姿态,触及特定空间的社会文化和历史意义。巴黎是一个充满着优越感的都市,占据着法国文化的中心地位,无论是谁,只要进入这个政治、文化中心,可以说,这个人不但肉体已经进入这个空间,而且精神也与这个城市文化高度融合。对于杜拉斯而言,相当于文化意义和精神意义上的"入世",可以想见,如果她一直生活在越南,那么无论她怎样努力写作,都难以成就后来深深嵌入巴黎文化甚至整个现代都市文化中的那个杜拉斯。殖民地与宗主国之间的地域转换,实现的是从边缘到中心的文化调置,这也使得杜拉斯具备了多重的体验和视野,而其中所产生的断裂和接续,也让作为文学写作者的她获取了审视的眼光和省思的意识。

不仅如此,在远离中心的虚荣与迷狂之后,带着经历创伤绝望后平静的心情,杜拉斯选择了旁观和侧望的姿态来省思巴黎这一现代都市的存在。诺夫勒城堡是在杜拉斯的文学写作生涯中,具有重要意义的另一个场域。1958 年,杜拉斯在巴黎郊外的一幢绿荫环绕的房子中"疯狂"地写作,空间上的与世隔绝也助推了她内心的孤独感,小说《副领事》则是这一期间最为重要的作品。可以说,杜拉斯远离了巴黎的政治文化喧嚣,这不仅代表着在她身上的种族和精神界限得以打破,不再为特定的意识形态所掣肘,而且以"边缘"化的姿态回归主体并以此参与审视"中心"的写作,也揭示了杜拉斯作为一个文学写作者的精神指向和政治策略,可以说,杜拉斯所坚持的"边缘化"立场,恰恰是作为写作者的她的主体内部所坚持的"中心",然而这种态度并不是抽象的,而是融入她的精神内核,衍化为日常存在的"行为习惯"和"生活方式",以此生发出范围更为阔大的直面关怀。在这个过程中,反抗的介入让写作主体获得了一种由内而外的文化探索的能量,在具体的文学作品中,则表现为对新的文化图景和社会价值的想象。

然而,问题的复杂性在于,在都市文化的建构过程中,以权力和真理的面目出现的"中心",往往以一种支配和控制的形式出现,面对这种情况,正如福柯所说的,"关键不在于使真理摆脱任何权力制度的束缚——这不过是空想,因为真理本身就是权力,而在于使真理权力脱离各种(政治的、经济的、文化的)支配形式,而在目前,真理就是在这些形式内行使职能的"①。面对这种空间的霸权和文化的"真理",杜拉斯并没有选择正面抗击,也没有着

①　[法]福柯:《福柯集》,杜小真编选,上海远东出版社 2003 年版,第 447 页。

力于通过投身于革命的实践,来达到改良社会政治生态的目标。她的出发点是借助于文本形式,展现女性的坚毅和柔美,通过层层剖析,让读者自然而然地产生改善社会面貌的欲望来寄寓自身的精神指归和文化建构,并以此作为她对都市文化建构思考的归宿。在《副领事》这部小说中,杜拉斯不仅着重塑造了法国驻拉合尔的副领事、女乞丐和斯特雷泰尔夫人等主要人物,而且描述了诸多的白人男女如夏尔·罗塞特、米歇尔·理查逊、彼得·摩根等在"亚洲"的举止言行。其中,小说讲述了副领事三次毫无缘由地离开巴黎,而来到印度之后的他却并没有完整的性格和形象,他对大使夫人存有匪夷所思的爱恋,夹杂着许多令人无法揣测的思绪和莫名其妙的言语,而至于他为何突然开枪杀死麻风病人,又为何会发出令人毛骨悚然的吼叫,作者似乎都无意回答这些问题,在杜拉斯笔下,呈现出来的只是一个意识涣散、精神碎片式的个体形象,人物的存在充满了荒诞意味,这对于"新小说"的创作目的而言,似乎是要让传统处于边缘地位的读者参与其中,加入文本世界的中心,发挥自身的逻辑思维和想象力以填补和提升作品的意蕴。除此之外,与此相联系的还在于作者通过副领事随意辗转于巴黎和印度两地,以这种象征性的空间转换,实现对来自法国巴黎的白人男性的审视,显然,从西方文化中心来到东方印度的副领事,带来的并不是精神和文化层面的优越,恰恰相反,当他来到印度之后,"毛病"就开始发作了,发生在他身上的一切都变得毫无生活章法和情感逻辑,可以说,这种意义上的精神架空,代表了杜拉斯对"中心"文化的深刻反思。

可以说,杜拉斯以"边缘"知识分子的角色,参与到巴黎政治历史的建构中,然而,在这个过程中,她更多的是以精神流浪者的身份出现,在她内心似乎存在一个随处飘移无法安置的灵魂,然而也正是以这种生存、思考和实践的姿态,杜拉斯为自身的言说争取了更为广阔的空间和场域,并进而以此参与到巴黎的社会政治和历史文化的建构中。

三、欲望表达与抒情建构

当年狄更斯、巴尔扎克、德莱塞等人通过忠实、客观、淋漓尽致的细节描绘刻画了"触须般神秘发展着"的、作为人类欲望和意志搏斗战场的 19 世纪的大都会,而当代作家既继承了历史又只能浮光掠影地表现都会碎片式的感官体验。一方面,巴黎空间本身所蕴含的人文意义和价值深刻影响了几代作家;另一方面,消费原则对都市审美的巨大影响让人无所逃遁。都市的作家和人群深受现实和想象文化的双重影响。身体及感官的欲望表达、都市的想象抒情体验是作家参与都市文化建构的主要手段，也是文学书写的必需。都市通过色彩、音响、气味、空间等诉诸感官，都市细节转化为主体的感受，人的审美方式和审美体验更多地表现为破碎的、平面的、眩晕的、浓烈的刹那体验。都市和商品改变了人群的审美模式，当下审美模式特别关注客体对象的审美性，感官、感性、肉体的崇拜是重要特点，身体和欲望得到前所未有的重视，成为都市景观的一部分，供人欣赏、浏览、陶醉。外部的世界、人的欲望如何转化为内心的抒情内容，就构成不同作家深刻的差异性。杜拉斯这样有着深厚生活沉淀的作家在欲望表达和抒情中就彰显历史反思、不同地域的文化融合与文化塑造，成为不可多得的名家，而新生代作家就只能是"感时花溅泪"而鲜有历史的内涵了。但有一点应肯定，那就是建立在欲望基础上的抒情都具有鲜明的当下都市文化的特征，这是身处其中的作家所无法回避的。

杜拉斯在晚年还遭遇了"迟来的春天"，在特鲁维尔的海边公寓，这个与哈佛港对望的著名建筑，还曾经居住着写下《追忆逝水年华》的普鲁斯特，而在这里，茕茕孑立的杜拉斯被她的情人亚恩·安德烈亚所打动，蜚声中外的小说《情人》即以此为关键要素。可以说，热烈的情感与杜拉斯的写作和生活相依相伴，使她沉浸在身体的依恋与精神的圆融中，生命欲望与创作激情重新被点燃和喷发，并写出了《劳儿之劫》《死亡的疾病》《埃米莉·L》等作品，一定程度而言，欲望不仅贯穿了杜拉斯的整个生命，而且还是她生活和写作的重要动力，杜拉斯一生为情欲所包围，直到晚年她的身体依然还享有着"欲望的满足"。在杜拉斯的小说中，生活空间衍化为文本世界的中心场域，"自己的房间"变成了"作品的房间"，这是在经过炽烈的想象升华之后，形成的既"真实"又"虚构"的情感世界和言说空间。

空间场域的转换、现实政治的选择与文化认同的困境，对于作家而言，都面临着种种难以克服的危机，在这种情况下，通过文学书写和文本建构的方式，以抒情为名义实现自我的意义转向，并最终寻求自我的精神救赎，成为置身巴黎的杜拉斯的必经之路。正如菲利普·巴格比所提到的，"我们除了可以在时间中，也可以在空间中置换位置来寻求拯救。毋宁是去墨西哥或者南海，而不是去美第奇的佛罗伦萨或伯里克利的希腊。我们甚至可以在我们自己社会的不同阶层的生活中寻求逃避，可以去模仿农民，电影明星或者匪徒的生活方式"①。与其说这是"逃避",不如说这是将其作为一种以文学书写的方式进行的想象性补偿和拯救。在空间转移与置换的过程中,贯穿着杜拉斯的欲望、孤独和反抗,杜拉斯在远离中心的边缘处境里,体验着革命的激情与激越的反抗,并在炽烈的爱情达臻情感和意绪的峰值,进一步组织起针对欲望本身的书写,以此实现对于自我内心的精神救赎,这是问题的一个方面。另外,回到杜拉斯的边缘和反抗主题,即便个体生命在欲望的挣扎甚或遭受破灭致使"绝望"的过程中,依然可以直面惨淡的人生,敢于正视生命的绝望,以"硬"的姿态回望生命,借以抵御这个世界的"阴晴圆缺",希冀重回生命的极致和辉煌。在杜拉斯看来,任何形式的自我欣赏和自我满足,不仅不是一种精神的"伟大",反而是一种精神上侏儒式的显现,当一个人处于精神和欲望的沙漠之境时,唯有通过文学的方式,重回生命的诗意之所,以文本形式的抒情建构,照亮混沌而幽暗的心灵,并进而实现特定含义的文化建构。

四、结语

可以说,在都市文化的建构过程中,空间的现实历史和文化涵蕴,为文学的发生和生产提供了物质基础、思想素材和写作冲动。繁荣的经济、发达的出版条件和开放的文化环境,为文学活动在现代都市空间中的发展奠定了坚实的基础。然而在文学文本所构造的世界中,空间的意义并不单单限定为人物生活和行为的地点,更重要的还在于,写作过程中由于主体意识的存在与活跃而营构的叙述空间,以及写作者思维领域的广度与精神维度的拓深,为都市文化的建构提供了具有人本色彩和人文意味的启发。对于杜拉斯而言,现实的巴黎都市生活形成了她最直接的感觉经验、最主要的情感生发和最深沉的现实省思,而虚构意味浓厚的文学文本书写,则显示了作者的反抗意识、欲望延展和抒情建构,这种不断延展的扩张在杜拉斯的文本世界中开辟出了一条宽阔无比的道路,文学则以其广阔的情感空间和深沉的精神寄寓,与真实的都市文化建构实践交织在一起,以历史经验与现实实践为基底,以想象的欲望、话语的延伸和抒情的建构完成主要的支撑架设,进而筑垒起坚实庞大的都市文化大厦。

---

① [美]菲利普·巴格比:《文化:历史的投影——比较文明研究》,夏克、李天纲、陈江岚译,上海人民出版社 1987 年版,第 18 页。

《时间》：消解真实时间的诗意①

看过韩国金基德导演的电影《时间》的人都被影片中叙述的爱情悲剧所感染，并对主人公的爱情出路争论不休。我的看法与一般人不同，我认为电影不是如一般人所描绘的"整容故事""爱情悲剧"那般鲜艳、凄婉、动人心魄，而是导演对"时间"的哲理把握超乎常人，体现了导演对"物理时间"的后现代解构和消解。一部以整容为叙述焦点的令人绝望的爱情故事，却以"时间"为名，可以想见导演对"时间"的形而上理解。此时间已不是现实的物理时间，而是对穿越物理时间的社会时间的多维诠释，触角伸及心理意识和社会文化的时间内核，否则，此片独以《时间》名之，就有风马牛不相及之嫌。

一、时间·整容·爱情

欧美工业化过程历经数百年，人类的心理伴随现代化的进程而千疮百孔，韩国却以短短的几十年时间就走完了西方数百年才走完的工业化道路，从时间上讲，韩国人的心理远未适应这个过程，导致心理障碍多发，从而催生了韩国名扬四海的整容术。整容实际上是自我心理疗救的一种方法，是以机械快速的医疗手段弥合现代化进程带来的心理上的巨大落差。因为工业化过程中片面追求科技理性造成人的身心分裂，把情感和理性对立开来。所以，整容的意义是想穿越时间，把现在的变为过去的，或把现在的变为未来的。《时间》所显现的是：一方面既认同这种流行文化的符号意义，同时又做了后现代的解构。剧中女主人公顺熙和智友相爱两年多，这两年多的时间却让顺熙感觉他两人关系发生变化。顺熙是有心理障碍的，她害怕时间的流逝，她紧张、焦灼，所以她总是神经质地怀疑智友的忠贞，男友不经意

---

① 此文发表于《电影文学》，2010 年第 7 期。

瞥视一个漂亮女生或对女士做一些绅士的举动都会让她陷入极度的焦虑和挫败之中,表现在她不时做出歇斯底里的病态举动,并且怀疑真爱可以抵抗时间流逝的可能性;相反,她却坚信时间对爱情的毁灭性破坏,她诘问智友:"两年了,你就厌倦我了?""每天都是这副臭脸,每天面对我的身体,你也厌倦了。"顺熙对时间的恐惧,从顺熙在医生面前说的"我不要变得漂亮,我要变成新的",显现无遗。当他们的爱情遭遇低潮时,作者一方面表现出对整容文化的曲意迎合,让顺熙去整容做换脸手术;但另一方面作者对韩国的整容文化又做了否定的批判。剧情没有沿着顺熙的思路走下去,反而与原先设想的背道而驰,顺熙原以为"时间可以改变一切",整容换脸可以让时光回到从前,可以再现过去的甜蜜。但换脸后,她却发现智友依然爱着原来的顺熙,智友因顺熙整容而痛苦万分,两人的爱情滑向解体的深渊。顺熙的悲剧在于她把爱情出现的问题和矛盾都归咎于时间的流逝,无法理解到其实不是爱情本身而是日常的琐碎,或许是审美疲劳,或许是智友做爱时没有先前的投入等,将两人曾有的激情与爱慕消解得无影无踪。正如金基德在剧本最前页所标注的"不是爱情凉了,而是身体凉了,心凉了"。在这里,导演不是阐释爱情的本义,而是借助爱情来对韩国的整容文化做了整体的解构,即整容无法解决时间留下的心理疾病,就像顺熙,即使换脸使她的外表回到过去,但她的心能回到原来吗?进一步说,如果整容已不能解决人类的心理问题,那整容文化是不是该消亡了? 另一方面,既然整容不行,那不整容可以吗? 影片又明白无误地告诉我们,也不行,因为顺熙的整容就建立在不整容无法消除爱情的流逝这一消极理解后所做出的极端举动。消解了整容的现代性的意义后,电影中没能给出一个明确的解决方案。特别是智友整容后在逃避顺熙的追寻,被车撞倒,脸部血肉模糊,让观众在爱情接受上除了堵在心头上的悲凉和绝望外一无所有。导演金基德只是告诉我们,时间可以让一切变得虚无,包括妙不可言的爱情也会是海市蜃楼。爱情在时间中发酵,逐渐变成一种神经质的痉挛后的绝望,求助于极端手段——整容,用以挽回已逝的时间,同样可遇而不可求。弗雷德里克·詹姆逊说:"个人身份本身就是某种过去、将来和眼前的现在在时间上统一的结果,如果无法形成这种能动的时间上的统一,那么同样,我们也不能将我们自己的生活或精神生活的过去、现在和将来统一起来。"①这样,金基德的后现代的时间思想在《时间》中得以彰显。

二、时间·空间

整容的手术刀割断了时间的身体,让历史永远成为历史,并为其重塑了现在的空间,整容的针和线却缝合了现在。整容是实现身体从时间到空间跨越的载体。时间虽然承载着历史传递着未来,但空间所拥有的只有现实。现时新空间一经筑成,就无法改变,即使历史可以重来,而人的未来永远是未完成的,所以后现代语境下《时间》所体现的时间与空间的相互联结:一是时间的空间化,就是让时间驻守在现在;二是时间呈环形状,原点结构,起点亦即终点。

(一)时间的空间化

时间的无情,在于它不可倒流。顺熙说过一句很有意思的话:"如果时间能停滞不前,我像梦一样地忘了你。"可谁能留住时间呢?顺熙失踪后镜头拉回候车室,智友在等顺熙,智友失踪了,候车室是顺熙在等智友,画面的多次重现,展示同一空间中不同时间主人公相同的期盼:过去的那个他(她)能否重现。但这种期盼是乌托邦式的,结局是谁也没有等到谁。在这个空间里负载着时间的痕迹。如同改头换面的女主角,发现男主角爱着的仍是原来的自己,然而,已经晚了。于是她能做的,只有剪下旧照片的头像,蒙在自己陌生的脸庞上。前面的头像代表过去,后面的脸部代表着现在,时间转为空间叠加在一起。但那薄薄的一层白纸,又怎能抵抗时间的沧海。头像背后的她哭得撕心裂肺,头像上的女人却一如既往笑靥如花。昨天与今天已经一刀两断了。

剧中岛上公园那两尊十指相扣高矮相对的雕塑,记录下了男女主人公许多甜蜜的过往。这幕场景总是在剧情高潮迭起时重复闪现,所不同的是整容前的岛上公园明亮、热闹,整容后的岛上公园却怪异、阴森。顺熙变化了的脸庞永远无法帮她找回公园里的那些雕像所带来的对过去记忆的热烈和亲近感。岛上公园不断重现的镜头构筑了过去与现在、存在与消亡之间

---

① [美]弗雷德里克·詹姆逊:《快感:文化与政治》,王逢振等译,中国社会科学出版社1998年版,第172页。

强烈的比照与冲突。在后现代语境下,时间正在被解构并逐步转化为空间概念,过去、未来都重叠在现在这一镜像上。片尾在夕阳余晖的映照下,男女十指相连心心相印的雕塑孤独而无望地矗立在茫茫的大海中,公园被冰冷的海水渐渐淹没,这也正象征着过去和未来时间的消亡。

《时间》割断了历史、现在与未来,它真正想要传达的既不是过去也不是未来,而是最具后现代意义的永恒概念——一切存在都是碎片式的现时存在,并试图将时间定格在现在并形成新的空间形式。正如詹明信所说:"过去和未来的时间观念已经失踪了,只剩下永久的现在或纯的现在和纯的指符的连续。"①

(二)时间的原点构造

《时间》空间化所体现出来的时间其中一个显著特征是"原点"结构,如一个大蟒蛇张嘴咬着自己的尾巴,呈环形状。这在顺熙身上体现得最为明显,片中的第一幕和最后一幕是同样一组镜头:一个刚整过容戴着墨镜和口罩的神秘女人,表情木然地走出整容所,被匆忙赶赴男友约会的顺熙撞到,神秘女子手中紧握的一幅惊悚的人像素描也被摔得粉碎。这组重复的镜头是为了让一般观众产生错觉——故事的结局仿佛又回到了起点,时间的起点和终点集结在同一点上,顺熙的脸可能也变为从前。而智友似乎没有明显的环形状叙事形式,但仔细分析,智友和顺熙一样从终点回到起点。智友痛恨整容,并因此而痛不欲生,但他最终还是屈从于现实,和顺熙走同样的道路。结尾智友为躲避顺熙,在逃跑中被车撞倒,是死是活不得而知,我们只看到一张被粉碎的脸,由此我们可以联想,智友被粉碎的是整容后的脸,不是原来那张新鲜活泼的脸。如果智友还活着,智友是否可以换回本来的脸。如果是这样,智友的终点不也同样回到起点,循环往复,一切情节似乎都成为宿命的安排,而顺熙和智友也像是上帝手中的玩偶。但是,我们都明白,即使男女主人公换回原来的脸,他们也不能回到过去,因为真实的时间已经消解了。

三、时间·意识

当时间被后现代解构后,真实的时间被消解了,只剩下意识的时间。剧

---

① [美]詹明信:《晚期资本主义的文化逻辑》,陈清侨等译,生活·读书·新知三联书店1997年版,第292页。

中的主人公过去的一切被现代的科技手段——整容整掉了,未来又不属于他们,他们在时间中苦苦挣扎。顺熙和智友不顾一切地想要从过去的创伤中挣扎出来,但他们将永远无法得到安宁,因为现在的他或她一直在过去铸成的苦难中煎熬着,并且苦难会一直持续下去。在此意义上说,时间实际上是文化想象的产物,它不是恒定不变的,是人类意识的一种编排,我们现代人都生活在这种编排中,而不是生活在真实的时间中。这种意识在镜头不断重现整容所那各画着一个人半张脸的大门而得到加强,无论是谁,只要推开门一张完整的脸就会像刀一样被切成半张脸,预示着一个人已经分裂,不再是一个完整的了。也就是说整容切断了一个人的历史、现在、未来的有机联结,而把过去和未来统统聚焦于现在这一时间的节点上,让人没有了过去的同时也不能回到过去。

影片中有了意识形态式的时间可以改变物理时间的意义所指,给物理时间以另一种形式的诠释:以空间定格的方式显示时间的叠加。如影片不断地重现着在同一个咖啡厅里,不同的人,坐在同一个位置,喝着相同的咖啡这一隐喻性场景。金基德试图忽略各色人群的历史和未来联系,将其永驻在咖啡馆这一空间形式里,从而构成了碎片式而又呈线性体的直观体验的张力。

因为整容能给人一种新的东西,手术刀可以削去不该有的东西,可以让有缺陷的变为完美的,所以韩国人对此趋之若鹜。据媒体报道,韩国的女影星基本上都整过容。显然,在韩国整容手术不再是简单的医学手段,而是流行文化的强势符号。金基德敏锐抓住韩国社会处在飞速发展的现代化进程中,人们在适应过程中因时间断层造成的心理疾病这个社会的普遍现象,借助于韩国普遍认同的整容术,深刻展现韩国的社会现实。用一对恋爱的青年男女在时间中苦苦挣扎的惨状,给头脑发热的国人当头棒喝,告诉他们整容不是万能的,整容割断了历史,虽可拯救外貌,但拯救不了心灵。要拯救他们的心灵和肉体,必须寻找其他途径。可在这世纪大问题前导演却裹足不前,明显没有提出建立人类健康心理新秩序的方法。笔者认为,文学和艺术或许是人类释放心灵的最佳途径,但作者却不告诉我们,不能不说是一种遗憾。更不幸的是,电影结尾,顺熙似乎又换回原本的脸,是给读者一种心灵抚慰,一种期待;还是顺熙回到原来的"本我",男女主人公找回已逝的时间?显然,这些都不是,男女主角是永远回不了过去。金基德留给我们一个大大的悲剧符号。

中编

拓荒、延展——序言世界的跋涉

砥砺前进、精神涵蕴

——台州文学 70 年概述[①]

台州文学 70 年以来的发展历程,可以分为两个阶段,前 30 年和后 40 年。前后嬗变的过程,出生于二十世纪五六十年代的人都可以领悟到。在这期间,文学发展从封闭走向开放、从单调走向丰富、从隔绝走向融通。台州文学滋养了很多台州人的精神生活,比如说对台州社会变迁、人文精神的认知,对台州社会及经济从中华人民共和国成立初发展到今天的体悟,对国家情感、民族认同的感受,对高速前进的时代的点赞等。这些家国情怀、生活积淀,大而言之,来自中华优秀传统文化的熏陶;小而言之,是接受了台州文学的洗礼,进而精神内化。由于对文学的热爱和曾经对当代文学如饥似渴的阅读,于我而言,小说阅读的体悟向来是感性的而不是抽象的,不单是一部都能获得哲理和诗的光辉的小说,一篇篇能体会到情感四射的散文,一首首能随性抒情的诗歌,也不单是一个个能走出台州,影响浙江甚至中国的作家、诗人和散文家,如跨越现当代的著名文学家许杰、当代著名作家叶文玲、诗人江一郎、新武侠小说领军人物之一的沧月、网络文学的蜗牛、"00后"的领军人物杨渡等,一大群人一起组成当代台州文学作家群,形成颇为宏大而具体、厚重而鲜活的精神性存在,使台州文学具有了一种闲定沉稳的气质、精致空灵的品质,虽不很响亮,但却是一座关涉台州历史文化积淀下来的敢为人先的传统,关乎台州人文生活和情感世界的精神宝库。70 年的台州文学,将每个台州人与国家、民族、人民、时代和历史文化联系得更加紧密,逐渐成为台州争创社会主义现代化先行市和建设新时代民营经济高质

[①]　该文为《台州当代作家论稿》一书的序。金岳清、周仲强等编:《台州当代作家论稿》,浙江人民出版社 2011 年版。

量发展强市的一种精神支持。因为其中蕴含着砥砺前进的精神力量、蕴藏着启示未来的生命哲理,无论是展示我们光明灿烂的社会生活,还是勾画人性或生活的阴暗存在,都显示了一个共同愿景——我们的生活更美好。

一、砥砺前行——台州文学的发展历程

在中国版图上台州是很小的一部分,即使在浙江,台州文学发出的声音不够多也不够响,不如杭州、宁波、温州等兄弟地市,与经济发展的地位不相匹配。出现这种不平衡状态的原因很复杂,很难用某种明确的理由一言以蔽之,或许,文学的基础、积淀、文化、民俗、心理和追求等都或多或少地影响文学的发展。但有一点大致可以提及,台州是在南宋时期才得以文明昌盛,历史上台州大地蛮荒,文学虽偶有星火,但没有燎原之势。可即便在文学土壤不那么肥沃的台州,到了新时期,一大批本土作家不甘寂寞,砥砺前行,依然让文学之花绚丽多彩,文学之光犹如星星之火可以燎原。

20世纪50年代中期,台州地区文学开始起步,仅有少数作者从事文学创作。1955年,三门籍著名作家林淡秋出版小说集《散荒》,1958年出版其随笔集《业余漫笔》,此二书的出版,开台州当代文学之先河。1957年,洪迪在《诗刊》7、8月号发表诗歌《祖母》,曾参加抗美援朝战争的蔡庆生创作的短诗《送行》和《告诉我,来自祖国的风》,经《人民日报》发表后,在军营广为流唱,被誉为“战火中的歌”,感染了整整一代人。此时,一些台州作家也开始了他们最初的文学创作,如玉环作家叶文玲1958年在《东海》发表处女作《我和雪梅》,开始了她的文学寻梦之旅。

1979年3月,《括苍》创刊,这是台州地区第一份综合性文艺刊物,主要以培育台州本地文学青年为宗旨。至1988年1月终刊时,《括苍》共刊出49期,有600多位青年作者在这块文学园地上发表了他们的处女作。1989年至1995年,《括苍》先后更名为《东部》《现在》,不定期出版。1995年8月,《现在》正式更名为《台州文学》,为季刊。2002年3月《台州文学》改版,立足文学性、当代性、地域性。除刊登台州名家作品外,更多地扶植本土新生代作家。在这块园地里,他们的思考逐渐由浅显到深刻,文字由幼稚到成熟,最后走向全省乃至全国文坛。

台州文学的真正崛起是在20世纪80年代初,出现了一支上百人的作家队伍,以叶文玲、梁雄、郑九蝉、蔡庆生、洪迪、夏矛、吕新景、蔡未名、钱国丹、王自亮、王彪、龚泽华、王安林、任峻、陈祥麟、李永、张绍军等为代表。他

们在全国、省市级刊物上发表作品,并有作品入选各种刊物。其中,玉环籍作家叶文玲的短篇小说《心香》获 1980 年全国优秀短篇小说奖,并获《当代》荣誉奖,这是叶文玲创作进程中主体意识和价值观念的一次全新拓展,它奠定了叶文玲此后文学创作"爱和美寻找"的基调。同时,郑九蝉的短篇小说《能媳妇》获《当代》文学奖,钱国丹的短篇小说《小小舴艋舟》获《鸭绿江》优秀作品奖。

进入 20 世纪 90 年代,作为浙江沿海较早开放的地区之一,台州经济文化的快速发展为台州文学带来了绝佳的发展机遇,台州文学迎来了中华人民共和国成立以来最为辉煌、最为繁荣的时期。台州作协先后选送 10 多名青年作家进入鲁迅文学院、浙江大学作家班等学习,并组织作家深入生活,努力营造良好的创作氛围。作家们立足台州,纷纷书写新语境下的新文化精神。这一时期,比较突出的作品有:郑九蝉的长篇小说《浑河》、钱国丹的中篇小说《师道》和《稚齿师者》获浙江省优秀文学作品奖,龚泽华的短篇小说《最后的晚餐》获浙江省优秀儿童文学作品奖,王自亮的诗集《凝霜的土地》在《诗刊》举办的全国性诗赛中获一等奖,陈必铮、解普定的寓言集《真理的父亲》《乌龟爬天梯》获中国寓言学会主办的金骆驼奖。1996 年 7 月,台州市作家协会第一届代表大会召开,台州文学进入了全面发展时期。台州市作协先后举办了十余次笔会、改稿会,邀请全国及省刊编辑莅临指导。省作协、台州市委宣传部联合举办"郑九蝉长篇小说讨论会",《文艺报》刊发专版评论文章。中国作协和省作协分别在玉环、仙居、天台建立了创作基地。2006 年 5 月,台州市政府与省作协联合举办了"浙江作家节"暨"台州风骨"采风活动,张健、叶辛等百余名作家参加这次盛会。1990 年至 2010 年,台州文学创作喜获丰收,共出版长篇小说 74 部、中短篇小说集 48 部、诗集 79 部、散文集 68 部、文学传记 6 部、报告文学集 10 部、文学理论专著 9 部。一批艺术品位较高、文化和思想内涵较为丰富的作品相继问世。郑九蝉出版了《郑九蝉文集》(12 卷),长篇小说《黑雪》获国家新闻出版总署主办的全国图书"金钥匙"奖,《十里长街》列入浙江省现实主义精品工程;钱国丹的中篇小说《快乐老家》《惶恐》选入《小说选刊》,他还获得"浙江省当代作家 50 杰"称号;王安林的短篇小说《办公室里有蜜蜂》入选《小说选刊》,江一郎获"首届华文青年诗人奖";陈必铮的寓言《竹节》获"金江寓言奖"。

随着文学网站大资本的注入、VIP 制度的建立与成熟,台州网络文学开始走向商业化、通俗化与类型化,并由此走上了新的发展高峰,催生出一大批"大神级"作家。发飙的蜗牛、李异、何堪等都是这一时期的代表作家。而随着网络和多媒体的崛起,网络写作迅速成为风潮。

2011 年以来,台州的经济社会发展进入一个新境界,台州文学创作也进入了全盛时期。这一时期,老一辈作家光芒依旧,文学新人辈出,网络文学崛起,各种文学活动丰富多彩。这期间邀请《小说选刊》《当代》《长篇小说选刊》《山花》《江南》《延河》《边疆文学》《散文》《散文选刊》《美文》《诗刊》《诗歌月刊》《诗江南》等全国 30 多家杂志社的主编、副主编、执行主编等来台州指导;连续举办中国作家看天台、中国作家临海行、第六届全国诗歌刊物主编恳谈会、中国诗歌之岛——大鹿岛采风、全国文学名刊台州选稿会、台州小说改稿会、台州新散文研讨会、台州市青春诗会、台州作家经典作品品读会等 40 余次,重点扶持"80 后""90 后"文学新人,发现和培育了一批有潜力的文学新秀。2019 年举办"台州当代作家手稿展",共展出 60 位台州当代作家手稿 79 件,展出台州作家书籍 300 余本,并永久阵列于台州市图书馆;2020 年对台州重点网络作家作品做了一次全面的梳理与调查,在此基础上召开了"台州网络群体研讨会",邀请著名文艺评论家夏烈,作题为"互联网与中国文艺发展新方向"的讲座等。这一时期,全市文学创作喜获丰收,据不完全统计,共创作长篇小说近 40 部,中短篇小说集 50 余部,诗集 100 余部,散文集 90 余部。

长篇小说领军人物郑九蝉,宝刀不老,出版《将军望》《命运环》等 10 余部作品,钱国丹出版了长篇小说《缘与劫》。中短篇小说作者有王安林、金岳清、杨邪、洪琛、陈剑、丁真、吕黎明、芦刚、卢云芬、不丕、谢卫民、陈邦远、曹伶文、殷俏威、陈大建、姜宇、郭金勇、戴升平、杨渡等,其中金岳清小说《远距离欣赏》在《人民文学》发表。钱国丹、王安林、金岳清、卢云芬、杨渡等人的小说入选《小说选刊》,杨渡小说《疯狂的仙人球》被《新华文摘》转载,并被收入《当代文学经典必读·2017 年短篇小说》,他也成为《小说选刊》有史以来年龄最小的作者;丁勤政短篇小说获第二届、第三届"周庄杯"全国儿童文学短篇小说大赛一等奖、特等奖,儿童小说获第六届中华优秀出版物奖、曹文轩儿童文学佳作奖。

散文依然是百花园中盛开的花朵,王寒、翁赋、张瑞斌、张一芳、李萦枝、刘从进、杨海霞、孙敏英、李鸿、张文志、陈引奭、章云龙、周天勇、范伟锋、胡明刚、张明辉、汪林、叶长林、刘青等的多篇散文在《散文》《美文》《散文百家》《人民日报》《人民日报·海外版》《光明日报》等全国性报纸杂志上发表。

诗歌是台州文学的一抹亮色，产生了江一郎、徐怀生、叶廷玉、伤水、卢俊、丁竹、柯健君、张驰、林海蓓、李紫枝、李建军、天界、王青木、仲道、蔡启发、筏子、胡君土、王勤伟、詹小林、方石英、周鸣、史洁舲、李明亮、六月雪、戈丹、燕越柠、杨雄、牟茜茜、阿罗、余跃华、徐静、戴可杰、赵幼幼、林夕杰等一个大群体。江一郎获"2014年《人民文学》年度诗歌奖""2016中国年度诗人奖"，柯健君的组诗《洞头诗抄》获"望海楼杯"全国海洋诗歌大赛一等奖；洪迪、伤水、方石英等都获得过省级以上大奖。

报告文学也取得突破。黄立轩的报告文学《跨国模范生——援助瓜达尔》列入中国作家协会2020年重点作品扶持项目，朱岳峦、张光剑的作品在《中国报告文学》《纪实》等发表。胡若凡、梁英、杨笛野等人的儿童文学作品在《儿童文学》《少年文艺》等全国性刊物上发表。

网络文学异军突起。出版了《九星天辰诀》《星辉落进风沙里》《冰刃之上》《死亡帝君》《我是酸菜，你是鱼》等。李异、发飙的蜗牛、北倾、何堪、关就等在网络文学上纷纷奠定了自己的地位，正在改变台州文学的版图。发飙的蜗牛的《九星天辰诀》被拍成电视剧上映，与司马圣杰合作的动画《狄仁杰之天神下凡》也于2019年10月上线；北倾的长篇网络小说《星光落进风沙里》被列入2019年中国作协重点扶持项目，入选2019年度中国网络小说排行榜。

目前，台州几代作家共同活跃于文坛。拥有中国作家协会会员46人，浙江省作家协会会员229人，入选浙江省作协"新荷计划"59人。除20世纪50年代至80年代中出现的第一批老作家外，80年代末期至90年代，台州第二代作家开始崛起，这批作家大多出生于60年代，代表人物有黄石、任峻、金岳清、江一郎、王寒、林海蓓、李紫枝等。此后，台州第三代作家脱颖而出，70年代出生作家群走上文学舞台，其中有杨邪、柯健君、洪琛、李异等。近年来，台州一批"80后""90后"出生的第四代作家逐渐活跃，如丁真、发飙的蜗牛、杨渡等。

二、现代话语的表达——台州"人"的文学

台州作家群时刻活跃在台州大地上，作家既关注普通人和"小人物"的生存状态，也关注重大社会现实和历史事件，让现实主义精神和现代素质相互渗透，使文学获得了更为高远的目标和更为广阔的源泉。我们可以毫不讳言地说台州作家在时代进步中进行文学创作，他们围绕"人"这个本体，展

现其自我意识、创造创新、审美追求的诸多品质,创造了属于台州,其实也属于中国的许多优秀作品。

从文学的角度来看,将人看作独立个体,并在区域生活和实践中显现出人性的复杂性,人的自主创新、海纳百川和与时俱进的精神,台州文学的实践实际上功不可没。作品中跳动的众多栩栩如生的人物,虽构不成重大历史事件的纲领人物,但小中有大,依然可以以小见大。在很多情况下,他们的行为具有个人意义——比如人生哲理的探索、爱情的追求、家庭生活的理解,等等。但是,这往往是作品中人物形象的起点而不是终结。在参与到充满时代激情的社会主义现代化建设的实践当中时,他们的价值理念,审美追求、精神境界、开拓进取,总是要超越个体、超越时代,最后汇聚在更为宏大、崇高的使命当中,并为之而付出一切。或许,从另一个角度观察,台州作家作品是人民性的生动展示。

台州,因为地理环境相对边缘的特殊性,其文学呈现出来的某种远离尘嚣的纯净品质,还是相对明显的。所以台州作家与乡土的联系就更加紧密些。新中国成立70多年来,台州也融入了由站起来、富起来到强起来的这一伟大时代进程,在轰轰烈烈的社会主义革命和建设中,不断扎根乡土,不满足于对现实生存表象的描述,而是沉入社会历史的内部,从社会、生命、人性、文化以及存在方式的角度去发掘社会的深度和广度,投身新农村建设的时代洪流,在时代进步中不断推动文学创作的热情。

广袤的田野、沸腾的经济、无垠的海洋、连绵的群山,充满"四气"的台州人,作家都曾倾情描写。可台州作家更忘不了的是家乡的人和物,无论生活在本土还是远在他乡,故乡的一切都能够成为他们魂牵梦萦的乡愁,熔铸在作品中,形成独具台州特色的人物形象。台州文化是他们最深切的童年记忆,是他们生命成长和人格发展过程中最深刻的影响因素,这些奠定了他们看待世界和表述自我的基本方式,浓厚的现实情怀和本土化的艺术追求是当代台州文学的精神和艺术高标。

从郑九蝉的长篇小说"十里长街"系列,钱国丹、王安林、金岳清的中短篇小说,刘从进、李蓁枝的散文到以江一郎为代表的台州诗歌群体,朱岳峦、黄立轩的报告文学,再到丁勤政、梁英的儿童文学,发飙的蜗牛和北倾的网络小说等,无不凝聚着作家对时代生活的满腔热情,倾注了对家乡的无上珍爱。我们可能忘不了《将军望》中以关羽后代关光明为首的做了将军的4个黄岩人一生的悲欢离合,时代的风云熔铸在人生的坎坷中,让我们见证历史的前行。金岳清在小说《蚯蚓汤》中用先锋化的写作手法对婚姻、家庭进行了探讨,一碗蚯蚓汤用浓郁复杂、直钻脑窝的气味启蒙着不谙世事的懵懂男孩,也消解着阴霾、矛盾和病痛。杨渡《魔幻大楼》汇集了杨渡18岁之前所写的10个脑洞大开的故事,在这个哈哈镜般的世界里,掉进这个"脑洞"的孩子好像坠入奇趣梦境的爱丽丝,经历其中的成人,则会从荒诞世界中窥见真实的样子,用年轻的视觉直面现代性的扭曲与变异。

不断创造新的生命体是文学的灵魂,兼容并蓄、开放图强、求真务实、敢为人先,台州作家的文化秉性支持他们不断探索人的生命本质,他们总以旺盛的生命活力超越台州文化本体,衍生出新的文化内涵和形态。这种融合创新执着追求的诗性品质内化为新中国成立70年以来台州作家在艺术探索征途上的精神力量,支撑着他们迈着坚实的步伐,不断寻找审美创造的可能性。

三、姹紫嫣红——台州文学的多元书写

(一)关注底层、悲悯苍生的小说创作

当代台州作家的人文情怀,是一种旷达与安逸,一种生活的宁静和从容,以一种平静祥和的叙事,道出了底层人面对生活的从容与自得其乐,描绘了有别于鲁迅时期刻意表现的被压抑的底层人的生存困境与精神磨难。台州的小说创作形成了更加多元化的创作格局,传统小说、先锋作品、儿童文学、网络小说,成果纷呈。对底层人生的关怀,和底层百姓融为一体,以自己的体味更多地表达小人物卑微的快乐和痛苦。即使是玄幻、武侠等题材的网络小说,其中依然有台州特有的江南的氤氲秀色,一种台州独具的文化底色。这些作家以强烈的责任感和使命感,关注现实变革和社会问题,创作了一批具有现实主义关怀的小说。

首先要提及的是郑九蝉,他用挥之不去的政治情结,立足台州本土文化,用10年时间完成了长达120万字的长篇小说"十里长街"系列,近年又出版《海的私密》《树说百年》《黄岩谣》等,场面恢宏,气势磅礴,可谓是展现台州地区时代变迁的雄奇史诗,既直面人生的苦难又超越苦难,特别是其中所体现的浓郁的台州风土人情和台州文化精神,表明了作家对台州这块土地的深深热爱之情。在台州,他的长篇小说创作最具影响力,他的小说对乡土文化保持着情感上的深切依恋,较少融入一种超拔的理性批判,使他的小

说长于历史叙事,短于文化韵味的深度与质地的深厚。他的短篇小说集《能媳妇》获《当代》文学奖,长篇《浑河》及《荒野》均获浙江省优秀文学奖。

龚泽华善于观察生活、发现生活,并把生活同整个社会的动态联系起来进行考察,以挖掘生活的本质,著有长篇小说《八旗子弟》、科幻小说集《海底人》、短篇小说集《蒲公英》,中篇小说《孩子与麻雀》,短篇小说《闯漩涡》《生意人》《突围》等,常把平凡的生活写得撕心裂肺般激动人心,作品就如一根荆棘不断鞭打生活黑暗丑陋腐烂之处,让其暴露在强烈的阳光下。如《虎暴》,把与老虎搏斗的场面和不断反抗父权并被镇压的恩怨情仇交织在一起,反映了现代文明与传统观念之间的激烈碰撞。

钱国丹一直经营着自己的"郑家湾系列",《师道》《弃妇》《饿殍》《家祭》《银杏悲歌》《快乐老家》《苦竹飘摇》《洁癖》等,不急不躁,从容舒缓,不乏历史的幽深和世俗的温情,直接表达底层苦难,执着探究在历史和现实重压之下的生存境域。如《苦竹飘摇》中伴随着城市化浪潮,乡土中国正在经受艰难而痛楚的裂变,苗凤竹这个来自大山深处苦竹崖的一棵苦竹,离开家乡,在城市钢筋水泥森林包围中,失却了生命之根,这棵苦竹将如何在灯红酒绿的城市扎根?小人物的隐忍、坚持和飘摇的人生在小说中得到尽情书写,实现了现实观照和人文情怀。

王安林著有《王安林短篇小说集》,中短篇小说集《理想之圈》《城市里的麦粒》等,近年发表《水管破了》《演变》《躲避》,他将笔触伸入社会广角,反映经济改革大潮中的世情百态,他的写作对象涵盖了众多的社会角色,他笔下的故事能令人深刻体会到一种与百姓的零距离,一种发自内心的对百姓生活的体恤以及对生命和人性的慎重思考。他的叙述风格沉静、理智,少有灵动华美的叙事语言和情感抒发,始终运用同一种平静宁谧的笔调进行叙述。

金岳清的小说更加关注生命和存在状态,用痛苦的眼睛看世界,用忧郁的心灵感受民生。其小说具有浓郁的悲悯情怀、忧患意识和人道主义精神。他在小说集《大家的风景》《远距离欣赏》中关注民间小人物的生存,特别是小人物在承受苦难时表现出来的那种坚韧、隐忍和执着,甚至逆来顺受。近年的短篇小说《白莲花》《蚯蚓汤》中一如既往地对底层人物倾注强烈的人文关怀。他的《渡口的故事》在一个又一个不可预知的灾难中,折射出人生况味。进入金岳清的作品深层,就会在流淌的文字中找到一种内在的叹息,一种呕心沥血的苦吟。

杨渡既写作严肃小说,也写网络小说,还有散文、诗歌,《爆米花》写的是老人生活的苍凉,絮叨的苍凉,用琐碎之事一一道来。让人不禁想起卓别林说过的一句话:我的心灵是在一切琐事中成长的。

(二)关注草根、精彩纷呈的诗歌创作

台州诗歌成就骄人。至20世纪80年代,诗歌作者渐成群体。20世纪90年代以来尤其是进入21世纪,台州诗歌更以集团军的形象崛起于中国诗坛,产生强悍的冲击力,台州也逐渐成为浙江这个文化大省中的"诗歌重镇"。

20世纪90年代以来,台州诗歌在城乡到处扎根、生长。以江一郎为代表的台州诗歌群体近年来在《诗刊》《星星》等全国、省级文学刊物上频频亮相,使台州诗歌在浙江乃至全国成为一道亮丽的风景线。涌现出了一批优秀诗人,很多诗作入选《21世纪中国文学大系——2002年诗歌》、《70年后诗歌》、"中国诗歌排行榜"等。

如果说台州有新诗传统,那么,薪火应该是由他们传承的。洪迪,既是学者,又是诗人兼诗歌评论家,著有诗集《雨后新叶》和诗学理论专著《大诗歌理念和创造诗美学》《诗学》等。蔡庆生成名于半个世纪以前,是台州新诗的倡导者。梁雄,既是文化官员,又是台州诗歌的积极推动者和实践者,夏矛热衷于儿童诗创作,开启当代台州儿童文学写作先河。

江一郎是近年来台州诗坛的领军人物。其诗根植乡土,乡村是他的生命之根,也是他的精神家园。从乡村语境出发,他更多关注那些"大地上命若草根的人"(《晚风啊》)的弱势处境,书写被挤压者、被损毁者的生存状况和命运,因此,他的字里行间充盈着一种悲悯情怀和忧患意识,以及一种难言的疼痛之感。

杨邪,被誉为出生在中国20世纪70年代的代表诗人。十多年来,杨邪写下了众多优秀诗歌,在他的诗中,读者惊异于他对诗意的挖掘,他对事物有着独特的剖析能力以及敏锐和天才般的进入方式。杨邪的诗歌有具体而生动的细节,善于以叙述来代替传统的抒情,风格自成一派。诗歌《旧》入选"2017年中国诗歌排行榜"。

伤水是个被低估的诗人。2001年开始,他不再沉默,作为海岛之人,他在构筑属于自己的诗歌世界,诗人具备海的激情、山的沉稳、人的睿智,能直面当下。在诗意的表述中灵动而精确,他的诗境高洁、冷峻,激情四射,诗人、评论家洪迪认为伤水"属于中国先锋诗歌,且是其中的佼佼者"。

柯健君的诗歌语言朴素、自然,善于在舒缓的叙述中表达内心情感。他对待诗歌的态度犹如对待生活的态度,始终保持一种热爱与感激。

方石英的诗歌有着江南水乡特有的温润与柔性,为台州这块土地营造了灵动的心绪和浪漫的氛围,同时他有着充沛的激情,在驾驭语言方面,显示其独特的表达方式,也以独到的审美视角,关注弱小的心灵。丰富的细节,丰沛的情感,忧郁和狂热交替的气息,为他赢得如"华文青年诗人奖"等诸多荣誉。

若以整个中国诗坛和文化格局来分析台州现状,尽管台州远离文化中心,但台州诗人远离浮躁,生活在真正的民间,他们的诗歌普遍具备一种草根性,关注民生,关注生活,像原野上自然生长的植物,呈现出原生态的特点。而这些,往往是大城市里诗人所缺乏的,这也许正是台州诗歌引人注目的原因。

(三)山花烂漫、幽香宜人的散文创作

过去台州作家在散文创作上不太为外人所称道,当越来越多的新作在《人民日报》《散文》《散文百家》《文艺报》等刊登后,台州的散文创作犹如花开深山幽香宜人。近年来出现了一批散文作家,以《人民日报》《人民日报·海外版》为园地,发表了20多篇散文,影响逐渐扩大。王寒、翁赋、张瑞斌、刘从进、李蓁枝、孙敏瑛、胡明刚、张文志、李鸿等的一批作品还在《中华散文》《散文》《散文百家》等杂志上发表,使得散文作者群体进一步扩容,取得了不俗成绩。其中李蓁枝的《昨日来信》入选《2004年文学中国》《2004年我最喜爱的中国散文100篇》。

刘从进有着浓厚的乡愁情结,坚持乡土写作,散文语言优美、哲学情怀浓郁,他把任何人都无法逃离的故乡情结写进散文中。

周天勇、范伟锋以乡土视角描写魂牵梦萦的不舍乡愁,继续立足仙居、天台山水人文,以朴素的语言抒发对乡野的无比向往和对绿水青山的无比热爱。

金岳清还出版长篇散文《呼愁》,体现亲情的永恒指向和作家的终极关怀,好评如潮。

四、地域文化——台州文学品格的构成

台州拥有和其他地域不同的自我特征,三面环山,一面临海的半封闭结

构构成独特的地理风貌,在几千年的发展进程中,形成了"山的硬气、水的灵气、海的大气、人的和气",这种台州人文精神对作家的影响深远,台州文学元素已经深深植入了台州人的记忆和心灵之中,慢慢形成了一种具有明显地域特色的台州文学品格。

(一)"硬气"与"和气":地域文化特点

台州文化传承于古越文化,发展历史可上溯至1万年前的下汤文化,并与中原、闽越文化合流,历史文化底蕴厚重;台州处于山海之间,滨海的"八山一水一分田"的山川地貌构成独特的文化地理环境,融合而成多元文化的共同体,兼有山的浑厚、水的灵秀、海的恢宏、地的博大、人的和谐,拥有大山的挺拔与伟岸和大海的深邃与丰饶,乃至山的刚劲与纯朴、海的宽容与开放、人的包容与和谐。台州文化融合了山民的彪悍和直白、海客的冒险和豪放以及两者兼融的淳厚与博大,形成了一种独特的相对自成体系的山海文化现象。

一方面,鲁迅先生所称誉的"台州式硬气"是对台州人秉性与气质的一种概括性评价,这种"硬气"指的就是台州人富有的一种坚韧不屈、吃苦拼搏的精神。"台州式硬气"的形成与台州文化息息相关,徐三见称"台州称山海之地,存朴茂之风,自宋以降,民唯耕农是尚,人重节义,节操刚烈,勇往直前,风气所致,至今犹然"。《赤城新志》称:"宋亡于元,缙绅先生往往窜匿山谷,或服衰麻终其身,或恸哭荒郊断陇间,如丧考妣。其民皆结垒自相战守,力尽则阖门就死而不辞。"说的是台州人的刚烈和视死如归。明朝覆灭,反清复明活动前赴后继,在台州各地持续数十年,重气节、崇传统的理念在民间生生不息,认理而不计利,知其不可为而为之。台州文化塑造了他们的气节,孕育了刚烈不屈、崇尚气节的文化精神。在台州,硬气是一种精神内化,其形成也得益于上下文化贯通后形成的独一份的气质。从古到今,它应该属于台州这一地域范围内古今人物的群体"画像"。

另一方面,和合文化又塑造了台州文化和实生物、兼容创新的特点。台州从唐代开始民间就流传能日行千里、可以给家人带来团聚希望的万回是"和合之神",后来逐渐演变成一种信俗。寒山拾得出现后,其友情为人间团结友爱、不离不弃精神提供了一个鲜活样本,所以台州民间喜欢寒山拾得的喜乐和合。在明代成化年间,瓷器上出现"和合二仙"字,"和合二仙"开始流传。清朝时和合文化代表人物寒山拾得被雍正敕封为"和合二圣",和合文化上升为国家文化,成为国家意志,进而影响全中国。万事讲和合就是文化。在社会讲和合的环境下,逃难到台州的南北难民,更容易融入台州这块大地。台州处于南北文化的交会点,南北文化在台州适应、同化(或异化)、交融,经台州人民的创造性发挥后形成新的文化,内生为台州特有的精神品质。天台山和合文化,成为中国和合文化的三大源头之一。顺时达变,开拓进取、包容创新,强调润泽万家,形成"天人合一,万物一体"的整体和谐精神,这就是今人所称誉的"台州式和气"。

对于生于斯长于斯的台州作家来说,台州式的"硬气"与"和气",作为两大文化精髓,早已浸润融入他们的人生品格和文化品格里,进而更深层次地影响着他们的创作实践。中华人民共和国成立七十多年来,台州文学秉承"台州硬气"与"台州和气"两大文化基因,不断探索,不断追求,形成了独具特色的地域文学传统。

(二)本土性:地域文化的表征

台州文学注重乡土风物的描绘和地域景观的展现,包含着浓郁深厚的乡情与鲜明的地方色彩,这些几乎成了台州文学的特质。如叶文玲以故乡玉环楚门为背景的"长塘镇"、钱国丹笔下的"郑家湾"和郑九蝉笔下的"十里长街",既"含纳了世俗的风风雨雨,又拥裹着作家的理想情怀,成为作家们苦苦构筑的理想家园和灵魂的终极寓所"。

台州作家的作品较多地反映了台州的民风与民性。农业文明是一种很大程度上的自然文明,它依靠的是人与土地的交换,因此,家族的重要性尤为突出。表现在台州民性中,更多的是宗族之争的"械斗",这既与农业社会中聚族而居的生存状况有关,同时也与台州民性中的"多山民气"有关。一方面,民风卓苦勤劳、坚忍不拔,是种族延续的根本;另一方面,"民性有山岳气"既表现着吃苦耐劳的坚毅,也反映出封闭状态下宗族观念的信仰。郑九蝉的《树说百年》以时间为经,事件为纬,以一个登陆路桥的徐氏家族为叙事中心,通过人树对话的方式,讲述百年徐氏家族与路桥的历史进程和徐氏家族的奋斗、挣扎、抗争,反映出水乡路桥一百年间的巨变。

写地域文化是为了写出一种地域精神。台州文学不仅在自然景观和人文景观方面表现台州,而且风声习气、歌谣礼俗等方面都打上了深刻的地方烙印,最重要的是,很多作品的人物性格中都已渗透了台州文化的精髓。譬如郑九蝉笔下的主人公大多出身于山野,苍翠巍峨的高山、茂密挺拔的树林、湍急涌动的河流等,无处不蕴藏着蓬勃的生命力,这是一种活脱脱的原始的野性的力量。山野林间蓬勃的野性和旺盛的生命力,成为台州农民的生命力的象征。《将军望》是英雄主义的悲剧,关光明——一个重诺轻生、铁骨柔肠、豪气冲天、肝胆照人的将军,年轻时,他对待命运,杀伐决断,挥斥方遒,大刀阔斧地拼杀,昂首阔步地前进,充满了传奇色彩;与此形成强烈反差的是,他在后半生恶劣的生存环境中委曲求全,为良知沉默,与尊严告别,弯而不曲,直至凄然而死。他的英雄乐章以悲剧性结局戛然而止。或许,这种台州式硬气,也使历史和文化带上了一种深沉的悲剧意识。

明朝名儒方孝孺与现代散文作家陆蠡,就是这一人格理想的典范。"究其实质,即是崇尚气节,为认定的做人原则,坚持到底,正气浩然,至死不屈。"这一正气具有一种"咬定青山不放松"的执着,毫无通融妥协的余地,虽九死而不悔,亦不惜将整个鲜活的生命抵押其上,以酿造出一片至圣至洁的辉煌。在喧嚣浮夸的今天,这一人格理想尤其具有一种罕见的振聋发聩的功能。

这种"硬气",在钱国丹的小说《快乐老家》里表现得很突出。小说中,身为副省长的廖明远借"五一"假期回乡省亲之际,意外地发现了他原来的部下、如今的县长莫世风大搞形象工程,甚至鱼肉百姓。于是,他不顾一切地内查外调,在安贫扶弱的过程中,巧妙地铲除了为害一方的贪官莫世风。在具体的叙述过程中,廖明远内心的焦灼和挣扎,以及那种近乎执拗的正义感和"台州式的硬气",让人颇为震撼。

(三)生命思考:地域文化的内涵

或许对于一个人来说,他的所爱,就是他生命的全部意义;敢于冲破世俗的束缚,勇敢地做自己,人的一生就无比精彩。

为了突出人的生存意识,台州作家都有意淡化了社会政治背景,而将它们当作孕育一个个苦难的生存环境。如郑九蝉的《将军望》,小说真实记录一位国民党将军的悲喜人生,描绘了跨越大半个世纪的政治风云。他从山里草民成长为国军上将,从北伐战争走到解放战场,前后几个妻子的背叛、战场上的溃败、"文革"中的非人折磨没有打倒他,却在耄耋之年死在了自己当医生的女儿手上,命运将他玩弄于股掌,他却从未停止抗争。"灵旗飘飘征夫泪,落木萧萧大战场",功名荣华一场笑梦,直让灵魂战栗。在小说中关光明的英雄主义也一步步走向激越,这是个体生命在战争的威胁中生发出来的本能的人性。

无论是背井离乡的打工者、工匠、艺人，还是寡妇、弃妇、村姑，虽身份地位各异，但都是出身底层的人物，过着暗淡无光的生活，等待的是凄惨哀痛的悲剧命运，但"在苦难里平静地生活，并活出生命应有的尊严来，这是钱国丹小说的魅力之所在"（洪治纲语）。实际上她在书写中国女性生存背后的顽强与不屈。她善于刻画女性人物形象，笔下的主人公几乎个个形貌美丽动人，但她们光鲜形象的背后却各自有着不为人知的坎坷和挣扎。作家从细节入手，对命运多舛的女性进行深刻又可信的描述，那娓娓道来的故事情节，常常牵引着读者一口气读完为止：比如，善良到为一个养女付出生命的郑青禾；比如，将超生的女儿移花接木给堂妹却落得竹篮打水一场空的郑鹂歌；在洗脚房打工，却能守身如玉的苗凤竹；身在异乡、借贷无门、奔波在医院和宿舍路上又夜遇色狼的宋紫英；又比如，因洁癖导致丈夫出轨，又错将丈夫私生女收留而引狼入室的何岑洁；又比如能连续工作一百个小时不休息的灰灰……作家让她们在滚滚红尘里起伏沉浮、百折不挠，又一步一步地将她们锻造成伟大而又平凡的母亲，真正地写出了中国女性的光辉和伟大。

金岳清的《呼愁》通过记述父亲因病生命迟暮而为父亲求医时辗转于台州—上海而遭遇的困窘，对此进行生命及存在的探索及哲学思考，既含蓄而又较为直白地表露对世道人心、人情冷暖的细微体察，也表现了对当下热门话题"看病难"的直接告白。他在书写看病这种最为熟知的日常生活时，对其中包含的人际关系微妙、情绪的起伏跌宕以及对情感的放纵宽容，表达了他对于人的精神与情感等"形而上"领域的某种深刻思考和诗意眷恋。

江一郎的诗歌善于从平凡中发掘生命的诗意。《母亲》是值得珍视的一首诗，诗人将久病在床的母亲抱去晒太阳，"她闭着眼睛，脸上/漾动幸福的光影"；而这时的母亲，却轻得像"一条旧床单"，走出户外，春阳暖人，"可我害怕，一阵风过来，她真的像一条旧床单，被轻轻吹走"。在诗人不动声色的诉说中，诗人触及了人性中最柔软的部分。《老了》展现了诗人在人生暮年时却笑看人，叙说着永恒的爱情忠贞不老，"我们一生热爱土地/死了，就让我们的白骨/赤裸裸地搂着/一万年，还爱着"，在《蚂蚁》《怀念一个人》《雪为什么飘下来》等诗中，都蕴含了对生命的体验和思考。

台州文学70年是对传统文学的一种继承与延续，也是一种创新。台州文学是在不断地打破传统逐步走向现代化。要想让台州文学发扬光大，一是需要台州作家一如既往地将地方的精神特质充分展示出来。二是能够真实反映人民的生活与精神状况,体现社会发展的先进性。三是通过现代文学方式方法的运行,让人民精神及生活面貌以新的姿态升华出信仰。只有这样,台州文学才会青春永驻,才会走出区域,甚至跨出国门。

古今融通

——跨文化语境中金庸小说的当代意义①

当下，中国文化呈现出多极复杂现象，既有文化自负、自信，也有文化的自卑、反叛，抑或多种文化形态复杂共存。西方文化的大肆入侵和传统文化衰落的文化事实正在不断考问着我们对待本土文化的思想和态度。这就引出当今中国文化存在的关键问题——在传统文化的传承与变革中应当如何理性、成熟地看待西方文化，展示对西方文化的"拿来"策略与反侵略意志。通过阅读金庸小说我们可以思考这些问题并且做出回答，从而展现跨文化语境中金庸小说的艺术转型和当代意义。

一、竞争·反叛·自卑——中国文化的当代问题

从美学价值、道德规范、伦理教化、政治实践的角度看，文化的许多层面具有经典性、规范化和示范性作用，社会要求其成员按照文化的示范性、主导性的基本模式从事一系列社会活动，这些活动产生了不同的社会效果，由此产生了文化等级。② 社会秩序、社会伦理和国际政治经济格局就是文化等

---

① 该文为《文化的传承与变革——跨文化语境中金庸小说的转型研究》一书的序。周仲强：《文化的传承与变革——跨文化语境中金庸小说的转型研究》，浙江大学出版社 2013 年版。

② 文化的等级现象很复杂，一般理论认为，文化无所谓好与坏，但文化前面的诸多修饰语，如腐朽，高尚；传统，现代；专制，民主；地域，民族；社会主义，资本主义；红色，强盗；农耕，工业；主导，从属等，显示文化优劣和等级的存在。在目前这个世界大格局中，西方国家依旧是第一等级，以美、英、法、德、意为首，泛西方国家为第二等级，如其他西欧国家，东亚以日、韩为主，而其他国家在第一等级的眼里都是第三等级，比如中国、俄罗斯。在一个以西化为中心的文化世界里，西方文明成为核心，从而产生了各种为其服务的概念、观点、理论，共同形成一种西方价值观、伦理观、哲学体系，离核心越远则其等级越低，高等级的越有优越感，低等级的越自卑。这种文化的等级性主要来自以往的国际政治经济格局。

级成立的理由。如果默认这种文化等级，那就只剩下两种活动形式——模仿与竞争。文化模仿是文化创造的"影子的影子"，更多的是来自文化自负，一种文化的保守主义，如果只是模仿、复制或粘贴，那是完不成国家或个人文化建构的。如果把它上升到国家层面，文化竞争就是试图让本国的文化实践活动成为一种新的示范性文化，一种普适性的文化价值规范，就如同学界高度认可的一个文化话题——有朝一日如果世界真的实现大同，那么，真正能领导世界，能够全面管理和有效统治全球的文化，中国的儒家文化应排在第一位。从个体角度看，如果不认可社会认同的经典性、示范性和主导性的文化，而是要创造一种反主流、个性化文化，那就形成所谓的文化反叛。文化反叛从来就面临着巨大的压力，法律的、政治的、道德的、社会规范、舆论、习惯及自我惩罚等，构成一股超强的力量，如果一个人想超越这些框范，势必会打破旧有的文化格局，这是文化势力所不能容忍的，这时候，我们就可以感觉到，平常温文尔雅的文化，会突然变得异常强硬起来，可能针对某人某事不依不饶，并可进一步强行控制其他人的行为，这就是文化的意识形态特征。这种"意识形态"通过国家机器进行强制和打压或无形的宣传、教化和诱导方式，也就是规范性、强制性或诱导性地将一种经统治者认可的文化作为规范个人行为、实践的准则，织成法律的、道德的、伦理的文化网络，逐步规范人的社会实践并使之同质化、秩序化，就像花园里只能生长适量花木而不能长杂草一样。能与之抵抗，于惊涛骇浪中劈波前进的只是少数。①

同时，我们也注意到，比文化反叛更为常见的是文化自卑，在经典的文化模式前自卑，产生的结果是抛却传统成为历史虚无主义。历史发展到当代中国，作为一种创造性实践的文化活动，在经济大潮和消费主义裹挟下，在西方文化和价值理念肆意侵略下，已经渐渐退化为一种压抑的力量，成为一种新的桎梏、一种精神和文化遮蔽。在此语境下，中国文化的主体性受到严重削弱，"文化主体性的失落，也就意味着这一国家历史的中断、民族精神和传统的丧失"②。中国人民慢慢丧失了对本土文化的信心，转而崇拜其他民族文化，特别是西方文化。一种民族文化的崇拜感失落或遭受轻视，这对

---

①　意识形态的特征很复杂，不单单是控制与反控制之间的纷争。从另一角度观察，任何意识形态或多或少都带有乌托邦色彩，较负面的看法是，现实永远是枯萎苦涩，再怎么粉饰、打扮也无法取得大众认同。意识形态欲行之有效，必定许愿一片精神和物质的乐土。

②　引自《文化交流与文化主体意识》（北京论坛），《人民日报》（海外版），2004 年 08 月 25 日第 6 版。

于塑造民族文化精神品格有着强大的反面牵引作用,产生的后果将无法估量。龚自珍曾说:"欲灭人之国,必先灭其史。"所谓"灭其史"就是灭掉它的文化。西方文化正以前所未有的速度和力量入侵中国,其目的就是击垮我们的文化。当代中国正面临着这样的困境,所以才有了中国当代文化建设上"弘扬民族文化,抵制西方文化的侵略"的倡导话语产生。在 2011 年 10 月 18 日发布的《中共中央关于深化文化体制改革 推动社会主义文化大发展大繁荣若干重大问题的决定》里,提炼价值观、建立文化强国的焦灼与迫切之情,更是见诸字里行间,显示其重建一种新的中国文化的迫切性。因此,文化自卑的结果只能导致一种粘贴性人格,甚至是被动复制人格产生,不能成为一种充满活力的崭新人格,结果是民族文化意志的衰落、人的创造性的逐渐退化或丧失。张柠认为:文化自负、反叛和自卑,"都不可能指向纯粹的文化自身,而是指向确立文化等级制度的外部社会现实,抵抗或者屈从"①。可以这样认为,我们目前所面对的不是一种纯粹的文化传统或创造性的文化实践,可能是一种融合传统和当代思想的新的文化,有时候甚至是一种反传统文化的思想实践,一种文化上的侵略与反侵略的策略和意志。弘扬中国传统文化(中国文化的根),理性、成熟地看待西方文化是中国文化自信的重要方面,这是中国当代文化的一大关键问题。

二、传承·变革·创新——当代文化问题的表达

金庸的十五部武侠小说,就隐然预示文化发展的图景,试图表达出当代文化这一关键问题。金庸小说不是一种纯粹性的文化创造,而是夹杂着无数复杂的因素,历史的、现实的、商业的、政治的、个体的等因素在他小说中杂糅在一起,既是对传统文化的传承,又是对传统文化做出的变革和创新,甚至是一种否定和反叛,构成一种多元的文化奇观。小说中既有曲折书写并宣泄着乱世情结所深藏的焦灼和不安,又有洞察殖民和背井离乡背景下华人普遍的社会文化心理特征,还基于现实政治和商业化的考量,使得它们构成一个纷繁交错的生活空间、社会空间、政治空间,以及爱恨交织的情感世界。各种空间以江湖的身份缓缓展开,自成一体,形成陈墨所认为的"生活在第二世界"、华罗庚所言的"成年人的童话",以及陈平原所指出的"被拯救心理的释放"。金庸自己所说的"有一点人生哲理或个人的思想,表现一

---

① 张柠:《文化实践、符号等级和文化研究》,《文艺研究》,2005 年第 3 期。

些自己对社会的看法",是借小说塑造了另一个新社会本身,实现了阅读的古今融通,所以金庸小说在现实文化语境的意义在于,作为一种经过创新的文化形态,越来越得到张扬与认可,他们在由生产价值、政治价值、社会管理价值和纯粹美学价值构成的符号体系之外,形成自己独特的符号世界——金庸的侠义观和文化认同:重新诠释传统的英雄、侠义观念,赋予其现代性内涵,全面吸收传统文化的精华,融合当代中西方文化的精华,对传统文化做出现代变革和创新,其中包含批判和否定。虽然金庸作为精英知识分子对文化符号的解释和评价思路在很大程度上还停留在传统文化思维的桎梏之中,但他在解除精英文化—通俗文化和善恶二元对立的思维和实践上,在弘扬传统文化并对之进行变革创新的实践上,在对西方文化的借鉴和运用上功不可没。于是乎,金庸小说以俗至雅,终于得到学界的普遍认同,今后或许会成为一种经典、一个坐标。在人物塑造上打破非善即恶、非恶即善的对立状态,区分了正邪势同水火的传统代际与边界;譬如亦正亦邪的黄药师凭空降临,"君子剑"岳不群扯下面罩直面人生,杨过苦候16年终于抱得美人归,与小龙女成为神雕侠侣等;在人性刻画上,彰显人性的现代精神和价值,如狄云厌倦了对金银财宝的贪婪,转而追求自己心中所爱,乔峰厌倦了江湖的暴力和不能忍受的人生孤独而自杀,段誉厌倦了杀人的武学和江湖的诡诈而乖乖做皇帝,令狐冲厌倦了对权力的膜拜与痴迷携任盈盈归隐西湖梅庄在追求人性自由中"笑傲江湖"等。逃避于时代主题和宏大叙事的结构和表述空间,成为试图超越历史、民族、国家的一种存在,作为历史的旁观者和局外人,他们最终选择的是人性的超脱和自由。

在金庸小说中,作者对传统文化及其历史的研究,既有对统治性符号的系统解读,亦即通常所说的帝王将相、社会政治、护国卫国、才子佳人的文化及其历史的重新表述,更有对"野史"的审视和录用。通俗文化向来不登大雅之堂,古代著名小说《水浒传》已可称是俗文学的奇迹了。而金庸创造了通俗文学的第二次光辉,使得通俗文学获得当代全球华人的关注,从读者的多层次、跨国界及庞大的阅读群看,金庸小说比《水浒传》获得更大成功,也许会逐渐演变成"前不见古人,后不见来者"的绝世景观。除了参照"正史"勾画小说情节外,金庸小说很多层面上涉及"野史"。"野史"作为一种特殊文化符号体系,其中无疑有许多文化尚未得到研究和尚未触及的材料,这是一种摆脱单纯的政治学、社会学、美学和伦理学的研究思路,从而为文化研究的社会学方法、民族志和地方志方法提供资源并开辟新的研究理路。对那些被压抑的文化形态的意义呈现和价值显现，具有相当重要的推进作用。

更能引发读者思考的是，金庸的武侠小说借助通俗小说这种"古代形式"的大规模创作，其实是对现实社会、当代境遇、现代心态和人类情感的重新书写。借助于复杂错乱的时序、大开大合的思维实践、汪洋恣肆的语言、现代性主题的表达、心理需求的情节确立、古代人物的装束与品格，掺和着当代人的孤独、迷茫、焦灼与渴望，构建出一个乌托邦式的畅想型、怀旧式的侠义世界，满足现代人的社会文化心理需求，从而达到古今渗合。其实文学是复杂的，不单是创造出一个新世界那么简单，而是多重因素叠加的结果。韦勒克认为："一部文学作品，不是一件简单的东西，而是交织着多层意义和关系的一个极其复杂的组合体。"①韦勒克关注的是组成文学作品的文学要素，既有文学内部固有的诸如主题、情节、结构、想象、虚构、审美和文学语言自身的奇特性包括音韵、节奏、修辞、空白、期待等，也有涵盖更广的文化意义，亦即文化的"话语霸权"或文化的"意识形态化"。张柠认为："大众文化实践的能动性，也就是为各种文化实践和符号生产争取表演的舞台，争夺话语权或者文化领导权。"②

金庸花了几十年的时间对他的作品进行三次大规模的修改，其目的就是争夺文化的话语权和话语制高点。随着武侠小说的极度畅销，金庸声名日隆，他一改为《明报》销量而写作的初衷，转而为小说能否名存千古而写作，因为武侠小说不能为历史叙说历史，只能为虚拟的世界增添色彩。所以他笔下的武侠世界已经不等同于匈牙利著名的哲学家和文学批评家卢卡奇所美化的荷马式的"古希腊史诗世界"，即那个葆有"古代完整文明"的人们向往的世界，而是一个分分合合、多灾多难、动荡不安、近乎破碎的世界，在这种关乎当代世界悲伤或惨痛现实的戏剧化、诙谐化、陌生化又有着熟悉感的表述中，我们能够辨认出现实社会和心理所存在的问题。金庸通过小说叙事、主题表达和运用的讽刺策略，达成一种亦庄亦谐的文化认同与批判。这里面有着对现代中国社会的全景式的认知和再现，以及中国传统文化的深刻理解和运用，更有现代性的植入与展示，为阅读者提供阅读背景和阅读需求的一切可能，完整地展现小说的当代文化意义。我们可以在阅读中体会和把握作者对现代社会问题的思考，可以感受现代情感的生生死死，可以

---

① ［美］雷·韦勒克、奥·沃伦：《文学理论》，生活·读书·新知三联书店 1984 年版，第 16 页。
② 张柠：《中国当代文学与文化研究》，北京师范大学出版社 2008 年版，第 5 页。

认知传统文化的传承与现代变革,可以认同作者对传统文化所做的批判和否定,更可以展示对西方文化的"拿来"策略。

作为一种类型化的作品,自有它存在的意义和价值,武侠小说本身给阅读者提供了一种逃避现实的空间,而求得心理和精神上的一种慰藉,在这种空间中凸显的是对于传统文化、伦理、江湖道义、侠义精神的回归与怀旧。

三、古今融通——文化审视与录用

金庸学贯中西、汇通古今的学问修养,势必使他在小说创作中面临一个并不深奥,但又很难回答的问题:在真实的历史进程中如何对待传统文化。中国文化延及当代,儒家及其正统思想已日趋没落、解体,在这一事实基础上,他的侠义英雄故事如何与历史真实和现实存在取得一致意见?早期他的《书剑恩仇录》《射雕英雄传》的着力点在于儒家文化:"道之所在,虽千万人吾往矣。"(《孟子·公孙丑上》)"民为重,社稷次之,君为轻。"(《孟子·梁惠王上》)"保天下者,匹夫之贱与有责焉耳矣"(《日知录·开始》)。郭靖一生好像就是为实践这些儒家的理想而活。郭靖既不是朝廷命官,也不是武林领袖,以一介武林大侠的身份带领一众英雄坚守襄阳,最后随着襄阳城破而殒命,完成江湖中无人能企及的实践高度。然而儒家积极入世的民本主义思想和仁义道德观念只是个人与他所属的民族共同体之间的道德责任,并不曾要求一个普通的武林人士为外族的入侵和御侮而承担道义责任。就这一点来说,《天龙八部》中的乔峰则面对了比郭靖等人更为艰难的选择。学者何平曾认为,"只有曾经支撑着中国传统政治结构的儒家才能支撑起金庸笔下腥风血雨的多难江湖"。江湖多难,才需要更多大侠和英雄救世,儒家仁义道德的至高标准——"为国为民,侠之大者"也就成为衡量英雄的标杆。但光靠儒侠不能撑起人类的全部心理天空,社会中,即使江湖中这样的机遇和英雄也是凤毛麟角,人们可能更关注造型别致的英雄形象,所以在金庸后期的代表作中,金庸对文化做了相应的选择:《天龙八部》的用佛理解释贪嗔痴怨怒,并对宿命文化进行了文学的理解;《笑傲江湖》在弘扬道学的同时张扬人性的自由;《鹿鼎记》却借鉴西方小说的理念以"拿来主义"①的方法完成韦小宝的塑造。可以看出,金庸已经向传统文化多层面、多角度汲取营

----

① 鲁迅先生在《拿来主义》中认为对待西方文化应当"运用脑髓,放出眼光,自己来拿",是为"拿来主义"。

养,甚至把触角伸向西方文化,表明后期的金庸在思想表述上已经走出"中国传统政治结构的儒家"影响,偏向于对儒家文化之外的文化思想的吸纳和应用,并以此作为对武侠小说思考的最终成果,其封笔之作《鹿鼎记》选择借鉴西方文化来印照武侠小说的主题、情节和人物设置绝非偶然,学者何平在认真研究金庸小说对传统文化的传承和变革后,指出:"《鹿鼎记》对儒家正统、英雄道义的沉痛检讨是凝聚着时代精神的反省,或者可以说是一种外缘性的批判。"[①]韦小宝这个平民英雄的出现,预示侠义英雄尽成前朝故事,也预示着武侠小说的不可递延性。但在文化的审视和录用上,以传统文化为根,古今中外,都成为金庸小说共同的资源,他向我们展示了一种民族文化的自信,共同组成金庸小说在现实文化语境中的意义。

四、沉寂·相忘——现实文化语境中武侠小说的衰落

在阅读中,我们可以更进一步思考,为什么金庸之后武侠小说会走向衰落? 基于文化的自卑、反叛和自信的角度思考,有以下几点值得注意:

塑造英雄侠客形象的传统文化资源已经枯竭。传统文化意义上的英雄类型塑造在经过 1000 多年的写作实践中已得到充分挖掘,作为创新的可用资源已不多。金庸尝试着英雄类型的创新探索,试图让更多类型的人物进入侠义英雄行列,身份显赫的如陈家洛、袁承志;家道衰败的如郭靖;平民孤儿如令狐冲;败类之后人如杨过;武林大豪如乔峰,直至街头混混、无赖韦小宝都挤进英雄榜。特别是韦小宝,已经是借鉴了西方小说的理念完成其对传统文化侠客类型的新思考,这种"中外合作"式产生的人物,是造成《鹿鼎记》毁誉参半的重要原因。如果再继续探索新人物类型产生,或者梦想能不断更新英雄榜上人物,金庸自己也认为江郎才尽再无创新能力要步入失败的圈影。韦小宝已是武侠英雄的特例,是穷人发达、少年得志的典型,是平民式英雄的典范,亦即是金庸对"英雄"重新思考的终极成果。在武侠小说发展史可算是"念天地之悠悠"了,这已经超出了传统文化的理念。一个作家总不能随心所欲地毫无由头地将一个恶棍或民族败类之流经幻化再转而成为一个英雄模板,这不符合久淀的民族欣赏习惯。孔子曰:"过犹不及。"在武侠小说中,失去传统文化认同的英雄脸孔,是得不到大众认可的,也就没有存在的价值。韦小宝后,金庸找不到能够支撑起英雄理念的文化资源,

---

① 何平:《侠义英雄的荣与衰——金庸武侠小说的文化解述》,《读书》,1991 年第 4 期。

他只好搁笔。

不单如此,金庸小说中改造了江湖文化,使得传统武侠江湖消失于我们的阅读视线。江湖与现实合二为一充满了政治隐喻,江湖与现实边界变得模糊不清不分彼此,原本经典、普适的江湖文化经改造后似乎成为某种政治或人生理念挥洒的场域。它不再具有传统意义上的江湖性质,小说中的江湖经金庸改造后已不再是相对于现实世界的"第二世界"。固有的文化形态一旦被打破,要么以文化反叛姿态展现一种新的文化形式,要么是原有文化的经典性状况逐渐覆灭。金庸无力创造更具个性色彩的又具有普适性的江湖文化,只好封笔谢绝江湖。由此,侠客活动开始失去了空间,没有了江湖也就没有了侠客。侠客如果生活在另类的世界里,武侠小说存在的意义又如何? 武侠小说理所当然地走向没落。所以,读者在结庐江湖的同时,又只能相忘于江湖。

而在叙事模式结构上,金庸也无法突破唐传奇以来 1000 多年形成的"分久必合,合久必分"江湖叙事形态。多年探索的最终成果——把全景式的皇宫生活和争斗植入江湖文化,展示作者构思上一次重大突破,但在叙事上依然无法摆脱"纷扰—平静"模式。随着天地会英雄陈近南的失败,韦小宝的归隐同样非常明显地昭示江湖已从纷乱走向平静,江湖仍然是合久必分,分久必合。正邪双方亦因此化干戈为玉帛。如日中天的黑白两道人物都化为古人,江湖亦不复得见曾经辉煌的历史故事流传,终使武林暂时恢复安宁。金庸始终无法超越武侠小说叙事固态,一切努力终将化为乌有。

武侠小说流行的社会文化心理基础已经悄然生变。20 世纪中晚期无论是政治活动频仍的六七十年代,还是改革开放初期,伴随着经济落后的是文化上的弱势,文化弱势导致国家民族地位弱化,全球华人在弱势中渴望被拯救的心理需求便显得紧迫,张扬被拯救主题的武侠小说在这种社会文化心理基础上得以流行。21 世纪,经过几十年经济的超常规发展后,国力的强大伴随人的主体意识逐渐苏醒并确立,被拯救的欲望逐渐被个性及人格魅力的张扬和渴求国家文化的强势所取代。在此文化语境下,武侠小说渐次被读者遗忘,符合新的社会文化心理需求的军旅文学(包括影视)开始大流行,2005—2006 年到达鼎盛就是一个显证。

金庸创造了一个时代,成为一种标志,但同时形成了一种遮蔽,让人高山仰止。后金庸时代的卧龙生、诸葛青云、温瑞安、萧逸、聂云岚等作家虽然从金庸小说汲取营养,但已经无法赶超,只能仰望高山,感慨生不逢时。即使后来武魔、玄幻小说(韩云波命名为"大陆新武侠")一度崛起,但与金庸时代的壮观已经不可同日而语。但金庸毕竟无法超越自己,他在深刻地审视自我后,放下如椽之笔,留给读者更多的"空白"(伊瑟尔)和"视野期待"(姚斯)。这是金庸的绝顶聪明之处。

在当今浮躁的社会里,没有人能静下心来长时期思考一个问题,亦即短时期内可能不会出现才如金庸之人,在出不了大师的年代里我们只好感慨系之,终将惜别挚爱的武侠小说。

金庸的研究资料广而博,在这汗牛充栋的评论中,我不想或许也无能力全面系统评价金庸的得与失、功与过,我仅凭对金庸和阅读的喜爱,以接受美学为基本理论支持,从跨文化语境入手,紧扣文化创新,多角度、多层面立体地透视和把握金庸武侠小说艺术转型,在阅读中接受和感悟小说中蕴含的传统文化和道德内涵。对金庸小说传统文化的传承和现代变革做一点小小的告白,实现了阅读的古今融通。并对小说提供的文化现象进行有破有立的现代解读,突出中国文化精神,确立金庸小说的当代意义和文化价值。

我想通过这种努力来继续从事我喜欢的阅读选择。歌德说得好,凡是值得思考的事情无不是已被人们思考过的,我们所能做的,仅仅是重新思考而已。换言之,"也许一切都已经有人说过了,只是还需要理解"①。在阅读过程中对金庸及其小说的几个横断面不断进行重新思考和理解,他的成功或是他的不足。通过文学展示文化的方式,能让世界对中国少一些误解,多一些真切、生动的感知。当前,随着国家的强大和在国际上地位的提高,弘扬中国传统文化,抵制西方文化的侵略,具有很重要的当代意义。而金庸小说正是对中国传统文化的维护与弘扬。总之,金庸小说实现了古今融通,在现实文化语境中有其独到的价值和意义。

---

① [法]斯蓬维尔:《小爱大德》,吴岳添译,中央编译出版社1998年版,第246页。

诗性，山海氤氲的欲望表达①

民俗是什么，学界有多种解释，无论何种解释，都离不开生活，离不开人，而人就其本质来说，是文化的动物。文化是人创造的，是人类智慧的成果，而一旦创造出来，则会形成一种精神气候，一种社会环境，反过来影响人的观念、思维方式和行为方式。人类本是文化的创造者、主动者，这时却成了文化的熏陶者、被动者。法国著名社会学家埃米尔·涂尔干说："文化是我们身外的东西——它存在于个体之外，而又对个体施加着强制力量。"美国文化人类学家卡·伯恩-梅·伯恩夫妇在《文化的变异》一书中也曾说过："我们每个人都诞生于某种复杂的文化之中，它将对我们往后一生的生活和行为产生巨大的影响。"可见，凡是生活在社会中的人在不同层次、不同程度上，都可以说是有"文化"的人，是某种特定文化的载体。在人和环境这对矛盾中，人只有不断提高自己的"文化水平"从被动传承者成为自觉吸纳者，对"文化"具有清醒的认识和科学的判断，才能适应环境，同时又能改造环境，进入一种"从心所欲不逾矩"的人生境界。而了解掌握文化知识，创新传承文化传统，提高文化自信，正是通向这种境界的一条重要的途径。

两年前，我们集合了几位志同道合的民俗研究者，想一步到位，写作《台州民俗史》，在拟定框架时，发现我们手头掌握的资料严重不足，无法形成一个整体。台州民俗的史料典籍记载十分匮乏，专门性的民俗文化书籍只有当代叶泽诚主编的《台州民俗大观》和台州地区文物管委会主编的《台州民俗》，前者着力于介绍台州的诸多民俗，洋洋大观，是台州民俗的开山之作，但严格意义上讲它不是学术性著作，基本上没形成理论体系，后者只是123页的简读本，没有公开出版，是一种非系统化的民俗记录。古代专论台州民

---

① 该文为《台州民俗文化概论》一书的自序。周仲强：《台州民俗文化概论》，浙江大学出版社2022年版。

俗的有 2 本：一是最早涉及台州风俗的三国沈莹所作的《临海水土异物志》，虽书名与当时临海郡有关，但事实上是最早关于台湾民族、风物的文献记载，记录临海的风俗不多，只有"安家"一节阐述临海郡民俗。二是南朝孙诜的《临海记》，已经散佚，只留下 29 条佚文，佚文涉及最为明确的民俗内容是简单记载了台州的重阳赏菊风俗。古代台州没有产生诸如《荆楚岁时记》这样较为完整的习俗记载专著。在民国之前，民俗及其文化形态向来远离文人学者的视野，所见大多为散见于史籍的零星材料，形不成系统。因此，如果我们想查阅台州记载民俗内容的文献，只会找到一些零散的片段。假如根据这些片言只语就对各年代的民俗内容及形式做出划分与论断，那只能是据史推断或自圆其说，很多时候是缺少理论支撑的。特别是史前的台州民俗文化，那是空白地带，只能根据非常有限的考古资料进行推论，然后形成相对合理的结论。

所以退而求其次，我们准备写作《台州民俗文化概论》。"民俗文化概论"这一主题的确立，是本书迈出的第一步。这一步固然重要，但毕竟还处在"意念"阶段。进入写作阶段以后，我们越来越认识到，民俗文化确实是一个"复杂的总体"，是我们生活的总和，我们面对的却是一团"混沌"，剪不断，理还乱，恰似沉疴的病体，又"缺医少药"。外部可供参考的书籍也少，区域民俗史写作大概只到省一级层面，第一本可能还是唯一的一本据说是陈华文等著的《浙江民俗史》，于我们有一定的参考价值，而后无来者了。地市一级民俗史到目前还未现身。研究区域民俗的，如仲富兰《水清土润——江南民俗》，寿永民《越地民俗文化概论》等，宏观理论多，微观理论少，但其视野、方法为我们提供可视化的路径。仲富兰还写过《上海民俗——民俗文化视野下的上海日常生活》，这是一本微观的难得的区域民俗文化专著，有史、有相、有图，但可惜是上海的民俗。几年前，我们写过《诗性婚俗——台州"洞房经"的审美研究》《刘阮传说》《台州民俗》等，参编过《台州文化新论》，相比之下，有权威材料以资参考的台州区域"民俗文化"研究，在相当程度上还是一块"处女地"。要做"大成"式的梳理，就得靠自己来开垦，来耕耘，从别人没走过的地方走出路来。比如本书的框架，我们就曾提过多种方案，经过反复讨论修改，最后才决定用十一章提挈全书，力争能包容更广的层面。这十一章包括：台州民俗特点、衣食住行、生活习惯、岁时节俗、婚丧礼仪、地方戏曲、民俗艺术、和合生活、处世精神、世态百相、古风余韵与民俗创新等，较为全面、系统地展示台州民俗文化的多彩风姿，多角度、多层级地诠释其内涵及发展,也将作为台州民俗研究的代表性著作呈现给读者,促进地方文化研究。

然而,人世沧桑,淘尽多少往事,民俗有时毕竟是青山遮不住逝水,很多民俗老了、逝了,一如江南佳丽总是难免于"一朝春残红颜老"的命运,一如在滚滚红尘中的花果飘零,也仿佛是在前生就已签下的悲哀契约。一处破败不堪的庭院,也许就是旧时钟鸣鼎食的王谢人家,而山头上不起眼的一座小小坟墓,深埋的也许就是曾惊天动地的亘古先人。一方面是街头夜市小贩的叫卖声、高腔越调声声依旧,另一方面却是社戏、舞狮、秧歌、高跷、打鼓敲锣、赶大集等民俗文化清冷寡欢;一方面是清明时节的婆娑人群,墓前袅袅烟香依然如约而来,另一方面却是采莲、浣纱和晴耕雨读的人们早已"不知何处去";一方面是在春秋时序中的鲳鱼、鳓鱼、鲈鱼、带鱼和膏蟹仍在锅里"忙活",另一方面在夕阳之后却再也没有了夜唱蔡中郎的嗓音嘶哑的说书艺人。还有那良辰美景中的三台九明堂,风雨黄昏中的围炉夜话,高亢硬帮的台州乱弹,一方庭院中的悠然词调,以及在台州大地上所有曾鲜活过的一切有声、有形、有色、有味的事物。如果它们的存在不能上升到生活的诗性,那么还有什么东西更值得世人保存呢?

漫步在辽远、富饶的台州大地上,我们也总是会听到一种"快把我表现出来"的挚性请求。而这时,这种请求就像吹皱一潭春水,激起一阵涟漪,山海氤氲中潜藏在心底的欲望蒸腾上升,我们必须放弃诸多事体,先做这么一件事情。

所以,我们做了,还投入了极大热情。

在写作时,我们不是只靠热情,我们还要认真思考以下几方面:

一是服从写作宗旨。既然名为《台州民俗文化概论》,就不能不突出民俗文化中的人的因素,也就是"人化"的生活化文化,更强调台州属性。这些章节,大致概括了台州人生活的方方面面,因而有着丰富的文化蕴藏。其中每一个字,既是自成体系的独立世界,凝聚着台州人民的无穷智慧,又可显示出民俗文化这"复杂的总体"的清晰的轮廓,做到微观的解剖和整体的展示相结合。

二是突出见微知著。把民俗放在历史中沉淀,史中淘金。这种"淘金"式的理念,就意味着我们写民俗文化概论时也需要将一些并非"垃圾"的大观念和方法论作为研究的前提,或者说,它在细微叙事的背后需要暗隐些许宏大叙事的成分,可以见微知著。无论我们努力到什么程度,都是试图"以小见大"或者是"以小藏大"。

三是以史带论，史论结合。我们不削足适履般生搬史料，把历史上的民俗事象不加选择地征用，成为填充自己学说的道具。我们强调以史带论，论从史出，紧跟历史原点，力图使民俗文化的源流及发展脉络清晰呈现，形成"六经注我，我注六经"式的有据可查、有论可感的新样式。

四是雅俗共赏。在追求学院派的理论建构的同时，更注重生活本身的审美价值的展示，充分挖掘民俗的时代性、生动性、可感性，写出个性与共性互融的东西，力争史料性、系统性、可读性的有机融合。

这样，我们的努力可能就有了更多的意义。

一是彰显台州民俗文化的诗性品质。从诗性的视角理解台州的旨趣。山海之地、雨水充沛、土地肥沃、河网纵横的地理环境，孕育了"饭稻羹鱼""走海捕鱼""粉墙黛瓦""舟楫代步""戏里人生""顶礼膜拜"的台州民俗生活特色，形成了文化上表现的宽厚与包容，风俗上的粗犷与精细，工艺美术的百变与精致。长期的历史创造中，成就了委婉清丽的词调、高亢清亮的乱弹、珠圆玉润的道情，唱出了坚韧、灵动、感性的台州人的小康心境。风云沧桑的山海之地、彪悍冒进的无畏精神、刚健迅猛的台州南拳，彰显不一样的"台州式硬气"。精美绝伦的台州刺绣、千姿百态的剪纸、溢彩流光的无骨花灯，渗透了台州柔美的气质。建筑、雕刻、风水反映台州人的智慧与灵巧……

二是挖掘台州精神。台州人好学善思、机智灵活，和合天下的思维方式；与时俱进，融会贯通的文化态度；务实生物、开放兼容，敢为天下先的创造精神。这一切不仅是昨天的，而且是当下的。从历史的回溯转而落脚于当下：兼容并蓄的精神衍生出开放的文化心态，从而能够积极地应对全球化的文化挑战；台州之务实，使其不拘成法，锐意创新，与之一脉相承的进取与担当精神，加速了台州现代化的进程，促进了社会发展。

台州文化既有根源性的智慧、主体性的价值，又刚健生动，有创造、求新的动力，这正是台州文化的特色所在。包括天台山文化、儒释道文化、和合文化、民俗文化等。

三是凸显民俗本体价值。在当下后工业化时代，民俗有什么价值？民俗文化研究有什么现实意义？民俗文化对于文化进步、意识形态建设和社会发展到底有什么作用、应该如何去发挥作用？等等。这些问题既是民俗文化本体论研究的核心命题，也是民俗学者在学术领域、社会领域角色定位的决定性因素。我们做不到全部解释,但也力所能及地从某个角度、某些层面做出回应。树立适合时代发展的风俗和规制,包容多元文化。传承和发展民俗文化,既有时代精神,又有人文意识。使生活在不同方式的人都觉得有其尊严和意义。这正是民俗文化的本位价值。

民俗是群体内模式化的生活文化。就生活本身而言,它由无数个大大小小的事情构成,古人常说人生有四大幸事——"久旱逢甘霖,他乡遇故知;洞房花烛夜,金榜题名时",那是大事,但生活更多是由无数个琐事构成的。于民俗而言,每一件琐事都可能是有意思的,但即使是对琐事特别感兴趣的民俗文化专家,也不可能认为所有的琐事都有意思(如果所有琐事都有意思的话,民俗学家在累死之前就疯掉了)。在此,我们既纠结于民俗生活的细枝末节,也试图摒除生活中的许多垃圾,把一些有价值的生活本身变成真正能够说明历史和生活的宝贝,呈现出一种台州式的生活美学。

我们做不到令人赞叹,但会付出许多。

生活形态长驻

——台州戏曲的常青之路[①]

中国戏曲作为中国文化艺术的古典样式之一,滥觞于民间歌舞,生长于民间,盛于官民结合,后成为中国文化艺术中非常重要的样式,其发展历程中蕴含了深广而复杂、繁复而多层次的社会生活内容。作为戏曲大省,浙江涌现出许多剧作家和戏曲理论家,成为中国戏曲界的翘楚,著名戏剧理论家戴不凡曾说:"一部中国戏剧史,半部在浙江。"[②]虽然浙江戏曲声誉卓然,但台州的戏曲却声名不显,在官方戏曲史中记述寥寥。台州乱弹作为台州地方文化的代表被浙江戏曲志和戏曲史记述,其他则较少进入浙江戏曲发展史,在史籍上很难查阅到相关台州戏曲的完整史料,这与台州戏曲的实际状况不相适配。是不是台州真的没有戏曲? 真实情况完全超出我们的想象。台州不是没有戏曲,而是缺少发现和挖掘,从古至今,台州戏曲实际发展和学界的冷淡反应截然相反,民间演剧市场广阔,常年演戏热闹红火,这可与中国任何一地相媲美。清《山志》说:(台州)"民不知书,独好观剧。"老百姓就是喜欢看戏,隔三岔五邀上戏班演个几天甚至半个月,村村如此,这种传统历久弥新,清至民国留存的古戏台还有 100 多个。据 2016 年文化部公开的数据,浙江戏剧演出市场占据全国 10%,而台州戏曲年演出场数和剧团收入占据浙江近 20%。同时,台州人一直认为台州是中国南戏诞生的核心区,是乱弹等著名剧种的发祥地。并有多个学者不断加以考证尝试予以证明,积累了相当丰富的考据材料。所以我们可以认为:台州戏曲文化积淀丰

---

① 该文为《台州戏曲史》一书的序。周仲强:《台州戏曲史》,待出版。

② 转引自胡来宾:《沉寂十年翘首以盼 台州乱弹粉墨登场——台州乱弹折子戏观后》,《文化艺术研究》,2002 年 5 期

厚,并不比其他地区逊色。

一、"独好观剧",戏曲市场民情根植

台州市地处浙江省东部沿海,三面环山,一面临海,历史底蕴深厚,民风彪悍又淳朴。据考古发掘显示,台州的历史可追溯至一万年前的仙居下汤文化。先秦时,台州为瓯越属地。秦代,台州归属闽中郡。汉初,在台州先后有东海、东越等王国封立。汉武帝元封元年(前 110 年),东越国灭亡,老百姓迁徙于江淮。东越亡后,在其属地会稽郡鄞县设置回浦乡,台州回浦始于此。西汉始元二年(前 85 年),以鄞县回浦乡置回浦县,属会稽郡,隶扬州,这是台州建县之始。吴太平二年(公元 257 年),分会稽郡,东部置临海郡,为台州建郡之始。唐武德四年(621 年)设海州,622 年改称为台州,其后,台州之名固定下来。台州之名取自天台山,因山得名。简单地说,天台山,上应天上的台宿星,所以叫天台山。

台州山魂海魄,人杰地灵,物阜民丰。《四库全书》《四库全书总目》收录了 107 位台州人的 141 部作品。其中有贾似道所著的世界第一部昆虫学专著《促织经》、陈景沂所著的世界第一部植物学辞典《全芳备祖》、陈仁玉所著的世界第一部食用菌专著《菌谱》、王士性所著的第一部经济地理书《五岳游草》和填补我国兽医科学空白的巨著《民间兽医本草》等。在台州丰沃的文化土壤中,台州戏曲得其滋养而生机盎然。从现在的史料分析,台州属于南戏发源地核心区之一,其戏曲发展程度远超一般人的想象。戏曲演出从远古走来,到宋元一直华景灿然,台州传统戏曲、曲艺种类众多,群众基础深厚,戏剧传统悠久,文化土壤丰沃,民间演出盛况在全国首屈一指,占据非常重要的地位。

从台州戏曲发展形态看,台州戏曲不是先创作而后演戏,基本上是演戏看戏贯串历史,属于一种生活状态,它和民间生活完全融汇,看戏构成民间文化生活的核心。无论戏曲史有没有台州的地位,它依然我行我素,与民同行,与民同乐,铸就民间生活发达的根系。假如我们去探究地方剧种台州乱弹的来历,它也是中国戏曲艺术的一块"活化石",也可以追溯近一千年的生活形态。在此,我们可以听一听宋元明清的绕梁余音,也可以品味新时期地方戏曲的软糯细腻,一起感受台州的戏曲生活。

(一)台州戏曲回顾

"戏曲发展到表演故事阶段,也就成熟了。表演是戏剧的根基,戏剧是在故事的表演上飞腾的。但人类不演故事的表演行为确是古老而又古老。"①在台州,此类不演故事的图腾歌舞实物,非古岩画莫属。作为浙江岩画发现最多、类型最为丰富的地区之一的台州,先秦时期的诸多岩画,已经较为丰富地记录了古代台州人图腾镜像,为我们提供了太阳、鸟图腾以及巫女的舞蹈情形,也许台州戏曲的萌芽就在于此。天台考古发掘的西晋瓷瓶,其上部堆塑的舞蹈、戏曲人物,类似于汉晋的百戏杂耍,很可能是台州戏曲发端之始,也或许是当时民间演艺爱好者的随性之笔。章安发掘出南北朝时期的大量古砖,上刻有戏文人物、手持剑矛对斗等图案,很可能是原始戏曲演出场景的再现。唐代精通音律的广文博士郑虔音乐艺术造诣很高,曾任正八品协律郎,被贬谪到台州后,他或将把他掌管的宫廷音律,带到台州,其中当然缺不了当时宫廷流行的参军戏。从某个角度说,台州戏曲接受宫剧影响可能滥觞于郑虔带来的参军戏,这一视角和观点,可以从五代时留下戏剧砖雕、戏曲划线人物盘口壶、戏曲人物泥陶罐等得到解释和证明。况且,这种传承关系素为台州人乐道,因为郑虔是台州文明教化之祖。

史料记载、考古发掘、民间收藏等都会证明台州戏曲历史悠久,民间演出繁荣,从已有的资料管窥,起码在唐代台州民间戏曲就已经非常繁荣。临海五代戏曲划线人物盘口壶②和民间珍藏的唐代戏曲人物的泥陶罐③的发现佐证了这一点,这些戏曲人物及表演记录从侧面生动呈现了当代戏曲演出的图画及场景,这不仅是研究台州民间戏曲的实物史料,也可能是台州地区初具戏剧表演形式的生动记录。

2010 年,黄岩区灵石寺塔内人物画像砖的发现揭开了台州戏曲发展的新一页,从 6 块戏剧砖中雕刻的戏曲角色,我们可以认定台州在五代时已有参军戏或杂剧演出,且有一定的规模和影响。至宋代,盛行于民间的滑稽表演、歌舞和杂戏组合演化为戏剧表演,形成北宋的代表艺术形式——杂剧,并逐渐融合宫廷歌舞表演,这样,集歌舞、故事情节表演为一体的中国古代戏曲宋杂剧、金院本就形成了。

---

① 麻文琦等:《中国戏曲史》,文化艺术出版社 2012 年版,第 4 页。
② 现藏于临海县博物馆,国家一级文物。
③ 私人收藏家黄大树收藏,现藏在临海古建展示馆。

　　台州拥有浙江地市一级最长的海岸线,有海门港、健跳港、大麦屿港、金清港等优良港湾,历来是我国对外交往的重要海上门户。海路航运的发达,使得对外经济和文化交往力度大大增强,特别是府城临海的城市经济得到快速发展,促进了市民游戏娱乐之风盛行,演剧的专门场所"瓦舍""勾栏"在宋代开始出现,市井文化逐渐兴盛。北方的杂剧和南方的南戏在瓦舍勾栏或其他戏曲舞台上出现,使台州戏曲进入了一个新的时期。南宋皇室南迁,台州成为辅都,这个时期产生的南戏,开始在温州、台州一带广泛流行。在台州,"当时官办的南戏演出团队和演员分别叫'散乐'和'官伎',固定的演出场所叫'瓦舍''勾栏'"①。至今,临海城内还留有当年演剧一条街——友兰巷(旧称勾栏巷),就是当时固定的娱乐场所,用以宋元戏曲演出。

　　宋元时代,中国社会发生了世俗化的转型,印刷术的发明推动了书籍和知识、民间戏曲创作和学术的普及与兴盛。自北宋以来,台州可能就已存在非常热闹的戏曲演出活动。作为古代戏曲热闹繁华的历史见证——古戏台,台州市现存百余座,散落在台州各地宗祠或庙宇之中,部分依然在发挥其功能。台州南与温州相接,历史上温、台数次合并,分分合合,文化间相互影响,因此,被称为"温州杂剧""永嘉杂剧"的中国南戏就会和台州搭上更多的联系,早期南戏在台州的发展传播就有了更多的可能性。从剧本《张协状元》中出现的〔台州歌〕〔东瓯令〕曲牌,我们从中管窥南戏应吸收了大量台州文化元素,加上南戏发源地温州与台州相接壤,我们可以推断创作《张协状元》时很可能有台州人参与。元代,台州流行元杂剧,开始出现文人创作的剧本,《双珠记》《金印记》等杂剧剧本问世,虽然不知何人所作,殊为可惜,但台州至少开始有人从事剧本创作,这在台州戏曲发展史上具有开创意义。此时,台州戏曲史上又出现了一个光耀戏曲界的人物,那就是戏曲理论家陶宗仪,他的《南村辍耕录》载有戏曲 690 种之多。《南村辍耕录》主要是记述元代史事的笔记,广泛论及诗文、戏剧、书画碑刻等方面问题,其中涉及诸多戏曲的内容,都具有较为深刻而独到的理解。

　　明代,受呼唤人性、张扬自我的人文思潮影响,文人开始介入戏曲创作,为明代戏曲创作带来了新的审美趣味。四大声腔之首的海盐腔流行于台州,嘉靖四十二年(1563)江西宜黄县人谭纶从台州知府任上丁忧回籍,"以浙人归教其乡子弟,能为海盐声",将海盐腔由台州引入江西宜黄,谭纶死后

---

　　①　朱婧:《当年"文青"窑工戏嬉之作　见证台州戏曲兴盛之时》,《浙江日报》,2018 年 2 月 12 日。

二十余年"食其技者殆千余人"。海盐腔从此在江西得到蓬勃发展。[1] 明中叶以后,高腔和昆腔在台州兴起。其时,临海出了一个状元秦鸣雷,他创作了一出流传后世的名剧《清风亭》,但可惜原剧本没有流传下来,我们现在看到的都是后人根据他的《清风亭》改编的剧本。明末,山兵高腔、三门(宁海)平调、临海词调、路桥莲花等地方戏开始出现。

清代,延续明代戏曲创作传统,以文人创作为核心的戏曲艺术其形式更为成熟,民间声腔剧种的发展呈现出欣欣向荣的大好局面,戏曲的大众化、通俗化特点得到充分体现。地方戏纷纷进军都会城市。"花""雅"之争以花部大获全胜的事实雄辩地说明,戏曲源在民间,根在大众。明末清初,乱弹传入台州,在其发展过程中与高腔、昆腔、徽调等剧种逐渐融为一体,形成独具地方特色的戏曲剧种,因在黄岩地区最为流行,当时就称为黄岩乱弹。清康乾年间,乱弹腔开始盛行,影响波及全国,演唱乱弹成为各地戏曲演出的必然选择。在乱弹非常流行时期,台州地区的艺人与时俱进开始兼唱乱弹,规模不断壮大,高腔班、昆腔班、兼唱高腔、昆腔和乱弹的"和合班"同时涌现,但这些班底基本上都以乱弹腔为主。台州乱弹最初叫黄岩乱弹,在清中叶时,黄岩已有三个"乱弹班",清道光至民国初年,台州地区有台州高腔班10余个[2],有28个乱弹班。

台州乱弹是台州地区最重要的地方剧种,在音乐结构和格式韵律以及所使用的乐器和行当等方面,与温州乱弹、绍兴乱弹、金华乱弹等均无太大差别。清末民初,台州戏剧演出基本上都演台州乱弹。凡演必称乱弹,成为台州地区戏剧演出的一个显著标志。

根据《早期越剧发展史》介绍,源于1906年浙东嵊州的落地唱书,后被称为"女子科班""绍兴女子文戏"的"的笃班",1925年在上海演出首次称"越剧"后,越剧进入快速发展期。民国21年(1932),嵊县女子越剧班进入台州,在温岭县大溪镇成立演出团体,越剧开始进驻台州并逐渐兴起,很快走向成熟,逐渐取代台州乱弹的地位。以唱吹腔、高拨子、二黄为主的徽班在清初就已经流行于江南地区,脱胎于徽班的京剧在民国初年也逐渐在台州崛起。从20世纪40年代之后,越剧、京剧已取代台州地方剧种,成为台州地区的主要剧种,台州乱弹走向没落,到1949年台州地区已无乱弹班社。

---

① 宋乐明等编:《海盐腔》代序,中国戏剧出版社2013年版,第2页。
② 蒋钟崎等编著:《宁海平调史》,宁波出版社1995年版,第25页。

20 世纪 50 年代以后,乱弹作为一种地方剧种得到了保护,开始组建"台州乱弹剧团",从 1956 年开始,台州乱弹成为台州地区政府所属的地方剧团。

　　20 世纪 50 年代开始,越剧作为流行剧种在台州得到快速发展。1950 年,有临海新越剧团、黄岩人民越剧团、海门新新越剧团等 3 个专业剧团。1951 年,台州专署文教科举办第一期戏曲艺人训练班,从黄岩人民越剧团与海门新新越剧团抽调演员充实临海新越剧团,改名台州越剧实验剧团。1952 年举办第二期戏曲艺人训练班,台州、黄岩、温岭、海门、天台等 5 个越剧团参加,废除徒弟制与养女制,着手戏曲改革。同年 10 月建立台州木偶剧团。1953 年建立三门越剧团与黄岩新芳乱弹剧团。1956 年,上海光海、更新越剧团分别下放玉环、天台两县。1958 年 10 月建立仙居县越剧团。1966 年,共有台州、黄岩、海门、温岭、天台、仙居、玉环、三门等 8 个越剧团与黄岩乱弹剧团、台州木偶剧团、台州杂技团。1959—1961 年期间,尚有黄岩歌舞团。各团均为集体所有制性质。①

　　"文化大革命"开始后,各剧团被迫停演。1969—1970 年间先后改组为文艺宣传队,演出小型宣传节目与"京剧样板戏",各县专业演出团体转为全民所有制。1970 年,原黄岩乱弹剧团改组为地区文工团。1977 年后,各县文艺宣传队复改为越剧团。1982 年,地区文工团改为台州乱弹剧团,划属椒江市。城乡戏剧活动一度繁荣,各专业剧团每年演出均在 150 场以上。1979 年后,黄岩、天台、三门越剧团先后进入上海演出。1980 年地区组织各剧团部分演员参加省专业剧团青年演员会演,1982 年参加省小百花会演。80 年代中期,由于电视、录像与现代歌舞兴起等原因,城镇戏剧观众开始减少。1990 年末,计有临海市台州越剧团、椒江市台州乱弹剧团,以及黄岩、温岭、天台、仙居、玉环、三门等县市越剧团,演职员 301 人。农村半职业性与纯职业性民间剧团则大量存在,有 80 余个。1988 年,台州地区文化局编成《中国戏曲音乐集成·浙江卷〉台州乱弹分卷》,收录声腔曲牌、板式、文场器乐曲、锣鼓及唱段等 400 余支。

　　新中国成立后的台州各种剧团中,台州越剧团最负盛名,其前身是嵊县新越剧团,1951 年成立台州越剧实验剧团,共 70 多人,1952 年改名为台州越剧团,尹瑞芳、邢胜奎任正、副团长,擅演文武兼备的戏,团里主要

---

　　① 参看陈林圣、田野:《浙江台州民间演剧活动管窥——基于民间文献的考察》,《戏曲艺术》,2021 年第 1 期。

演员如尹瑞芳、王萍、钱水红、周少甫等家喻户晓。1957—1962 年间,剧团随台州专署的恢复、撤销、再恢复而三易从属地,后改为地、县两级共管剧团。"文革"期间,被取缔撤销,1978 年剧团恢复,1982 年参加浙江省第一届戏曲"小百花"会演,剧团多名演员获得"小百花"奖,相继培养了几批人,辉煌了十几年,到 20 世纪 90 年代解散。另外还可见平调剧团在戏台上的演出,1956 年有三门县平调演出队,1960 年演出队改称三门平调剧团,挖掘记录了 35 个传统剧目和部分音乐曲谱,1982 年,参加浙江省第一届戏曲"小百花"会演,剧团多名演员获得"小百花"奖。其余剧团并无详细记载,多为台州地区的民间剧团。随着文化体制改革的不断深化,90 年代后期国办越剧团先后被改制、撤销或解散,虽然改制成绩不高,但原本属于 9 个国有越剧团的一批专业演员却成为民营剧团迅猛发展的核心因素,现在发展较为成功的剧团主要管理者和演员大多是原国有剧团的骨干。据统计,目前我市拥有登记在册的民营越剧团约 120 个,常年活跃的约 80 家。根据 2016 年的调查统计数据,台州民营剧团演出从业人员约 4241 人,年演出总量超过 35170 场,营业额 24320 万元。对比文化部 2016 年公开发布的资料分析,浙江省民营剧团演出占全国 10%,台州占浙江省市场的 20%左右。我们不能说台州戏曲市场全国最大,但排名绝对靠前,这是事实。

台州市演剧活动向来繁盛,全市还留存古戏台 100 多个,可以想见戏曲演出的盛况,在众多的戏台上曾上演过数量众多的剧目,大量的市内外演出团体都曾到台州,参与台州地方性演剧盛宴,古戏台保留了这些演出痕迹,民众记忆都打上戏曲文化教化的烙印,并"通过不同的演剧记述和民间风俗一窥台州市当地的演剧生态"①。

戏剧是一种综合艺术,其中不单是舞台、语言、表演等外在形态呈现,更是包含了历史文化、道德伦理、思想价值、民俗传统等,深嵌在老百姓集体无意识中,构成老百姓生活及精神的核心之一,正如傅谨考察台州戏班后所说:"对于那种千百年来就像流淌在民族的血液里那样融化在民间情感记忆

---

① 陈林圣、田野:《浙江台州民间演剧活动管窥——基于民间文献的考察》,《戏曲艺术》,2021 年第 1 期。

图 2-1　台州古民居"三台九名堂"中的戏台

之中的信仰,台州的民众已经通过戏剧活动,充分表达了他们的态度。传统戏剧在这里成为草根阶层群体情感记忆的有效载体和外在形式。"艺术欣赏、文化传统、生活习俗、民间信仰在戏曲表演中交织在一起,民间生活图景自然天成。

(二)台州戏曲剧目

历代台州剧作家创作剧目,可考者有元代佚名氏《双珠记》《金印记》,明嘉靖年间(1522—1566)临海县秦鸣雷《清风亭》,万历年间(1573—1620)黄岩县黄维楫《龙绡记》、天台县文九玄《天函记》、叶俸《钗书记》,清顺治年间(1644—1661)太平县季廷梁《义侠记》,康熙年间(1662—1722)临海县张人纲《芙蓉传》,乾隆年间(1736—1795)天台县胡作肃《独行传》,道光年间(1821—1850)太平县黄治《蝶归楼》《雁书记》《玉簪记》,以及天台县齐其勋《世外缘》、太平县江楷亭《反真记》等,民国时期,临海县宋成志著有多幕讽刺话剧《得意的人》、五幕话剧《欢乐图》等。台州乱弹戏有大、中、小型演出剧目近300余个,传统剧目有《奇缘配》《锦罗衫》《紫金镯》《罗汉寺》《铁沙寺》《斩蛟》等。

1949年后,演出剧目有较大改革,禁演有浓厚迷信、恐怖、色情内容的戏曲,重视整理、改编传统剧目,提倡创作新剧。1964年后,提倡革命现代戏。省、市文化部门经常组织会演,鼓励创作,奖掖演员。"文化大革命"期间,传统剧目全部停演,演出剧目仅为少数几个革命现代戏。80年代后,恢复演出传统剧目,继续提倡整理、改编与新编剧目。1983—1989年,章甫秋创作乱弹剧目《拾儿记》《空花轿》《荒魂》,仙居越剧团《风流姑娘》《梦断深宫》,温岭越剧团《冷水湾人家》,玉环越剧团《晋阳兵变》,台州越剧团《无词之歌》,三门越剧团《双血剑》,先后参加省第一届至第四届戏剧节演出。1990年,天台越剧团《回春缘》参加省新剧目调演。这些本土创作的剧目,获得省级多种奖励。台州剧目在赴省演出前,大多举行地区调演进行选拔。1985、1987、1989年先后举办第一至第三届地区戏剧节。

　　章甫秋、王宗泽、周粟、曹志行、卢三军等形成台州剧作家群体。温岭县人章甫秋,他是当代台州著名剧作家,共写作大小剧本70余个,1957年,创作越剧古装戏《乔太守乱点鸳鸯谱》,获浙江省第二届戏曲会演剧目奖,乱弹古装戏《拾儿记》(合作),1983年获浙江省首届戏剧节剧本奖,还创作了大型乱弹戏《绣枕记》《王宝钏》《双斧记》《铡判官》《苏武和李陵》,越剧《观音出世》《李师师》《珍珠塔》《潘金莲》等,并有许多现代剧问世,如《矿山烽火》《红缨颂》《补鞋》《月上柳梢》等。2006年,黄岩区文广新局出版《章甫秋乱弹剧作选》(中国戏剧出版社)、《章甫秋越剧剧作选》(中国戏剧出版社)。临海人王宗泽,1981年创作《表的风波》获浙江省现代剧调演剧本二等奖;1985年,《还心债》(现代剧)获国家文化部"全国首届农村戏剧创作评奖"三等奖,与卢三军、周粟合作创作《风流姑娘》(现代剧)参加浙江省第二届戏剧节获剧本二等奖、省戏剧征文一等奖,并获省演出超百场奖;1987年,《无词的歌》(探索性现代剧)获剧本探索奖、省戏剧征文二等奖;1994年,《鸡公山风情》(现代剧)获浙江省首届"改革之光"剧本征稿大赛银奖第一名。临海人卢三军,1978年创作小戏《还猪》;1987年,大型现代剧《风流债》获浙江省第二届群众戏剧剧本征文"佳作奖";1988年,小戏《缺一就可》获浙江省首届戏剧文学奖"戏剧小品奖",《最佳方案》获浙江省戏剧小品大奖赛"三等奖",《代吃》获浙江省戏剧小品剧本征文"征文奖",《青春浪漫曲》获浙江省首届戏剧文学奖"戏剧新作奖"。黄岩人周粟有剧作《大西北剿匪记》《武则天秘史》《怡红院的丫环》等;王绍舜有剧作《晴雯之死》《花魁女》等多部,其中《晴雯之死》由上海越剧院首演,颇具影响。曹志行和章甫秋合作把《奇缘配》改编成《拾儿记》,成为台州名剧,1995年该剧由余姚姚剧团上演,参加浙江省第六届戏剧节获优秀剧本奖,并获省宣传部"五个一工程"新剧目奖;1998年,《安乐王》(古装喜剧、与人合作)获浙江省第四届"改革之光"剧本征稿大赛银奖。

　　传统戏曲是百姓喜闻乐见的艺术形式,优美的唱词、传统乐器组合的谐和音乐、精彩的表演是其显著的外在特征,惩恶扬善的主题、才子佳人终成眷属的大团圆的民心所向、崇高道德理想的热情赞美则是其内在的主题意蕴。恩斯特·卡西尔指出:"戏剧艺术是从一种新的广度和深度上揭示了生活:它传达了对人类的事业和人类的命运、人类的伟大和人类的痛苦的一种认识。"①戏曲构成台州人生活和精神多个层面的核心,台州戏曲既是台州地区人们的集体记忆和情感流露,又附着民间普遍认同的道德教化功能,剧中的人物遭际及善有善报恶有恶报的价值观念带给台州人民强烈的文化认知体验。传统戏曲把神话、历史故事、传说人物以及现实生活搬进戏曲中,美化、艺术化语言与动作,强化感情。清代李调元在《雨村剧话》中将戏曲的功能与《诗经》相比:"今举贤奸忠佞、理乱兴亡,搬演于笙歌鼓吹之场,男男妇妇、善善恶恶,使人触目而惩戒生焉,岂不亦可兴、可观、可群、可怨乎?"戏曲给我们呈现的并不仅仅光是展示人物的动作、语言,而是从更深层次揭示引起这些动作、语言的内在精神,强调这种内在精神的影响和价值。

二、并不深入的台州戏曲研究

　　因为台州戏曲很少进入史家的视野,正史中难觅其踪迹,从事研究的学者也不多。公开资料显示,台州戏曲演出市场在中国地市一级可能是最大的。作为浙江戏曲演出的大市,在戏曲演艺界影响大,但学术界对台州戏曲研究还不到位。直接以台州戏曲为研究对象的除台州乱弹外其他成果寥寥,在诸多戏曲研究成果中,台州基本上处于边缘化状态,即使在南戏研究中,台州虽偶有提及,有几个专家还从不同视角尝试证明台州是南戏的源头之一,但还形不成主流观点,使得台州地区戏曲演出的记载如吉光片羽般珍贵。在诸如《浙江戏曲志》《浙江通志·民俗卷》(戏曲部分)《浙江民俗大典》(戏曲部分)中关于台州戏曲记载(述)相当可怜,更遑论中国戏曲史(志)等,这与民间戏曲演出的繁荣程度不成比例。当然,台州戏曲研究也不是空白,地方戏曲如乱弹等研究还是取得了一定成果,起码还能看到相关书籍。粗略梳理了一下,目前关于台州戏曲研究主要集中在以下几个方面:

　　在台州戏曲史研究方面。有叶哲明《台州文化发展史》其中第7章"别

---

① ［德］恩斯特·卡西尔:《人论》,上海译文出版社1985年版,第190页。

具风貌的台州戏曲杂剧发展史"，它从台州古代戏曲的孕育和诞生、秦汉隋唐的歌谣及戏曲、宋元时期的台州戏曲杂剧、明清时期的台州乱弹和词调等历史阶段对台州做了史料性的简单梳理和论述，具有较高的价值。

在台州戏曲研究方面。已故的文史大家丁伋在他的《堆沙集》中对台州戏曲的历史现象做过多方面的考证，并收集了台州戏曲在各年代的一些民间资料，编辑《台州戏曲资料编》，保留了相当多的一手资料，成为台州戏曲研究的绝响。

在台州戏班研究方面。主要有傅谨《草根的力量——台州戏班的田野调查》，这是第一部台州戏曲研究专著，本书深入研究台州 20 世纪 80 年代以来重新复苏的民间戏班，该书以一个戏剧理论家的独特视角，详尽而细致地描述了台州戏班的历史与现状、内部构成、生活方式、运作方式、演出剧目、演出形式、存在方式与内在构成等，揭示了民间戏班拥有的超强生命力的文化渊源。《温岭戏班——民间信仰与戏剧的繁荣景象》其研究基于傅谨研究，但他能从民间信仰和戏曲繁荣之间关系入手，阐释"老爷戏"内容和形式所体现的社会意义和价值。

对地方戏曲"台州乱弹"的研究比较深入，出现了较多成果。有《非遗保护视域中的台州乱弹研究》[1]《台州乱弹》[2]《台州乱弹常用音乐研究》[3]《台州乱弹常用曲牌简析及其应用》[4]等。多部著作系统介绍最具台州特色的地方戏，把乱弹的特点充分予以展示，如剧目的丰富多彩、唱腔的丰富、舞台语言的地方特点、演出活动的深入人心等。其中，胡来宾较为深入研究了台州乱弹作为剧种的戏曲历史、唱腔、曲目、发展等，对于地方戏的传承保护产生了积极促进作用。王小天非遗保护视域中的台州乱弹研究，为台州区域民俗文化及源流的研究做了很好的铺垫。

在台州戏曲和戏曲现象研究方面。这是针对许多零散的研究而言，像本土的王中河、卢惠来、章甫秋、丁伋等，都写过多篇文章，从不同角度对台州戏曲的许多现象做出研究。其他学者有所涉及，但十分简单，如徐宏图《浙江戏曲史》中对台州戏曲有过研究但涉及面很窄，只有"台州乱弹"列入其中。顾希佳《浙江民俗大典》"浙江戏曲"一节中有台州戏曲描述，但也非

---

① 王小天：《非遗保护视域中的台州乱弹研究》，苏州大学出版社 2014 年版。
② 胡来宾：《台州乱弹》，浙江摄影出版社 2009 年版。
③ 张谦：《台州乱弹常用音乐研究》，中国戏剧出版社 2015 年版。
④ 朱冬康：《台州乱弹常用曲牌简析及其应用》，中国戏剧出版社 2020 年版。

常精练。史行《中国戏曲志（浙江卷）》和以上情况类似。比较有价值的是连晓鸣，他在《浙江民俗通志》中对台州戏曲有概括描述，在《中国南戏探源——试论台州与南戏之渊源关系》一文中提出"台州是中国南戏形成的主源区"的命题：即"台州地区在南戏（戏文）的产生进程中，起到了前期孕育的作用"①。在学术界都倾向于南戏源于温州的观点下，这对提高台州戏曲的价值和地位有独到意义。

综观台州戏曲研究，现有研究成果在以下几个方面取得了进展：

一是台州戏曲发展的大致脉络和一些显性的史料整理。

二是台州乱弹的历史、发展、曲调、曲目、语言和社会价值；黄岩北宋戏曲砖研究等得到较为充分的挖掘。

三是台州民间演出团体（戏班、剧团）的历史、发展、问题及对策得到较为详细的呈现。

四是一些戏曲现象得到解释。如多处出土的文物（如堆塑五管瓶、岩画、阴线浅刻戏剧砖等）所反映的台州早期戏曲活动情况，台州和南戏关系，台州乱弹、民国台州戏剧及演出情况等。这些研究使台州戏曲更接近于本原。

现有研究成果在以下几个方面还有待进一步探索：

一是较多停留在相互割裂的"专题"范畴，未做到古今连贯、整体打通。

二是如何从生活出发，挖掘戏曲在台州民间繁花似锦的文化和社会发展因素，加深对剧作家、理论家和代表性剧目的研究。

三是如何深挖台州戏曲所蕴含的正能量元素，重构戏曲的台州记忆。培育有中国戏曲美学气魄的合格接班人，在当下的社会语境中显得尤为重要。

四是对传统戏曲"物"的关注远远大于对"人"（演员和观众）的关注，导致戏曲发展易走入静态化保护误区。

三、生活，戏曲另一种进入模式和视角

回望历史，地方戏曲是中国戏曲的重要组成部分。从某种意义上说，中国戏曲是由丰富的地方戏曲构成。一个地方戏曲成就的形成根植于当地的

---

①　连晓鸣：《中国南戏探源——试论台州与南戏之渊源关系》，《浙江社会科学》，2002年第3期。

文化沃土,地域戏曲史应具有自己的价值体系,对于当地的观众而言,更具亲和力、影响力。《台州戏曲史》的写作就是对台州地域戏曲发展状况的一次全面、系统的挖掘、梳理,既是对台州地域戏曲进行一次全景式的展现,又能很好地起到保护台州文史资料的作用,同时能展现台州民俗生活的本真和风貌。面对复杂的研究对象,《台州戏曲史》要从浩如烟海的戏曲史料中开掘、爬梳、整理本地戏曲发展的历史踪迹,更着力于对探寻古代台州戏曲历史的考证,解释历史留存的疑义,探寻戏曲发展的真相,结合历史情境,考察戏曲产生的具体语境,注重横向戏曲史的借鉴和对照,剖析剧作家的剧作,来分析戏曲历史现象和总体呈现,总结创作和批评的得失。通过地域戏曲史的撰写不断丰富台州地方戏曲史料,深入到民众生活和他们的精神世界,让地域戏曲这座文化富矿发挥更多应有的价值与意义,以此探索区域戏曲史研究的另一种进入模式和视角,即从整体和区域的生活出发进行独特视角的观察和叙述整理区域戏曲,亦即探究作为台州民间生活的一种状态之戏曲,其发展史其实也是一部台州民间生活史,也使地方戏曲史研究进入了一个区域观察和整理的时代。

基于此,我在资料收集上沉浸了几年,决定切入台州戏曲史写作,尝试构建台州戏曲发展的现代完整的序列体系。确定写作这么一本书起码要达到以下几个目的:

一是寻找地域(区)探讨台州戏曲的新视角。目前,戏曲史写作延伸到省一级,从地市区域角度切入还很少见。本课题着重从地市一级出发,以初创的姿态用地方史料和活态资料去表现戏曲复杂的历史面貌、艰难的发展进程、丰富的艺术形态等,探寻戏曲与政治、经济、文化、社会等方面的密切关系。同时,进一步了解和阐释古今戏曲生产体制的桎梏和枷锁,归纳出支撑演出市场繁荣的核心力量。

二是展示台州文化的草根特点。清《山志》说:(台州)"民不知书,独好观剧。"极富文化意蕴的台州戏曲能充分表现历史上因负山枕海的地理环境而形成文化草根性,展示台州人彪悍、粗犷、豪放、敢于冒险、敢于创造的草根性。

三是阐释民俗生活的和合性。天台山文化是中华和合文化的三大源头之一,和合文化已经渗透到生活的细节中,受此影响,台州戏曲带有鲜明的和合性,戏曲的形式和内容都强调和谐、包容、务实创新的生活向往,才子佳人、扬善惩恶、梁山好汉、三国英雄的戏曲故事在民间广为流传。寻找这些被忽略的民间生活细节,从而在一定程度上重构台州民俗生活,尤其是台州戏曲的历史。

研究目标也因此得以明晰:

一是以多元视角探究台州戏曲的发展,整体把握研究对象,构建理性框架,形成更贴近历史事实更具史料价值更有发展方略的台州戏曲发展史,以典型戏曲现象解构戏曲史。研究不同历史阶段中的典型戏曲现象并以此表现其特定时期的戏曲发展镜像,组合成一个时期的戏曲表现,继而形成台州戏曲发展史的整体风貌。

二是加强台州独特的戏曲现象研究,把新的发现、新的材料、新的拓展在研究中加以科学表达,充分展示其地方性,将为台州戏曲品种、代表性曲目、剧作家及戏曲理论研究,提供更宽广的视野、发掘更多的新史料、并生发出新的学术生长点。

三是探索区域戏曲史研究的另一种进入模式和视角。对于从整体和区域出发进行独特视角的观察和叙述整理区域民间生活具有特别意义,也使戏曲史研究进入了一个区域观察和整理的时代。

四是在研究台州戏曲的源流及发展的同时,挖掘台州戏曲活动传导的民俗习惯、文化功能和审美价值。显示多元文化视角下的台州戏曲在不同历史时期中所体现的民间信仰、伦理秩序、社会变迁、民俗生活及审美价值等。继而论述在当下共同富裕战略推进中,民间戏曲显示的文化共富层面的独特价值和意义。

五是体认台州独特的文化形态,更全面也更深刻地了解和认识台州戏曲的生存方式和根据自己的环境所创造的独特的文化形态。台州戏曲史的研究,实际上给我们提供了这样一种观察的新窗口:台州人民在长期的历史进程中,根据自己的生存环境和生活需要,营造属于与这一地区相应的文化形态,如与戏曲密不可分的民俗生活、民间信仰和渔猎文化等。如何深挖台州戏曲所蕴含的正能量元素,重构戏曲的台州记忆,培育有中国戏曲美学气魄的合格接班人,在当下的社会语境中显得尤为重要。

从浩如烟海的古代文献中找出民间生活方式存在的戏曲材料,对当时的戏曲市场进行重建,并把它构成一个整体,实在是一个困难的工作。在民国之前,戏曲及其文化形态向来游离于文人学者的视野,为数不多的几个戏曲研究者,能提供给我们的成果极不丰富,能见到的大多散见于史籍的零星材料,形不成系统。因此,如果我们想查阅台州记载戏曲内容的文献,只会找到一些零散的片段。假如根据这些只言片语就对各年代的戏曲内容及形式做出划分与论断,那只能是据史推断或自圆其说,很多时候是缺少理论支撑的,特别是唐代前的台州民俗文化,那是空白地带,只能根据非常有限的考古资料进行推论,然后形成相对合理的结论。我花了几年时间,从官方的历史中寻找台州戏曲存在的蛛丝马迹,从地方资料中寻找台州戏曲存在的材料;从官方反对、禁止的条文或禁戏中推断当时民间可能的另一种存在;从调查的事实中去印证历史上可能的存在。同时,充分利用已有的研究成果,努力做到拥有尽量多的文献材料和第一手资料,使文章的观点和分析更接近真实。

这样,我的研究也就有了一点价值:

一是让台州戏曲史的研究不仅仅是台州戏曲演变史,而更要成为一部台州社会生活史,为地方戏曲的学术研究、戏曲人才培养、理论拓展,提供参考。

二是为政府制定台州戏曲的保护与发展政策提供借鉴,特别是在当下越剧大行其道,地方戏曲观众流失速度惊人的背景下,保护与发展是摆在我们面前的共同而紧迫问题。

三是为戏班(剧团)在曲牌、曲目和表演形式的选择上提供借鉴,更为新剧目创作提供参考,使地方戏曲作为承载了丰富历史信息的文化载体可以永续发展下去。

在研究中我贯彻自己既定的思路:全面整合、利用已有研究成果,对大量地方历史文献资料和相关学科理论进行分析和综合。为此,我查阅了中国戏剧史(志)、浙江戏曲史(志)、南戏、禁毁戏剧等涉及台州戏曲及相关内容;阅读相关的戏曲理论书籍;整理了国内相关戏曲研究文章,包括考古材料,完成现有的地方史志的戏剧材料搜集工作;完成民间戏曲的调查工作,包括戏班、演员、剧作家、评论家及民间戏曲的遗存等。

我在写作时特别小心,以免因为个人的武断而导致虚构历史、曲解历史。最终确定把台州戏曲史的发展进程分为 5 个历史时期,即:先秦至唐——台州戏曲的孕育期;宋元——台州戏曲的成熟期;明清——台州戏曲的发展期;民国——台州戏曲的全盛期;现当代——台州戏曲的新发展期。尝试把历史上对台州戏曲做出重大贡献的人和事做一次系统的爬梳、整理,通过一系列努力,以区域视角填补地市一级戏曲史写作空白,所有章节大致按照时间先后排列,构成一个纵向序列状态。但戏曲发展往往是跨时代的,所以 5 个时期的分法不构成对戏曲的绝对历史分割，只能是一种大概情况。希望能从地域视角、民间演剧长盛不衰的现象、地方剧种的兴衰原因等透视台州戏曲的发展历史。

人文视觉与温岭"洞房经"①

一个较为偶然的机会使我进入地方民俗文化研究,我优先选定婚俗文化作为研究对象,完成《诗性婚俗——台州"洞房经"的审美研究》一书,可能是这本书的缘故,温岭市文化广电新闻出版局就把他们花费了无数心血的《温岭洞房经选编》初稿送给我,嘱我作序。我不是名人,本不是作序的合适人选,想一推了之,但因与我研究的内容吻合,思量之下便惴惴然答应。

拙作《诗性婚俗——台州"洞房经"的审美研究》其实很多材料取之于温岭,附录的洞房经大部分由温岭市文化广电新闻出版局非遗保护中心提供,我研究的基点也在温岭。所以在这里作序的同时,涌生而出的是对温岭婚俗文化至深的崇敬。

温岭文化源远流长,台州行政区域确立之始,是在西汉时期越东瓯国受朝廷正式册封建都温岭市大溪镇时,台州历史有文字记载的是《史记·东越列传》,里面记有东瓯国的历史。2008年,有关部门对温岭大溪"徐偃王城"的古城遗址进行了挖掘,东瓯古国神秘面纱被慢慢掀开。从出土的陶片等文物,再结合相关地层,考古专家推定,温岭古城遗址就是东瓯国的古城址。这也从一个侧面印证台州形成行政区域后温岭其实在很长一段时间内是台州文化中心这一事实。

东瓯国虽只存在 55 年,但为台州带来了先进的越文化,因此台州文化本质上是越文化的遗存。从东瓯建都于温岭的历史看,越文化在台州的流播是始于温岭的,由此慢慢生发繁盛,而民俗文化即是其中的代表。婚俗礼仪的温岭"洞房经"既是越地歌谣在台州流传的范本,有着极高的文学价值,也是百越文化中抢婚风俗以一种特殊形态在温岭的灿烂花开,有着深刻的社会意义。

---

① 该文为《温岭洞房经选编》一书的序。温岭市文化广电新闻出版局编著:《温岭洞房经选编》,西泠印社出版社 2017 年版。

虽然没有文献记载"洞房经"起于何时,但从唐中期婚房开始被称为"洞房"起,应该是温岭"洞房经"可以或能够追溯的最早时间,如果按照此时算起,温岭"洞房经"的历史有近千年,如果严谨一些,考虑到唐代洞房作为婚房的别称刚行之于世,温岭不可能马上出现"洞房经",那温岭"洞房经"的历史就要大打折扣,最有可能的存在事实是,温岭"洞房经"历史只有几百年,这从民间传说和留存于世的"洞房经"手抄本最早是清末民初就可以得到证明。

《温岭洞房经选编》共收集了 10 余万字,已经不输于各地任何的叙事长诗。叙事之外,很多"洞房经"是以对歌形式存在的,这些对歌源于越地歌谣,一般都有较为固定的套式,口头传唱并提倡即兴式的创作,其歌词具有较高的文学价值,集中反映出温岭人民祈祷多子多福的集体愿望,蕴含着民间旺盛的创作力。在温岭,民间唱"洞房经"风气一直非常流行,虽然在 20 世纪晚期一度沉寂,但在新世纪再度唱响,有重新燎原之势。温岭还出现了专业的唱经公司,为一些喜欢传统婚俗的家庭,提供最具特色的地方仪式与服务,是难得一见的具有浓郁乡土气息的婚礼歌。温岭唱"洞房经"整个过程非常繁复,完整"洞房经"包括 49 个仪式,分"拜堂赞""望新妇"和"洞房经"(送洞房和闹洞房时唱),但在习惯上人们把三个过程统称为"洞房经"。从早晨一直唱到送洞房结束,"洞房客"下楼梯为止,基本上都到下半夜。全部仪式皆在"唱"中进行,最繁盛的是婚礼当天送洞房时,那时歌声悠扬,余音不绝,此起彼伏,不但唱,而且对唱,浓浓的乡音伴着热闹嘈杂,沁人心脾。这些唱,往往由男性来完成,且全为清唱,有主角,有配角。农村里每一个村落总有一两个很会唱的人,在他的带领下,会唱的或偶尔会唱的人随便唱几句,慢慢形成了蔚为壮观的歌唱大军。"洞房经"是目前汉民族留存于世的有着独特形态的地域婚俗文化,也是我国东南地区具有典型特征的婚俗文化现象。

"洞房经"是婚礼过程中结合仪式而传唱的歌,它的最突出特点就是其中的对歌。这种婚礼过程中的对歌,在一些少数民族中并不少见,在汉民族的传统中也不无存在,但在当下汉民族中心区域的婚礼仪式过程中,还以对歌来完成婚礼全部仪式和祈求平安、吉祥、辟邪、多子多福多财等文化主旨,则已经绝无仅有,可以说是独一无二的,具有很高的研究价值。陈华文教授认为:源于古越文化的"洞房经"是汉民族婚姻习俗中一种独特婚俗现象。同时他还认为,"在婚礼中保存着对歌形式,从目前汉民族婚礼习俗的角度去考察,台州的'洞房经'则可以说是独一无二的,那些在少数民族中存在,而在汉民族中遗失的文化表现形态,都一览无余地保存在'洞房经'仪式中,这是一种值得保护和保存的文化传统和活的婚礼对歌的文化化石。如果将它与汉民族的其他地区,诸如浙江的舟山、广东的潮州,甚至其他一些百越族后裔的相关习俗进行比较研究,可以更加清楚地看到其原生态的文化功用目的和价值。"

今天,我们看歌词,听洞房歌,不应单单局限于它的仪式繁华,韵律优美,更要以人文视觉关注它内含的文化意义。我们可以按照人类学所严格要求的实际观察、访谈与分析等步骤,更精准地把握温岭"洞房经"所呈现的趋势,以这种力求接地气的收集与分析步骤,洞察与理解"洞房经"现象背后的社会文化、情感、故事和意义,而不只是凭着一篇篇有着相似表述的文字就定义其文化内核或改革方向。

以人为本的《温岭洞房经选编》,是重在把人文关怀的意念和精神,投入实现非遗保护传承的目标,最终产生的不仅是非遗产品的青春与活力,而是为个人与社会带来解决非遗保护问题的意义,整体提升在传承过程中所促成的社会价值与人文精神。

我们可以在不定期举行的洞房歌会中分享自己的故事和逐梦的心得,温岭也是个可以做田野访问的中国的一个角落,因为它附近的村落里有许多村民喜欢在乡村巷弄的板凳上闲聊,或许年青一代会相继发起在农村文化礼堂中的人类学计划,记录每个在婚礼上的歌唱和村民的故事或访谈,并上传到网络上,成就温岭这个小角落的文化记忆,让世界也看到给社区创造人文关怀的意义,并将其延伸到自己的生活和工作的理念当中。

"洞房经"已列入第四批浙江省"非遗"名录,正在准备申报国家非遗名录,2012年温岭的"洞房经"还亮相全国婚博会并引起轰动。作为汉民族仅存的婚礼仪式——对歌,其诗性品质和美学价值逐渐为人所知。其实,从人文视野看,台州"洞房经"至少存在以下价值:

1."洞房经"体现了地方婚俗之美。它既体现了洞房经独特的地方性和个性,又能焕发群体美和人性美,借助方言构筑的美学意境,展示温岭人的生活热情和人生情趣。同时,"洞房经"释放出集体意识的幸福生活愿景和对快乐生活的现实把握。

2."洞房经"体现了家庭生活之美。"洞房经"所体现出来的家族有序、协作、团结、成功、兴旺的文化倾向,构成台州人的精神实质。其所凸显的家族文化意识既是家族生活之美的诗意体现,又是台州家族企业兴旺发达的一个缩影。讲"和"气生财,讲"和"衷共济,讲"和"谐共建。小而言之,"洞房经"体现的地方民俗意志将这婚俗中的喜庆变成家族团结、家庭富裕变成家族兴旺发达。广而言之,地方民俗意志将这婚俗中的家族祥和变成民族复兴,亲情爱情变成爱国之情。

3."洞房经"体现了进取精神之美。"洞房经"传唱过程塑造了台州式"硬气"、热情奔放、敢闯敢冒、勇立潮头等台州人民的品格气质。"蓄势而发""励志图强"一直是台州人的精神特质。台州人凭着大山的坚硬性格、大海的豪迈柔情,执着地追求、传承和创造着时代文明。以海为伴的台州人,依海靠海,具有极强的冒险、闯荡精神,富有进取性、开拓性,并成为台州人文化性格的主要内容。

台州人的文化精神是一种不甘现状、善于进取的精神品质,也是一种不怕吃苦、敢闯敢干的精神品质。

4."洞房经"体现了仪式欢乐之美。在婚礼中,整个仪式优雅、热烈、火红,一种与中国其他地方有共性又有异质的仪式在美艳的氛围中展开,表现了对生命的崇敬和礼赞。婚俗各个层面的审美呈现都是人性求真、人性向善、人性崇高的诗学的文化表达。吟唱声此起彼伏,一唱众和,热闹非凡。在祝福的表达传递中,群体的情绪宣泄融入其中,表演者所庆贺的不仅是新婚夫妇这一对象,而且扩大至对自己身心的放纵、愉悦。这种愉悦在群体间传递,在群体间沟通,是群体奏响的欢乐歌。"洞房经"仪式和内容中体现出来的社会舆论、文化意识、共同价值观、宗族组织等社会力量,能够有效维系家庭的稳定,保障婚姻秩序。

5."洞房经"体现了歌词韵律之美。"洞房经"歌词,对仗工整,韵脚相押、平仄协调,亦诗亦谣,用当地土话、吴歌韵律歌唱起来朗朗上口。其内容或为祈福之语、生活掌故,或为当地俚语俗言,或为神话传说、历史故事,既独具意韵,又生动活泼,文采斐然,极富文学价值。

当然,这需要研究者有独到的智慧、开阔的思维和人文视觉,对那些有代表性意义的地方民俗文化研究从更大范围入手,深入挖掘价值层面深层意义,探求人类的共性,只有这样如"洞房经"样的地方民俗文化才会被不同地域各色人等认同。文化批判价值的追寻是转型期地方民俗文化研究的焦点,也是凸显新的生命意识和诗意审美的核心价值之本。

(2017 年 4 月)

跨文化语境下地方民俗研究的转型镜像[①]

几千年来,在中国这块土地上,中华儿女都在民俗惯例的左右下过着日出而作、日落而息的生活,辛勤地耕耘和劳作着;为了生活,为了和谐,为了富裕,共同前进,和睦相处,他们自觉或不自觉地遵守着约定俗成的生活方式、习惯、行为和社会运转的制度;为了自由,为了幸福,纵情豪言,倾情放歌,抒情述志,他们不断地创造着"言为心声""我口唱我心"粗犷而雅致的文学,叙说着"我思故我在"式的历史传说;为了幸存的古代文明(神话传说、风俗习惯、仪式信仰)能告诉我们人类文化可以如何迥然相异,民俗如何根植于民族文化肥沃的土壤中,以其重建民族精神和民族传统的坚持,熠熠闪耀于历史。这些"传承于历史长河,源自于每个社会时段,发生于不同族群的民间知识汇聚成厚实、博大、严密的中华文化而光耀四射,并以其独特的功能与不朽的魅力引导着文化的创制与发展,调适着民众的生活秩序和精神世界。它们的久远、它们的鲜活、它们的广博、它们的精深、它们自由飞腾的思想,它们承传延续的结构范式,体现了炎黄子孙对生命的不懈追求和对艺术的无限创造力"[②]。

但在当下,民俗历经经济全球化带来的跨文化的冲击,地方文化产生了具有历史意义的裂变,很多具有悠久传统的地方民俗逐渐退出了舞台,慢慢消失于大众的视野中,正因为传统的民俗文化处于濒危状态,所以正对特定民俗的单一田野调查方法面临着前所未有的困境,对民俗的研究到了转型时期。20 世纪 80 年代,随着比较文学学科的建立,中西文化间的比较开始重新受到重视,西方文化批评及其研究思潮和方法走进中国,引起了广泛认

[①] 该文为《诗性婚俗——台州"洞房经"的审美研究》一书的前言。周仲强:《诗性婚俗——台州"洞房经"的审美研究》,中国社会科学出版社 2015 年版。

[②] 林继富、王丹:《解释民俗学》,华中师范大学出版社 2006 年版,第 1 页。

同,并逐渐介入中国地方民俗文化的研究,这在一定程度上迎合了中国地方民俗文化研究转型的需要,在思想和方法上为其提供了一种新路向,并产生了诸多研究成果。从整个文化发展过程看,交流作为一种时间的延伸、空间的扩展,化解和消融了不同文化背景所造成的隔阂和距离。跨文化的研究理论,是新时期地方民俗文化研究发展的一个新的质点。在这里,"转型"成为理解这个时代的关键词——呈现出新世纪中国地方民俗文化研究从传统到现代的迁移与变迁。地方民俗文化研究的转型是个整体性的迁移,在历史纵向的变化过程中包含了文化语境、理论观念、研究方法、理论话语以及研究价值的转型等多个方面。民俗研究在转型过程中,可以改变地方民俗文化研究长期以来线性复制的状态,打破历史、经验、经典的重复、复制与粘贴的僵化局面,突破以往狭隘的"小文化"的价值尺度与观念,在更广泛和宽容的层面上,建立一种人类性的思维桥梁与文化空间,实现多元多样的文化共享与理论创新。

一、文化语境转型

新世纪地方民俗文化研究转型面临着历史机遇,因为地方民俗文化存在的历史语境已发生变化,不再是区域性、地方性或中国性那么单一,而是全球化后的摇曳多姿。因此,当前的研究已经拥有比以往任何时候都更为丰富的文化和理论资源,处在这样一个开放时代,还可以吸收人类的一切文化成果,恰如牛顿所说的"我是站在巨人的肩膀上的"。在跨文化语境下,中国地方民俗文化研究视域大大拓宽,地方民俗文化和学术研究从区域出发不断走向中国,甚至走向世界,中国地方民俗文化逐渐被西方国家认知和认同。华东师范大学殷国明先生认为,东方文化对西方充满了诱惑,他提出三个观点:"面向东方:西方文化发生的历史契机;叩问东方:西方文化的寻根之旅;发现东方:西方文化发展的持续动力。"[①]这是目前阐释东方文化历史价值具有厚度的独到观点。

从文化交流史看,西方的思想和学术资源在不断地向东方学习和索取,很多文化资源来源于东方。中国文化作为西方文化发展的镜像和深度空间已经被学界所知所认。文化交流的双向通道形成影响多个层面,关于这一

---

① 殷国明:《东方之魅:理解西方思想学术发展的一面镜子》,《中华读书报》,2012 年 9 月 26 日,第 19 版。

点尼采有过相似论述,尼采考察古希腊文明后认为:"……他们(古希腊)汲取了其他民族的一切活着的文化。而他们之所以走得如此远,正是由于他们善于始乎其他民族之所止。他们精通学习之道。我们正应当像他们那样,为了生活,而不是为了博学,向我们的邻居学习,把一切学到的东西用作支撑,借助它们更上一层楼,比邻居攀登得更高。"①一向心高气傲的尼采其实也不否认西方的思想和学术资源在不断地向东方学习和索取,很多文化资源来源于东方。这种交流现象还可以从世界佛教文化的发展得到显证,回顾佛教文化发展史,"南教北渐"无疑是一条重要线索和脉络,"西天取经"成为中国家喻户晓的故事,印度佛教的传入并逐步成为中国的主要宗教之一,涌现出八大区域性佛教流派,不仅改变了中国宗教文化思想的历史走向,而且催生了中国新的佛学思想和佛教文化镜像。但是,也正是在这种进程中,人们可能会忽视佛教文化发展的另一条重要线索,这就是印度佛教在不断地走向中国的同时又不断地探索和吸取中国的哲学思想和文化资源,从中国区域佛教文化发展和佛学思想吸取自身发展所需的思想、资源和力量,由此构成了印度甚至东南亚佛教文化持续发展的文化动力。从唐代开始,"中国佛教在东南亚和日本都有极大的影响力,不少外国僧人到中国学习佛教,学成归国后,有的还创立了自己的佛教宗派,并奉中国佛教各宗派大师为祖师,将参学的寺院作为这一宗派的'祖庭',使中国佛教各派名播域外"②。目前留存于世的尼泊尔、柬埔寨、泰国、印度等寺庙或多或少带有中国文化的元素。"潘桂明等先生所撰《中华天台宗通史》引慧岳《天台教学史》,列举了东南亚各国的天台宗道场,有果照法师创办的新加坡梵影精舍、慧僧法师主讲的马来西亚槟城佛学院、智梵法师主讲的越南华严寺、圣扬法师主讲的柬埔寨金边正觉寺等。"③

作为一个新起点,印度佛教中国化后的主要流派台州天台宗佛教又传入东亚各国,鉴真和尚6次东渡日本传道,日本天平十二年(740)新罗名僧审祥到日本宣讲华严宗教义等,天台宗成为日本、朝鲜宗教的源头母教。而东亚诸国的宗教文化反过来影响中国,日本、朝鲜每年都有相关专家到天台国清寺寻踪访祖,交流心得。从东亚和东南亚宗教文化源流与演变研究可以看出这一点,要真正研究世界佛教文化其实是绕不开中国的台州地方民

---

① [德]尼采:《希腊悲剧时代的哲学》,周国平译,商务印书馆2014年版,第4—5页。
② 释源:《寺庙文化》,内蒙古人民出版社2006年版,第9页。
③ 项敏:《天台宗在东南亚的百年传播》,《台州学院学报》,2012年第4期。

俗文化,它像一个轴心串起整个亚洲甚至世界的宗教(佛教)。所以,现在的佛教文化已经跨越了时空,我中有你,你中有我,难分彼此。

二、理论观念转型

"跨文化"是单一文化与其他文化融合成熟的过程,本身就体现为一种美学价值,建立在地方民俗文化研究的横向联系和纵向发展的交叉点上。它是和开放的思想品格联系在一起的,在不断走向更宽阔文化氛围过程中实现,为当下中国地方民俗文化研究提供了新的发展空间和动力。对于中国地方民俗文化来说,转型的意义在于继续突破原有的既定的理论概念和模式,建立一种超越原来狭隘民族和国家理念局限的世界性、人类性的文化眼光和观念。关注的不同理论观念和概念之间的碰撞和融合,交流、磨合和沟通的过程及意义。譬如:地方民俗文化研究转型的拐点;地方民俗文化转型的拓展;从唯美到历史哲学的探寻;中国地方民俗文化批评的滥觞与魅力等。理论观念的转型有助于摆脱"独创的贫困"的困境。地方民俗文化研究的转型,是其自身获得发展和扩展的新的向度,它所包容的是一个同中国整体文化同样无边无垠的世界,不断从已经开发的领域,向正在开发和尚未开发的领地发展。

一个国家经济、政治等活动的背后支撑着的必然是本国的文化,中国文化巍然屹立于世,其成功之处在于实现 40 多年中国经济的高速增长,在跨界传播中,无论中国文化有多少负面报道,但过去 40 多年的发展证明了它必有其独到之处。从小范围去考察,民营经济的"温州模式""台州模式"的创建,与两地的区域文化构成千丝万缕的紧密连接。事实已经证明,没有地方文化的强有力的支撑,是不可能产生这种独有发展模式的。浙商遍布全球,带去的不仅是商品,更是浙江本土文化。刘士林认为:"江南文化的丰富性是一口至今也没有穷尽的深井。在这口深井之中,我们至少可以打捞出家族文化、商业文化、审美文化三块沉甸甸的文化宝石。"①家族文化、商业文化、审美文化就是温州、台州经济模式的基石。当这种模式走向中国甚至走向世界,伴随着的是区域文化的对外扩张,其背后是这种地方文化具有的开放视野和胸襟。当然这并不意味着文化的某些优点可以一成不变。发展会导致既有文化某些方面不能再适应新的阶段,不能提供再发展的支持,甚至

---

① 刘士林:《风泉清听:江南文化理论》,上海人民出版社 2010 年版,第 66 页。

反而可能成为再发展的桎梏。经济全球化,文化的视野和胸襟也必须走向全球化。在不断遭到批判否定的旋涡中走出来的中国文化,新时期逐渐显现其自身传统的光芒,5000多年从没有间断的发展历史当是无惧于任何侵略的强大文化。文化应该无优劣之分,当我们对西方文化及体制一知半解、缺乏与他国文化体制切身感受时,我们对文化优劣做出的大胆评判不过感情用事而已。

所以,首先从理论上走向世界就显得非常重要,任何地方民俗文化的研究最终归结为理论的哲学高度。正如汉民族仅存于世的流行于浙江省东南沿海地区,伴随婚礼举行过程而吟唱的仪式歌——"洞房经"一样,作为汉民族独一无二的地方婚俗文化对歌①,学界对其研究还仅止步于源流与演变及形式的阐述上,缺少对这种地方民俗文化蕴含的深刻内涵的真正挖掘。陈华文教授是研究台州"洞房经"的代表,他认为:"洞房经习俗最主要的特点就在于汉民族的婚礼仪式中不但保存了完整的仪式歌,而且保存了对歌这一独特的文化现象,并且至今仍流行在温黄平原,这确实可谓是一种文化的怪异现象。"②但如果想把这种富含地方特色、历史价值和现实意义的婚俗文化现象赋予新的生命,应该把它置放于人类婚俗的共同价值和精神去考察,挖掘"洞房经"所体现的追求婚姻秩序、幸福生活的文化价值及诗性婚俗的审美意义。因为人类共同关心的问题不仅大大缩短了我们之间的空间距离,更重要的是,也大大缩短了我们之间的心理距离。这种跨越时空的文化视觉和多学科的背景可以改变目前"洞房经"研究的单一性,不仅阐释其古朴形式以及与古越文化的关系,更是注重跨文化语境下的多元化视角的空间理论阐释,立足于地方现实民俗文化生活,挖掘内蕴的普适价值。

三、研究思维方法转型

所以,在研究地方民俗文化时,强调地域文化民族性的同时关注全球性,在强调个案研究和田野调查的同时,注重纵向考述与横向对比,强调区

---

①　陈华文认为:在婚礼中保存着对歌形式,从目前汉民族婚礼习俗的角度去考察,台州的"洞房经"则可以说是独一无二的。那些在少数民族中存在,而在汉民族中遗失的文化表现形态,都完整地保存在"洞房经"仪式中,这是一种值得保护和保存的文化传统和活的婚礼对歌的文化化石。引自《一组古老的文化符号——汉民族婚礼对歌"洞房经"溯源》,《浙江师大学报》,1990年第3期。

②　陈华文:《洞房经:文化的神话——温黄平原"洞房经(歌)"习俗的思考》,《东南文化》,1990年第4期。

域社会变革孤立事件的文化想象力同时,注重跨学科综合研究。对地方民俗文化的事象意义和价值进行多元文化视觉立体摹画,努力为地方民俗文化的传承寻找更为广阔的发展道路。"洞房经"的研究思路与方法完成了三个转变:

其一,从注重对"洞房经"这一民俗事象的文本研究转向重点对民俗文化"洞房经"的人本研究。如审美功能、价值追求、共同的文化、精神倾向等。

其二,从注重强调"洞房经"收集整理的线性研究转向跨区域和多学科的横向综合研究,如文艺美学、历史、地理、宗教、民间文学,与吴、楚、沪等区域文化关系等综合研究。

其三,从注重区域地方性研究转向跨文化普适价值研究。跨区域、跨民族,甚至跨国界的婚俗文化交流、碰撞、融合和价值认同,婚俗仪式的功能起到社会确认、文化确认、心理确认的三种确认应具备全人类共同的价值观。

我们要用转型思维对待地方民俗文化研究、发展的历史经验,把社会变革和开放的精神甚至一个国家的政治、经济、文化等融入地方民俗文化的研究,以历史批评的态度对地方民俗文化研究的重要学者和重要著作做一番重新梳理和考察,从中吸取经验和教训。既要保持地方民俗文化史料线形研究的传统,又要开放融合地方民俗文化在全球化背景下呈现出来新型特征,以此分析和解释区域文化的独特性。同时,要关注影响地方民俗文化走向的历史语境和时代给特定区域带来的历史印记,它通过战争、灾难、政策、移民、交通、民俗与社会事件、开放程度、地方行政区划变迁等深刻影响地方社会构成与人们的思想意识,分析和论证地方民俗文化的社会价值和审美意义。透视地方民俗文化传统与现代的内在联系,本土和外来的碰撞融合,对区域文化交流、跨文化交流过程中扮演转折点角色的地方民俗文化新特征逐一呈现,分析其源流衍变历程,以及与其休戚相关的形成与传播过程。可以通过中国地方民俗文化研究范式的转变,对重写地方民俗文化史的探索,研究过程中审美与政治的相互映照,以及对寻找精神文化的穿越等,来推动中国地方民俗文化研究在跨文化交流中的进程。地方民俗文化研究的转型承担了文化上承上启下的历史重任,把中国地方民俗文化研究从传统带到了现代,进入了一种开放的、与世界文化发展密切相关的境界,不再仅仅从本民族和本地域文化传统的角度出发去理解文化的意义,而是在不同文化传统的共同理想中寻求沟通和理解。

四、理论话语转型

由于从西方引进的现代观念与地方民俗文化的区域性、封闭性造成的"自伤",使传统话语无法直接参与到现代文艺美学的创造之中。这种"失语"不仅产生在理论的观念与话语之间,也表现在中国人的内在美学精神与现代新的话语系统之间。首先,随着全球化的深入扩张,民族性已越出单纯的文化范畴而越来越上升为关系民族和国家独立生存的重大问题。在全球化与民族性、多元化与一体化的两难选择中,去其两偏而得乎其中,既是非常困难的事,又是关乎本民族文化有没有脊梁骨的事,对文化民族性的理论基础、当代价值、现实境遇以及当代中国地方民俗文化构建的思维误区进行深入细致的研究,探讨地方民俗文化累加融合的结果具象,可以让我们重新找到全球化视野下地方民俗文化民族性重建的可能路径。其次,从 20 世纪西方对我们文化的误读开始,我们在一段较长时间内丧失了文化的话语权。不同文化体系之间的陌生和互相纠缠,造成了传统与现代之间难以沟通的尴尬境况。在地方民俗文化研究发展中,由于西方观念无法在传统文化语境中找到表达,而传统话语一时无法适应和承担现代观念的解释,于是,中国地方民俗文化研究的"失语"现象提上了理论层面。这种"失语"不仅产生在理论观念与话语之间,也表现在中国内在美学精神与现代新的话语系统之间。最后,地方民俗文化研究本身缺乏响亮的声音,传统的研究不能与当下的西方话语构成对等回响,直至目前还没有产生具有世界性影响的理论及人物。作为汉民族仅存的独一无二的婚礼对歌——"洞房经",其本身蕴含历史和人文价值,就足可进入研究者的视野,但至今研究者只有一人,而这个人还是在一个偶然的情景下接触并发现"洞房经"的现实意义,这才有了不多的研究性文章,在他的推动下,"洞房经"才跻身浙江省非遗保护名录,才去申报国家非遗。如果没有他的努力,这种诗性婚俗话语权及影响力就像深埋在地壳中的黄金,不会发光。所以传媒时代下地方民俗文化"酒香不怕巷子深"的观念逐渐失去生存的土壤。因此,我们在极具民族性的地方民俗文化研究理论方法、意义价值的阐述上就失去了应有的话语,变得无语,无法赢得广泛的认同。这里,应该明确,我们不是缺少文化资源,而是缺少发现、概括和提炼后形成的一种具有普适价值的系统理论,也就陷入了"独创的贫困"境地。

这种失语现象给我们提出来了一个严峻的问题,如何在理论上确立地方民俗文化在中外文化交流中的意识形态特征,重新定义地方民俗文化的历史与现实价值,其研究的转型就成为重新获得话语权的必要手段之一。于是,新的话语就产生了,误读·失语·无言·新语在话语转换的背后是理论话语的争夺,典型的文化的意识形态之争;假如在没有历史偏见的语境中审视文化的理论话语,我们的文化将得到公正的表述。这是我们所希冀的。

五、批评价值追寻转型

跨文化的文化理论和文化批评,是中国新世纪地方民俗文化批评发展的一个新的质点。主要维度为:一是微观与宏观结合的地方民俗文化研究,重视地方社会历史文化资料收集整理,以新的思维、理论和批判价值进行综合研究;二是不同地域文化的平行与交叉研究,重视地方政治、经济和风土类型的考察比较与地方民俗文化互动关系的研究;三是包容并蓄的开放研究,重视对西方批评理论的引进和本土化改造;四是小地方和大中国互为依存的文化批评研究,重视区域文化的特性与中华文化整体性的构建。

我们既要肯定中国理论界对于追求宏大理论建构的努力,又要重归日常生活的长路,分析学理化与规范化的弊端与歧路,把握地方民俗文化批评的生命化与生活化。注重文化的多层面、跨界传播,挖掘地方民俗文化之历史、精神价值,使之自觉消解不同地域文化在交流中产生的摩擦现象,走出随历史变迁引发的文化变迁所带来的精神困境,防止地域文化在转型期出现冰冻或断裂。独具民族特色的地方民俗文化是中华传统文化的有机组成部分,是世界共同的文化宝库,中国地方民俗文化的巨大价值应为世人所知所认。辜正坤在研究中西方文化比较时看重东方文化,他认为:"文化多元主义重视东方文学,比较文学应包括东方文学比较研究。"[①]其实,在不显山、不露水的台州"洞房经"研究上更应如此。虽然"洞房经"已列入第四批浙江省"非遗"名录,后亮相2012年全国婚博会引起轰动,但研究的专家从知网查阅只有陈华文一人,作为汉民族仅存的婚礼仪式——对歌,真正的美学价值至今无人窥知。其实,从跨文化视野看,台州"洞房经"至少存在以下价值:

第一,"洞房经"所体现出来浓郁的家族文化意识正是浙东家族企业兴旺发达的一个缩影。

---

① 辜正坤:《中西文化比较导论》,北京大学出版社2007年版,第265页。

第二,"洞房经"传唱过程塑造了台州式"硬气"、热情奔放、敢闯敢冒、勇立潮头等台州沿海人民的品格气质。

第三,"洞房经"释放出集体意识的幸福生活愿景和对快乐生活的现实把握。

第四,"洞房经"仪式和仪式内容中体现出来的社会舆论、文化意识、共同价值观、宗族组织等社会力量,能够有效维系家庭的稳定,保障婚姻秩序。

第五,"洞房经"歌词,对仗工整,韵脚相押、平仄协调,亦诗亦谣,用当地土话、吴歌韵律颂唱起来朗朗上口。其内容或为祈福祝福、生活掌故,或为当地俚语俗言,或为神话传说、历史故事,既独具意韵,又生动活泼,文采斐然,极富文学价值。

当然,这需要研究者有独到的智慧和宽阔的思维,对那些有代表性意义的地方民俗文化研究从更大范围入手,探求人类的共性,其价值层面才会被不同地域各色人等认同。文化批判价值的追寻是转型期地方民俗文化研究的焦点,也是凸显新的生命意识和诗意审美的核心价值之本。

一种新的生命意识和诗意审美的产生必须建立在历史与未来、外来与本土、传统与现代结合的精神之上,不单是靠"外来的和尚好念经"这一民粹理解。对西方所能给予我们的一切应当掌握先占有、后挑选的方法,"运用脑髓,放出眼光,自己来拿"①。只有这样,才不会辜负时代所赋予我们的一切。目前,海外对中国地方民俗文化的研究还不能称得上是一门显学,但是从中外文化交流的角度考量,却是传统悠久,潜力巨大。文化交流的境界在于彻底地渗透和融合,最终达到"齐一论"的平衡状态,外国人喜欢中国文化中超凡脱俗,亦真亦幻的生命形态理念,也关注因经济合作而涉及的地域文化;而中国人也会谦虚吸收国外先进科学技术及先进理念,这种文化的汇合构成了异域文化之间的双向通道,彰显出各个文化主体的地方性、民族性与时代性。总结与梳理中国地方民俗文化的历史内涵,将它们置于历史的、宏观的和全球化的视野下进行系统性历史回顾,特别是西方消费文明的迅速传播对地方民俗文化构成的强力冲击和由此引发的因开放而造就的地方新文化形态,提升地方民俗文化研究学者的宏观研究意识。

---

① 鲁迅:《拿来主义》,《鲁迅全集》第六卷,人民文学出版社 2005 年版,第 40 页。

乡愁的召唤

——我与文化礼堂①

乡愁既是现实的又是虚化的，"现实的"是指乡愁由来指向明确，譬如杭州、上海、西安等城市的具体地方，"虚化的"是指文化意义上的乡愁，不具象化。故有评论者指出，大诗人余光中的诗歌《乡愁》需从他的"文化乡愁"情结入手，就可以体味诗人的寂寞，文人的孤独。乡愁未必一定是实指的，不一定是家乡具体的归宿地，可以是一种虚化的对故乡（故土）的留恋。

无论是"胡马依北风，越鸟巢南枝"，还是"书卷多情是故人，晨昏忧乐每相亲"，无论是"人归落雁后，思发在花前"，还是儿女情长、家国天下，中国人都会把绵绵的思乡情绪归结于乡愁。文化礼堂在乡村的"漫山遍野"，让身在故乡外的游子，油然而生一种对家乡故园的向往，仿佛在心底里发出亲切的呼唤。

一、君自故乡来，应知故乡事

乡愁需要一个连接点，就像我与文化礼堂。如果不在历史记载范围内，A 和 B 达成某种紧密关系，是需要一个明确的时间节点，以作为一种线索或记载留存在文字里，让自己和后人查阅记起，这种"小文化"虽不能登大雅之堂，但于个体而言，见诸文字，在散发着墨香的纸页里留守，还是能存在某种诗情画意般的念想的。但文化礼堂自什么时候起和我有所联系，这种 AB 关联，我记不清准确的日子了。从我萌发要写一本关于台州文化礼堂的书而试图告别乡愁开始，时间过去三年了。三年之前的某一天，但是几月几

---

① 该文为《农村文化礼堂创新理论和实践的台州范本》一书的序。周仲强：《农村文化礼堂创新理论和实践的台州范本》，浙江工商大学出版社 2011 年版。

号,不能准确记起。或是有感而发,或是心血来潮,或者受到某件突发事件诱发,或者是学校交代的任务,抑或必须完成的课题,我很想搞清楚这个时间节点,但仔细想想,细节依然比较模糊。

有所回忆让人觉得惬意、幸福,我经常沉迷于斯,不觉有丝毫牵累。绵绵思绪——乡愁始终笼罩着我没有离开,犹如久候在港湾里的商船,随时等待启航,恰巧遇上这个出发点。

2014年9月,我去市文广新局挂职,能够到政府部门挂职锻炼,于人的成长大有裨益,很多年轻人的成长都是借助于这个捷径,以趋之若鹜形容也不为过。于我而言,大概是年近半百,事业上没有太多上进心的缘故,虽有所热情,但也平淡。说是热情,毕竟新的生活让我心向往之,能去政府部门,跟着领导经常下去"巡查"一番,走在乡村第一线,再混个脸熟,在文化界博个存在感,或壮壮声色,或在今后田野考察时有人待见、搜寻资料时有人协助,于我的学术研究大有裨益,这是一个全新的境界,也是人生一大快事。说是平淡,主要缘于年纪已大,发展空间狭窄,惰性随性而生,对喧闹世界已有抗拒之心,舒淡潇朗已成本意。加之久在高校任教,学院派风气浸润一身,关起门来搞研究,从书本里来,到书本里去,已成惯性,长年又是混迹于学生中,与精彩的世界着实隔膜了一回。

能跨过这道门槛,走向另一世界,还能到县市乡村体面地"晃悠"几回,求知欲、虚荣心似乎得到大满足。更重要的是,不断下村,回眸乡村,刷屏又刷屏,历经多次头脑风暴,久违的乡愁却涌上心头。乡村已然翻天覆地,宏大、灿烂、丰富。倒不是乡村去得少,而是眼下所到之处满目所见,过去的村部、广场、祠堂、庙宇、公共场所竟多是文化礼堂,它如此恢宏、盛大,别有一番风韵,徜徉其中,忽又感觉恍如隔世。哦,这不是我记忆中的乡村,记忆中的乡村虽历历在目,但还是停留在过去感性的认知上。是记忆关闭了我对乡村的想象之门,世界已如是,我怎能依然在传统乡村的记忆中勾留。

也许你远在他方,时时会想念故里山川温柔,江海碧波荡漾,小桥流水人家,鼓楼钟声向晚;

也许你街头踟蹰,依稀记起童年灯下听到的逸事传说,木铎金声,清幽雨巷,水目塔影,清华洞天;

也许你翻书偶得,悄然走进那段峥嵘岁月,青春飞扬战鼓如歌,茶马古道马蹄留迹,驼峰航线战机传响……

那些关于家乡的任何细节——乡音、往事、民俗、庙宇、节庆,存在于每个台州人的记忆中,是溯源,是召唤,更是传承。

我似乎听到一种召唤,这声音从乡土传来,从心底传来,翻起业已涟漪的池水。美国约翰·布林克霍夫·杰克逊在《发现乡土景观》扉页中说:"乡土景观的形象是普通人的形象:艰苦、渴望、互让、互爱,它是美的景观。"对乡土景观的认识可以加深人们对幸福感的理解,这种幸福来源于对其所处的自然和社会文化环境的归属感和认同感。

从产业处转到文艺处,先是陪着文化部专家考察台州文化礼堂,座谈、归纳、抽象,最后形成概念,又随着宣传部检查,听取汇报,和文广新局领导三下乡……行动指向都勾起我的怦然欲望——那似乎淡忘的记忆——乡村,又何曾离我远去,熟悉的、陌生的似乎都变成一样脸孔,显得亲切了,几年时间倏忽过后,却发现亲切的乡村依然离我最近,不断把玩触摸,最是感觉到它的真实。我真切感到,乡村最浓重的文化风景就是文化礼堂。无论是秋意绵绵、冬寒彻骨,还是春雨朦胧,夏日烈烈,白墙黛瓦、高大肃穆、整齐宽敞的农村文化礼堂,在烟雨、烈日、雾霭、萧索中,静谧而有诗意,成为台州乡村一道亮丽的风景。别样景致融于山海人情间,流连千古文脉处,感受到礼堂、诗意、文化与人的脉动,多么令人神往!

从无到有,从小到大,由点到面,由盆景到风景……洋洋洒洒,富有诗意,行走在浙东大地上,复古范、文艺范、融合范、传统范、乡土范、多彩范、创新范、长效范的农村文化礼堂矗立着,已成为台州乡村的地标建筑。自2013年起,台州把文化礼堂作为为民办实事的重点项目启动,建设以"农村文化礼堂"命名的乡村文化服务综合体,宣传部全力以赴,相继出台了农村文化礼堂建设的指导意见、计划、标准等文件,成立农村文化礼堂建设工作领导小组,整合利用农村各类建设项目资金,分级推行礼堂建设和星级管理,并把支持和奖补资金列入政府年度财政预算,将文化礼堂建设工作纳入年度考核范围。截至目前累计建成1459个,建成总数居全省第一;到2020年,台州市计划再建成1700多家较高水平的农村文化礼堂,覆盖全市80%以上农村人口,其中1500人以上的建制村将全部建成,实现覆盖率100%。中央电视台点评、新华社点赞、半月谈推介、获得全国基层文化工作先进集体、省文化礼堂建设先进单位、省宣传思想文化创新奖,举办浙江全省农村文化礼堂建设工作现场会等。村民参与文化礼堂建设的热情高涨,引起了省里的高度关注。在全国主要省份基层综合性文化服务项目热度对比中,浙江热度值为 96.82%,居第一位。[①]

和合文化、大陈岛垦荒精神、红色文化、海洋文化、农耕文化、孝德文化、戏曲文化、礼仪文化、渔俗文化……五年多来,台州农村文化礼堂如雨后春笋般拔地而起,各地依托乡村自然和人文资源禀赋,建立起主题鲜明、风格独特的文化礼堂。焦点访谈、《文化报》《光明日报》《浙江日报》、人民网、光明网等主流媒体纷纷报道,文化礼堂"台州范式"已然成形。它"唤醒了沉潜于乡野民间的文化自觉意识,接续起绵延于历史时空的千年优秀文脉,凝聚起沉淀于乡民意识深处的家国故园情怀,激发出蕴藏在百姓心中的文化创造热情"[②]。笑声、歌声、掌声、书声等交错混杂,组成乡村田园交响曲,飘荡在广袤的大地上,华丽丽地展示新农村乡风村情,热闹、繁盛、昌明,伴随着浓浓的乡愁、深厚的传统、暖洋洋的民俗,遍地开花。"理事会制""五 Z"管理模式、乡村十礼、文化联盟、"总馆分馆制"等成为规范、范例和先锋,农村文化礼堂成为村民最愿意去的地方,成为农村的文化地标,百姓的精神家园。这就是农村文化礼堂"台州范"。

二、"范",台州理论与实践的指向

什么是"范","范"在哪些方面? 从传统看,"范"可以是法则,典范、榜样,也可以是先例、率先。《尔雅》云:"范,法也。范,常也。"王充《论衡·物势》认为:"今夫陶冶者,初埏埴作器,必模范为形,故作之也。"明《袁可立晋秩兵部右侍郎诰》说:"嘉兹懿范,宜需宠纶,是用加封尔为淑人。"

美国著名科学哲学家托马斯·库恩对范式有过较为精辟的论述,他认为:所谓的范式(paradigm)是一种共有的范例。在《科学革命的结构》一书中,库恩将"范式"定义为那些得到公认的科学成就。这些所谓的范式能够在一定时期内为实践共同体提供典型的问题和答案。他明确指出,"范式是一个成熟的科学共同体在某段时间内所认可的研究方法、问题领域和解题标准的源头活水"[③]。可以理解为,在一定时间内,范式可以是得到广泛认可

---

① 光明日报调研组:《农村文化礼堂:浙江乡村文化精神新地标》,《光明日报》,2018 年 4 月 27 日,第 7 版。

② 光明日报调研组:《农村文化礼堂:浙江乡村文化精神新地标》,《光明日报》,2018 年 4 月 27 日,第 7 版。

③ [美]托马斯·库恩:《科学革命的结构》(第四版),金吾伦、胡新和译,北京大学出版社 2012 年版,第 88 页。

的理论方法、可以是实践典范、是榜样。

周晓虹认为：可以将宏观—微观、自然主义—人文主义视为两对既有一定的区隔，同时又互为过渡的"连续统"。由它们可以进一步获得四种理论范式。[①] 社会事实范式、社会行为范式、社会批判范式、社会释义范式，对应的目的是理解、预测和控制社会事实；理解社会行为及决定或影响人类社会行为的内外部因素；强烈批判现实社会，强调知识的反思性及指导行动的意义；理解作为社会行动者的个人行动的主观意义，以及这种意义对行动者和社会现实的影响。

他们都提供了范式解释的自我理论。

农村文化礼堂"台州范"，可以概括为：台州农村文化礼堂建设处在全省前列，不仅建成总数全省第一，而且以大陈岛垦荒精神和合文化构成的精神和内涵独一无二，在建设、管理、礼仪、活动、创新、长效、乡贤等方面屡创先例，很多理论与实践成为典范、榜样，为浙江省甚至中国农村文化的发展提供了多个样本和范式。

台州农村文化礼堂建设是新时期农村公共文化服务实践的重大转型的见证者和参与者，台州建设文化礼堂的思想与实践凸显出独特的范式特征。这种范式特征不能自话自说，还必须附有佐证材料。农村文化礼堂"台州范"体现在建设主题、理论术语、创新思维、方法、标准、机制等方面。分为建设范、管理范、礼仪范、创新范、长效范等。

具体而言：

建设范：央视焦点访谈节目专论"路桥文化礼堂"，2019 年新华社点赞台州文化礼堂："坚持'一镇一品''一村一韵'，浙江台州因地制宜打造农村文化礼堂，成为乡村文化新地标。"[②] 被评为浙江省农村文化礼堂先进集体，召开浙江省文化礼堂建设现场会，2017 年全省评出 219 家五星级农村文化礼堂，其中台州市占 31 家，在 10 个地市中总数最多；2018 年全省评出 293 家五星级农村文化礼堂，其中台州市占 38 家，继续在地市中领跑（第 2 名与第 1 名相差 1 家）。《光明日报》《文化报》《浙江日报》等多次报道台州农村文化礼堂建设成就。

---

① 引自百度百科"范式"。

② 新华社：《坚定文化自信　焕发时代风采——十八届三中全会以来全面深化文化体制改革综述》，新华网，2019 年 1 月 5 日。

管理范：文化部推广的"文化礼堂理事会制"①，成为基层公共文化服务综合体的标配。光明网等介绍的村级文化基金众筹、《文化报》等报道的"文化大使驻堂制"等屡创先例。文化礼堂管理"五 Z"模式获浙江省宣传部创新课题立项。

礼仪范：浙江省委宣传部创新奖"乡村十礼"，中华礼仪之风风靡大地。

活动范："乡村大使"被评为"全国基层理论宣讲先进集体"②，天天大舞台、村晚、春晚，百姓拥有了自己的美好生活。

创新范：新华社 2019 年《坚定文化自信　焕发时代风采——十八届三中全会以来全面深化文化体制改革综述》点赞台州文化礼堂；黄岩区山前村文化礼堂被评为全国服务农民、服务基层文化建设先进集体③，全省唯一；浙江省样本：文化礼堂"e 家工程"打通建、管、用、育一体化长效机制。

乡贤范：乡贤是乡土文化的精灵，参与文化礼堂建设成就巨大，半月谈刊登《乡贤参与乡村治理的"台州模式"》，高度肯定台州乡贤的标本式作用。如天台县乡贤出资 7700 万元资助文化礼堂，全市累计超过 4 亿元。

……

椒江区打好"组合拳"破解农村文化礼堂建设难题，创新打造"和合讲堂"激活基层农村文化礼堂内生动力，采用中心辐射、资源互补和强强联手等形式，精心打造了 8 个文化礼堂区域联盟，解决经济基础和文化发展不均衡的问题，并形成共建农村文化礼堂、共享文化发展成果的良好局面。

黄岩区创新性地推出了文化礼堂"理事会负责制"和"星级动态管理"模式，"理事会负责制"成为全省文化礼堂的标配。充分发挥农民的自主意识，使文化礼堂有章理事，有人管事，有钱办事，让群众真正成为文化活动的主人翁。黄岩的成功经验是：硬性植入不如潜移默化，"送文化"不如"种文化"。农村文化建设，是一种基于对农村和农民的理解、尊重之上的引领。只有在潜移默化的熏陶中，农民的思想境界才能一步步提升起来。

路桥区首创"乡村十礼"、村级文化基金众筹，文化礼堂"五 Z"管理模式，"e 家工程"打通"建管用育"一体化长效机制为特色，打造浙江样本，让

---

① 引自《文化部简报》，2015 年第 105 期。

② 2016 年黄岩"乡村大使"获评"全国基层理论宣讲先进集体"，全省唯一，也是近五年来，台州宣传系统第一次获得全国级奖项，此奖项由中共中央宣传部颁发。

③ 2018 年获第七届全国服务农民、服务基层文化建设先进集体，由中共中央宣传部、文化部、国家新闻出版局联合颁发。

文化礼堂成为当地群众的精神家园，并获得全省首批文化礼堂建设先进区称号；"乡村十礼"获省宣传思想文化创新奖，其成功经验在全省进行推广。

临海立足农村实际，通过整合现有资源，把握"提质扩面、常态长效"的主题，让非遗走进文化礼堂，"三三"工作法推进农村文化礼堂建设，力争每一个文化礼堂都有乡土特色品牌，每个时间节点有活动节目，全面释放古城特有的地域文化魅力。

温岭市坚持服务中心，强化主题设置，确保礼堂功能充分发挥。他们则依托"互联网"平台，将传统文化活动开展微信直播。

玉环市将"农村文化礼堂长效机制建设"作为重点改革项目，致力在建设机制、管理运行机制、内容供给机制、队伍保障机制、资金保障机制等方面精益求精，努力成为全省文化礼堂长效机制建设的地方模板，成功打造了一批以"历史""红色""武学"等为主题的特色文化礼堂。

天台县以乡音、乡情、乡俗为引子，探索"文化众筹""院企联建"等方式，组织开展了"乐在礼堂、福满乡村"系列迎新活动，建立"总部＋分部＋村礼堂理事会"三级组织架构。推进农村文化礼堂、"和合书院"建设，目前该县乡贤投入农村文化阵地项目的建设资金已达7700多万元。

仙居通过科学修缮旧书院、改造废弃祠堂，将当地历史传统与特色文化合理布置，实现了历史原貌和时代特色相融互存，不断完善草根讲师进村坐堂机制，激发农村文化礼堂活动。

三门依托云管理平台全面提升服务效能，每年以"爱在三门、乐在礼堂"为主题，开展农村文化礼堂节庆秀等系列活动。①

随着功能的不断拓展，农村文化礼堂的作用已远不止"唱唱歌、打打牌、跳跳舞"了，而是成了农民体道、求知、尚德、化育的平台，成为能唤起沉淀于心浓浓乡愁的地方。台州传统村落呈现出明显的文化思维，"生之于地，善之于天，为之于人"，充分体现了"山海之城"的地理特征和"和实生物""天人合一"的人文思想。台州人的人文思想转化为质朴醇厚的乡土情结，沉淀在村落的历史构成中，显现在现代化发展中。乡村文化礼堂正在提供台州人民追求美好生活的新选择、新路径。

强调异学并存、求其会通，发挥乡村文化在社会治理、文明风俗、社会和

---

① 各县市区的活动概述参看：《台州农村的一件事，吸引了全省的"兄弟"们来学习！》，《台州日报》，2017年8月19日。

谐等诸多方面的作用。学习、归纳、继承、创新、提升、弘扬,整理挖掘文化资源,对传统文化进行静态保护和活态利用双向度统合,让传统文化以一种日常生活的方式融入人们的生活之中,成为一种集体记忆,一种生活方式,融入日常行为规范,让青山绿水重回生活的轨道,让离乡之人记得住乡愁。这样的结果可以用"四个有"来概括:一有令人向往的田园文化景观,二有特色鲜明的乡土文化,三有人人参与的文化氛围,四有配套便利的公共服务。着力做好七方面工作:梳理基层公共文化发展思路,提炼特色地域文化,传承历史文脉,塑造特色田园景观,完善基本公共服务,改善人居生态环境,提升百姓文化获得感。建设特色田园乡村的重点任务是,宣传部科学编制方案,坚持"多规合一",高起点编制规划;培育文化礼堂发展,着力形成"一村一品";完善公共服务,推进基本公共服务合理布局;保护生态环境,促进"水田林人居"和谐共生;彰显文化特色,传承乡土文脉;增强乡村活力,积极培育新型文化经营主体;构建乡贤文化,形成长效机制:文化礼堂"e家工程"打通建、管、用、育一体化。

三、范式理论的构成

思索、沉淀,在过程中分析归纳。在农村文化礼堂建设推进的五年中,五大方面的理论和实践阐述进入我关注的视野。

一是文化语境。在基于政府责任的视角下,公共文化行政官员即便是在涉及复杂价值判断和重叠规范的情况下,也能够并且应该为了公共利益而为公民服务,将政府定位为公共文化服务的主导者,将公共管理者的角色定位为引导者、服务员和使者。以此串起文化礼堂高歌发展的时代语境、文化礼堂建设历史机遇的理论表述,开拓文化礼堂建设的崭新文化视域,重构后乡土时代以践行公共文化服务为核心的文化礼堂空间,发现文化礼堂的人文魅力。

二是思维观念。文化礼堂的意义在于继续突破原有的既定的概念和模式,建立一种超越固有理念局限和世俗眼光的思维范式。关注农村公共文化服务意识形态建设中肩负的重任,以及不同观念和概念之间的碰撞和融合,交流、磨合和沟通的过程及意义。着重讨论在全民共享背景下,农村公共文化服务的拐点和亮点、农村公共文化服务的拓展和深入等问题,以此显示文化礼堂建设的滥觞与魅力。

三是评价方法。文化管理机构责任即指宣传部自身在公共文化服务范式培育中应当承担的义务,它是范式培育的主体和核心。对范式组织的发展和进步起到关键作用的就是组织文化,因为它涉及范式组织的价值观、行为方式以及发展方向。宣传部自身可以通过培育先进理念来塑造组织文化,实现组织层面的文化自觉。从不同层面总结文化礼堂发展的经验,考察21世纪政府在乡村文化建设中的取得的成效,着重关注一些重要学者对文化礼堂的研究,从中吸取经验。可以着重引导讨论:文化礼堂范式的转变,对丰富农村公共文化发展模式的探索,建、管、用、育一体化长效机制的构建,建设过程中审美与政治的相互映照,以及对寻找精神文化的穿越。

四是理论话语。由于传统观念、最初误解造成对文化礼堂建设的"自伤",从2013年的依靠政府的强力推行,到现在的村民主动参与,政治文化话语在直接参与到现代乡村文化美学的创造之中形成巨大张力。阐释政府在行使职权时高调话语在不断推进中逐步得到认同的语境下,产生理论观念与话语之间重构现象,表现出台州人内在美学精神与现代新的文化话语系统之间的紧密联系。可以着重讨论:关于"文化礼堂"的新诠释;误读·高论·新语在话语转换的背后农村文化精神高地建设成效,政府话语·传播与文化权力的重新布局。

五是价值追寻。公共文化服务范式的社会培育——基于公民责任的视角。新公共服务理论重视公民资格、公民的社会身份,强调社会责任,倡导以公民身份积极主动地参与管理,并形成自觉行为。对于保障公民基本文化权利,提供公共文化服务的宣传部及其相关文化机构来说,全体公民也要承担相应的责任来维护公共利益,也要以主人公的姿态投身其中。社会力量可以通过多种方式构筑有利于文化部门提供公共文化服务的文化生态。概括当下文化礼堂建设政府话语高扬境地及造成全国性热点所面对的巨大成就感,凸显其文化价值。因此可以着重讨论:政府和理论界对于追求实践价值和宏大理论建构的努力,以及重归日常生活的长路,克服乡村公共文化服务建设中出现的学理化与程式化的弊端与歧路,回归文化礼堂建设的生命本质化与生活化,成为留住乡愁、品味乡韵、展现最美的"文化地标"。

基于以上几点思考,我的思路主要有两条。一是横向比较。即对中西方乡村文化精神展开横向比较。在平等、对话、交流的基础上发现中西乡村文化建设的互通之处及合理、进步的思想、理论,同时对省际、市际在公共文化建设领域的成果与经验进行比较,在同一性和差异性的不同视域中寻找一种共同的文化本质。二是本土化研究,不去套用西方现成的东西,也不投机取巧地做二元式的对比,而是直接面对我们自己的社会、文化、生活和心理行为,重新进行思考和分析。或者说,本土化就是让我们在研究时换一个角度,即不直接通过西方学科中的概念、理论和方法来发现现象和问题,而是从本土的现象和问题出发,来寻求相应解决问题的途径、方法和对应工具,建立本土的学术概念、理论和分析框架,即以中国乡土文化的发展为主线,以文化礼堂在当下面临的困境和发展前景为问题出发点,着眼于转型期间公共文化服务的发展研究,试图从文化语境、理论观念、批评方法、理论话语以及批评价值五个方面,探讨新形势下这五个方面对文化礼堂建设所产生的影响,寻求当代文化理论和实践所需要崭新的意识和知识——不断理解和吸收历史创造的一切文化成果,感受和理解各种不同的文化艺术的意蕴。

能否攀上文化礼堂建设的高地,为台州,为百姓奉献上一曲高亢热情的赞歌,完全呈现出这五年来政府和百姓所想的、所做的和所能展示的一切,在传统乡村中,尽情释放党和人民的智慧、力量,让乡村人民切身体会到政府为民办实事的巨大成果,全面收获文化获得感,使不断增长的文化需求得到满足,这是能带给我最大的心灵安慰,把三年多的思考和田野实践转化为跳跃的文字,在散发着墨香的书页中肆意徜徉,也能帮助自己卸下沉重的负担。

乡愁是乡土文化的折射;乡愁是乡村振兴中的文化复兴;乡愁是精神故乡的象征。

散发着泥土气息,充满着亲情、乡情、家国情,渗透着文明道德、文化礼仪的农村文化礼堂,已成为乡村的精神文化地标。

记下吧!我能做的也许就只有这些。

下 编

探索、求真——人文空间的徜徉

全球化时代的人文教育如何可能①

　　在全球化语境中,中国人文教育的发展,面临着新的挑战与考验,也出现了新的格局和特点。其中,西方教育思想的传入与现代中国人文教育的发生,不仅是一种引人注目的文化事实,也是我们了解和反思国民意识与人文教育变迁的一个交叉口和基本点。因为在历史文化的交流和碰撞中,中国国民意识经历了一种历史变革,而西方教育意识的传入又为中国人文教育的更新提供了契机。因此,我们所面对的历史情景——无论从观念形态还是从实际操作方法来说——都比现在所设置的论题复杂也丰富得多。但是,从整体上来看,如何理解交流与接轨、衔接与跨越、复制与创新等问题,目前是值得我们认真探讨的,也许由此我们能够从中发现人文教育发展的新的格局,引申出通向未来的路径。

一、与世界接轨:中国人文教育与国民意识的嬗变

　　20 世纪的国民意识,经历了一个历史性的"转型期",这说明人文教育在这个时代具有更重要的意义。20 世纪也是一个交流的时代,所以,研究交流和促进交流,自然而然地成为人们关注的焦点。这对中国人文教育的演化尤其重要。如果我们不能为人们提供一个中西文化及其人文意识相互交流、渗透和应合的整体景观,就无法对 20 世纪中国国民意识和人文教育进行一种确切的、有意义的描述和评价,也就无法真正理解和把握它们的独特意蕴。但是,这种探讨或许首先得突破原有的既定的理论概念和模式,从

---

① 殷国明、周仲强作。发《探索与争鸣》,2011 年第 3 期。

根本上走出一种"小文化"的价值观念，建立一种超越民族和国家国民意识界限的世界国民意识眼光和观念。在这里，所谓民族特色和气派，并不是一种拘泥于一时一地的地域性文化属性，而是表现为一种世界性的国民风范，人们可以在任何情况下都能与它沟通。其原因之一，就是在世界性的文化交流中，人们在思想上和信念上面对着从未有过的纷繁情况，社会发展的突飞猛进改变着一切，太多的现象令人称奇，太快的变化令人无所适从。全球化的声浪正在把一种全新的国家观念和国民意识广泛散播，似乎不断化解和消融着各种不同文化之间的隔阂和距离，使人文教育进入一种"跨文化"的境界，即国民意识思考无新旧之分，无中西之分，无古今之分的世界，这时，固有的界限变得模糊了，其地域文化属性也不再显得那么明显和突出了；任何一种教育理念都融合了多种文化意识，表现为一种人类性的思想发现。

正是在这种情况下，人文教育发展陷入了两难的境地。一方面，面对纷繁的艺术现象，人文教育必须眼观六路耳听八方，接收各种各样的信息，关注各种新理论和新话题，满足各种各样的需要；另一方面，根据本土文化的实际，吸收中国传统文化的精华，坚持自己的个性和信念，不断进行文化创新。

由此，交流与接轨成了中国人文教育发展的一个新的课题。交流，才能获取更多的信息；作为一种空间的扩展，就必须从过去定向的思维隧道中走出来，放弃过去传统的既定的理论方式和习惯，从容面对不同文化意识和价值观念的冲击。在这种情况下，如何拆除传统意识的文化围墙，把教育与国民意识的更新有机地结合起来，形成一种全民共享、全球交流的教育平台，是一个不断探索和调整的过程。在这个过程中，交流是一条从传统到现代，从单一的民族文化走向全球化语境的不归路，唯一的归宿就是能够与世界接轨，不断反思、自省和创新，面向世界，走向世界。在这个过程中，也许并不是所有人都意识到了其实现之艰难，其中潜伏着迷惘、痛苦和失落。交流不仅要冲破过去理论意识上的障碍——它们曾一层层囚禁着国民意识，从"文化的铁屋子""全盘西化""苏联模式"，到各种国家、阶级、民族意识的限制，无不构成了对国民意识和人文教育的制约和束缚。在很多情况下，还要面对一系列无法接轨、无处接轨的失落——因为并没有一个现成的、完全符合预先想象的彼岸在那里等待。

面对种种艰难与困惑，结果往往只有两种：一种是回到老路上去，一种就是走向新的尝试和创新。中国的国民意识和人文教育就是在一种不断磨合的过程中,寻求彼此的交流与和谐的。当既定的文化基础,包括特定的传统、现实条件、历史条件、语言、习惯,成了被否定和解构的对象时,人文教育往往就成了国民意识的创新者,不仅把自己推向了反思、反省和批判旧的国民意识的前沿,而且不能不成为人文教育的创新者。尤其在全球化语境中,传统的既定的精神家园的围墙被拆除或者冲毁了,人文教育注定首先成为"无家可归"或"有家不归"的流浪者、漂泊者和探索者,他们注定要流浪在现实的边缘、文化的边缘和教育的边缘;他们渴望有个"家",那么就不得不重新寻找新的文化资源,重新设计和建立文化家园,由此也不能不依赖新的国民意识的形成。

所以,在某种意义上,中国的国民意识和人文教育是彼此碰撞又互相交合影响的,构成了共同创新的交响乐。在这里,国民意识和人文教育都在摆脱传统的束缚,都在创造一种新的价值理念,根据不同情况设想不同的教育模式和方式。当然,这里也潜伏着另一种危险:毫无节制和规范,会使国民意识和人文教育成为一种游戏,像儿童搭积木一样,随时自我解构和颠覆。

况且,交流和接轨都不是一厢情愿的事,而对于中国人文教育来说,还要面临历史意识的挑战。交流不仅要真实地面对世界,还要面对一个真实的世界。真实地面对世界,需要勇气和力量;面对真实的世界,则需要广阔的心灵视野和知识背景。而对于中国人来说,在"世界"与"中国"之间存在一种复杂的心理"情结",其中有分庭抗礼的一面,也有难解难分的一面。前者由于被历史隔绝久了,因此把中国国民意识和世界国民意识完全看成两码事,两种不同的体系;后者则反映了中国传统文化的自尊心,意识到了"世界国民意识"对中国国民意识具有挑战性、诱惑力和压迫性。所以,所谓接轨的意义,不是既定的,而是在交流中才能逐渐显露出来的。这不仅来自历史,更来自现实的发展。一方面,世界本身在发展,人文教育在其概念和含义上不断变化。历史上的世界国民意识和今天的世界国民意识以及我们将面临的世界国民意识,在格局上、趋向上、特点上都有很大的不同,我们很难选择一个固定的模式和价值标准来比较。另一方面,中国国民意识也在变,这种变化表现在其本身的特点和格局上,也表现在它对西方国民意识的接受和认同的程度和方向上。例如,过去中国国民意识受邻近民族和国度的影响极深,印度佛教的传入曾一下子把中国国民意识带入一个新的境界,但是 20 世纪以来,中国充斥着来自遥远的西方国民意识信息。在这种情况下，一些过去虚构的国民意识历史的"共同性"和"差异性"，会随着交流的扩大而显得简单甚至可笑。而更重要的是，当我们在国民意识研究和理论上追寻共同性之时，历史又提醒我们强调、保持和发展民族性、差异性和独立性。

于是我们发现，接轨并不是向某一种文化方向的移动，我们想象中的某个"彼岸"也许与刚刚告别的"城堡"一样具有封闭性和欺骗性。比如，简单地用西方国民意识观念来解释和概括中国人的国民意识，削足适履，不仅达不到接轨的目的，反而妨碍了我们对国民意识的认识，失去了中国人文教育资源原本的魅力与特点，结果世界没有"接上"，自己倒先丧失了。在这种"接轨"中，我们将面临两方面的危险性：一方面可能是为了维护这些概念或模式在西方国民意识中本原的意义，从而不可避免地"牺牲"中国国民意识，包括国民性的实际状况，从而丧失或部分丧失中国国民意识的一些固有的文化特点；另一方面，如果坚持中国国民意识的一些固有的特点，就不得不修正甚至改变西方观念原来的意义，因此就出现了所谓"中国性"、民族性的问题。

这种概念的交叉和矛盾，实际上反映了中国国民意识与世界国民意识在意识上某种"错位"和"不对称"现象。所谓"错位"，指的是中国国民意识的发展和西方一般国民意识发展过程不同，因此用西方一般的国民意识概念或模式并不一定适用于中国，在理论上讲得通的，在国民意识实际中并非能一致，在形式上相类似的，在精神意蕴上并非能吻合。一些同样名目的创作观念、思潮和国民意识运动，在中国和在西方也有可能属于不同的意识范畴，在表达和意义方面有不同的偏重，因此，西方的一些概念或范畴在中国国民意识中并不一定能找到相对称和对应的概念或范畴，反之亦然。

可见，简单利用和借鉴西方理论概念或模式，来实现中国国民意识与世界国民意识的接轨，不见得可行。况且，如果由此就用另一个中心来替代，寻找另一个依托，仅仅用一种选择来否定、排除其他可能的选择，用一种新的统一模式来取代国民意识的多样化，那交流就成了一种终结，接轨就成了新一轮的作茧自缚。因为中国国民意识和世界国民意识并非一种简单的对应关系——用某一种流行的世界国民意识概念或模式来解释中国国民意识，或者把中国国民意识纳入某种概念或模式之中，而是一种互相补足和修正对方的关系。尽管很多西方的国民意识概念和术语经过若干年的颠簸后，可能就会真正成为中国国民意识中的一部分，并且带着中国风格和气派再融入世界国民意识中去。

正是从这个意义上说，与世界接轨本身应该是一种动态的、创造中的概念，它们并没有现成的、既定的指向和内涵。与什么接轨，怎样接轨，都不可能简单设定。我们只能在交流中发现，在发现中接轨。或许只有一种前提是肯定的：交流和接轨都是一种机遇与挑战，意味着一种超越本身传统思想观念的，更为广泛的理论价值体系的确立，人们不再仅仅从本民族和本地域文化传统出发去理解国民意识的意义，而是在不同文化传统的共同理想中寻求沟通和理解，建立一种有利于理论个性发生的文化语境，借助于人们对于自由的想象和向往，使人文教育不断摆脱传统的思维模式，走向一个更广阔的境界，因此，人文教育就不能不面对挑战，穿越一切不同的文化体系、圈层及其差异和间隔，跨越各种各样来自民族、阶级和国家的文化界限以及意识形态中的种种根本限定和障碍，破除各种由此产生的接受和沟通的障碍，在文化和社会的转型期发现和挖掘国民意识的相通之处。

二、跨越新旧界限：人文教育的多向度选择

显然，交流和接轨不能建立在对一切文化遗产否定和摒弃的废墟之上，因为否定和摒弃了一切，就意味着否定和摒弃了自我的存在。在历史层面上，走出"城堡"，面对世界，中国人文教育的发展不得不面对如何衔接与跨越的问题。所谓衔接，就是与中国传统文化及人文教育的连接，持续中国的民族化、特色化与历史化进程；所谓跨越，就是如何消除传统与现代之间的隔绝与鸿沟，实现在新的历史时空中的持续发展。

如何衔接一直是一些教育家批评家关注的命题。例如，在国民意识理论和批评实践中，王国维非常注重发现中外古今教育思想中的契合之处。面对西方文化的进入，王国维不仅深刻意识到了当时中国精神文化的贫弱状态，而且从中国历史中领悟到了文化交流及其接受外来文化的重要性。他指出：

> 外界之势力之影响于学术，岂不大哉。自周之衰，文王、周公势力之瓦解也，国民之智力成熟于内，政治之纷乱乘之于外，上无统一之制度，下迫于社会之要求，于是诸子九流各创其学说，于道德政治文学上，灿然放万丈之光焰，此为中国思想之能动时代。自

汉以来,天下太平,武帝复以孔子之说统一之,其时新遭秦火,儒家唯以抱残守缺为事,其为诸子之学者,亦但守其师说,无创作之思想。学界稍稍停滞矣。佛教之东,适值吾国思想凋敝之后,当此之时,如饥者之得食,渴者之得饮,担簦访道者,接武于葱岭之道,翻经译论者,云集于南北之都。自六朝至于唐室,而佛陀之教极千古之盛矣。此为吾国思想受动之时代,然当是时,吾国固有之思想与印度之思想互相并行而不相化合,至宋儒出而一调和之,此又受动之时代而稍带能动之性质者也。自宋之后以至本朝,思想之停滞略同于两汉,至今日而第二之佛教又见告矣,西洋之思想是也。①

正是出于这种对于历史变迁的理解,王国维认为中国传统文化之所以博大精深者,乃在于它吸收和化合了各种不同的域外文化;而今日文化之发展也必然需要吸收西洋文化,与西方文化沟通。过去所谓"不通诸经,不能解一经",是古人留下来的至理名言。所不同的是,过去的诸经,可言之于诸子九流,可言之佛学东渐,可言之于各种少数民族文化,可言之于南北文化的交流,而到了 20 世纪,就不能不言之于中西文化的比较和交流。

于是,他发表了如下的看法:

> 若夫西洋哲学之于中国哲学,其关系亦与诸子哲学之于儒教哲学等等。今即不论西洋哲学自己之价值,而欲完全知此土之哲学,势不可不研究彼土之哲学。异日发明光大我国之学术者,必在兼通世界学术之人,而不在一孔之陋儒固可决也。
>
> ——《奏定经学科大学文学科大学章程书后》
>
> 知力人人之所同有,宇宙人生之问题,人人之所不能解也。具有能解释此问题之一部分者,无论出于本国或出于外国,其尝我知识之上要求而慰我怀疑之苦痛者,则一也。
>
> ——《论近年之学术界》

他还郑重宣告:

---

① 王国维:《王国维文学美学论文集》,北岳文艺出版社 1987 年版,第 106 页。

　　余正告天下日:学无新旧也,无中西也,无有用无用也。凡立此言名者,均不学之徒,即学焉而未知学者也。

　　何以言学无中西也? 世界学问,不出科学、史学、文学。故中国之学,西国类皆有之,西国之学,我国亦类皆有之;所异者,广狭疏密耳。即从俗说,而姑存中学西学之名,则夫虑西学之盛之妨中学,与虑中学之盛之妨西学者,均不根之说也。中国今日实无学之患,而非中学西学偏重之患。故一学即兴,他学自从之,此由学问之事,本无中西。①

　　这种洞见不仅打通了中西人文教育之关系,表达了一种从传统走向现代的世界意识,是中国人文教育面对世界并融入世界的开始;而且为人文教育更新提供了一种新的文化视野。这就是以一种开放的、中外沟通的思维方式重新研究和理解文学,以中喻西,以西比中,中西合璧,互相引展探讨人类之共同问题,创造世界性之学问。②

　　不过,由于中西文化的显著差异,由于对中国现实状态的介入角度的不同,更由于在不同时代气氛中的不同选择,人文教育更需要"独立自由之意志"。并不能用一种标准来衡量和判断一切。应该说,不同的态度和做法在不同情况下有不同的积极意义,它们的共同指向都是创造一种新的国民意识,建设一种世界性的人文教育。

　　在这方面,梁启超(1873—1929)对于国民意识的更新有着更多的期待,他不仅提出了"新民说",而且在人文教育方面也有更切实的思考。其中,"中西文明结婚论"的提出,就具有明显的全球化色彩。他通过考察和总结世界多种文明发展的历史经验后认为:"每两文明地之相遇,则其文明力愈发现,今者之左右世界之泰西文明,即触洽小亚细亚与埃及文明而成者也。而自今以往,实为泰西文明与泰东文明(即中国文明)相回合之时代,而今日乃其初交点也。故中国文明力未必不可以左右世界,即中国史在世界史中,当占一强有力之位置也。虽然此乃将来所必至,而非过去所已经。"③

　　由此,他还如此热情洋溢地宣称:

---

① 王国维:《王国维文学美学论文集》,北岳文艺出版社 1987 年版,第 178—180 页。

② 关于这方面的详细论说,可参见殷国明:《20 世纪中西文艺理论交流史论》,华东师范大学出版社 1999 年版。

③ 梁启超:《饮冰室文集》之六,中华书局 1989 年版,第 2 页。

生理学之公例，凡两异性结合者，其所得结果必加良。此例殆推诸各种事物而皆同者也，大地文明祖国凡五，各辽远隔绝，不相沟通，惟埃及安息，借地中海之力，两文明相遇，遂产出欧洲之文明，光耀大地焉。其后阿拉伯之西渐，十字军之东征，欧亚文明再交媾一度，乃成近世惊天铄地之现象，皆此公例之明验也。我中华当战国之时，南北两文明初相接触，而古代之学术思想达于全盛，及隋唐与印度文明相接触，而中世之学术思想之放大光明。今则全球若比邻矣，埃及安息印度墨西哥四祖国，其文明皆已灭，故虽与欧人交，而不能产新现象，盖大地今日只有两文明，一泰西文明，欧美是也；一泰东文明，中华是也。二十世纪，则两文明结婚之时代也。吾欲我同胞张灯置酒迓轮侯门，三揖三让，以行亲迎之大典，彼西方美人，必能为我家育宁馨儿以亢我宗也。①

不过，这"西方美人"迎进来似乎不难（她自己也会闯进来的），但是让其生育"宁馨儿"，却不是一件容易事，即使生下来，哭闹之声也难免不绝。就拿在西方文化思潮直接影响下发生的"五四"新文化运动来说，其倡导着唤起了对于中国传统的国民意识的批判意识，提出了"改造国民性"的命题，同时也开启了再造中国文明教育的新时期。

从根本上来说，国民意识的丰富和发展是一种历史文化的积累和认同过程，在这个过程中，每一种个性因素的充分发展，都是在整体的多样化背景下实现的。历史进程的可观之处，并不在于一种文化压倒另一种文化，用新文化消灭旧文化，取得至高无上的统治权，而在于它们之间的相互依存，共同存活和发展。应该说，传统与现代，是世界国民意识发展中的一个普遍情结，表现了人们在告别古典过程中恋恋不舍的惜别之意。从表面上看，现代总是战胜和取代了传统，但是从深层意义上讲，又总是现代延续了传统，由传统决定了现代。当然，作为一种历史过程，传统与现代无所谓谁战胜谁，它们一直处于不断转化之中。

现代中国人文教育发生发展的特点在于，它是在一种差异和差距很大的社会与文化冲突和碰撞中进行的，本土传统文化与外来现代文化之间有

---

① 梁启超：《饮冰室文集》之七，中华书局1989年版，第4页。

着明显的鸿沟，以至于新理论、新观念的产生与出现，往往表现为一种偏激与极端，呈现出强烈的革命色彩。例如，"五四"新国民意识最终就是以革命的方式完成的，尽管它也经历过"改良"阶段。所以，即使远在美国的胡适信奉历史进化论，主张白话文，也会遭遇到梅光迪、吴宓等的阻击与反对，因为他们明显感受到了中国传统文化和道德价值观所遭到的冲击，不能不挺身而出，为传统的延续直言。这种传统与现代之间特殊的冲突与互补现象，一开始就深深渗透到了国民意识之中，构成了日后中国人文教育理论在传统与现代之间不断调整与更新的内在动力与基础。于是，在中国人文教育内部，滋长了一种跨越意识，成为其注定拥有的历史的"胎记"。显然，跨越意识上与一种开放的思想品格紧密相连，表现为构成了一种追求新的价值标准的思想动力，突出了对于传统的怀疑、反抗和对现代、先进、进步的向往。这种跨越当然应该，也必然建立在国民意识的横向联系和纵向发展的交叉点上，不断向横向的文化空间的学习和扩展，并在这种扩展中获取资源，感受和理解更多的不同风格的国民意识现象，逐渐使自己坚强的个性与整个多样化的显示达成一种默契和谅解，然后用自己的方式去沟通它们。应该说，"跨越"是中国现代国民意识和人文教育自身获得发展和扩展的新的向度，它所包容的是一个同国民意识创作同样的无边无垠的世界，不断从已经开发的领域，向正在开发和尚未开发的领地发展。

这种跨越意识在鲁迅的思想中表现得更为突出。1908 年，鲁迅在其《摩罗诗力说》篇首就引用了尼采的话语："求古源尽者将求方来之泉，将求新源。嗟我昆弟，新生之作，新泉之涌于渊深，其非远矣。"在短短几句话中，就用到了三个"新"字，而"方来"无疑也是指向新的时间维度的，与他在文章中再三强调的"新声"相互回应。这种"新"的源泉、声音和作品，与作品中所一再提到的"古国""古范""旧习"等词语形成了强烈的反差和对比，表达了一种新的时代意识。鲁迅在一生的国民意识追求中，都没有改变这种思想初衷，为此他对一切旧的传统、习气和理念采取了坚决的否定态度。他有一段话非常著名："我们目下的当务之急，是：一要生存，二要温饱，三要发展。苟有阻碍这前途者，无论是古是今，是人是鬼，是《三坟》《五典》，百宋千元，天球河图，金人玉佛，祖传丸散，秘制膏丹，全都踏倒他。"[①]

跨越意识之所以激动人心，还在于其坚信历史的进化论，相信传统和历

---

① 　鲁迅：《忽然想到》，《鲁迅全集》第三卷，人民文学出版社 2005 年版，第 47 页。

史一定会让位于现代与未来。在"五四"时期,进化论就作为一种"近代文明之特征",作为"自宇宙之根本大法",作为"国民意识进化之公理",作为"新"的观念基础而被认同的。胡适、鲁迅、陈独秀、李大钊等,都是进化论的服膺者和宣传者。所以茅盾在 1920 年就宣称:"新文学就是进化的国民意识","我们该拿'进化'二字来注释'新'字……"①。而郑振铎则指出:"这两个主要的观念,归纳的与进化,乃是近代思想发达之主因,虽然以前国民意识很少应用到它们,然而现在却成为国民意识研究者所必须具有的观念了。②所以,"五四"时期北京大学傅斯年等所办杂志就取名为"新潮",反映了那个时代人们对现代性的普遍理解。由此理论观念上的历史延续性被切断了,或者说被划开了一条明显的时代界限。

这当然为中国人文教育注入了新的历史内容,但是相对而言,传统与现代的衔接问题却被忽略了。而后者,日后越来越引人注目。也许正是这种衔接的缺失,造就了 20 世纪中国文艺理论建设中的"失语"现象,它反映了从传统到现代的历史转变中的失落和困惑。不同文化体系之间的陌生感和互相纠缠,导致了传统与现代之间难以沟通的尴尬。在人文教育发展中,由于西方观念无法在传统文化语境中找到表达,而传统话语一时无法适应和承担现代观念的解释,一直困扰着人们。于是,"失语"不仅产生在理论观念与话语之间,也表现在中国内在美学精神与现代新的话语系统之间。

这种传统与现代相互无法衔接与沟通状态,极大地影响了人文教育建设。就从言说角度来说,这是"五四"新国民意识运动中冲突和矛盾的深化和延伸,一方面表现在传统理论的失落,其理念、范畴和观念在现实中越来越显得不合时宜;另一方面,则是大量的陌生的西方新名词、新术语的涌入,代表着某种新思想、新观念,具有诱惑力,但又总是与中国文化及国情,与中国人的解读和理解方式,存在相当的距离,令人难堪和难以接受。人们面对现代话语的冲击,但是又背负传统的重负;生活在当代思潮的喧嚣之中,但是又难以从沉默的传统那里获得慰藉。由此,20 世纪中国人文教育就成了一种"半哑半聋"的言说,而大量西方"主义"及其新名词大闹文坛,但是优秀的传统资源却沉默不语。由于话语形式或者游离于传统之外,或者属于观念上的"舶来品",理论和言说失去了依据或者本体,可以随意解释为多种主

---

① 茅盾:《新旧文学评议之评议》,见《小说月报》11 卷 1 号。
② 郑振铎:《郑振铎文集》第 6 卷,人民文学出版社 1988 年版,第 280 页。

观假想和臆断,使歧义现象无处不在。

没有衔接,就没有跨越;没有衔接的跨越,是虚假的跨越。在传统与现代冲突与磨合中,两者并不存在天然的契合关系,所以在理论和实践等各个方面,都存在隔阂和差距。如果人们过分迷信"现代性",重心会不自觉地偏向"时代需要"或者"先进"一边,把传统仅仅看作"过去",是可以轻而易举超越的,那么,在引进和应用西方理论方法的时候,就很容易产生一种先入之见,把西方的理论观念看作一种既定的"规律"或者模式,用来取代对于文艺现象深入的理论性的研究,于是就在国民意识和人文教育中滋长出一种"以论代史""以论代方法"的倾向。

事实上,这是一个长期存在的文化现象。不可否认,历史在其不断演进的过程中,既有一种历史的承接关系,也存在某种不可同日而语的变数。但是,如何完成中国传统人文教育与人文教育之间的衔接,至今还是一个需要继续探讨的课题。或许跨越是可以实现的,但是它最终不能失去历史的支撑,成为无源之水,无本之木。由此,我们可以说,20 世纪中国人文教育,是一个传统与现代相互磨合的理论时代,它不仅为新的理论之树带来了生命活力,而且为传统文化的"老树开新花"提供契机。

三、创新:注入新的生命意识

值得庆幸的是,一种新的国民意识和人文教育视野已经出现。它建立在一种历史与未来、传统与现代结合的精神之上,所依据的是一种动态的历史过程;文化和传统不可能消失,而未来就在于历史的再造。这在一些国民意识基本问题研究上,已经显示出辉煌的亮色。比如,"文学是人学"正在成为传统与现代衔接关系上的契合点。"五四"时期,在周作人的"人的文学"中,我们还可以读到它们之间的"断裂",因为周作人是在几千年"人荒"基础上谈"人"的,所张扬的"人"必然是前所未有的,所以在很大程度上是从西方"借来"的。到了 20 世纪 50 年代钱谷融先生发表《论"文学是人学"》,更是明确地提出,"人学"作为一种美学具有了古今中外相通的人类性的意义。尽管这种情景由于历史的原因遭到了挫折,但是中外学者在沟通传统与现代方面的努力,持续加强了"人学"的文化内涵。而到了 20 世纪 80 年代之后,"文学是人学"已经不再限定在"现代"意义上,而成为一种具有中国气韵的、与中外国民意识融为一体的精神理念。

显然,这里凸显出另外一个值得关注的问题:复制与创新。人文教育发展必须依靠创新,这不仅是交流和接轨的需要,也是衔接与跨越的关键所在。但是,我们应该看到,在全球化语境中,创新的意味与途径都已经大大改变了;人们之所以强调创新,呼唤创新,并不仅仅由于时代的需要,还在于人类的原创力,甚至原始感受力,在全球范围内受到了严重挑战;所谓"创新"正在被日益高技术化中的"复制"所包围,所淹没,正在陷入平面化、表面化与时尚化,正在变成昙花一现的话语泡沫。

这也许正是全球化带来的。当高新技术的传媒把世界变成一个"村庄"之时,复制不仅成为文化传播的途径,而且在一定程度上成为人们日常精神生活的实质。因为在传播信息、营造效果和满足人们日益增长的文化消费需求方面,再没有比复制更简便、更经济、更有效的方法了。尤其在全球化初期——以传播媒体为主要导向,人们的好奇心和接受能力,主要依赖媒体,间接获得过量的信息必然会挤占,甚至消解人们独立实践和思考的时空,所以复制不可避免地成为生活的主要形式。低成本的复制,会满足人们在物质与精神生活方面的需要,不仅加速了文化传播的速度,而且也瓦解和消解了文化偶像、经典文库的唯一性和永恒性。

复制当然有照搬、模仿、平面化、简单化、消解性等负面特点,但我们还是无法否定它所显示出来的新的文化意义。应该说,在全球化时代,复制与创新有着密切的关系。复制往往是创新的开始和基础,复制中常常带有创新的因素;而创新往往是高层次、有贡献的复制,创新离不开一定程度的复制,只不过,复制的东西往往都消费掉了,而创新的东西却能够积累下来,成为历史。因此,如何理解和处理复制与创新之间的关系,如何在复制中创新,已经成为全球化时代的焦点问题。

中国人文教育发展自然存在同样问题。从历史角度来看,学习、引进和借鉴现代西方理论方法,就存在某种复制现象。也许正因为如此,在这个过程中出现了种种令人不满意的情况。但是,这种复制还是有意义的,其主要表现在两个方面:一是这种复制主要是横向的,表现为向更广阔文化空间的扩展,在客观上改变了中国长期以来纵向复制的状态,打破了重复历史、复制经典的僵化局面;二是打开了文化眼界和打破了沉闷状态,满足了人们对于新的生命形式、形态和文化景观的好奇心和向往之情。所以,从整体上来说,现代中国在接受、引进和借鉴西方理论观念过程中,虽然存在种种模仿、照搬,甚至生吞活剥、"全盘西化"等复制现象,但其中还是具有某种深刻的,甚至改变历史的创新因素,对于现代中国人文教育的发展积累了丰富的文化资产。

实际上，我们需要用新的视点来考察复制与创新问题。从中国特定的文化状态来说，复制也许是不可避免的，但是，仅仅出于某种功利目的，以满足某种文化消费需要而获得名利，还是出于良知，追求真理，去"盗取普罗米修斯的天火"，这将带来不同的文化价值。而后者无疑更具有创新意义，因为其中熔铸了教育家的生命追求。他们之所以要选择、借鉴和运用外来思想资源，并不是为了解释原有的观念，而是希望用它们获得新的认识，开创新的天地。因此，即使在复制之中，也有新的语境、新的感受和新的发现。其实，所谓创新，并不意味着以全新的姿态、用全新的知识，对于世界做出全新的解释，这实际上是不可能的；甚至也不在于你是否运用了新理论、新方法，而在于你是否投入了自己真实的生命，对于国民意识进行了独特的探索，显示了自己独立的人格与意志。

无疑，在中国人文教育发展中，创新不仅是一种文化期待，也是一种不断深化的历史追求。例如，在"五四"时期，胡适就提出了"尝试"二字，还专门写了"尝试篇"，其中写道："我生求师二十年，今得'尝试'两个字。作诗做事要如此，虽未能到颇有志。作'尝试歌'颂吾师，愿大家都来尝试！"在这里，"尝试"表达了一种激动人心的开始，标志着一种突破，一种风气之先。而我之所以特别看重"尝试"所体现的学术态度和启蒙意义，不仅因为这是在全球化背景下人文教育的萌芽，而且在于这种态度至今还有待于提倡和发扬。因为在文化转型期的中国，实在太缺乏"尝试"，太需要"尝试"了。

如果说中国的现代化过程充满艰难、曲折和凶险的话，那么人文教育的尝试、冒险和实验同样承担着这种历史的重负，必然也会遭到各种各样的排斥、误解和反对。所以，如果说，只有"尝试"才能创新，那么敢于尝试就意味着某种精神上的"冒险"——在危险的情况下进行"尝试"，或者去做某种不可能成功的事情，就是"冒险"。鲁迅一直呼唤着敢发新声的"精神界战士"和敢于冲破一切束缚的文坛闯将，郁达夫曾写过如此的文字："艺术家是灵魂的冒险者，是偶像的破坏者，是开路的先驱者。"而徐志摩也不例外，他是一个提倡"灵魂的冒险"的诗人，他要在"沙滩上种花"，即使根本无望成功，也要死命一搏。对此，"新月派"诗人办的《诗刊》第2号的《序言》上有一段文字："……我们是要在危险中求更大更真的生活，我们要追随这潮流的推动，即使肢体碎成粉，我们的愿望永远是光明的彼岸。能到与否至有否那一个想象中的彼岸完全是另一个问题，我们的意识的守住的只是一点志愿的勇往,同时我们的身体与灵魂在这骇浪的击撞中争一个刹那的生存,谁说这不是无上的快感?"

从某种意义上说,"尝试"和"冒险"都是创新必须承担的风险。对真正的艺术探索来说,它们本身就是一种价值,因为它是一切方法论上突破和创新的基础。在 20 世纪 80 年代,"实验"二字如世纪初的"尝试"一样,在国民意识创作和批评领域突破了一种又一种禁锢,开拓了一片又一片新的艺术疆界,在理论探索中形成了一个尝试新方法,探索新理论的热潮。在人们热烈争议王蒙小说创作中的"意识流"、可嘉的"现代派"、福斯特的《小说面面观》和高行健的《现代小说技巧初探》,把人文教育方面的创新推向了一个新层面。

可以说,在现代中国人文教育发展中,创新意识是最重要的基础和动力,也是中国新的国民意识的基本精神,一个创新性国家需要创新性的国民意识。尽管它们在不同的历史时期有不同的说法、不同的内容,但是却表现了同一种时代精神和价值追求,冲破传统,蔑视常规,突出个性,注重创意,催生了一种新的生活意识。也许甚至可以如此表达,尝试、冒险、实验、创新,这是 20 世纪中国国民意识发展的一种自然趋势和历史逻辑,而中国的人文教育就是一系列不断尝试、冒险、实验和创新的过程。创新对于中国的人文教育提出了新的要求。它们必须拥有多文化的意识和知识,不断理解和吸收历史创造的一切艺术成果,感受和理解各种不同的文化意蕴,建造新的人文教育体系。

和合文化与寒山拾得传说的文化互构

中国人尚"和合",是一种文化传统,是中国人面对自然、社会的不和谐而产生追求意志的一个目标向度。中国古代典籍中多次出现"和合",如《尚书》云:"协和万邦。"《国语·郑语》云:"商契能和合五教,已保于百姓者也。"另外,《诗经》中有关"和合"的思想也不断产生,诸子百家及历代学者对此进行相关阐释,如《墨子·尚同中》所言:"内之父子兄弟作雠,皆有离散之心,不能相和合。"《中庸》:"和也者,天下之达道也。"《韩诗外传》卷三:"天施地化,阴阳和合。"历史上对"和合"的理解一般都基于三个层面:一是人与自然和合,二是人与社会和合,三是人与人和合。把"和合"的思想和理念付诸行动,且形成广泛的大众行为,这是尚"和合"到"和合文化"的必经之路。所以,"和合"与"和合文化"概念的内涵和外延既有重合又有交叉,并非完全一致。陈序经认为:"文化是人类适应时境以满足其生活的努力的结果。"[①]千百年来中国社会形成广泛的和合思潮,持续推进以追求生活和合的实践进程,逐渐衍化为和合文化。和合文化借助于典型的显性存在形成即民间传说的和合二仙,逐渐形成普化的文化镜像,这是一个非常奇特的现象。在这一进程中,二者是一种互为建构的关系:一方面和合文化借助于寒山、拾得这两个标志性人物,由雅至俗深入民间的日常生活,成为民俗生活的印记,再由俗至雅,和合文化成为影响深远的文化符号。另一方面,正是由于和合文化,和合二仙才在民间具有深远的影响力[②],通过民俗生活的丰富性逐渐构建其鲜活样本,成为朝廷敕封的"和合二圣",是"和合"文化成就了寒山拾得。这种文化互构,使二者互为交融,成为文化思想和民俗生活的细节呈现。

---

① 陈序经:《文化学概观》,中国人民大学出版社 2005 年版,第 28 页。
② 何善蒙:《荒野寒山》,江西人民出版社 2015 年版,第 329 页。

一、传说，文化的一种信使与载体

徐永恩等在《天台山和合文化通论》中认为：和合文化的形成大致有 5 个阶段：第一阶段，先秦至唐代，诸子百家各自阐释"和""合""和合"，慢慢形成"和合"观，这是一个思想形成阶段，属于上层建筑。第二阶段，唐宋年间，这期间"和合"由理念思想逐渐走向民间，民间自发产生一种信仰——和合神，传说中能日行万里的万回被推为和合神，成为民间百姓心灵寄托的偶像。第三阶段，元明清时期，万回传说逐渐式微，至迟在明代寒山、拾得正式取代万回成为和合神，清雍正封寒山为"和圣"、拾得为"合圣"，成为和合文化的象征，这是数千年来历史洗礼和文化积淀的必然结果。第四阶段，雍正年间至 20 世纪 80 年代，和合理念从上到下被普遍接受，产生"和合学"，应用于社会各个层面。第五阶段，至今，和合文化逐步从中国走向世界。[①]

从和合文化形成的历史过程看，中国社会崇尚"和合"，儒学体系中常论述的"和""和谐""和合""天人合一"等概念，一直以来停留在思想层面而没有明确提出"和合文化"概念。从先秦到清雍正期间，和合在缺少政治层面积极响应的背景下，却产生了一种在社会上影响极为广泛且繁衍于民间的文化现象，这是一种文化奇观。从现实情况考察，它的形成借助于民间信仰，其理念融入民间信仰后和民俗生活浑融一体。所以先是万回后是和合二仙，以"和合神"身份进入民众的生活，构成信仰的神识被民众普遍尊崇，成为民众生活的一种必然选择。综观中国宗教的发展，中国民间信仰虽然诉求极为多样，但最后的目标指向逐渐向"和合"靠拢，这是一个被大众认可的事实，与儒、释、道三家和合共生成为其显著特点。儒家的道德信条，务实求是、和合创新理念；道教的修炼方技，天人合一（形神合一）、性命双修的知行观；佛教的因果报应和"三谛圆融""一念三千"思想，与民间宗教共融共生，展现了博大、包容、和合天下的文化品格。民众的精神寄托主体——民俗神祇和地方神祇，既是民间信仰的目标沉积，也是民俗生活的核心组成，当信仰成为文化符号时，就成为一种难以改变的习俗，其神格解释往往有独特的民间文化倾向，也就具有以和合幸福生活为核心的保界、禳灾、繁衍、健康、长寿、丰裕等与百姓日常生活休戚相关的文化功能。和合神成为民众崇拜的神道，已经深入到民俗生活的每一个细胞中，具有很高的崇信度。这种

① 徐永恩：《天台山和合文化通论》，中国文史出版社 2015 年版，前言。

民间高度的崇信度让他们成为正统文化的普度信使，承载家、国、人和合的希望和未来。

这种独特的价值取向使大众层面的和合文化逐渐形成。清雍正年间，因为寒山、拾得在民间广泛的影响力，这两人被追封为"和合二圣"，正统文化与民间传说合二为一，寒山、拾得成为和合文化的代表。和合文化事实上已经从上到下蔚然成风。所以从和合文化发展情况看，寒山拾得作为文化现象的存在已经和历史发展融为一体。在20世纪80年代"和合学"创建后[①]，和合文化理论随之显化，"和合文化"概念正式形成，并逐渐成为显学。

寒山、拾得在官方称"和合二圣"，在民间则叫"和合二仙"，这二人是不是真实的历史存在，由于缺乏历史文献的记载，具有很大的不确定性。在中国传统中，有许多关于寒山、拾得的传说，流传范围极广，与百姓生活高度融合。这些传说在不同年代不同地区有较大差异，表明寒山、拾得形象以及对寒山、拾得形象接受的变化过程，但本质意义却没有变化，就是二人以民间神祇——和合神出现。那么经传说而构建而成的和合文化则是一种真实的文化痕迹，而依托和合文化滥觞得以形成的寒山拾得传说则体现出一种文化包容。两者互通靠的是民间信仰。它表明了以二人为代表的文化形象的历史样态和价值，而这种价值恰恰表明和合文化所具有的意义和价值。这种意义和价值具体在"和合二圣"两人身上得到显化。在新时代，中国提出构建人类命运共同体，其核心文化思想就是和合文化，借助于深厚的民间文化力量向外发散，进而影响全国和世界。

二、"和合二仙"在民俗文化中的镜像

儒、道、释三家借助于民间信仰实现融通共生，并行不悖地弘扬和合文化，形成一种广为传播的思维哲学，使和合理念由上而下深入到民众中，并为全国人民广泛接受，体现在风俗习惯和现实生活中。佛教天台宗和道教南宗能在天台山发扬光大，一方面说明素有"佛窟仙源"之称的天台山作为宗教名山的巨大影响力，东晋孙绰《游天台山赋》就称天台山"皆玄圣之所游化，灵仙之所窟宅"。拥有这样的名山，佛道在此驻足繁衍不足为奇。另一方面更说明，天台山区域百姓的宗教信仰情结历久弥新，富富洋洋，支撑着儒、释、道三家持续繁荣，这种民间自生的反向作用力很多时候被忽视。其实，在更多时段，特别

是宗教活动处于被官方限制时期,如明清时朝廷清理寺观,"新文化运动"、五四运动以来,民间宗教屡遭歧视等。但台州民间信仰绵绵不绝,其反向作用就显得更为重要。民众将传统宗教活动逐渐演变成富有特色的民间信仰活动,包含丰富的民生内容。最终使得诸如"老爷"庆寿、城隍信仰活动演变成为民众的狂欢节日。民间都认为庙宇气势轩昂靠香火旺盛,寺庙破败不堪则因香火不济。如果没有民间信仰支撑,佛道在台州不见得会如此长盛不衰,天台山也未必能成为中国的佛宗道源。基督教、天主教等西方宗教在中国经济发达地区"攻城略地",信众麇集并趋向年轻化时,天台山所在中心区域——天台县,同意建设的 18 个西方宗教教堂,其中 9 家已建好的教堂因缺少信众而无法开张。天台百姓礼佛敬道之风依旧,这是佛道能在天台山开枝散叶且形成天台山文化的最好注脚。主要为寺庙"老爷寿日"庆贺的民间戏曲演出十分红火,农村演出市场全国第一。[①] 这与台州民间宗教发达密切相关,与祈福、保界为主旨的幸福生活追求一致。台州这种普化的民间宗教现象是形成大众化层面和合文化的核心因素。

同时,实现家庭和合、夫妻和合,应是和合文化最本原的含义,《周礼·地官》曾说:"使媒求妇,和合二姓。"《周礼·媒氏》又说:"三十之男,二十之女,和合使成婚姻。"和合文化从来没有偏离这种基本意义,"和合二仙"在民间就是和合神。所以,结婚时家家必贴形象憨态可掬、寓意吉祥喜庆的"和合二圣"像,成为固化的风俗,其艺术品随处可见。在民间生活中,起于婚姻和合的和合文化,逐渐被民众扩展至风俗民情、饮食习惯、生活用具、雕塑、刺绣、年画……这一切无不打上和合文化的烙印。譬如现代风水将"和合二仙"运用在家居桃花位上,作为对一个人婚姻或桃花运前程的解释,在吉日吉时选择上,总挑家居桃花位,相信能旺主人的桃花运。流行于台州地区大年初一的饮食习俗,早餐时家家都要饱餐"五味粥"[②],中餐吃饼筒,晚餐吃扁食。饼筒、扁食都是用面皮包裹多种小菜,虽馅儿各异,可以显示家境的差异,但表面绝无二样,意为在新年第一天不论贫富,都秉承同一习俗吃同一

---

① 根据中国演出行业协会发布的《2016 年中国演出市场年度报告》,全国演出市场年度收入 24.4 亿元,浙江省 10 亿元,台州市统计数据为 2.8 亿元。2016 年 9 月 9 日《中国文化报》也有相关数据报道。

② "五味粥"由白米、红枣、豆腐、豇豆、芋艿五种食品合煮而成。这五味粥须是男子大年初一一早动手烧煮,老婆"坐享其成",意为女人为男人烧了整年的饭,新年第一餐,由男人操劳,为女人服务,夫妻和合。

食物。那些散落在民间数不清的以"和合"为主题的艺术品、工艺品、民俗物品等,成为和合文化的珍藏。如流行江南的"一根藤""万年藤",俗称"天台软条",它由许多小木条,通过榫卯拼接、回环穿插,盘曲成首尾相连的吉祥图案,其造型酷似生生不息、连绵不断的山间野藤,等等。

在民间文学中"和合二仙"传说深得民心,广为传诵,苏州和天台山的寒山拾得故事家喻户晓。而且千百年来作为"家庭和合,婚姻美满"的象征意义早已深入人心,虽然"和合二仙"并不像其他象征图案如龙图腾、长城、中国龙凤结那样起源很早,但却流传广泛,且"和合二仙"有着与时俱进的旺盛生命力,它是"和合文化"的象征,也是"和谐社会"的象征,是构建人类社会命运共同体的文化核心。与和合有相似意义的多个传说同样广为流传,与寒山拾得传说构成一时瑜亮,共同撑起和合文化的天空。如始载于南朝宋刘义庆小说《幽明录》中的"刘阮遇仙传说",故事通过美好仙境的描述,人仙合体幸福生活的呈现,体现民间对天人合一、和合美好的热望;南宋高僧"活佛"济公名扬四海,"济公传说"流传深广,彰显底层百姓对扬善除恶、和合共生的向往,不断演绎和合在传统文化中的深度和广度。

在传统村落中,古民居体现的诗意栖居最具和合意蕴。历史风情的古建筑样本——"三透九明堂",反映的是传统生活中和合文化在民居建筑中的突出地位,多个已入围中国传统村落名单,如"李宅古民居"之三透九明堂,北方四合院范式、徽派建筑、东阳木雕、天台一根藤、三门石窗等,在建筑文化上碰撞融合,成就了长幼有序和谐相处这一独特的乡土建筑风格。三透九明堂为联进式四合院家族古民居建筑,以贯通、古朴、有致、宜居的风格而著称,是江南传统村落中的诗意摇篮。

(和合文化)与民间生活密切相关。① 民间对"和合文化"的礼敬具体体现在和合文化的标志性人物寒山、拾得身上。寒山、拾得被后人称为"和合佛""和合神""和合二仙""和合二圣"。寒山与拾得的传说和几千年经久不息的和合文化,是中华传统文化中极有价值的部分。民间既认为寒山、拾得为文殊、普贤菩萨化身,又认为他们是"下八仙"之二仙,他们的形象主要由多方不断重构而成。在正统文化的视线中,寒山、拾得主要以诗人形象和以他们为代表的"和合"社会价值呈现为核心,以及不同年代经文人创造的不同形象的文人画来体现。

---

① 何善蒙:《天台山和合文化论纲》,《浙江社会科学》,2017 年第 10 期。

三、诗画中和合二仙的文化构造

寒山、拾得除了在民俗生活中存在外，还可以由俗至雅，借道文本旅行，以诗画为基点，继续勾画其文化形象。

寒山的诗歌（拾得不具很大影响）因风格清隽自然、超凡脱俗、富有禅机而受到历代文人的喜欢，但他似儒非儒、似道非道、似佛非佛，一直不被正统文化所接纳。直到 1707 年《全唐诗》收录寒山诗 303 首，才开始走进正统文化视野里，1782 年《四库全书》也收录寒山诗，但都作为释家诗看待。清代乾隆帝曾在其编辑的《御选语录》中，收录了寒山诗 127 首。20 世纪二三十年代作为唐代三大白话诗人开始受到文学关注，其他几无亮色。这个在中国文学史上几乎籍籍"无名"者，却在中国台湾、中国香港，以及东亚、东南亚、欧美等地区大有影响。寒山诗在元代经朝鲜传入日本，作为禅诗备受推崇，得到高度评价。1956 年美国人斯奈德翻译了 24 首寒山诗在美国《常绿译论》杂志发表，再经由欧美"垮掉的一代"代言人（美）凯鲁亚克的宣传，其在《达摩流浪者》扉页中注上"献给寒山"字样，塑造"在高山上，在云雾间，能摆脱一切世俗的文明的纠缠，自在、自足而冷漠，而他表面上却装疯做傻，状如乞丐"形象给美国人呈现了丰富的时代内涵，作为"垮掉的一代""嬉皮士"的宗师形象而受到欧美青年的推崇，影响持续二十年，成为中国在欧美最有影响力的诗人之一。香港浸会大学著名女作家钟玲则在 1970 年中国台湾的一份日报的副刊发表《寒山在东方和西方文学界的地位》一文，将寒山从美国带回了中国。走的是"出口转内销"的典型路径，寒山热开始形成。

寒山、拾得的诗现在成为研究对象，阅读和关注的人也越来越多。很多人试图给寒山诗分类诸如"主流诗、通俗诗和宗教诗""隐逸诗""寒山体"等，至于是不是合乎寒山诗的本意，其实不重要，重要的是寒山、拾得的一切都因为和合文化变得清晰而有价值。

除了在诗界的形象建构外，在一些画师的画作中，寒山、拾得形象的变迁也能从另一个侧面印证和合在现实层面的构建。从天台山和合文化园（寒山拾得与和合图）收集的收藏于世界各地 206 幅文人画复本考察，清代前，基本上以两人名字为题名；清代后，以和合二仙和寒山拾得为题名的各为一半左右。而更为有意思的是，取名为"和合二仙"的画，其形象基本一致，笑口常开、胖乎乎、一派和气，一副喜神形象；以寒山拾得为题名的画，除了清晚期后有少数几幅画与和合二仙画相似外，其他形象各异，很少有雷同之处，大多表现为怪异、大笑、肥胖、精瘦、僧道、枯禅。寒山、拾得在经诗歌、画、传说、戏曲等再创造后，文人画师对二人的文化内涵进行深入理解。现存最早的寒山拾得像是晚唐贯休所作，画中二人"寒山展卷，拾得持帚"，均蓬发长袍、面目古怪。南宋吕祖谦的伯祖吕本中《观宁子仪所藏〈维摩寒山拾得唐画〉歌》诗："君不见寒山子，蓬头垢面何所似？"可以佐证当时二人形象。宋代颜辉《寒山拾得图》中二人依然蓬发长袍，但笑容肆无忌惮，已是破颜大笑开口至耳，具有文人禅士民间艺人生活的风俗。元代日本 4 个画家笔下的寒山，头发都像一株生命力旺盛的野草生长在头上，向外伸展，长短不一。清代时，二人的形象由俗至雅，呈现一种温文尔雅的微笑。"扬州八怪"之一的罗聘《寒山拾得图》中，是两个张着嘴相对而笑、敞怀裸肚的人物。近代日本著名画家横山大观（1868—1958）的"寒山图"其笑也是和善的，但口和嘴巴连在一起，更像是由想象而入禅的产物。清末画家王一亭的《欢天喜地图》的自题诗："和合神仙天上来，人间和气熙春台。频年积福心田乐，鹊报庭前笑口开。"笑口常开、一派和气，喜神形象深入人心。随着社会思潮的变化，道仙人物在民间的无边界衍生，民间传说的广泛影响以及民俗生活追求和合的现实需求，寒山、拾得最终成为袒胸散发、蓬头欢笑，一手持"盒"，一手持"荷"，暗合"和合"的亲切形象。

　　从整个发展过程来看，隐居天台寒岩七十年的寒山、拾得形象亦经历了从朋友、诗人、文殊普贤、和合神到和合二仙和合二圣的流变；由于对寒山和拾得之间的情谊的尊崇和喜欢，寒山、拾得到了明代取代万回成为中国民间具有广泛影响力的和合神，成了老百姓礼拜的婚姻神和爱神，其形象造型充分展露民俗生活的鲜明性和喜庆色彩，从而在民众生活中影响深远，最终成为中华和合文化的象征。他使和合文化从理论、思想、制度、社会治理层面转化为人格化和世俗化层面。同时寒山、拾得由于和合文化，与百姓生活紧密连接在一起，和合文化与民俗文化浑融起来，在民间广泛传播，才在民间具有深远的影响力。这也说明，"和合不仅是一种文化理念，更是一种精神信仰，尤其是在信仰基础上，它反映出普通民众对于和合的期许"①。所以，寒山、拾得从唐代走到现在，从中国走向外国，其传说与和合文化是互为建构的，他既是和合文化鲜活的样本，又得益于和合文化，成为和合文化精神的象征。

---

　　① 台州市社科联编著：《解读和合文化》，浙江人民出版社 2017 年版，序三。

关于规划台州"和合圣地" 全域旅游路线的建议①

"和合圣地"建设对台州未来城市发展做了战略性部署,要打造中华和合文化的标志地、传播地,必须依托台州深厚的和合文化底蕴,加强旅游路线规划、开发和建设。本文从台州全域景区角度出发,建议整合全市旅游资源,实施"'山海水城'和合游"的旅游规划路线,形成全景覆盖的台州旅游名片。

一、台州"和合圣地"全域旅游规划路线解析

以和合圣地建设为指引,全域台州旅游可以规划为:"'山海水城'和合游","山"指天台山;"水"指灵(椒)江;"海"指台州湾;"城"指台州。(详见图 3-1 大台州和合文化游路线图)

1."山、水":范围是源于括苍山、天台山的灵(椒)江流域,以"天仙配"旅游(天台、仙居)为核心,延至临海,直至台州中心点。

一是打造天台山"和合圣地地标游"(通过大琼台和合文化核心景区的打造,建设旅游休闲集聚区、农旅集聚区,打造和合小镇、寒山小镇、石梁云端小镇,创建全国全域旅游的示范县,重点突出宗教文化游、天台山文化专题研学游、修学游、和合小镇、寒山小镇文化游,中华和合养生游等)。

二是打造仙居"天人合一"逍遥游(打造神仙居旅游的台州神韵——山水的大气、灵气与台州文化性格融合的自然天成)。

三是打造临海社会和谐游(长城、桃渚古城海防建筑游、紫阳街、郑广文

---

① 此文 2019 年获台州市委书记批示。

寺等文化遗产思古游，让社会人文、和谐文化浸润人心）。

2."海"：指东海台州湾，充分挖掘台州山海相融的和合基因，规划海洋旅游路线，范围为北起三门蛇蟠岛，南至玉环大鹿岛的台州湾景区。以一江山岛、大陈岛为中心区块，打造红色文化游；以台州温岭、玉环为重点区块，打造温岭长屿硐天、石塘风情为中心的海洋人文游，玉环漩门湾湿地、东沙渔村、大鹿、鸡山岛为中心的人与海洋和谐游，并把玉环打造成台州与台湾文化交流的中心。

3."城"：指台州中心景区——城市和合风貌游。

在"城"游规划中，中心地位为：灵（椒）江流域最后归于台州流入大海，在自然、人文景观中融入现代都市文化，充分展现改革开放四十多年台州取得的举世瞩目成就和"和合文化"的深嵌机制及成果。主要路径：以主城区为依托，以和合城市景观、主题公园为卖点，以绿心和合旅游度假区为核心引擎，以永宁江为旅游纵深腹地，将中心城区打造成为集城市观光、休闲娱乐、文化创意、商务度假、养生人居等功能为一体的和合文化旅游发展重心、台州国际和合文化旅游目的地城市中心。要将和合元素设计融入主要城市景观，如主城区和合广场、和合街道、和合度假区、和合展馆等，全面服务于和合胜地建设。

在"海"游规划中，中心地位为：以台州大陈岛、集聚区、游艇小镇为中心，向北到临海的雀儿岙岛和三门蛇蟠岛，向南到温岭石塘和长屿硐天、玉环的漩门湾湿地、大鹿岛。特别指出的是，要把集聚区建设成为集台州制造样板（无人机、高铁制造等）、观光、休闲为一体的现代新区。

路线图能够集中体现台州旅游发展对和合文化的深度理解，真正体现"和合圣地"建设目标。同时整个旅游路线体现台州"山海水城"的独特风貌，"智造之都"的创造智慧和"和合圣地"的文化广博。

二、"和合圣地"全域旅游路线相关配套措施

（一）编写和合文化游讲解资料

组织专业人员编写讲解资料，对涉及的每一个景点配以和合文化的导入和解说，对涉及的人物、习俗、文化遗产、风味小吃、文化产品等，深度挖掘其内涵。特别是寒山拾得、刘阮传说、济公传说、高僧大德故事、台州历史名人等内含的和合文化，要有统一而准确的解说。解说词务必从主题的确定，

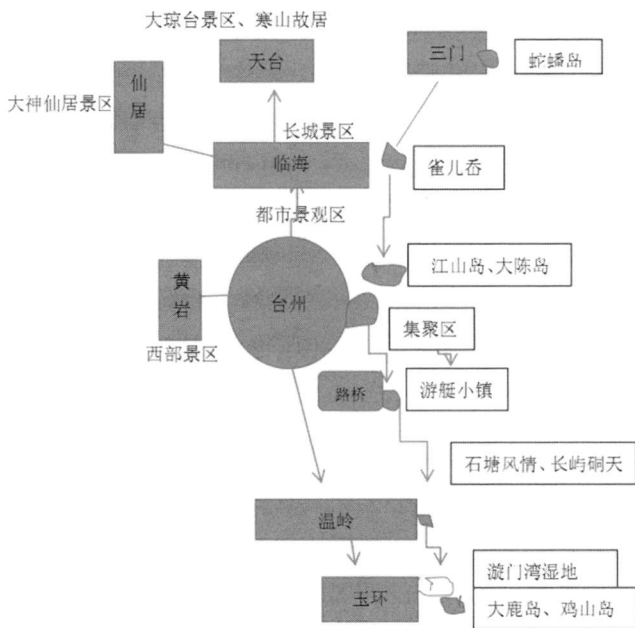

图 3-1　大台州和合文化游路线

和合元素的挖掘和整理,材料的选择、补充和拓展,解说的重点等加以规范,给旅行社和导游以一个明晰的方向引导和操作路径。

(二)培养合格的和合文化"导游"

以旅游管理部门为主体,以和合文化为主题,加强专业导游的集中培训,提升和合文化的讲解水平;举行导游和合文化讲解比赛,以赛促学,完善导游的知识结构。除专业导游外,还要充分发挥领导干部、社会各界人士宣传普及和合文化的作用。

(三)加强和合圣地的建设宣传

1.加大品牌宣传力度

加大台州城市形象宣传推广。摄制"和合圣地"主题城市形象宣传片和"魅力台州"主题城市形象宣传片,重点在国家级、省级、市级三个层面投放播出。以浙江省第八届对外传播异地采访活动为契机,邀请省内外电视台走进台州,开展采访活动,充分展示台州的城市魅力。充分利用文化节展、文物展览、博览会、书展、电影节、体育活动、旅游推介和各类品牌活动,助推台州优秀传统文化走出去。

2.加强网络传播推介

构建多层次立体新闻网络传播体系,用好微博、微信等新媒体,依托各类移动互联网平台,深入实施"和合圣地"系列网络宣传行动。充分发挥网络传播优势,宣传推介台州"和合文化",全力以赴打响"和合圣地"金名片。

3.加深对外交流互鉴

策划"走进来"活动。充分利用"一带一路"的倡议,鼓励利用济公文化在东南亚的影响,寒山子文化在美、日、欧洲的影响,天台宗和茶文化在韩、日的影响,吸引别国"走进来",合作举办各类文化走亲活动。探索天台山文化国际传播与交流新模式,综合运用大众传播、群体传播、人际传播等方式,构建全方位、多层次、宽领域的天台文化传播格局。实施"海外中餐馆"文化传播计划,讲好和合二仙故事、济公故事、刘阮遇仙故事、台州养生故事等。

策划"走出去"活动。一方面,努力将台州和合文化列入"中华文化海外推广工程"和"中华文化走出去精品工程",在海外中国文化中心、孔子学院等阵地建设以及"感知中国""文化中国"等大型文化交流活动中积极融入台州和合文化元素,讲好和合故事,运用包括天台山佛道音乐会在内的多种形式传播中华传统文化声音,护航"一带一路"倡议的实施。

4.加快和合旅游推广

布局台州和合文化产品展销。形成"1+8"的整体模式,"1"是指在台州市区(含椒江)建设台州市和合文化产品展销中心,"8"是指在8个县市区设立地方特色的和合文化产品展销分中心。以和合文化元素为亮点,采取整体联合模式,合作经营,让台州的产品如台州特产、特色工业产品、工艺品、非遗文化产品等走出台州,进入国内外人民的生活中。

打造和合美食文化中心。台州小吃闻名遐迩,其中和合文化交相辉映,临海的糟羹、蛋清羊尾,天台的食饼筒、青饺、扁食和合汤,温岭的嵌糕、水晶蛋糕,张家渡烧饼、重阳栗糕、台州豆腐皮、豆腐圆、马蹄酥、糯米圆、火烧饼等。在主城区和著名景区的集散地打造台州美食中心,形成"鲜美台州,一县多品"的布局结构,诠释台州小吃的和合文化,让游人吃得开心、乐而留恋。

破解文化共富难题，
打造共同富裕示范先行区

——椒江文化共富的实践探索①

2021年5月20日，中共中央、国务院正式印发《关于支持浙江高质量发展建设共同富裕示范区的意见》，赋予浙江为全国推动共同富裕提供省域范例的重任。椒江区紧随其后发布《椒江高质量发展建设共同富裕先行示范区行动方案（2021—2025年）》，实现台州主城区城市方略调整，强调物质文明和精神文明相协调，加强精神引领，构筑文化高地，从"经济共富"走向"文化共富"，进行了卓有成效的理论和实践的探索。

当前，椒江区文化共富还存在多方面不利因素。

第一，历史文化资源挖掘不够。文化共富要靠丰富的文化精神及内涵支撑，需要从传统文化中寻找资源。虽然近年来椒江区投入了较大力度研究、挖掘历史文化，但代表性成果不多，在全国甚至全省具有影响力的文化品牌少。如椒江作为沿海城市，有关海洋文化和海洋开发的研究成果寥寥，即便是大陈岛垦荒精神研究著述较多，形成影响力的作品也不多，这与椒江作为台州主城区的地位不匹配。

第二，城市精神还没有得到有效落地。作为融入长三角的都市，需要一种坚实的城市精神作为市民的内在支撑。"大陈岛垦荒精神"成为台州城市精神后需要落地生根。如何深入理论研究，加大媒体宣传，树立典型形象，让几代领导人都关注的"大陈岛垦荒精神"深入人心，成为市民的精神支柱，这是一个亟待深入研究的课题。

---

① 椒江区社科联委托课题成果，发表于《政策瞭望》，2023年第3期。

第三，文化供给侧需要改革。城乡存在供需不平衡，公共文化服务性均衡和服务体系构建有短板；信息和数据的获得存在一定的门槛，更可能在"数字鸿沟"中迷失发展方向；基层乡土人才文艺创作水平不高，大众文化的艺术精品不够丰富，不能满足群众日益增长的文化需求。村民较市民的文化素养低，城乡文化消费水平有鸿沟等，需要供给侧改革。

第四，科学的文化共富评价评估机制尚未形成。推动实现文化共富是一个全新的时代课题，没有前人的经验可资借鉴。但它是乡村振兴战略实施的本质要求，也是中国式现代化的重要标志。当前的现状是：一是还不存在成熟、权威的文化共富的绩效指标。二是公共文化服务各领域指标发展不均衡。三是现有的文化共富指标不能准确描述各地实践的真实情况。四是现有的指标与现代"绩效理论"的要求不符，急需一个较为科学的评价机制。

针对共同富裕先行示范区建设中的文化共富难题，椒江对标高质量发展目标，破解文化共富难题，打造共同富裕先行示范区。

一、推动优秀传统文化创造性转化和创新性发展

传统文化基因是共同富裕的智慧之源，如"天下均平"的朴素思想、"大同社会"的理想追求、"以民为本"的政治理念、"天道酬勤"的创业精神、"为富当仁"的道德取向等，可以为当代文化共富理论提供重要的文化资源，也提供了相应的思想滋养。传统文化传承不能只看表面一时的高光，只有推进整体系统的研究和阐释才能让传统文化得到弘扬和推广，才会走得更远。

椒江的章安是台州的郡治之始，是台州文明的重要发祥地之一，椒江文化底蕴深厚，是一个共富文化土壤深厚的地方，其海洋文化、乡土文化、传统文化和红色文化中都包含共富文化基因。深入椒江历史文脉，加快传统文化研究，构建优秀传统文化的传承谱系是推进文化共富建设的基础和资源。同时，推动优秀传统文化创造性转化和创新性发展，保护和利用并重，重现历史文化的荣光。一是创新转化发展的方式方法，充分利用 VR、AR＋仿真体验＋交互式体验等形式，推动历史文化具象化、数字化；二是加强文化遗产的保护、传承和利用，让收藏在博物馆里的历史文物、陈列在椒江大地上的遗址、书写在古籍里的文字真正为当下文化共富服务；三是加快对章安、海门、葭沚老街等优秀历史文化做好理论阐释和研究工作，弘扬优秀文化传统，增强文化自信；四是将其老街历史风貌以及大陈岛景区开发与现代化、

数字化建设深度融合,提升景区的活力、吸引力和承载力,增强椒江历史文化底蕴和城市形象。

二、以垦荒精神照耀前进的道路,实现精神富民

垦荒精神的精神内涵,始终是中国共产党的优良作风和传统,是奔向共富之路的坚强保障,也为新时代推进高质量发展,实现共同富裕带来了深刻启示、增添了无穷动力。奔向共富路上,以垦荒精神立心,让"大陈岛垦荒精神"的城市精神落地生根,深入人心,成为市民的精神支柱,成为椒江各地抱团发展、实现文化共富的"法宝"。

一要以大陈岛垦荒精神立心,构筑精神文明高地,让垦荒精神"入耳、入脑、入心",为打造新时代文化高地提供强大的精神力量。以学习贯彻习近平新时代系列讲话精神为主题主线,深入推进"深化、物化、活化"工程,以垦荒精神大力培育时代新人,进学校、进基层、进企业、进家庭,让大陈岛垦荒精神薪火相传,"垦二代""垦三代"等不断涌现。二要全力推进理论体系研究,占领思想理论高地,不断擦亮大陈岛垦荒精神在中国革命精神、浙江精神谱系中的色度,提升大陈岛垦荒精神理论研讨会的规格层次,把台州市大陈岛垦荒精神教育中心打造成中国海岛第一个全国性研学基地。三要把大陈岛打造成为现代化示范岛、共同富裕先行岛。朝着"红色旅游第一岛、海峡两岸交流示范岛、青垦文化体验岛、零排放生态美丽岛、现代化数字智慧岛、幸福宜居平安岛"的新目标前进,坚持文旅融合,振兴经济,促进文化+旅游的新型产业蓬勃发展,不断把共同富裕的美好途径化为现实,为台州实现先致富带文化富树立典型和榜样。

三、深化文化供给侧改革,满足群众文化新需求

习近平总书记指出,"要完善公共文化服务体系,深入实施文化惠民工程,丰富群众性文化活动,满足人民过上美好生活的新期待"。文化共富就是要系统整合重构文化资源,拓展供给主体,提升供给水平,创新供给手段,实现文化惠民内容更丰富,覆盖更全面,切实解决人民日益增长的美好生活需要和不平衡不充分的发展之间的矛盾,实现物质与精神共同富裕的发展前景。

一要拓展供给主体,让社会化撑起文化发展半边天。在履行政府主体责任的基础上,政府、社会资本、民众等多方主体协同共治,丰富全域高品质

现代文化服务供给。要重新定义新时代乡镇街道综合文化站(活动中心),把他们作为城乡文化的主体"运营商",不断开发优化文化"新玩法",将公共文化服务的触角蔓延至每个角落。要促进时尚创意、海洋特色、文体娱乐、冰雪文化、康养文化等产业联动发展,增加市场体验式消费项目,保障文化产品供给更加丰富。要持续引进类似大隐书局、钟书阁等国内外知名书店等文化实体,让群众共享文化大餐,提升椒江台州主城区的文化品位和城市形象。

二要创新供给手段,让数字化服务于文化普及。要从群众和企业关切的"改革需求"出发,搭建城乡融合、区域联通的文化资源共享网络,在改革道路上勇闯"无人区",探索掌上文化圈、大陈岛网红IP、绣天下、文化数字创意平台等方面实践,成功上线运行一批具有椒江特色、辨识度的标志性成果,争取以文化数字化改革撬动共富椒江建设。

三要提升供给水平,让高品质文化成为日常所需。要进一步抓好文艺精品创作,创作出一批文学、戏剧、音乐、舞蹈等领域反映时代精神、具有椒江特色、受到群众喜爱的优秀文艺作品。引进高品质的演艺团队,引入省、市重大演出活动,打造葭沚水岸、和合公园草地音乐会特色时尚文化街区,满足人民群众日益增长的高品质文化需求。打造文化艺术盛宴,培育中高端剧目和知名文艺者,争创浙江省精神文明"五个一工程奖",争取每年有更多作品获省级及国家级各艺术门类专业奖项。

四要满足文化差别需求,实现文化近民、惠民、富民。要充分发挥网上文化交易平台作用,发行"文化惠民卡""文化消费券""文旅体一卡通"等,拓展大众文化消费市场,激发文化消费市场活力。要加大公共文化服务供给,实现文化礼堂全覆盖,文体活动更多彩,让广大市民在家门口就能享有文化服务。要加快建设文化消费集聚区。以一江两岸文化休闲区为整合平台,充分发挥椒江入海口两岸景观风貌、葭沚老街、海门卫城、章安古城资源优势,打造文旅体融合发展圈,通过举办文化旅游节庆活动,挖掘特色美食,开发文创产品,丰富文化供给。

四、改革创新,建立科学的文化共富评估体系

政府部门和乡镇街道是推进文化共富的中坚力量,如何引导部门和镇街重视并推进文化共富工作是关乎文化共富能否顺利实现的重要一步。为此建立一个聚焦于落实文化共富的科学的"文化共富"领导干部考评体系,

改变文化共富不仅是宣传部门和文化单位的工作观念，因此要引导各级领导干部投入文化共富建设进程，为实现文化共富全面胜利提供有力支撑。

共同富裕发展指数评价指标体系要长中短结合，以2021年椒江文化指数为基础，综合文化发展状况，围绕文化共富指标评价体系的构建，对椒江文化共富发展未来5—10年的目标指数进行设计。文化共富发展所涉及的评价指标体系涉及面很广，非一个简单的指标能解决，应以群众文化获得感为核心展开，考量多方关系：一是研究建立具有统筹性、实用性、公平性、科学性及可操作的指标理论模型，进行可行性的模型或试点测试，反复修正，使文化共富考核评价指标体系不断完善。二是论证各项指标来源的合法性、有效性、地方性、创新性、全面性、个性化。三是用定量指标和定性指标混合协调的方法设定文化共富发展指数年度评估（核心是群众文化获得指数）与阶段性整体评估的关系及未来趋势。四是援用绩效评价理论，科学地评价文化共富工作绩效，分析文化共富工作的投入、产出、绩效、存在的问题以及解决的思路，考量其发展水平、质量、程度及横向、纵向、前后的比对，发现其中的差别、差距等，从而在全区范围内推行以文化共富考核评价为支撑的工作指向，充分发挥考核评价的指导作用，扎实推动文化共富的工作走向深入，保障文化共富短期效应和长期价值形成有效共振。

综上，在文化共富伟大实践中，椒江区大力传承弘扬垦荒精神，积极实施椒江文化强区工程，着力推进全域文化繁荣、全民精神富有，致力于构建文化共富高地，努力打造发展社会主义先进文化的时代亮点，形成推动共同富裕更深层、更持久的动力。

精准施策 融合发展

——台州文化产业高质量发展调研报告[①]

党的十八大以来,党中央高度重视文化产业发展工作,把加快发展文化产业作为一项重要的战略任务,强调推动文化产业高质量发展是高水平全面建成小康社会的重要一环。省委、省政府在推进文化强省建设中,提出加快发展文化产业既是繁荣发展社会主义文化、保障人民群众文化权益、提升文化软实力的重要途径,也是浙江省适应经济发展新常态、推进新旧动能转换、促进经济转型升级的战略选择。

近年来台州市文化产业呈现出快速增长的良好态势,但对标高水平全面建成小康社会要求,总体上滞后于台州经济社会发展,是发展中的短板。为促进文化产业高质量发展,助力补短板强弱项工作,台州市政协成立了"台州文化产业高质量发展"课题调研组,由李立飞副主席牵头深入走访调研了市直相关部门和县市区,赴杭州、宁波、温州、绍兴等地学习考察,经多次座谈讨论,并邀请有关部门举办了"请你来协商"活动,听取各方面意见建议,形成了本调研报告。

一、台州文化产业发展现状

台州丰厚的历史文化遗存、独特的山水自然景观、创新的民营经济体制、巨大的文化市场潜力,为文化产业发展奠定了良好的基础。

(一)文化产业环境日趋优化

近年来,市委、市政府高度重视文化产业的发展,相继出台了《关于加快

[①] 2020年9月获台州市委书记批示。

文化大市建设的决定》《关于推进文化产业发展的若干意见》《台州市文化产业发展"十三五"规划》等政策文件;设立了每年 1500 万元的文化产业发展专项资金,扶持文化产业重点项目、重点文化产业园区(基地)建设,培育骨干文化企业。明确的政策支撑、充裕的民间资本、强劲的民营经济、灵活的民办机制,形成了具有台州特色的文化产业。椒江区、临海市被列为浙江省文化产业发展专项资金(2019—2021 年)扶持对象。黄岩区连续两届被评为浙江省文化产业重点县(市、区)。通过每年举办文化产业培训班,全面提升从业者素质,并将文化产业人才纳入市"500 精英计划"和《台州社会事业人才发展三十条》扶持范围,为文化产业的繁荣发展提供了一系列政策保障。

(二)文化产业发展初具规模

2018 年,台州市文化企业法人单位数 10567 家,规上文化企业 319 家,实现文化产业总产出 613.45 亿元,全省排名第七;实现文化产业增加值 204.4 亿元,较 2015 年提高了 55.9 亿元,年均增长 8.3%,占 GDP 比重 4.2%,全省排名第十(具体见表 3-1、表 3-2)。截至 2019 年底,全市拥有国家级文化产业示范基地 3 个、省重点文化产业园区 4 个、省文化创意街区 3 个、文化特色小镇 1 个、文化产业园区 20 多家。

表 3-1　2018 年全省及各市文化产业增加值

2018 年	总产出(亿元)	排名	增加值(亿元)	排名	占 GDP 比重(%)	排名
全省	12866.97		4261.07		7.3	
杭州	5769.95	1	1862.93	1	13.0	1
宁波	2064.98	2	539.08	2	4.8	7
温州	895.98	5	324.39	3	5.4	4
嘉兴	916.61	4	258.73	6	5.2	6
湖州	433.17	8	120.86	8	4.2	9
绍兴	867.11	6	282.64	5	5.3	5
金华	1036.21	3	315.27	4	7.4	2
衢州	198.36	10	58.14	10	4.0	11
舟山	130.75	11	57.37	11	4.6	8

2018 年	总产出（亿元）	排名	增加值（亿元）	排名	占 GDP 比重（%）	排名
台州	613.45	7	204.40	7	4.2	10
丽水	231.85	9	79.32	9	5.9	3

表 3-2 台州市 2018 年法人单位基本情况（文化及相关产业）

单位：个/万元

指标名称	法人单位数	从业人员期末人数	营业收入	主营业务收入	资产总计	税金及附加
总计	10567	117720	4818303	2522530	5624547	33575
文化制造业	3764	76105	3215722	1748178	2557707	24389
文化批发和零售业	1274	6625	856444	537647	761313	2446
文化服务业	5529	34990	746137	236705	2305527	6740

（三）文化资源较为丰富

截至 2019 年底，全市拥有世界非遗项目 1 个，国家级非遗项目 15 个、省级 106 个、市级 341 个；共有国有博物馆 13 家、非国有博物馆 27 家、书画院 2 个、艺术馆（含美术馆）9 个，农村文化礼堂累计建成 1459 个，登记在册的民间艺术表演团体（民营剧团）116 家；国家级 5A 旅游景区 2 个、4A 景区 10 个、3A 景区 35 个。逐步形成了黄岩"工艺美术之都"、路桥"广告创意印刷产业园区"、天台山"养生文化旅游基地"和"浙东唐诗之路目的地"、仙居"中国工艺礼品之都"、临海"中国休闲用品礼品生产基地"等一批国家级和省级特色文化产业品牌。

二、台州文化产业发展存在的问题

近年来，台州市文化产业虽然有了较快的发展，但与先进地区相比差距还较大，文化产业发展过程中还存在许多不足和问题。总体而言，台州文化产业发展质量不高，表现为对文化产业作用认识不全面、体制机制创新协调不足、文化产业结构不优、整体不强、传统文化转化利用不充分、文化产业助推经济社会发展作用有待进一步加强等诸多问题。

(一)对文化产业作用认识不全面

从调研情况看,对发展文化产业的重要性、必要性认识不全面,对其推动经济社会高质量发展的作用认识不到位。有的地方把发展文化产业看成是宣传部门、文广旅体部门等个别部门的事,组织机构不健全,缺少科学规划,责任落实不到位,抓文化产业发展的合力和氛围尚未形成。有的认为文化只有意识形态的属性,就文化谈文化,缺乏产业意识,文化创意与设计服务在推动制造业高质量发展和美丽台州建设等方面的作用发挥不够。有的发展文化产业的具体举措还没有提上重要议事日程,在抓工业项目和招商引资中对文化产业相关工作关注不够。促进文化产业在创新创业、解决大学生就业等方面工作还需强化,重制造、轻文化的思想有待进一步解放。

(二)文化产业体制机制亟待理顺

文化产业关联宣传部、文广旅体局、发改局、经信局、商务局、科技局、统计局等相关部门,相互之间缺乏协调融合。对文化产业的数据统计不够精准,缺乏专门的情况分析报告供市委、市政府决策参考。相关政策、规划文件执行难、落地难,如影视产业政策兑现难。专项资金规模小,没有发挥应有作用,无法带动社会资本投资文化产业而形成集群效应。政府对文创园区的扶持培育及引导政策针对性不强,已有的文创园名不副实,定位不准。重点文化单位如广电、报业等运行机制传统守旧,未能充分释放其应有活力。县(市、区)发展各成体系,没有形成横向合力。

(三)文化产业整体质量有待提高

文化产业整体不强。2018 年,台州市文化产业总收入 613.45 亿元,排名全省第七,而台州市 GDP 总量为 4874.67 亿元,排名全省第四;文化产业实现增加值 204.4 亿元,GDP 占比 4.2%,排名全省第十,这与台州经济实力不相称,落后于同等规模地市。规模以上文化企业只占全部的 3.02%,大规模、高水平、产业链完整的文化骨干企业数量严重不足。

文化产业结构有待优化。在文化产业的构成中,文化制造业、文化批发和零售业、文化服务业比例失衡,2018 年文化服务业占 15.5%,占比偏低(全省 56.4%)。文化制造业向全产业链特别是文化服务业延伸不够,如印刷包装产业,设备先进,理念落后,靠模仿、来样订单生产,没有向设计、出版服务链两端延伸等。

文化资源转化不畅。天台山文化、和合文化、红色文化、浙东唐诗之路及其他文化遗产资源,基本还停留在理论研究阶段,大部分没有实现有效转换形成文化产业。

(四)文化产业发展后劲不足

市区首位度不高。国有的广电、报业两大集团缺乏引领作用,缺少有效的平台载体集聚全市的数字文化和现代传媒,发展状况差强人意;全市虽有4家省重点文化产业园区,但普遍存在规模小、经营状况差的情况,如市区的省重点文化产业园区——老粮坊,非文化产业单位占比过高,结构不合理,无引领性企业,缺乏统一管理,甚至无法提供入园单位营业额、利润等相关数据,缺少代表性、创新性。而在文化服务领域,市区同样缺少引领性的特色和亮点,文旅综合体建设没有规划启动。

新兴业态发展滞后。横店的现代影视产业、杭州创业设计与动漫游戏、绍兴的数字印刷等在业界广有影响,但台州没有类似影响的产业,创意设计、现代传媒、动漫游戏、数字视听、演艺娱乐、电竞等新兴文化产业发展滞后。例如,被誉为"天然影棚"的台州,截至目前已有300多部影视作品在台州取景拍摄,但具有全国性影响以台州为题材的影视作品不多,大型影视公司匮乏,目前在台州注册的影视公司数量少,质量不高,影视及相关行业发展缓慢。

文化消费本地化供给不足。台州的文化服务在文化产业中占比不到20％,一方面是由于文化消费观念没有得到正确有效引导,高质量文化消费品供给不足,消费力不强;另一方面,外地服务商占领了市场,没有反映到本地文化服务的营收中。

文化产业人才紧缺。受地域影响,台州文化产业人才引进困难,留人更困难,年度引进的人才无法填补流失的人才。本土高校参与文化人才培育的具体路径不清晰,缺乏有效的文化人才培育和集聚机制。

三、台州文化产业高质量发展建议

要推进台州文化产业高质量发展,就要以思想大解放来引领文化产业大发展,要进一步解放思想,突破体制机制束缚,制定切实可行的政策,把文化产业发展放到更加突出位置,大力推进文化产业高质量发展。

(一)创新文化产业发展体制机制

(1)健全工作领导体制。建立健全台州市文化产业发展协调小组,由市领导任组长,相关部门为组成单位,协调小组办公室设在宣传部并配置专职人员主抓文化产业的发展;各县市区也要建立完善协调机构并配置专职人员。定期研究协调推进全市文化产业发展工作,每年召开一次文化产业发展大会。谋划深度整合党委、政府、社会等各方资源,形成党委统一领导、党政齐抓共管、职能部门组织协调、有关部门分工负责、社会力量积极参与的工作新体制、新格局,促进文化产业服务业、制造业、流通业协调发展,文化产业与相关产业全方位、深层次、宽领域的融合发展,"文化+"新模式和新业态快速发展。

(2)深化重点领域改革力度。发挥广电、报业两大国有集团的引领作用,深化管理体制改革,实行文化事业和文化产业双重考核,激发做大做强文化产业的积极性,要充分发挥两者的信息数据平台优势,加快建设台州重大经济社会信息大数据平台,把广电和报社保存的地方经济、政治、社会、文化方面的史料、新闻、影像、产业信息等数字化,并加快平台应用功能的释放。深化文艺院团改革,完善国家级非遗项目"台州乱弹"的传承单位——浙江台州乱弹剧团体制机制,真正落实"民办公助"身份,明晰产权归属,明确剧团履行非遗传承职责,并以此为基础组建演艺集团,推进非遗产业化,走市场化发展道路,为台州提供多层次娱乐休闲服务,打造台州特色文化演艺品牌。

(3)实施文化产业专项考核。市委、市政府要把文化产业发展纳入目标管理责任考核,将文化产业发展工作纳入经济社会发展总体规划,作为评价地区发展水平和发展质量的重要方面,作为考核评价领导班子和领导干部的重要内容,与经济社会建设一同部署、一同推进、一同考核。

(二)强化文化产业发展的顶层设计

(1)制定完善相关政策。制定文化产业发展"十四五"规划。根据文化产业发展具有创新性、高风险、引领性、轻资产等特点,精准制定出台推进文化产业高质量发展的意见和政策,完善文化企业培育、文创园区认定、文化人才引进、数字文化发展、媒体融合发展等方面的配套政策,加强知识产权保护。各县市区也要结合本地文化产业发展实际,因地制宜出台文化产业配套扶持政策,给予税收、财政、金融、土地、人才等方面的政策支持,整合各部门与文化产业相关的专项资金,完善市场机制以及创新金融支持体系,推进文化产业的规模化、集约化、专业化发展。

(2)完善投融资支持体系。市级层面设立 2 亿元左右规模的文化产业发展投资基金,鼓励各县(市、区)和社会资本参与,逐步扩大基金规模,直接参与投资文化企业和文创园区运营,变一次性扶持为直接投资,提高资金的使用效率。设立独立运营的文化产业投资机构,完善投融资功能,创新文化产业投融资服务方式,在重大文化产业项目投资、文化企业融资平台搭建、文化资本运作等方面做精做深。鼓励银行设立文化产业支行、文创产业专营机构,支持文化企业开展投融资业务,政府设立风险池基金或提供担保降低银行风险。积极引进和对接各类风险投资机构,培育一批文化产业风险投资基金,推动初创文化企业发展。充分发挥台州市上市公司、企业集团融资渠道优势,引导投资文化产业。鼓励文化产业创业创新,探索政府和社会资本合作(PPP)文化公共设施建设新模式,提高文化设施的建设运营效率。

(3)推进文化产业平台建设。利用老旧厂房或市场建设市级文化创意产业园区(台州文创中心),定位文化创意设计、工业设计和广告创意设计与策划,借助创意与科技的融合,实现传统行业创新性发展。要与占全市文化产业近二分之一产值的广告印刷包装、工艺美术产业合作,通过政府主导、社会化参与、企业化运作方式,创建一个创意设计中心,帮助行业打造新的增长极;借助创新的工业设计,促使优势行业如智能马桶、模具、汽车零部件、水暖产品等转型升级,提高产品的附加值;借助广告创意设计与策划,树立台州产品的品牌形象,提升产品附加值和影响力。

加快推进县(市、区)文化小镇、重点文化产业园区和文化创意街区等文化产业重点区块建设,推动各级文化产业平台规范有序建设。发挥文化产业适宜创业、带动就业的优势,优化产业扶持政策,培育一批特色鲜明、服务优质、创业生态圈完善的孵化平台。加快提升企业孵化器、加速器,引进和培育高水平的园区运营企业,鼓励高校参与建设、运营孵化平台,实现规模化和专业化运营。积极鼓励大学生从事文化领域的创业项目,逐步提高大学生创业扶持力度,鼓励发展众创空间和众包平台,力争在财政支持、导师辅导、中介服务等方面创新模式、提升水平,培育一批功能完善、成效显著的文化产业孵化平台。

（三）着力培育文化产业新的增长点

（1）大力推进文化新兴产业发展。促进文化产业与数字、金融、制造、体育、旅游、会展、商贸等相关产业的多向交互融合，形成新业态，拉长产业链条。充分把握新技术和文化产业深度融合后带来的新服务、新业态及新商业模式孕育的巨大投资机会，搭建台州文化大数据平台，整合创新资源，提升集聚发展能力。借助市级科技创新平台、本土高校的技术力量，促进生产要素与产品的高效流通，进一步提升文化产业发展的效率与质量。

（2）重视文化产业项目招商引资。出台文化产业招商引资办法，在全市范围内明确年度招商引资项目中文化产业在其中的占比；着力引进重资产文化项目落地，兼顾轻资产文化项目的引进；发挥乡贤作用，帮助事业有成、有情怀的乡梓贤达达成荣归故里的愿望，引导他们回家乡兴办文化产业。

（3）拓展文化消费市场。丰富大众参与性、体验性的文化产品供给，扶持台州民营剧团发展、举办台州民俗节庆与艺术节、组织演出季活动、推进乡村旅游、非遗体验、戏曲欣赏、休闲体育、互动营销、网络直播等；开发中高端消费市场，培育特色文化消费，在市文化馆演艺中心设置高端演艺中心，采取社会化运作，引进高级别演艺团体，复兴高端文化消费；引导企业投资兴建更多适合普通群众的文化消费场所，培育文化消费市场。

（四）做大做强文化产业市场主体

（1）扶强龙头骨干企业。发挥国有文化企业平台引领作用，拓展产业多元化发展。着力抓好台绣、路桥新桥横街两地包装印刷、临海和仙居的工艺美术和节日灯产品等一批民营文化骨干企业升级提档；加强三门冲锋衣的集群发展及品质提升优化，完成其向文化产业转型；引导文化产业制造业向研发、设计、服务两端延伸。

（2）扶持小微文化企业。充分利用市场这一巨大的杠杆，以市场为导向生产和提供文化产品和服务，扶持小微文化企业发展。依托台州各类文创园区，提升各类人才平台和产业平台对文化产业创新创业的承载能力，提升文创园区对小微企业的集聚能力，提升文创产品的销售能力，提升小微文化企业发展能力。通过项目补助、技术提升、贷款贴息、保险补贴、人才培养等方式，支持小微文化企业创新创业、开拓市场。

（3）发展生活性文化产业。加快推进台州大剧院建设，为高端演艺文化发展提供场所。做强做优中心城区生活性文化产业,打造文创体验店、文创商城、创客生活空间、娱乐休闲空间等生活性文化产业,推进大陈岛作为"全国红色旅游第一岛"的文旅开发,统筹规划椒江城区南部文旅综合体项目、台州"大陈岛垦荒精神研学基地"项目、台州东商务区耀达路和康平路区域夜间经济带项目等,提升中心城区首位度,以此发挥中心城区对全市产业发展的辐射作用,提升台州市在全省的影响力。

(五)促进台州文化资源转化

(1)立足区域文化资源的优势,制定差异化发展策略。如仙居、天台重在旅游与人文的融合发展;临海重在府城文化的保护开发;椒江以大陈岛开发为主体,着力开发城市文化等,政府要大力支持,谋划文化产业协调发展,在有序的竞争中实现文化与科技、旅游、会展、商贸、休闲等行业有机融合,把文化资源优势转化为产业优势。市级层面利用山海资源优势统筹推动影视产业发展,在仙居、天台引入摄影棚项目。

(2)集中优势资源,打造一批台州特色文化品牌。培育和打造在国际、国内都有较大影响力和知名度文化品牌,如和合文化、垦荒精神、唐诗之路等,特别是要打造"浙东唐诗之路目的地"品牌,串"珠"成链,打造黄金旅游带,以名品来提高文化产业市场竞争力。结合地方戏曲、传统工艺、民间文化、山水风光、会展活动等内容和方式,坚持外联内引,打造一批知名的地方特色文化品牌和系列活动。

(3)运用新技术,促进文化资源的转化。全面运用新媒介、新科技、新载体将优秀传统文化赋予其新的时代内涵和现代表达形式,创作出为人们所喜闻乐见的文创产品,使资源优势转化为经济优势。可在台州市 10 大非遗项目门类、341 项市级以上非遗代表性项目中选择若干突破口,实现与文旅产品、工艺品、家居饰品等文创产品的结合,促进非遗产品产业化,更好地传承发展传统文化。

(六)加强文化产业人才队伍建设

(1)加大引进人才力度。出台文化人才引进与培养的相关政策。建立一套完整的、新型的、灵活的引进机制、培养机制、评价机制、奖励机制、流动机制等。对引进的刚性高端文化人才给予安家补贴,柔性高端文化人才给予工作津贴;对引进的优秀创新团队给予创新项目资金资助;对引进的急需紧缺骨干人才所在国有文化单位给予用人补助。鼓励风投、猎头、海外留学人员协会、创新平台(含众创空间)等市场化主体或社会个人参与引才工作,通过中介引才、以才引才形式引荐文化人才项目签约落户并成功引进的,分别给予引才主体奖励。

(2)重视本土人才培育。坚持本土培养和引进文化人才并重。通过遴选培养和提供稳定经费支持、平台支持等方式,集聚一批文化人才;进一步激发台州市文化产业促进会活力,使之成为本土文化人才的蓄水池;借力台州高校、浙大研究院等力量,探索建立人才帮人才、人才带人才的培养模式,聘请有影响、合乎条件的非遗传承人为专职教师,在高校开展非遗人才培养和文化传承;大力支持台州籍青年文化人才、创新人才参加进修、培训、学术交流,提升素养和能力;通过乡情纽带,加快在外的台州籍高端文化人才资源利用,全力打造人才集聚新高地。

(3)营造人才发展的优良环境。突出"放权松绑",积极营造公正平等、竞争择优的制度环境,进一步发挥市场主体在人才引进、培养、评价、激励等方面的决定性作用,为文化人才创新立业创造良好条件。完善激励机制,出台按贡献参与分配的办法,健全对人才的股权、期权及分红激励机制,使创新者能够合理分享创新收益。健全容错机制,营造鼓励创新、宽容失败的良好氛围。要转变政府职能,构建专业化、精细化、个性化的人才综合服务体系建设,营造人才工作的"无忧"生活环境。

路桥商贸源流与企业家精神

路桥位于浙江沿海中部,中国黄金海岸中段,境域东濒东海,素有"百路千桥万家市"之称。自古以来,路桥就以人杰地灵、商贾云集而闻名遐迩。改革开放以来,路桥以民间资本为动力,以市场需求为导向,以民营经济为基础,以灵活的机制参与竞争,走出一条工贸结合型的农村迅速城市化之路。在此过程中,路桥区诞生了一批又一批优秀的企业家,形成了独具路桥特色的企业家精神。

一、独特环境和传统文化孕育独特的精神品质

一方水土养一方人。某种精神文化是特定条件下的人口及其政治制度、经济状况,甚至人们居住的地理区域的反映。"自然地理环境""地方政策""传统文化"等因素造就了路桥企业家的价值观、经营理念及性格,形成了独具一格的路桥企业家精神。

(一)地理环境是塑造路桥企业家精神的基础

地域文化的发展基础是人类赖以生存的自然地理环境。路桥的地理特征可以概括为三个"有",即有山、有海、有平原。王士性《广志绎》曾云:"浙中惟台一郡连山,围在海外,另一乾坤。"这也是对路桥的真实写照。这种临山滨海、"与世隔绝"的复杂自然地理环境,使得路桥人的生活方式,更富有多样性,简称为"三民"生活方式,即"山民""农民""渔民",三种生活方式交织在一起,形成了灵活多变、别具一格的路桥人"山海"一体精神,这种精神融于每一个路桥人的血液之中,路桥企业家们就是最好的见证。

(1)"山民"的刚烈浑厚精神。路桥东面临海,山区交通不便,因此山民多吃苦耐劳。海盗土匪出没,因此山民又多强悍刚硬。"山谷之民,石气所

钟,猛烈鸷愎,侵犯刑法,喜习俭素,然豪民颇负气,聚党而傲缙绅。"[1]远的不说,单从元末路桥洋屿方国珍不满黑暗统治揭竿起义,控制温、台、丽三地,形成台州最大规模农民起义开始,这种不平则鸣的剽悍之气一直是路桥区人心底的根脉。

(2)"农民"的勤劳坚毅精神。路桥属近海沉积平原,境内地形以平原为主,为农业生产提供了有利条件。路桥的农民们以种植稻米为主,兼种麦子等其他作物。土地上的辛勤劳作培育了路桥人勤俭务实的品格,农业的发展也为商贸的繁荣奠定了基础。地处沿海地区,地势低洼,最易受台风侵袭,使得路桥人民形成了比起中原地区更加勤俭刻苦、劳作不息的生活习惯。生活习惯源于人类对自然环境的适应。自然资源的贫瘠使台州人特别珍惜大自然所赋予的每一份资源,重视、善用一切资源是当地人自然而然的生活习惯。勤俭刻苦的品格让路桥人能够将有限的人、财、物等资源浪费降到最低,而效用却发挥得尽可能大;劳作不息的生活习惯又使他们积累了大量的生活实践经验与知识,在环境变迁所赋予的时代机遇面前才能够"厚积薄发"。

(3)"渔民"的冒险创造精神。路桥毗邻大海,沿海的渔民在海上捕鱼,在滩涂上捕捉各种生物,在海边晒盐,大海给了他们生存的机会。王士性说"海滨之民,餐风宿水,百死一生,以有海利为生不甚穷,以不通商贩不甚富"。路桥渔民出没于汹涌的波涛之中,世代与风浪搏击,生命安全系于千钧一发之际。也由于海上天气瞬息万变,风浪变化使得人们需具有较强的应变能力才能适应。与大自然的搏斗,塑造了路桥人轻生死、敢抗争、敢闯荡、敢冒险的勇气和机智灵活的特点。

(二)重商精神是路桥企业家精神产生的动力

路桥企业家精神的形成受地理环境和人文精神因素影响非常明显。我们从"灵山遗址"考古发现,距今近5000年的路桥已经接受外来文化的影响,这不仅表现在灵山遗址是受到河姆渡后续文化影响,也接受福建地区的新石器时代文化影响。多元文化在路桥融合,形成具有自身特色的区域性文化类型。

"讲究实效,注重功利"的功利主义价值取向是路桥传统文化精神的一

---

① 王士性:《广志绎》卷4《江南诸省》,中华书局1981年版,第68页。

个显著特点。在路桥历史上，一些著名的政治家和思想家都提出过许多有利于促进经济发展的思想主张，形成了一种讲究实效、注重功利的精神传统。其中南宋以后兴起的浙东事功学派中以叶适为代表的永嘉学派在这一点上表现得尤为明显。罢职还乡后，尝寓居台州的叶适，办学授业。叶适讲究"功利之学"，认为"既无功利，则道义者乃无用之虚语"，明确提出"以利和义，不以义抑利"。主张"通商惠工，以国家之力扶持商贾，流通货币"，反对传统的"重本抑末"，即只重农业、轻视工商的政策，倡导士农工商，四民相互为用，缺一不可。培养出陈耆卿、吴子良、丁希亮等许多名士，对台州学术界，商业界影响颇大。叶适的财富观和价值观对于塑造路桥商人和企业家的求富品格具有重要意义。路桥商人特点之一，就是开拓创新、抱团打天下，以善于理财而闻名。表现之一就是民间借贷活跃。无论在外地还是在路桥，路桥人都讲信用，借贷很多时候是一句话、一个承诺或一个商业关系就完成，没有人刻意追求凭证。在外地创业，资金来源大都是亲戚朋友、路桥商会等，亲帮亲，路桥人帮路桥人；特点之二，路桥人不仇富，对待富人，不是仇视，而是"羡"，正是这种羡慕心态的支撑，路桥人比任何地方人有着更为强烈的求富心理，人人想当老板的愿景刺激路桥人，使路桥人比任何人更热衷于做生意，这就是路桥商人的优势特征。

　　路桥重商的功利主义价值观一脉相承，元末方国珍占台州、庆元（宁波）、温州三路，拥军十万、舰船千余艘，这样的地方军阀，虽然有传统的"保境安民"思想，但长在路桥的他更具有商业意识，积极开展对外贸易。《高丽史》卷三九、《恭愍王世家二》《朝鲜史略·卷一一、卷四〇·高丽记》等都记载方国珍派使者赴高丽贡献方物的事件，显示当时与朝鲜贸易的热闹情况。

　　台州从章安郡设立起，章安港是台州对外贸易的主要港口，逐步发展对日本、高丽（朝鲜）、大食（今阿拉伯地区）等地区的民间贸易。到宋代，海门港、金清港逐渐取代章安港，对内成为漕运的出发地，对外成为贸易口岸，和宁波、温州一起构成浙东对外贸易的主要港口，宋元时期，海外贸易非常兴盛。清康熙二十四年，清朝设浙海关台州分关与葭芷，随后分关迁海门靖波门吊桥外，俗称"台大关"，光绪二十二年，台大关改为杭州关税务司署台州办事处，清末民初台州海门"小上海"繁华出现。路桥商品经济发展迅速，贸易日趋繁荣，比邻港口的路桥也因为港口的兴盛带来了贸易的迅速发展，路桥的商业在这块土地上自由自在繁衍着。

（三）地方政策是路桥企业家精神形成的支撑

源于路桥独特的陆海地理环境,自近代以来路桥就较少受到外来经济侵袭与刺激,本土的自主性较少受到干涉,但同时相对封闭的区位,也使路桥在国家和地方政治经济版图中相对处于边缘地位,没有外力可以依赖,唯有完全依靠自身才可以生存;这种地理环境也使外来的压力相对薄弱。因此,在长期的发展历程中,路桥人逐渐形成了面对现实、独立自主、自强不息、顽强务实的精神,而路桥的政府创新意识也更加强烈。

新中国成立后,由于自然地理（地理封闭、交通不便、资源贫乏）、历史（工业基础薄弱）和国家安全（海防前线）等多方面因素,台州经济在我国计划经济总体产业布局中被"边缘化"了。改革开放前 30 年间,国家在台州累计投资仅为 4.6 亿元,其中 42％用于农业基础设施投资,1994 年前路桥隶属于黄岩县,所得到的投资更是寥寥无几,远远落后于当时全国经济发展的平均水平。与拥有大型国企的地方政府相比,路桥无法从国家获得更多的财政拨款。但任何事物都有两面性,正是寥寥无几的财政拨款,使路桥政府定位清晰,较早地意识到"地方政府与地方企业是相互促进、荣辱共存"的关系。在地方政策上给了民营企业无限的发展空间,被理论家誉为"民间诱致政府增进的制度创新与经济发展模式"。路桥第一批企业家大多数是国企或者村干部出身,其中路桥的小商品市场就是最好的证明。

1982 年,路桥的一批"货郎"在路桥区永跃村村干部和政府的引导下,在十里长街附近开辟了一个集中的交易场所,这标志着中国第一家小商品市场由此诞生。1978 年,党的十一届三中全会做出了改革开放的重大决策。聪明勤劳的路桥人如鱼得水,大批经商人才、能人巧匠脱颖而出,自发在路桥老街南栅居街道上经营小商品,每逢农历三、八都会自发形成集市,也就是现在所说的马路市场,并呈现良好的发展势头。

（四）传统文化是路桥企业家精神的内核

从空间地理位置和历史发展进程来看,由于地处我国的东南海隅,路桥文化具有双重的文化源头,它是越文化与中原文化交融的结果。从内部构成看,路桥复杂多变的地理环境和灵活多样的生产生活方式,也使路桥的地域文化传统特征呈现出多元性。多源多流,相互交融,形成了融农业文明、山野文明和海洋文明诸多要素于一体,以商贸文化为核心的地域文化传统。

　　路桥的地域文化是越、汉文明长期交融的产物,既接受了中原文化的洗礼,又不失其自身的乡土特色。先秦时期,在中国东南沿海生活着与中原汉人不同的古越人。活动在台州、温州一带的古越人,就是今天路桥人的祖先。在相当长的时期内,越文化是路桥文化传统的唯一来源。越文化在历史的长河里不断绵延沉淀下来。这首先体现在一些历史陈迹上。在桐屿街道共和村的峭壁上,有一处古越人刻画的岩画,岩壁上隐约可见戊形、人形、飞禽走兽、钱纹、太阳或八卦纹等图案。"戊"形图案正是古代的越字,是古越先民的标志。与中原汉人相比,古越人更强调现实的生存与发展。当中原人将珍贵的青铜制作成大型礼器时,越人则用来铸造兵器与农具。越人素有"处危争死""轻死易发"的传统,路桥人强悍、刚硬的个性特质和轻生死、重抗争的精神,都能在古越人那里找到源头。晋元兴元年(402 年)三月,五斗米教道士和农民起义领袖孙恩进攻临海失败,率众投海自尽。

　　秦汉之际,中原政权向周围的势力扩散日益加剧。台州原有的越人开始不断外迁。汉武帝时,汉政府镇压反叛的闽越王,再度将居民迁往江淮流域,东瓯之地纳入汉朝版图。在东越人不断外迁的同时,移民开始流入台州。此后,随着中原王权的不断扩张及战乱的频仍,移民源源不断地流入台州。

　　汉以后,特别是三国、东晋以后,随着北方人口南迁路桥,以中原农耕文化为主的许多习俗随之传入这片越人故土。在路桥老街与新大街交叉处东南角,原有"右军墨池",为王羲之游历路桥时留下的遗迹。唐代时期,这片偏处海隅、交通闭塞的土地,曾是朝廷贬谪罪臣的荒蛮之地。著名文士如骆宾王、沈佺期和号称"诗、书、画三绝"的广文博士郑虔等曾流放于台州,对台州本地文化的发展和礼仪习俗的形成产生了重要影响。南宋理学盛行,大理学家朱熹来台州各地讲学,流风所及,以至民间婚嫁、丧葬、岁时、礼仪等都有"遵文公(朱熹)家礼"之说。宋室南迁,宋高宗驻跸金鳌山更是给路桥带来了新的发展机遇。南宋永嘉学派的代表人物叶适曾在罗洋讲学,表达"工商皆本"的思想,进一步强化了路桥民间的重商风气,体现在后来路桥人身上的就是以生存为指归的务实作风。

　　然而,路桥的商贸传统并非纯粹的商业文明,在这里,山民、农民、渔民都可以是商民,而商民也可以来源于他们当中的任何一员,商贸传统中深深地融入了山野文明、海洋文明与农业文明的各种要素,使路桥的商贸文化传统展现出独特的个性。在品格上,路桥人有冲劲、有时代精神;在价值取向上表现为利而义，他们以利为本；在精神气上，他们最大的特质之一就是"和商"。

（1）路桥商民的品格具有"刚灵相济"的特点。商民本以灵敏、灵活著称，但在路桥这个特定的历史背景下，灵气之中又渗入了一股"狠"劲。另一方面，路桥人又以"灵"气闻名。要征服大山和大海，仅有"刚"性是不够的，必须要随机应变、斗智斗勇。路桥人极少满足生存现状，他们擅长通过不同区域之间各自具有比较优势的产品间的贸易来获得剩余价值。

（2）经济理性、个人利益为先的思维方式。传统文化继承与现实的自然地理环境共同养成了路桥人经济理性优先的思维方式。多数情况下，对成本与收益的权衡是决策中所考虑的最重要因素。经济理性的思维方式在企业运作方面表现得非常明显，对研发、生产、销售等环节的经济理性思考使路桥人更乐于学习模仿、博采众长。因此，根据成本效益原则（研发成本大于引进或改进），企业采用直接引进学习或改进方式参与满足顾客需求的市场竞争，对企业的原始积累而言是效率最高的。

（3）"和商"精神是路桥企业家的一大特质。在求生存的过程中，路桥人也朴素地认识到，单靠个人无法生存，只有强调团队协作，强调"亲帮亲""邻帮邻"，才能共渡难关。征服大海，需要全船人的通力合作，不计荣辱，同舟共济；征服大山，需要群体的齐心协力。路桥历史上多强盗倭寇，更需要生死与共，"一方有难，八方支援"。因此"和商"贯穿在路桥人的日常生产、生活过程中，成为路桥人的文化基因。正是这种千百年历史沉淀下来的和合文化，使台州人成为"敢冒险、有硬气、善创造、能包容"的坚韧群体。

商贸的发展促使原以地理单元为依托形成的山民、农民、渔民个性在商民身上奇异融合，形成了融山野文明、海洋文明和农业文明诸多要素于一体的商贸传统，最终铸就了路桥人以商民之灵为特性，兼有山民之悍、农民之勤、渔民之勇的独特企业家精神。

二、路桥现代商贸发展及企业家精神脉络

建区以来，路桥区委、区政府放手让一切劳动、知识、技术、管理和资本活力竞相迸发，让一切创造社会财富的源泉充分涌流，使路桥大地形成了"四民一商"的区域经济特征。一是民心思进。路桥的商品经济发展始终走在中国的前列，早在20世纪70年代末，路桥就出现"拨浪鼓"敲白糖换"破烂"的足迹，比义乌"拨浪鼓"还要早，继而搭起简易棚，棚中以水泥五孔板做

铺面平台,开始把在全国各地敲白糖换来的"破烂"进行交易,形成路桥小商品市场的最初情形。80 年代初,路桥人就已经开始办市场,此时路桥还出现了股份合作制企业。路桥人这种勤劳智慧、艰苦创业、敢为人先、勇于创造、自强不息、锐意进取的精神,始终是推动经济发展和事业前进的强大动力。二是民营经济发达。70 年代末以来,股份合作经济犹如雨后春笋般在路桥大地发展壮大,经过一代人的努力拼搏,一批颇具规模的民营企业声誉鹊起。2002 年 12 月 25 日,腾达建设集团 A 股在上海证券交易所开盘交易,开了台州市民营企业上市的先河;2003 年 1 月 28 日,我国第一辆自行制造的跑车"美人豹"在路桥吉利汽车城下线,全面引领全国汽车消费理念。三是民资丰厚。路桥有十几万人从事商品生产和商品经营,民间资金相当丰厚。到 2018 年末,全区金融机构本外币各项存款余额 1156.09 亿元,其中人民币存款余额 1147.26 亿元,居台州市第一。四是民办事业昌盛。在路桥,民办学校、医院、道路比比皆是。总投资 2.58 亿元的路桥至泽国一级公路就是由腾达建设集团全额投资建设。作为公路基础设施项目,全部采用非国有资金进行建设,这在浙江省还是首次。五是商贸繁荣。在北宋时期,路桥就是浙东南的一个重要商埠。截至 2018 年,全区遍布各类市场近80 个,其中生活消费品市场 52 个,生产资料市场 22 个,生产要素市场 2 个;超亿元市场 20 个、超 10 亿元市场 10 个;省重点市场 1 家、省区域性重点市场 5 家、星级文明规范市场 26 家。可以说是无户不商、无巷不贩、无街不市。

从大的视野看,当代路桥企业家精神品质呈现六大新特征,即亲勤劳,亲力亲为,勤勉开拓;讲诚信,一诺千金,诚实守信,尊重他人;担责任,回馈社会,有强烈责任感;重创新,敢闯敢冒、善抓机遇,发展持续竞争优势;崇敬业,热爱事业并坚忍执着;善思考,睿智、和合,注重自身素质和能力的提升。勤劳贯彻于任何环节中,没有勤劳就没有路桥人的辉煌。

但路商精神在不同阶段呈现出不同品质。

其精神演变的过程大致可以分为四个阶段。第一阶段是冒险型企业家精神:1978—1992 年中国改革开放刚刚拉开序幕,诞生了像李书福、刘鹏、叶锦武等大批冒险型企业家,路桥小商品市场、中国五金机电第一村的良一村、台州银行、泰隆银行等,该阶段的企业家充分展示了企业家的胆略,主要表现在对市场机会的高度警觉和敢于吃螃蟹的冒险精神。第二阶段是探索型企业家精神:1992—2002 年中国改革进入了新的阶段,该阶段的企业家表现出了对新的市场机会孜孜不倦的探索精神，这些企业家通过自身具有辨识度的个人形象，在更大平台上，表达出对新的市场机会的探索意愿。第三阶段是创新型企业家精神：2002—2018年，2011年12月11日中国加入WTO，国家大力推进"大众创新、万众创业"以及大数据、云计算、人工智能等先进技术的进步都推动了企业和企业家的转型，该阶段的企业家精神充分展现了企业家的创新精神，主要特征包括极具创新意识和全球视野。第四阶段，2018年至今，在国家全面建成小康社会、全球化更加变幻莫测的情况下，企业的新一代接班人，他们有着区别于父辈的价值观，更具有雄心，同时也将深入探索新的企业发展蓝图。

三、结语

大道恢宏，沧海横流。面对"乱石穿空，惊涛拍岸，卷起千堆雪"的大时代，路桥企业家队伍顺应时代发展，植根于家乡热土，勇于拼搏、奋斗进取，担当有为、矢志图强。在振兴路桥、发展路桥的伟大实践中，一大批企业家彰显"头羊效应"，闪烁着"企业家精神"的光芒，他们深深地扎根于这片土地，深深扎根于市场，他们以其热爱和担当，不断拓宽视野、格局和胸怀。正是勇于实践与敢于创新的行动，引领路桥区民营企业异军突起，筑起一座座丰碑，树起一面面旗帜，创造一个又一个传奇，造就了一大批优秀的路桥企业，也使得路桥经济发展规模位列全省前列，在波澜壮阔的中国经济发展历史画卷中书写了浓墨重彩的一笔，为路桥未来的可持续发展奠定了坚实的基础。

十里长街民俗宋韵研究

南宋以来,以十里长街为核心的路桥商贸得到了持续快速的发展,不仅继承了历史传统,发扬民俗文化,而且不断将传统与现代融合,形成了独特的民俗宋韵的文化魅力。

一、十里长街民俗宋韵历史

宋代,人民日常生活方面,如艺术、娱乐、制度、工艺技术等,中国是当时世界上首屈一指的国家,其自豪足以认为世界其他各地皆为化外之邦。其时,百姓的社会生活具有鲜明的"平民化、世俗化、人文化"特点,普通民众拥有比以前更多的生存发展机遇,更加关注世俗生活和"人"自身的价值。特别是路桥地区,民众的生活观念和习俗发生了大的变化,使得市民的经商理念和个性化生活需求得到了极大的释放,生活观念更加开放,相互交往更加频繁,消费需求更加旺盛,十里长街花开灿烂,同时开创了精致风雅、休闲舒适的生活新形态,也持续影响了后世台州的生活理念和审美旨趣。宋韵文化传承至今,民俗最具活力和创新力,路桥的商贸历史、风俗、精神依然有型有致。

"十里长街"民俗丰富多彩。从路桥整体看,有庙会、婚姻礼仪习俗,做寿、丧葬、"开年节"、元宵节、"柳糟羹"、点"间间亮"、端午节、路桥"七夕节"、七月半、中秋节、重阳节、冬至、小除夜、谢年与除夜、药店习俗、民间打镬灶习俗、理发习俗、店铺的学徒习俗、造新房上梁习俗、横街牛市习俗、路桥的民居台门、路桥的四合院民居、路桥的典当业、渔民灯笼裤、农具上的字号等。

1.民俗历史源远流长

路桥有丰富的民间风俗习惯和传统的生活仪式。《台州府志·风俗志》

中所说："士重廉耻，代产伟人。宋明以来，人文蔚起，卓然为浙东生色。"其实，台州的历史构成路桥历史的主线，路桥民俗具有鲜明的台州民俗特色，特别是十里长街的商贸文化更是代表台州的商贸的整体风貌。

唐代武德年间，设台州，分临海置永宁县（后改称黄岩县）。骆宾王、沈佺期、郑虔等著名的文士贬谪到台州，对于台州文化的发展和礼仪习俗的形成，做出巨大贡献。特别是号称"诗、书、画三绝"的广文博士郑虔开创了台州文明。《台州府志》记载："虔选民间子弟教之，大而婚姻丧祭之礼，小而升降揖逊之仪，莫不以身帅之。自此民俗日淳，士风振渐振焉。"郑虔在台州教授了几百名子弟，郡城"弦诵之声不绝于耳"。这是民俗宋韵的起点。

北宋中叶，由于社会比较安定，台州各县官吏，大都重视整顿风俗的工作。据《嘉定赤城志》记载：仙居县令陈襄，亲写《劝俗文》，在生活、生产、岁时、礼仪等方面，提出一套比较完整的伦理道德，逐步形成风俗习尚。天台县令郑至道和临海县令彭仲刚，也很注意民俗工作，提出"重婚姻""正丧服""崇忠信""崇俭素"等，这一套习俗，慢慢在台州形成。据《台州府志》记载：当时整个台州，由于民风淳厚，百姓安居乐业，"斗米百钱，鱼肉每斤三十钱，薪柴茹绝易得"。显示出一派家给户足的气象。

宋室南渡以后，由于政治、经济、文化重心南移。台州被称为"辅郡"，"薰郁涵浸，遂为文物之区"。特别是淳熙年间，著名的理学家朱熹来台州讲学，当时台州被称为"小邹鲁"。民间婚嫁、丧葬、岁时、礼仪等习惯，"遵文公（朱熹）家礼"，风俗十分繁华。正如李泽厚先生在《美学三书》中所指出的那样："宋代的时代精神已不在马上，而在闺房；不在世间，而在心境，人的心灵意绪成了艺术和美学的主题。"于是，百姓喜闻乐见的文化娱乐生活亦相应地得到了长足的发展。这是民俗宋韵的高点。

南宋确立的各项习俗，元、明、清三代基本没有改变。元末路桥人方国珍入海为盗拥有海船1000余艘，成为浙东独一无二的航海力量，几乎独揽了元末海上漕运的任务。元朝在对外贸易方面传承了唐宋以来的对外开放政策，方国珍故居东南的松门市舶务仍然开设，方氏兄弟都有较强的商业意识。

明、清两代，台州民俗发展变化的共同特点是：开国初都崇尚节俭，到后来则越来越奢靡。据史料记载：明初"士绅衣皆土缣，非达官不得用纻丝，女子非受封不得长衫束带"。王士性《广志绎》中也说：台州"舟楫不通，商贾不行，其地止农与渔，眼不习上国之奢华，故其俗犹朴茂近古"。清代也一样，开国初年,俗尚节俭。但到乾隆、嘉庆以后,台州有钱的官、商,"丧葬嫁娶之费,争事角胜",还出现了新风旧俗之间的斗争。这是民俗宋韵的发展。

民国时期,辛亥革命推翻了几千年的封建帝制,新文化运动开始影响了台州。当时由进步学生和社会青年组织的"台州救国协会",提出了反对帝国主义和移风易俗、建设中华的主张,对封建迷信和妇女缠足等落后习俗,进行了揭露和批判。台州在外就读的进步学生,受中国共产党的影响,把马列主义思想传播到台州来。运用演"文明戏"的方式,教育群众破除旧俗,实行新风。

与此同时,随着山海之利逐步被开发,路桥的生产习俗,也起了变化。特别是海上渔业生产,过去都是一家一户用较小的"水刮船",在海边捕鱼,捕到的数量不多;这时都改用较大渔船。《台州府志》记载:渔民们为了捕更多的鱼,"北走崇明,南距瓯闽……'红头'渐多,至千余对"。为了适应新的生产需要,老渔民、老石匠、老工艺人和商铺,都招收大批徒工协助工作。于是,各种拜师学艺习俗,都在形成。这是民俗宋韵的变革时期。

新中国成立后,风俗大革。其时,路桥民俗与全国各地一样发生了根本性的变革。特别是在 20 世纪下半叶以来,新的社会制度与意识形态影响使传统节俗发生全面而深刻的变革,一些旧的民俗在淡化或消失,陋俗被禁止,良风厚俗得到继承或发扬,或被注入了新的内涵。例如春节,在团圆庆贺的原意上,增加了慰问驻军及烈属军属、向老干部与老职工拜年、访问特困群众等内容;元宵节在燃灯娱乐的活动中,注入了展示成就等宣传的内容;清明节在祭扫先人坟墓的同时,融入对革命先烈的瞻仰和纪念。民俗宋韵进入新纪元。

二、"和商":重商重义的商贸习俗

但就十里长街而言,商贸民俗是其核心。十里长街孕育了一代又一代台商。台商既重利轻义又义利并重、以贾服儒习俗。路桥人能把利与义结合起来,"职虽为利,非义不可取也"[①],经商的目的既在于求利又在于谋生,谋生之意出自仁心,强调以义致利、利义相生,从而实现义、利之间的良性循环。所以,台商的突出特点是和商。

---

① 汪镃:《汪氏统宗谱》,明嘉靖刻本,卷三。

1.重利轻义又义利并重的商贸民俗

独特的地理位置,南北文化的交会点,使得台州文化具有多重的文化源头,形成了独具一格的商贸文化。

宋室南迁至杭州,作为辅都的台州迎来了历史性的发展机遇,社会经济和文化发展发生巨变。当时台州域内坊市发达,陈耆卿《嘉定赤城志》记当时盛景:"坊市者城南有大街头市、小街头市、民巷口市、税务前西市、报恩寺西市、朝天门内市、朝天门外市、括苍门外市、镇宁门外市、镇宁门内市、兴善门外市等十一个市集。"①路桥商贸发达,市集活跃。南宋永嘉学派的叶适曾到台州路桥,在现在的螺洋讲学,他的"工商皆本"的思想得到较为全面的阐释,使民间重商风气得到进一步强化。台州区域内商贾云集,士农工商并举,重商之风可以比肩宁波、温州。

路桥重商的功利主义价值观一脉相承。北宋时,青瓷产生并遍及全市各地。青瓷、灰雕、酿酒、木雕、制盐、造纸、金银首饰等手工业发展迅速,促进了商业的进一步繁荣,沿海盐业高度发达。五代吴越王钱镠开凿南官河,南官河上的潮济古街至今古风犹然。南宋以来,"百货麇集,远通数州",商业发展速度加快,路桥"十里长街"崛起。

海外贸易,更是颇具特色。唐僖宗乾符四年(877年),崔铎带着63人的台州商队从高丽山头沿海路出发,驾船到达日本的筑前。黄岩在唐宋时还有港口新罗坊,《黄岩县志》云:"新罗坊,五代时以新罗人居此,故名。"北宋天圣九年(1031年),台州商人陈惟忠等64人出明州至高丽。宝元元年(1038年),台州商人陈惟积和明州商人陈亮等140人至高丽。元末,路桥方国珍拥有台州、庆元(宁波)、温州三路,拥军十万、舰船千余艘,长在路桥的他更具有商业意识,积极开展对外贸易。与日本的贸易更是络绎不绝,重商主义思潮滋蔓。台州沿海地区从事商品生产与流通活动成为一种风尚,屡禁不止。"利厚,故人冒死以往,不能禁也。"

明清以来,路桥工商业更趋活跃,源于南宋,鼎盛于明清的"十里长街"是台州历史与商贸经济的缩影。比邻的太平县(今温岭市)商业也不逊色,商贾云集,《太平县志》记:"或商于广,或商于闽,或商苏杭,或商留都(今南京市)。"

"清光绪二十年,宁波商人创办海门轮船(公司),往来宁台,建设码头,

---

① 陈耆卿:《嘉定赤城志》卷二《坊市》,上海古籍出版社2016年版,第67—69页。

海门商业萌芽始苗。后路桥乡绅杨晨等集股购'永宁'轮船,往来甬椒,继又采购'永利'轮船来往椒申,每次出入,货物填溢,旅客拥挤……此外,内港小轮往来临海、黄岩各县,亦络绎不绝。"①此时,台州的沿海和内河码头遍立,台州依航运业而生的港口贸易盛极一时:"观今日海门埠头及市面,商务之兴隆,有如潮涌。"②以海门港为集散地的海外贸易兴旺发达,崇山峻岭间也是商道纵横,商埠繁荣,如仙居皤滩古镇、黄岩潮济古街、临海紫阳街等。形成物产丰富、税赋充盈的东南商埠。

近代,商业领域逐渐开拓,经营范围不断扩大,台州的邮运业、银行业、航运业等发展加快。

路桥人特别喜欢抱团做生意。1978—1994 年期间台州各类专业市场最多时达 800 多个,占全省五分之一,促进了民营经济大发展。最有代表性的是 1982 年台州路桥诞生中国最早的"小商品市场",并成为中国三大小商品市场之一,很能说明路桥自古以来重商的风气。第一家股份合作制工业企业就是 1971 年创办的台州卷桥综合厂卫生香加工场,后来发展壮大成为三友集团。

然而,路桥的商贸传统由来已久,角色混杂,士、农、工、商四者皆具商业意识。海洋文明、农业文明的诸多元素融入商贸传统,既为利而义,又以利为本,体现出重商重义的"和商"品质。

2.和商是路桥商人的显著特点

路桥商民本以敏锐、灵活著称,善抓市场机会,惯于无中生有,有灵气又有刚性,具有刚灵相济的特点。另外,靠山吃山、靠海吃海,在和大山大海相依存时,仅有"刚"性是不够的,必须要随机应变。特别是与大海搏斗时,更强调勇敢、冒险、智慧,吃别人吃不下的苦,赚别人看不上眼的钱。无论是在传统的农业社会,还是在工商业发展时期,路桥人顺时达变,以求生存,不断结出商贸硕果。

经济理性、个人利益为先的思维方式是台州商人经商的原点。久远的商贸传统使台州人在利的追求上相对其他地方的人显得更直接,更少顾忌。少从理义出发做规范性的判断与决策,更多地从事物过程和结局可能有的实际经济效果进行估量分析,这一因素往往是在综合了对错、善恶、正邪、亲

---

① 叶哲明:《台州海运海港发展史》,上海古籍出版社 2018 年版,第 184 页。
② 项士元:《民国海门镇志》卷六《船舶》。

疏等道义因素后的最终决定性因素。路桥人更乐于学习模仿、博采众长,如吉利李书福带领他的团队在最初造车时就是将其他品牌的汽车买回拆解后研究模仿学习,其生产的第一款经济型6360小轿车之外形设计理念就是"奔驰头夏利尾"。韦伯·扬的名言:"创新就是旧元素的新组合。"可能就是路桥人创业内在的写照。

几代企业家共同铸就的和商形象,千百年历史沉淀下来的和合文化,使路桥人成为"敢冒险、有硬气、善创造、能包容"的坚韧群体。这种和合经营精神,可以概括为和谐发展、公平竞争、现代管理、和合公关与和爱共赢五个方面,也是当代最具活力、创造力、开发潜力的精神力量。

在路桥,山海一体的农耕文明和海洋文明交汇融合,工商传统和农业传统相得益彰,形成了融诸多文化要素于一体的商贸传统,最终铸就了路桥商民的大气、灵气、和气、硬气之特质。

3.商贸行业、帮会习俗

旧时工商行业可在较大范围内凝聚力量,形成行业的习俗惯制。同时,行业、帮会习俗又受到家族、村落及里社民俗的深刻影响。虽然路桥这些习俗至今大都淹没于历史的尘埃中,但其中还有一些适时的习俗流传至今,并演化为新时期的习俗。

一是讲生意。所谓"讲生意",即老板决定员工去留。讲生意这天,老板要摆一桌丰盛的酒筵(有的用四水果、四冷盘、四热炒,称为六大六小),称为"讲生意酒",员工则叫它"杀头酒"。辞退员工有两种方式。一种是暗示法,即宴席上有一盘"金鱼",由店里老板亲自捧上桌来,盘里的鱼头对准谁,谁就要被辞退,对准鱼头的人心里明白,即到账房算账结工钱,算好账后卷铺盖就走。另一种是"个别谈话",即酒席吃毕,老板坐在账房里,一个个叫来谈话,对留的人,老板会讲一些表扬鼓励的话,并提出意见和新的要求;对要辞退的人,即讲一些店里生意不景气,经营上有困难,人员过多之类的话,讲好后,拿出一张预先写好的"某某先生,另请高就"的"红帖",递给被辞退的人。

二是学徒拜师。各地各行业的收徒拜师,大多有各自的俗规。在路桥的许多地方,通常要先找保人,或称"荐头""搭桥人",由此人领着学徒上门去见师傅。上门要送一份见面礼。师傅面试,看来人是否合适,或者问几个问题,以便对其有个基本评估。招收学徒,各帮差不多,一般只收本乡人,不收异乡人,特殊者除外。进店后,要择个"吉日"拜老板为师。拜师时,要备

"糕包"四个,香烛纸马一副,由师兄弟带领,先拜"香火""财神""灶司",后拜"业师",再拜"账房"师兄,有的还要去拜同行业的老板或经理。与此同时,请同行业的人到现场作证,书写"师徒契约",契约一般都会写明一些约定俗成的规矩,诸如学徒三年期间不给工钱,倘若发生意外事故,师傅也概不负责,等等。有的地方,还要由徒弟向所在的行会交纳若干入会金,表示他已经加入行帮。

商人的师承,旧时有一定的谱系性,所收艺徒,大都是直系亲属、族中亲戚,或是同乡。业缘的基础是血缘、姻缘和地缘,以保证技艺不外流。

许多商人,往往立有"传男不传女""传媳妇不传姑娘"的规矩,即使在传授艺徒时,师傅也总要"留一手",对于关键性工序上的操作要领往往严加封锁,生怕徒弟变心,抢了自己的饭碗;有的甚至至死不传。学徒期满出师,俗规要求学徒办"满师酒"谢师。届时,学徒要向师傅送大礼,通常是四件礼品并伴有一定的仪式,即先祭祀行业祖师神,再叩头谢师,然后设酒筵,宴请师傅师母、行业中来往特别密切的工匠和至亲好友。师徒向师傅送礼后,师傅通常会回赠几件劳动工具,以示鼓励。

三是商贸活动。诸如接"财神"、吃六肉、升工、柜串(公记、圈儿、红利)、起金折、计债、送礼品(称为送风)等丰富多彩。节日活动更深入人心,各商店,每年会有以下几个节日活动。元宵、清明、端午、中元、中秋、除夕夜等,除夕夜还要由老板进行"谢年"活动。

三、古风余韵与民俗创新

在现代性100多年的进程中,消费文化的生产方式对人们的生活和思维产生了广泛的影响,民俗渐次被重视和发掘,文化遗产保护和利用成为当今国家层面热闹的话题。在此语境下,民俗文化显示出强大的生命力,民俗文化传承保护的意义是巨大的,民俗就在我们身边,维系着和谐、快乐、尊重,推动着社会的文明和进步。保护、发扬那些优秀的民俗文化,加强交流,不断创新传承方法,使优秀民俗永葆青春是我们的主责。

1.交流合作,培植气度神韵

路桥民俗在饱受挫折中生生不息绵延发展,不断浴火重生。虽然我们当代很多人对一些传统民俗不理解,或许是它有很多的不合理之处,或者是没有亲身经历过。但民俗表面的不合理性可以通过运用原始思维来理解这种民俗而获得解释,因为在传统或生活中它是可以理解的。如果理解到这点,我们对于一些传统民俗耿耿于怀的纠结就会释然。中华文化独一无二的理念、智慧、气度、神韵,赋予了台州人内心深处的文化自信和自豪。在南北文化的交会点上,路桥以海一样宽宏的胸怀,兼收并蓄了中原文化和闽粤文化,形成了富有地方色彩的民俗文化。历史上,台州人北上日本、朝鲜,南下东南亚、南亚,跨洋越州,以产品、文化为纽带,促进文化的交流融合。

(1)乡土是民俗的根

民俗文化具有很浓厚的地方性含量,也就是审美语言的方言化、地域化。各地不同的方言,孕育出审美风格迥异的民歌、戏曲与曲艺等。

民俗文化还具有鲜明的地域风情。人们谈及某个地方,都会概括出地域背后的风俗人情,其实就浓缩着一个地方独特的风土"印象"。

民俗文化还具有地方性格。随着现代人交往范围的扩大,越发看出"地方性格"具有很强的"标识性"。地方性格可以看作自然、人文双重作用下形成的地域性的"整体性格"。它是一种具有文化象征意义的地方特征,且特别显现于民间审美文化的各个层面。

民俗文化孕育出的传统工艺是典型的乡土艺术。其"乡土性"特征,还较为集中地体现在物质性审美上。由于各地物产的差异,制作材质的不同,生活取向的不一,各地的工艺物品也呈现出显见的地方特色。如传统的台州工艺,人称"台作",它贯通着深厚的"工匠精神",是台州地方精湛技艺物品的总称。其中的代表如"路桥莲花""章氏骨伤疗法""翻簧竹雕"等名冠全国。

(2)创新交流传播形式,拓宽传承胸怀

继承和弘扬民俗文化,实际上更多的是关爱、保护我们当下所处的生存环境,崇尚和推广适时而上进的生活方式。

继承和弘扬民俗文化,要创新发展。文化作为软实力,是当今经济社会发展具有最高层次竞争力的战略资源。路桥要进一步发展,必须着眼于文化发展,挖掘文化资源,把地方文化的精神融入经济发展中,发挥文化影响力,用文化提升台州的品位,提高发展的竞争力。譬如路桥草编,这种传统工艺非常普遍,纯手工制作,不能形成大规模的产业,但通过创新,引入机编技术,迅速扩大产能,再通过创意设计,制造出符合现代生活需求、符合现代审美观念的文创产品。这种传统工艺就得到根本性保护,并且发扬光大。

继承和弘扬民俗文化,要变与不变相融通。民俗文化和传统一脉相承,是不可能摒弃的,民俗关乎国家的风气,是道德、社会治理的根本。但民俗又不是一成不变的,随着历史前进、传承,在承继中有所创新。我们要不断拓宽传承胸怀,兼容并蓄,在看传统民俗时,采取辩证法,抱紧取其精华、去其糟粕的态度,剔除、改造消极落后的民俗,使其符合时代的发展,弘扬为生活、民众所认同的民俗,为传统民俗赋予时代意义。

保护和弘扬民间文化优良传统,世界经济一体化可能会影响到人类文化发展的单一化,文化多样性发展不仅是世界各民族的需求,而且是人类社会全面和可持续发展的前提条件。为了给文化多样性发展创造更多更有利的条件,我们不仅要加强本民族特别的区域民间文化的研究,而且要广泛地吸纳其他国家的研究成果,扩大交流,不断展开国际学术对话。

新的时期,新媒体、AR(强化虚拟现实)和VR(虚拟现实)的普及应用,使民俗文化交流传播载体呈现出丰富性,使民俗文化网络交流与传播形式具备多元化,使民俗文化网络交流与传播载体形成聚合化。用AR、VR场景增强民俗传承的活度。活态保护的有效方式就是对民俗项目在其生存与发展的环境中进行保护。AR、VR技术为这些问题的解决提供了一条途径——将这些民俗生活的生存环境融入虚拟现实中。活态保护的另一个要点是让民俗进入人们的生活之中。随着智能手机的普及,AR、VR技术早已进入人们的生活,如现在流行的给照片贴图、加特效的软件就是AR技术的应用。那么如果把民俗元素融入带有VR、AR技术的手机软件中,势必会让诸多民俗项目更轻松地走入人们的生活。

2. 文旅融合,民俗的新活力

基于文旅融合的大环境,实现民俗文化与旅游产业的融合,能在丰富旅游内容的基础上充实旅游文化内涵,能展示出民俗的新活力。要充分挖掘传统民俗内涵,让民俗构成群众文化生活的重要一极,助推乡村振兴,建设乡村旅游的田园风光,丰富乡村旅游的文化元素,使乡村成为观光、度假、体验、休闲的目的地,让民俗文化在文旅融合中焕发生机和活力,并多点开花,处处绽放,形成"登高云集""百家争鸣"的效果。

黄岩宁溪二月二灯会,是台州著名的民俗活动,它集民间歌舞、民间音乐、民间戏曲、民间杂耍、民间游戏等活动于一体,呈现乡村艺术的经典,可看、可观、可体验,让游人重温传统民俗活动,感受民俗文化,体验黄岩橘乡风情。

路桥十里长街在晚清民国时期,至少有盐业、屠宰、轿夫、民船、粮食、南北货、国药、棉花、纱布、油商、水作、铁商、铜商、纸商、木器、鞋业、袜商、丝线、水果、制糖、菜馆、竹木、油酱 24 个行业。当年大街小巷有各种商店 820 余家,集市日摊位达 2100 多家,是一条集聚效应极强的商业街,是台州商贸文化的缩影。近年来,十里长街正在吸引越来越多人的眼光,未来的十里长街将成为集文化体验、休闲旅游、时尚创意、绿色居住于一体的"居业游复合型"特色街区。

我们还可依托丰富的文化旅游资源,积极开展乡村民俗活动,充分展现台州独特的文化风采。

在这里,别忘了台州还是东海小海鲜、民间小吃的品赏地。对于游人来说,有机会来参加"东海美食节",品尝台州特色民俗美食,保证您不虚此行。路桥的"海鲜菜"是台州名菜,"红烧水潺""岩蒜炒糕""油烹弹涂""黄朗青蟹"闻名遐迩;路桥的螺洋三宝、番薯松糕、姜汤面、豆沙麻糍卷、洋糕饼、方糕等都是台州名小吃,闻之会让你垂涎欲滴。

3.数字化,民俗保护的新形态

随着社会发展进程的加快,民俗也在渐渐消失。传承、改造、创新,使得大批优秀民俗得到保护并发扬光大,落后、反动、糟粕的民俗逐渐远离民众的生活,并慢慢消亡。

运用当下热门的大数据分析等现代与信息化技术手段,形成了数字化的中国民俗地图,能更有效地推动中国民俗的大发展、大繁荣,并促进中国民俗的发扬与传播。通过技术手段实现数字化转型以提高更多本地年轻人对本地民俗文化的自豪感,同时也提高外来游客对民俗文化的认知度,让更多的当地居民和外来旅客参与进来,打破本地民俗文化参与人群狭小的困境。

(1)加大对民俗文化数字化信息的采集力度

民俗的保护和传播不是特定机关的特殊任务,需要动员人民群众的力量。在民俗的数字化保护和传播过程中,信息的收集十分重要,缺乏一定的信息基础,民俗的数字化保存很难成功。此外,因为大部分的民俗都是产生在人类的生产、生活历程中,特意收集难度很大,加上手机等移动技术不具有很大的影像收集力量,所以需要激发民众的主动性。尤其是让一些基层组织,利用三维激光扫描仪、数字照相装置等对所管辖范围内的民俗资料进行拍照、扫描和存档,并经由互联网提交至服务平台,向职业人士展示资料。

(2)民俗文化数据的可视化

民俗地图,作为对民俗文化研究成果的可视化展示方法与技术手段,通过民俗文化知识图谱的综合平台,利用分布式信息处理系统使海量的传统文化资料数字化、结构化和知识化,为实现数字文化产业发展提供了技术与平台的支撑。另外,为了实现大数据资源共享和提升系统可靠性,该系统将以信息提取层为核心、以信息保存层为基础、以信息监控层为保障、以查询处理层为主要功能,研究民俗文化中的地名与地理信息关系和 GIS 网络中的地理信息关系。同样,把各个时期各种民间习俗事情的发生时间记录到有关数据项中,为现代民俗工作人员判断民间习俗事情的发展传承变化规律,提供第一手资料,以此推动民间习俗的大发展和大繁荣。

（3）加快民俗文化数字体验平台的建设步伐

观众可在矩阵式变动的画面中随时进行互动操作:在操作过程中支持多人同步操作;观众点击图片,图片放大形成独立互动区域,在该区域中可查看展品、技术、案例、项目基本信息、图片放大缩小、点赞、二维码扫描、三维展品或核心技术互动。对某些传统的建筑施工技术和设计技巧,也能够将其转化为 3D 投影模式,以便于后人的掌握与观摩。当然,民俗数字馆建立的最大优势就是能够改变民俗的流传范围,使那些感兴趣的参观者可以足不出户,甚至进入馆内也可以感受到传播民俗的乐趣,可拓宽对民俗传播人的筛选范围,也便于一些珍稀非物质文化遗产的传播。

构建中国民俗文化数字化保存和传播的服务平台。在路桥博物馆、非遗馆（非遗保护中心）及其自身的数字化服务平台上,要形成一个民俗数字化保护与传播网络平台,借助各个政府部门和企业单位的支持,收集更多的民俗数字化信息上传,从而建立民俗数字化保护和传播的信息库,对民俗数字化资源的数据共享和快速检索。

（4）推动沉浸式消费需求

伴随科技的进步和经济的发展,人们的精神消费需求也得以提升,呈现出重内容、重体验的特征。特别是 AR、VR 等新科技的诞生,由此使人们更向往沉浸式的活动体验。

民俗文化及产品的本质就是体验,通过与科技结合,能使消费者的文化体验得以加强,增加文化产品的互动性和真实性,为文化产品的创新提供新思路。文化消费既具备稳定性又兼具灵活性,是一种非定时性的消费方式,在未来伴随虚拟科技的提升,会朝着沉浸式、虚拟式的方向发展。

民俗文化和旅游两者存在紧密联系,可以引发文化旅游新模式的思考。这就有了创意旅游的新模式,难忘的旅游经历能够强化游客对旅游目的地的忠诚度,旅游经历又与目的地的民俗文化有着直接正相关,从而凸显出文化互动对于旅游经历的重要性。

"沉浸式体验"作为文旅产业新要素,其发展有着现实的意义,符合当前消费者的需求。但是,目前民俗文化与沉浸式体验还是存在较为明显的割裂,产业融合维度不够,学界对于沉浸式民俗文化体验的重视程度还有待提升。

(5)拓展民俗文化相关的数字化文创产品

许多博物馆也纷纷在民俗传统的文创产品设计上做了文章,并根据自己的民俗元素,打造出了独特的现代数字化科技设计类商品,以促进民俗传统的保存与传播。而近年来"口袋民俗商品"运用现代数字化科技设计制作的一系列数码手办、有声书籍、科普漫画等也受到了大家欢迎。还可运用现代数字化的艺术素材,创造微电影、短影片等满足了当代文化碎片化传播需要的艺术产物,使民俗传统的保存和传播形式获得了跨越式的发展。特别是通过在全国各类节日和地方民俗传统节庆,进行线上互动,不但让民俗活动寓教于乐,还把民俗传统的文化特殊教育价值重新开发起来,让人们更加了解民俗传统的前世今生,从而进行真实的溯源。

当然,民俗的数字化在保存前期仍然有较为烦琐的工作,除了最核心的图片、文本、图形等收集工作之外,还必须对所收集的大数据加以细分并寻找其共性特点,从而进行数字化特征模式的建立。VR、AR 和 AI(新型人工智能)科技,为民俗文化的数字化保存和传播,提供了有力的科技保障。当然,民俗的数字化保护和传承也同样离不开现代硬件设施的支撑,目前大数据储存与互联网传播技术的瓶颈问题已经逐步解决,而全息摄影、高速动态拍摄等新技术手段也越来越完善且应用成本在持续下降,这都为民俗数字化保护和传播的实际应用打下了扎实的技术基础。数据收集完毕后,再利用大数据分析和人工智能技术的后期加工,便可使资料的检索、定位更为简单。

综上所述,民俗文化是中国历代各民族文明精华的积累,承载着中华民族文明传播的重担,是研究中华民族文明发展的重要展示窗口。而现代科技正在改变着人类的生存方式,同时也彻底改变了中国民俗文化的保存方式与传播方法。各项数字化信息技术的发展大大变革了传统民俗的保护和传承方法,使其保护和传承方法更能够顺应时代的变化。通过采用数字化的保护和传承方法,就可以较为真切地回归民俗的本真,从而切实地把各种民俗重新纳入社会大众的视线中,给人类文明史留下宝贵财富,让传统民俗得以更全面地保存与传播。

路桥的民俗文化,既形态各异、特色多样,又彼此交流、和睦与共,同时不断地创新与发展。在民俗发展进程中,现代民俗是传统民俗的一种继承与延续,也是一种创新。民俗文化不会全部成为新文化,是必然消亡的。它定会走向故纸堆,具有生命力的民俗是在不断的革陈除旧中形成的,不断地打破传统走向现代化。路桥如此,世界也如此。要想让民俗文化发扬光大,一是需要民俗文化能够将地方的精神特质充分展示出来。二是能够真实反映人民的生产与生活状况,体现其发展的先进性。三是通过现代文化的运行,让生活方式以新的姿态出现,升华出信仰,进而认同当代民俗文化。只有这样,地方民俗才会青春永驻,才会走出区域,甚至跨出国门。

后 记

借着完成台州市社科研究基地课题和台州市文艺评论家协会成立机会，我结集出版这本著作。

这本小书远没有达到诗学的高度，它只是记录我对文化诗意十多年的追求和守望。文艺研究具有自洽原则，不同研究者有不同观点，有些观点甚至大相径庭。所以，本书的诸多疏漏之处，就请方家多多包涵了。

但不管怎样，能够变成一本小书，同时又能作为三年前立项的台州市社科研究基地课题研究成果，解决结题问题，内心依然很欣慰。

本书的出版由台州市委宣传部项目"周仲强名家工作室"专项经费资助。